AF596605

Le Mont Saint-Michel.

# LE MONT SAINT-MICHEL

Roman Historique

PAR Mme CLÉMENCE ROBERT

## I.

### ASPECT DU MONUMENT.

Ce qui frappe le plus en abordant l'histoire du mont Saint-Michel, est de voir sous l'invocation d'un archange, d'un être céleste, tout de grandeur et de bonté, et revêtu d'ailes en signe de liberté suprême, une horrible prison, séjour de souffrance et de captivité éternelle.

Le triste contraste se retrouve partout dans l'abbaye forteresse, servant au culte divin et à la détention des prisonniers d'État, dirigée par un abbé, gouverneur et geôlier, recevant sans cesse les prières, les chants sacrés, le saint et paisible éclat des cérémonies religieuses, et exerçant à côté de l'autel les rigueurs de la prison, la pratique raffinée des tortures, la science des maîtres bourreaux. Cette vaste et pieuse retraite est en rapport continuel avec le ciel, elle se fait le temple du Dieu de miséricorde, elle professe les lois de l'Évangile, et elle creuse des cachots dans le roc pour mieux enfermer ses captifs, elle y joint des cages de fer, elle redouble les chaînes, les barrières ; enfin elle a l'Océan à ses portes comme un dernier et formidable gardien.

Il n'y a rien dans ce rapprochement qui accuse les anciens seigneurs du mont Saint-Michel. Les moines, qui vivaient dans un âge barbare et qui étaient des hommes, devaient ressembler aux autres; ils n'auraient pu, sans un véritable miracle, se détacher de leur temps, se montrer supérieurs à l'humanité telle qu'elle était alors. Mais cette consécration de l'édifice qui sert à la prison, ce mélange du sacré et de l'horrible, donne au mont Saint-Michel un caractère particulier et douloureux, que n'ont pas la Bastille, les Châtelets, construits de pierres séculières, élevés franchement pour la répression exercée par le fort contre le faible ou le coupable. Il règne dans le donjon des bords de l'Océan un jour plus mystérieux et plus sombre, que nous verrons empreint sur toutes les scènes de captivité qui s'y déroulent dans une durée de quatorze siècles.

Le mont Saint-Michel, situé au fond de la baie de Cancale, est un rocher de granit, de forme conique, de neuf mille mètres de circonférence, de quarante-cinq de hauteur jusqu'à la base des bâtiments de l'abbaye, et de cent vingt-six jusqu'au sommet.

A la marée haute, ce mont est entièrement entouré d'eau ; à la marée basse, les grèves qui l'environnent ne sont que des sables mouvants, d'un passage difficile, et coupés, de plus, de bras de rivières, dont les plus forts sont ceux de la Séc et du Coësnon.

Le rivage, triste et dépouillé, est couvert d'un brouillard presque continuel, qui s'épaissit parfois jusqu'à causer une nuit profonde.

La ville, située sur la pente du mont, n'est guère habitée que par des pêcheurs, des coquetiers et de pauvres marchands. Elle se compose presque entièrement d'une rue montant de la grève à la forteresse.

Le rocher de granit, consacré dès les temps les plus reculés, servit aux sacrifices des druides ; la domination romaine y éleva un autel à Jupiter; l'âge chrétien ne tarde pas à le marquer d'un sceau religieux.

Ce fut de ce rocher escarpé, dit-on, que saint Michel, après avoir terrassé le démon, prit son vol pour retourner au ciel. L'empreinte du pied de l'archange y était restée ; on montrait une légère échancrure de la roche comme cette auguste trace. La tradition se répandit, et on jugea que l'érection d'un monument religieux devait consacrer ce phénomène divin.

Dès le VIIIe siècle, au sommet du cône de granit, s'éleva un oratoire, qui d'âge en âge, s'agrandit, se consolida, s'embellit, jusqu'à devenir la célèbre abbaye de bénédictins dont les murs subsistent encore.

Conservé sans doute par la solitude qui l'environne, ce monument est resté comme l'un des plus importants et des plus curieux du monde.

L'antique abbaye se dresse à la cime du rocher. L'édifice escarpé, grandiose et sauvage, de la même teinte que le granit sur lequel il repose, semble l'exhaussement du rocher même, avec ses formes irrégulières et ses pics aigus : car la situation des bâtiments sur un sommet ardu leur donne des plans continuellement mouvementés. Ainsi des salles éclairées touchent à des souterrains ouverts dans les entrailles du roc ; l'église, qui déborde du mont, s'appuie sur des pilastres ajoutés aux masses de pierres primitives. Tout conserve l'empreinte du chaos dont est marqué le rocher lui-même,

La porte principale s'ouvre sous une voûte surbaissée, obscure et profonde, d'où part le grand escalier, à peine éclairé par un demi-jour qui glisse dans le bas et une faible lueur qui tombe au sommet. Cette porte est flanquée de deux piliers, surmontés de tours crénelées et à meurtrières, qui défendent l'entrée et complètent son caractère imposant et lugubre.

Au-delà, se trouve le corps de bâtiment, situé au nord, qu'on nomme *Merveille*, et qui fut toujours plus spécialement affecté à la force armée depuis que le monastère s'adjoignit une garnison, et prit rang parmi les forteresses.

Dans le bas est la *salle des gardes*, vaste comme celles de tous les castels féodaux, avec sa voûte profonde, sa haute cheminée de pierre sculptée. Elle est encore aujourd'hui occupée par le poste intérieur de la prison, et depuis le fond des siècles, entend toujours résonner le bruit des armes sur ses dalles.

A côté, règne l'ancien *grand réfectoire* des religieux, construit au XIe siècle, d'une architecture simple et majestueuse, et formant un des plus beaux morceaux du bâtiment. Puis d'autres vastes salles du même style.

De là, un escalier conduit dans les dortoirs des bénédictins, qui servent maintenant de logement aux détenus.

Sur le même plan est la magnifique *salle des chevaliers*, grand et noble vaisseau, d'architecture gothique, et où des colonnes de toute hauteur, surmontées de chapiteaux ornés de trèfles, supportent des ogives évasées d'une grande majesté.

C'était là que le 29 septembre de chaque année, jour de la fête patronale, se tenait le chapitre ou assemblée générale des chevaliers de l'ordre de Saint-Michel, institué par Louis XI ; et les souvenirs de la première noblesse de France restent empreints sur l'un de ses plus admirables monuments.

Immédiatement au-dessus de cette salle, et posant sur sa voûte, s'étend le cloître de la communauté, nommé l'*aire de plomb* [1]. Ainsi, dans ce bizarre monument, le cloître se trouve au troisième étage relativement à un côté de sa base. Cet endroit, le plus imposant dans tous les monastères, dont il peint la vie uniforme et recueillie, offre ici le caractère d'architecture qui peut le rendre le plus saisissant. C'est une galerie quadrangulaire, formée de trois rangs de colonnes minces, élancées, dont la matière est le coquillage broyé en stuc, ou le granit. Leurs élégants chapiteaux, sculptés en lierre, en acanthe, en chêne, et alternés de rosaces, s'épanouissent en délicates nervures, pour aller former les ogives des longues voûtes. Cet espace silencieux et retiré, dont rien ne rompt l'harmonieuse poésie, n'est ouvert qu'au vent de la solitude, et n'a de perspective que le dôme du ciel.

Dom Huynes, abbé de ce monastère au XVIIe siècle, et qui a laissé des écrits où nous puiserons souvent, dit de son cloître qu'il est *orné d'un petit jardin de fleurs, et l'un des plus agréables qui se puissent trouver en France.*

Dans la partie méridionale de l'abbaye du mont Saint-Michel étaient la basilique, les salles de réception, le logement de l'abbé et ses dépendances.

De l'antique église, il ne reste plus guère que le chœur et ses deux chapelles latérales. Ces ruines, près des fortes murailles de la citadelle encore debout, sont l'image de tout l'édifice, d'où la religion s'est évanouie, et où il ne reste plus que la force matérielle pour en faire une prison.

Le chœur et ses chapelles, de la plus exquise architecture gothique, contrastent ainsi que le cloître avec les puissantes et massives constructions des autres parties du monument. Atteint par la ruine sans en être renversé, ce chœur a perdu ses vitraux, ses statues, ses plus délicates sculptures ; mais ses parois dépouillées conservent encore leur charme mystique et rêveur. De même que sous les autres voûtes on croit encore entendre résonner les boucliers et les lances, ici, il semble que l'air soit encore plein d'encens, et vibrant de chants sacrés.

On arrivait à l'église par la plate-forme, qui s'est nommée *Beauregard*, puis le *saut Gauthier*. Cet espace, exposé aux rayons du soleil si précieux dans cette contrée, et dominant un immense horizon, est affecté aux prisonniers pour les rares instants qu'il leur est permis de prendre l'air.

Sur toute sa surface, l'édifice est hérissé de flèches, d'aiguilles, de tours et de tourelles. Parmi les plus importantes des tours sont celles *du Roi, de la Reine, du Méridien*. Les constructions de ce genre, dont est flanquée la façade sud-est, et parmi lesquelles domine la *Périne*, servent de séjour aux prisonniers lorsque les cachots sont trop remplis, et portent le nom de *petit exil*.

Un étroit escalier, qui prend naissance dans les souterrains, monte en tournant à l'infini jusqu'au sommet du clocher.

Ces degrés ont en chemin une issue qui permet de parcourir les toits plombés du chœur et de ses bas-côtés. Quinze ou seize mètres plus haut, l'escalier arrive à une saillie en pierre sans parapet, qui suit les quatre faces du clocher, et qu'on nomme *le*

[1] A cause des plombs qui y reçoivent les eaux pluviales

*petit tour des fous*; au-dessus encore, il donne pied sur une seconde corniche, plus étroite, appelée *le grand tour des fous*.

A l'extrémité de la flèche était autrefois posé sur une boule dorée, et tout resplendissant d'or lui-même, un saint Michel archange terrassant le démon. Mais, il y a cent ans, l'archange, frappé de la foudre comme autrefois ses frères révoltés, est tombé dans une tempête. L'esprit moderne l'a remplacé par un télégraphe.

Toutes ces murailles, depuis les portes basses jusqu'au sommet, sont marquées à diverses places de l'écusson de l'abbaye, plus ou moins finement sculpté. Cet écu, qui portait sept coquilles d'argent, un chef d'azur et trois fleurs de lys d'or, était aussi peint autrefois sur les vitraux des fenêtres, qui, selon dom Huynes, étaient autant *de riches tableaux coloriés*.

Mais en dehors de toutes ces reliques de l'art et de la piété des anciens temps, la formidable abbaye du mont Saint-Michel réside surtout dans sa partie souterraine; son histoire se passe dans ses cachots.

Le premier souterrain qui se présente est celui *des piliers*. Cette immense cavité est à elle seule un édifice enfoncé sous terre, et dont rien ne peut rendre l'aspect grandiose et lugubre. Un faisceau d'énormes piliers de granit, d'un diamètre de cinq pieds, sans chapiteaux ni corniches, soutient la voûte pesante et surbaissée. Au fond est un autel consacré, à ce qu'on croit, aux trépassés. Une lampe brûle éternellement dans ces ombres éternelles, et fait apercevoir les affreuses murailles, où filtre une eau noire. Les profondeurs, coupées de piliers qui les dérobent à demi, sont pleines de mystère et de terreur : on ne peut s'empêcher d'y voir passer encore des moines portant des torches, et accompagnant le corps brisé de torture qu'on descendait au cachot, ou le corps inanimé qu'on venait d'en retirer.

Le *souterrain des piliers* est le digne péristyle de ces bas-fonds de l'abbaye, séjour de ténèbres et de supplice éternel tel qu'on se peint l'enfer.

En sortant de cette enceinte, on entre dans un vestibule sombre, nommé le *vestibule des voûtes*, d'où un escalier descend dans une longue galerie, au-dessous de laquelle sont les caveaux funèbres qui recevaient les corps des religieux embaumés et assis dans leur cercueil; sorte de cimetière souterrain, comme il en existait dans tous les grands monastères.

Le même vestibule dessert, par un autre escalier s'enfonçant sous terre, les couloirs dans lesquels s'ouvrent les cachots.

Ce sont de profonds et humides tombeaux, dont la vue fait frissonner d'horreur. La voûte surbaissée ne s'élève que d'un mètre et demi au-dessus du sol de rocher, de manière à ce que le prisonnier ne puisse s'y tenir que couché ou replié sur lui-même. Dans cette position, étendu sur la pierre fangeuse où est creusée sa fosse, des chaînes, dont on voit les anneaux suspendus aux parois, chargent tous ses membres. Un long tube, percé dans l'épaisseur des murailles, verse à peine quelque peu d'air épais dans l'intérieur; le froid de la mort y habite constamment.

D'autres cachots nommés *in-pace* sont ouverts au fond d'un puits, où on descend à l'aide d'échelles et de cordes. On y déposait le patient à travers l'orifice pratiqué à la voûte, et qui servait aussi à lui faire parvenir sa nourriture, sans qu'il vît ni n'entendît jamais une figure ni une voix humaine.

Plus loin se trouvent *les oubliettes*, dans lesquelles on jetait les condamnés à mort. Leur supplice, plus long que celui apporté par le fer, durait jusqu'à ce que la faim les eût consumés; et l'eau de la mer, qui filtre dans ces profondeurs, emportait leurs corps lentement réduits en lambeaux.

A l'extrémité des souterrains, mais dans une situation plus élevée, et recevant un peu de lumière, est le caveau carré dans lequel était placée la cage de fer.

Tel est au premier regard l'intérieur du monument qui depuis tant de siècles règne sur le rocher de l'Océan.

De toutes les vastes grèves qui l'environnent, on le voit se détacher en forme sombre sur l'espace nu de la mer et du ciel, hérissé de tous côtés des créneaux de ses tours, des pics aigus de ses clochers, qui plongent dans les brouillards, et autour desquels tournoyent les oiseaux de proie aux ailes sombres.

Ces murailles si imposantes par elles-mêmes sont encore revêtues des nombreux et puissants souvenirs qu'y ont laissés tous les âges.

Sur le seuil de cette porte d'entrée, d'une sombre majesté, on croit voir encore se présenter à genoux les nombreuses compagnies de pèlerins qui y arrivaient sans cesse, et parmi lesquels se trouvaient parfois des têtes couronnées.

Tous les remparts qui règnent du côté de l'Océan, ont encore leurs débris de murailles noircis par les incendies des Normands, et par le sang répandu dans les terribles combats des moines contre les Anglais qui attaquaient souvent leur monastère, et dont les légions vaincues venaient retomber sur la grève.

Les écussons de pierre sculptés aux parois gardent mémoire du passage de Louis XI, qui enrichit les armoiries de l'abbaye de son chef royal, et la dota d'instruments de torture.

Cet enfoncement de muraille, défendu par une tour, est l'endroit où, pendant les guerres religieuses, Montgommery tenta l'invasion nocturne de la place, pour massacrer l'ennemi dans son sommeil.

Toutes ces pierres parlent d'incendies, de combats, de destruction, de ravages; puis, au pied du monument, voici les ruines ornées de lierre du *beau logis* que Bertrand Duguesclin fit construire pour que sa femme s'y retirât tandis qu'il irait guerroyer en Espagne, et où cette dame, *bien éduquée en philosophie et astronomie judiciaire* [1], passait les nuits dans la contemplation des étoiles.

Toutes les maisonnettes de pêcheurs de la petite ville du mont Saint-Michel ont été habitées dans le cours des temps par les amis et les parents des prisonniers, enchaînés aussi par le cœur aux lieux où l'être aimé portait de si rudes fers.

Et plus près du monument, entre les masses de rochers, on découvre les arbrisseaux du petit cimetière, où, cachés parmi les tombes, les hautes herbes, ceux qui rêvaient la délivrance de quelques captifs, vinrent plus d'une fois correspondre avec eux par d'ingénieux signaux et préparer leur fuite.

L'aspect de l'horizon joint sa tristesse à la teinte rembrunie du mont de granit, à l'impression pénible du monument barbare.

A l'époque où la prison d'État était dans toute sa puissance, les rivages qu'elle domine se montraient aussi plus sombres, plus arides que de nos jours. A droite, c'étaient les côtes désertes et sauvages de Normandie; à gauche, les falaises escarpées de Bretagne; c'étaient les âpres terrains de cette Armorique, si chère au culte celtique, et que semaient partout les pierres druidiques, exhalant encore des souvenirs de sacrifices humains.

Puis, une mer couverte d'un brouillard continuel, dans lequel habitait le génie des naufrages; au-dessous de la sombre brume, d'autres nuages formés de bandes d'oiseaux marins, au vol lourd et battu par les vents; à la surface de l'eau, des vagues troubles, des écueils sillonnés de pauvres barques,

[1] Dom Huynes.

allant chaque jour pour une misérable pêche affronter la mort.

De l'autre côté, à la marée basse, des rochers dépouillés même de ces plantes marines qui en font l'agreste parure; des grèves nues, uniformes dans leur tristesse, où parfois le passant disparaissait dans les sables mouvants, qui ensevelissaient jusqu'à des chevaux et des voitures; de vastes espaces, mornes, déserts, sur lesquels on voyait rouler lentement un chariot amenant de nouveaux condamnés à la prison, qui ne devaient jamais repasser sur ce chemin, ou bien un tombereau pliant sous le faix des chaînes, des instruments de torture, qu'on renouvellait dans le donjon, et dont les fers rendaient déjà dans le mouvement leur grincement sinistre. Affreuse cargaison que le sable eût bien dû engloutir, mais qui était amenée à bon port par le démon de la cruauté, alors maître de la terre.

Pourtant cette perspective désolée, cette immensité aride, si triste au regard des autres, paraissait encore bien digne d'envie au prisonnier qui en apercevait quelque coin dérobé à travers les grilles de son cachot, lorsque l'encombrement des bas-fonds l'avait fait monter à une cellule plus élevée.

Son regard s'enflammait de désir en voyant fuir sur les eaux ces frêles barques, à demi rompues, aux voiles déchirées, et qu'enveloppaient des vagues menaçantes, en voyant les habitants de ces bords pleurer leur ruine après les ravages de la tempête, en voyant de malheureux affamés se battre sur ces grèves pour quelques coquillages, en suivant de l'œil le mendiant qui rôdait nus pieds et tremblant de froid sur la plage. Il se sentait dévoré d'envie en contemplant la misère, le froid, la faim, la mort imminente, toutes ces douleurs enfin qui ne sont pas la prison!

## II.

### FONDATION DU MONASTÈRE.

Du temps des Gaules, le mont de granit des bords de l'Armorique se nommait *Belenus* ou *tumba Beleni*. Il était alors environné de ces sombres forêts si répandues sur notre ancien sol, et de vastes marécages. Une distance de deux lieues le séparait de la mer, distance qui a été de siècle en siècle envahie par l'Océan, jusqu'à ce que ses flots soient venus baigner le pied du rocher, qui pût seul leur résister.

Le dieu Teutatès était adoré sur ce mont, dont les abords offraient pour son culte de profonds ombrages, des chênes assez vénérables pour porter le gui sacré, un mystère et un isolement nécessaires aux sacrifices humains. Il se trouvait aussi, à portée de ce rivage, les îles de l'Océan dans lesquelles les vierges, prêtresses des Gaules, habitaient presque toujours, en venant se mêler aux druides et au peuple dans les nuits de sacrifice, où leur science leur faisait interpréter les décrets du sort, révélés par le cours du sang humain.

A l'époque de la domination romaine, on trouve dans ce même lieu un autel à Jupiter, et le rocher se nomme *mont Jovis* ou *mont Jou*.

Lorsque les temples païens eurent été effacés à leur tour par la conquête chrétienne, la pensée religieuse revint encore habiter cette plage. La même solitude, favorable au recueillement, qui avait attiré les druides dans ces bois, y appela des ermites, dont les grottes surmontées d'une croix marquèrent de loin en loin toute l'étendue du désert.

Les flots, qui devaient à la suite des temps arriver jusqu'au pied du roc de granit, rongeaient incessamment la grève, mais pendant trois siècles, le séjour des bois étendus entre le mont et l'Océan resta suffisant aux ermites, dont le nombre augmentait tous les jours.

Quelques-uns d'entre eux se réunirent et formèrent un petit monastère.

Des bêtes féroces vivaient sous les voûtes de ces forêts depuis la création. Avec le temps, des bandits vinrent aussi chercher asile au sein de cette nature terrible, où la force armée ne s'engageait guère pour les poursuivre.

Cependant la mer qui avançait toujours, avait parfois des mouvements plus rapides; parfois la tempête, aidant la marée montante à sortir de ses limites, poussait le flot jusqu'aux entrailles des bois. Alors il déracinait des masses de chênes séculaires avec un fracas formidable: il plongeait en bouillonnant dans les antiques tanières des loups, qui en sortaient avec des rugissements furieux, et se répandaient dans les bois, autour des ermitages qu'ils remplissaient d'épouvante.

Les brigands aussi, qui n'avaient que les cénobites à tuer et dépouiller, leur faisaient subir sans cesse des attaques sanglantes.

Cependant, la tradition qui désignait le mont de ces plages comme ayant servi de marchepied à l'archange remontant au ciel, prit alors naissance, ou se répandit davantage: ce lieu fut désigné à la piété publique et on pensa à le consacrer par quelque monument religieux.

On était au VIIIe siècle, époque où les fidèles se croyaient sans cesse en communication avec le ciel, et faisaient des vagues images de leurs rêves des êtres d'en haut, descendus pour leur apporter quelque révélation. On nommait cela *une vision*.

Aubert, évêque d'Avranches, eut donc une vision. Il pensa que dans la nuit un messager du Très-Haut était venu lui ordonner de faire bâtir un oratoire dédié à saint Michel-Archange sur le mont de granit de l'Armorique, et d'y établir un chapitre de douze chanoines.

L'évêque fit connaître à son diocèse la volonté divine qui s'était manifestée à lui, et tâcha d'obtenir des fidèles les fonds nécessaires à l'érection des autels qui devaient être consacrés à saint Michel.

C'est à cette époque, au commencement du VIIIe siècle, qu'on peut placer le premier pèlerinage sur ce sol consacré, qui devait attirer plus tard un si grand nombre de ces pieux voyageurs.

Le roi de France Childebert III, ayant entendu parler de la sainteté des ermites qui habitaient une terre presque inconnue au bord de l'Océan, résolut d'aller les visiter, et leur demander leurs prières pour la prospérité de son royaume.

Ce prince, âgé de 22 ans, faible de corps et d'âme, était une espèce d'ermite lui-même dans le fond de son palais, où le maire Pépin le tenait enfermé; il avait la religion seule pour refuge dans l'abandon et la tristesse, comme les pieux habitants des déserts. La royauté, si jeune en ce temps-là, ne connaissait encore ni fierté ni puissance; ses grands officiers gouvernaient à sa place. Les rois, dans les assemblées *présidées* par le maire du palais, n'avaient de trône qu'une escabelle couverte d'un tapis; leur couronne était un simple cercle d'or; leur sceptre, une palme de verdure.

Childebert partit accompagné du grand référendaire, de l'intendant de sa maison, de quelques-uns de ses officiers et de ses domestiques. Ils étaient tous bien armés, montés sur d'assez bons chevaux et suivis d'un chariot qui contenait des provisions de bouche. Avec ce mince bagage, qui était alors celui des princes en voyage, ils pouvaient cependant espérer de fournir sans encombre les quatre-vingts lieues de route qui semblaient alors un long et périlleux voyage.

Le fils de Thierri, monté sur le trône à onze ans, retiré depuis ce temps dans la solitude, n'avait dans ses attributions que la surveillance des monastères, et la justice qu'il pouvait parfois rendre lui-même à ses sujets; ce dont il s'acquittait sans doute à son honneur, car l'histoire lui a conservé le surnom de *Juste*. Cependant il avait entendu dire que les Français allaient faire une campagne contre Egica, roi des Visigoths, et le désir d'obtenir par l'intercession des ermites la faveur du ciel sur leurs armes, ainsi que toutes les autres grâces qu'il avait à leur demander, le conduisait dans ce pèlerinage, pendant lequel il espérait d'ailleurs connaître sur sa route l'état de son royaume.

Le prince et son cortége voyageaient donc comme les plus simples coureurs d'aventures.

Au bord des grands chemins, on trouvait de loin en loin une source ayant à côté un banc de pierre, puis deux larges pierres plates posées à terre et une coupe suspendue à l'arbre le plus voisin. Les deux dalles servaient à triturer la viande, qui était cuite ensuite en un instant au feu qu'on allumait; on prenait son repas, assis sur le banc, et la coupe remplie à l'eau à la source, désaltérait tout le monde. C'étaient les hôtelleries de ce temps-là.

Le roi partageait sa journée de route par ces repos champêtres. Outre ces nombreuses haltes, l'escorte s'arrêtait à chaque croix du chemin pour faire une prière et déposer dans le tronc une obole, à laquelle le pauvre seul pouvait toucher. Le soir, le monarque prenait asile dans quelque village, s'il s'en trouvait sur son chemin. Revenant alors à la hauteur de son rang, tout en se reposant à l'ombre d'un arbre, il s'informait de la situation, des besoins des habitants du lieu, et jugeait souverainement les différends qui avaient pu s'élever entre eux.

A ce train de choses, on doit penser que le trajet dura longtemps. En approchant du terme, le roi s'enquit du lieu où résidaient les ermites. C'était une contrée sauvage à l'extrémité du diocèse d'Avranches, et que signalait de loin un rocher de granit dressé à l'une de ses limites, dont l'autre était formée par l'Océan.

Le cortége royal s'enfonça dans les forêts et marécages; et, après avoir échangé quelques coups d'estoc avec les bandits qui croisaient sa route, arriva sain et sauf au premier ermitage. Aussitôt la cloche placée au-dessus de la grotte résonna; les autres lui répondirent dans l'étendue du désert, et de tous côtés arrivèrent les pieux solitaires. Ils se réunirent autour du roi avec un doux contentement de la bonne visite qui leur arrivait, mais sans être émus par la grandeur de son rang; car, dans ces premiers siècles, on avait une si haute idée du service de la divinité, que ceux qui se vouaient à son culte ne voyaient rien au-dessus d'eux.

On ouvrit des berceaux dans l'épaisseur de la forêt, et le roi de France et sa suite s'établirent dans ces étroits espaces, dont les lianes étroitement tressées formaient la voûte.

Nous rappellerons ici qu'il y avait alors plusieurs classes parmi les religieux retirés du monde. Les uns vivaient en société sous la conduite d'un supérieur; c'étaient les *cénobites*, et ceux qui se rapprochaient le plus des ordres monastiques. Les autres, touchés du désir d'une perfection plus grande, se retiraient dans de sombres ou arides solitudes; c'étaient les *ermites* ou *anachorètes*. Quelques-uns voyageaient de province en province pour visiter les lieux saints, ou pour s'instruire près des personnages les plus célèbres par leur sainteté : on les nommait *pèlerins*, et ils donnèrent leurs noms dans la suite à tous ceux qui accomplirent un voyage dans quelques pieux desseins. Quelques autres se bâtissaient des cellules au milieu des villes, ou se muraient dans les cavernes des endroits les plus sauvages; on les appelait *reclus*. Il y avait aussi des sociétés de trois ou quatre personnes qui vivaient ensemble dans l'exercice de toutes les vertus, sans chefs, sans vœux; ils avaient d'abord distribué leurs biens aux pauvres, et s'occupaient à quelque travail pénible pour vivre et faire encore un peu de bien.

C'était aux anachorètes qu'appartenaient les religieux de la Neustrie.

Childebert passa quelques jours au milieu d'eux, vivant de cette existence exceptionnelle, qui consistait à laisser derrière soi les intérêts, les amours, les besoins de l'être humain, comme une défroque misérable, pour n'exister que par la contemplation ascétique et les rapports continuels avec Dieu. On n'avait plus dans le désert de fortune, de parents, ni d'amis; mais la prière sans fin, l'extase éternelle de l'autre monde; aucun des jours qui se levaient sur la terre ne pouvait rien amener dans la grotte de l'ermite, si ce n'est celui où la mort fermait ses yeux sur son lit de feuilles.

Un incident marqua le séjour du roi de France dans cette solitude, et nous le rapporterons tel qu'il a été conservé dans les chroniques.

Les religieux, dans leur retraite sauvage, avaient pu offrir une nourriture suffisante au prince et à son escorte. Le curé de Beauvoir, dont l'église était la plus voisine, leur envoyait chaque matin, depuis bien des années, un âne chargé des provisions nécessaires pour la journée; le messager était si bien dressé à ce trajet, qu'il allait et revenait seul de la cure au désert, et jusque-là la Providence l'avait si bien gardé, que ni bête féroce, ni bandit ne se trouvant sur son chemin, il n'avait pas manqué une seule fois d'apporter le pain quotidien aux solitaires.

Mais pendant le séjour de Childebert, l'heure habituée se passa un jour sans qu'on vît arriver le père nourricier. On attendit en vain; le soleil allait redescendre dans sa carrière, comme on le voyait à l'ombre des rochers, et l'inexplicable retard ne finissait pas; dans le silence qu'amène toujours l'attente prolongée, on n'entendait point le bruit du grelot de l'âne venir se mêler au murmure lointain des vagues.

Ce jeûne qui n'était pas indiqué par le calendrier, devenait très-pénible; la présence du roi de France parmi les ermites leur en faisait sentir le désagrément plus vivement encore, et à chaque instant le panier de provision était désiré avec plus d'impatience. Dans cette occurrence, l'un des solitaires, attachant ses sandales et prenant son bâton, alla sur la route que suivait d'ordinaire le messager de la cure, pour savoir s'il ne verrait rien venir.

Il marcha plus d'une heure dans des sentiers à peine tracés, chargés de ronces et de bois mort, où il se frayait le chemin avec son bâton; après cela, il entendit un peu de bruit devant lui, et, ayant avancé de quelques pas encore, il se rejeta subitement en arrière au spectacle qui s'offrit à ses yeux.

L'âne de Beauvoir était étendu sur la terre, dépécé en lambeaux. Un énorme loup, les griffes entrées dans ses entrailles, en déchirait les restes fumants; il tenait encore à la gueule un morceau des chairs qu'il avait dévorées, et dont le sang teignait ses longs poils hérissés. L'âne tout démembré ne conservait plus aucune forme : on voyait seulement encore entière cette bonne tête, revêtue de l'aspect humble et doux qu'elle montrait chaque jour en se courbant jusqu'à terre, pour remettre le panier de provisions aux mains des solitaires.

Ce panier était alors tombé sur l'herbe à quelques pas de là.

L'ermite s'enfuit épouvanté, tremblant de la peine que lui causait la perte de l'âne, et tremblant aussi de terreur pour lui-même. Il fut bientôt revenu sur ses pas, et raconta à la noble assistance formée de la cour et des religieux, le triste événement qui venait de se révéler à lui.

Mais il achevait à peine son récit, lorsque le regret qu'il causait fit place à une indicible surprise à la vue de la chose la plus extraordinaire qui fût jamais venue frapper les yeux des hommes.

Le loup, la tête basse, le panier de provision sur le dos, avançait pas à pas. Il déposa son fardeau à la place où le pauvre âne le mettait d'ordinaire, et reprenant le même sentier que suivait celui-ci, il s'éloigna dans le désert.

Les ermites remercièrent Dieu, et servirent enfin le dîner en tirant du panier les vivres qui étaient restés intacts.

Le lendemain et les jours suivants, le loup revint au matin chargé du bagage, et fit désormais le service de la cure au sein des forêts. C'était la pénitence que la divine Providence lui avait imposée pour le punir d'avoir dévoré celui qui nourrissait les fidèles serviteurs de Dieu.

Voici le texte même de la *Neustria pia*, dans lequel le père Dumoustier, auteur de ce recueil, raconte ce fait miraculeux.

« Cibos et alimenta solebat eis mittere parochus (de Beauvoir), huic (monti) sarcinæ ferendæ assueverat asinus, qui tandem præda factus est lupo obvianti; qui divina Providentia ac potentia id officii exhibere coactus fuit. »

Avant de partir des forêts de la Neustrie, Childebert reçut la visite d'Aubert, évêque d'Avranches. C'était, comme nous l'avons dit, le moment où le saint prélat venait de recevoir la vision qui lui ordonnait d'élever un monastère à saint Michel; en venant saluer le roi il lui fit part de l'ordre céleste. Childebert l'engagea beaucoup à y obéir; mais le pauvre souverain des Français était trop gêné pour aider à cette fondation d'une manière plus efficace; ne pouvant faire mieux, il offrit tous ses vœux pour l'érection du pieux édifice.

Il y eut une grande bénédiction donnée par l'évêque aux ermites et aux personnages de la cour. Dans ce temple du désert, dont les chênes étaient les gigantesques colonnes, dont les rochers formaient l'autel, et les ronces en fleurs les seuls décors, les manteaux de velours et d'or et les sombres robes de laine s'agenouillèrent ensemble sur la mousse. Dans l'étendue des bois, les serpents, les bêtes fauves firent silence au fond de leurs antres; les vents sinistres s'apaisèrent sur l'Océan; et les cantiques, chantés avec une foi profonde, résonnèrent seuls dans la grande solitude du rivage.

Après cette cérémonie, le roi Childebert partit et rentra dans ses États fort édifié de son pèlerinage.

Peu de temps après, en 709, l'évêque d'Avranches se trouva en possession des fonds qui devaient suffire à l'érection de l'oratoire. Les habitants des environs, en dehors de leur zèle pieux, avaient volontiers contribué à cette fondation, dans l'espérance que la présence d'un monastère éloignerait un peu les bandits, qui alors régnaient en maîtres dans la contrée et désolaient tous ses parages.

En peu d'années, on construisit ce monument religieux qui, sauf des diverses transformations, devait être de si longue et si formidable durée.

Dès ce moment, le rocher sauvage et presque inconnu du bord de l'Océan prit le nom de *Mont Saint-Michel*.

## III.

### INVASION DES NORMANDS.

L'Oratoire, fondé sous les auspices du pieux Aubert, se soutint pendant plus d'un siècle dans un état florissant. On éleva au rang des saints celui qui l'avait érigé; et une chapelle fut construite au pied du mont pour honorer la mémoire de l'évêque d'Avranches et servir au culte du bienheureux. Pendant le cours des temps, les douze chanoines qui formaient la maison religieuse se succédèrent dans la paix et l'obscurité primitives du cloître.

Vers la fin du IXᵉ siècle cependant, la ferveur religieuse s'était éteinte au couvent et la vie matérielle y débordait de toute part. Les chanoines, bien loin des ascétiques cénobites qui les avaient précédés sur ce rivage, et des célèbres bénédictins qui devaient bientôt leur succéder, ne s'occupaient nullement de doctes études et ne songeaient pas davantage aux choses du ciel. La chasse, la pêche, formaient leurs seules affaires sérieuses; le reste du temps ils étaient livrés aux grossières débauches de la table, ainsi que le prouve l'édit qui les expulsa plus tard.

La petite église située au haut du mont, flanquée d'un étroit bâtiment et de murailles qui tombaient déjà en ruines, n'était pourvue non plus d'aucune défense.

Ce fut à cette époque que se renouvelèrent en France les invasions des Normands, commencées depuis quatre-vingts ans, et ayant bien des fois ravagé le royaume jusque dans Paris, où elles avaient laissé mainte église en ruines. Les barbares du nord portèrent cette fois leurs armes jusque sur le mont isolé au bord de l'Océan.

Ce peuple était par nature, par éducation et par nécessité, errant, pillard et meurtrier. Lorsque les autres guerriers du nord s'étaient partagé les contrées d'Europe, les Normands étaient restés *sans terre*; partout où ils eussent voulu s'arrêter, des habitants déjà forts d'un long droit de propriété leur disaient : vous ne pouvez couper de ce blé, la terre est à moi : vous ne pouvez vous reposer sous ce toit, la maison est à moi. Trop resserrés dans le peu de possessions qu'ils avaient en Danemarck, ils se retiraient donc dans des lieux inaccessibles, et de là fondaient sur diverses contrées, où ils tuaient les habitants, abattaient les murailles, volaient les choses précieuses, chargeaient les vivres sur leurs chariots, et enlevaient les enfants pour les élever au sein de leurs familles, dans leurs mœurs et usages.

C'était surtout les églises que ces brigands du nord cherchaient à envahir parce que le zèle chrétien portait dans ces lieux saints la meilleure part des richesses. Après avoir dévasté dans la Neustrie les autels des principales abbayes, les Normands se dirigèrent vers ceux de Saint-Michel. Il ne leur fallut que quelques flèches habilement lancées et quelques coups de hache dans les pans à demi croulant de l'édifice, pour entrer dans la place. Les moines abrutis de ce lieu ne savaient pas mieux tenir la lance que la croix; ils s'enfuirent sans combat à la vue des bandits; ceux-ci s'installèrent dans ce nid du rocher, passablement moelleux et bien fourni pour les temps où on se trouvait, et allèrent de là butiner dans les alentours.

Le fil de toutes les courses aventureuses des Normands sur ce rivage se perd dans la nuit des temps; mais, vers l'année 899, on retrouve les chanoines réinstallés dans leurs murailles abandonnées par les terribles passagers.

A cette époque, du sein de ces hordes barbares, il venait de sortir un homme qui pour la beauté, la noblesse, le courage, était sans rivaux parmi les peuples civilisés. C'était Rollon, l'un des rois des Normands[1]. Son air noble, son port majestueux, sa taille admirable, ses manières chevaleresques, sa valeur héroïque, lui avaient attiré l'amour, l'enthousiasme des soldats, tous prêts à lui obéir et à lui donner leur vie.

Chassé de Danemarck, il avait passé en Angleterre et remporté d'immenses victoires; de là, il était revenu dans la Frise, et l'avait rendue tributaire; après quoi il était arrivé en France.

Ayant pris la ville de Rouen, il en fit relever les murailles et les tours, la remplit de ses armes, y plaça sa cour guerrière, et y siégea en souverain; plus redouté et plus admiré à la fois que tous ceux qui régnaient sur les autres parties de la France.

[1] Ils avaient jusqu'à six et huit *rois* dans la même armée.

De là il envoya ses troupes prendre Nantes, Angers, le Mans et Clermont.

Dans une course qu'ils avaient poussée jusqu'au bord de la mer, les soldats de Rollon voulurent reprendre le mont Saint-Michel, qui leur était toujours avantageux comme point de défense.

Le petit monastère dont se couronnait le rocher était devenu le refuge de quelques seigneurs des environs, errants sans feu ni lieu, à mesure que les brigands avaient brûlé l'un de leurs castels. Ceux-ci n'étaient pas disposés à céder leur dernier asile sans résistance; et cette fois, dès que les Normands brandirent leurs armes contre les murs de l'oratoire, des armes non moins fortes s'offrirent pour les repousser.

Ici apparaissent diverses péripéties, mais on les aperçoit plutôt qu'on ne les distingue nettement à ce demi-jour de chroniques qui éclaire certaines parties de l'histoire et laisse les autres dans l'ombre.

Une nuée de flèches entourait les vieux murs du monastère et voilait tous les objets. Sous ce réseau de traits qui se croisaient dans l'air, des combattants luttaient à l'épée et à la lance, sur chaque pointe du roc escarpé, sur les murailles éboulées, aux portes du bâtiment, jusque dans les cellules où les assaillants étaient entrés par les fenêtres, on se battait, on se tuait.

Le comte Hugues, réfugié dans les murs du couvent, était un des plus ardents à la défense. Il avait à tirer de cruelles vengeances des Normands, qui deux fois avaient brûlé ses châteaux sous ses yeux, et la vue de ces casques ronds, de ces longues barbes rousses, de ces casaques de buffle des barbares excitait ses nerfs, faisait battre ses tempes de colère, au point qu'il tuait et massacrait autour de lui avec une violence inconnue jusque-là.

Il cherchait à tout moment de nouveaux adversaires, dont il avait raison avec quelques coups de lance. Mais ces faits d'armes se mêlaient comme tous les autres dans un tourbillon de bruit et d'éclairs, dans un fracas d'armes heurtées, où on croyait voir partout la teinte rouge du sang et les lueurs bleuâtres de l'acier.

Tout à coup, on entendit des cris de douleur qui se détachaient du tumulte du combat, et avaient des accents si profonds, si déchirants qu'ils semblaient emporter une âme tout entière. Mais on les laissa vibrer dans l'air sans s'arrêter d'un pas. Les seigneurs et leurs gens réunis à l'Oratoire étaient en passe de chasser les Normands, et, après les avoir fait rouler du haut du rocher, ils les poursuivaient sur la plage.

Cependant, sur des degrés, à l'entrée du couvent, un jeune homme était agenouillé devant un corps sans vie. Ce jeune combattant était Rulfe, chef de cette horde de Normands; il avait vu de loin le comte Hugues renverser tous les siens, et, se précipitant vers lui, il l'avait abattu d'un seul coup de hache. Le comte, disant entre ses lèvres un pater et un avé, avait ensuite rendu le dernier soupir, et c'était son vainqueur qui faisait entendre alors ses cris de désespoir.

Rulfe avait été enlevé à l'âge de six ans par les Normands, et élevé dans leurs camps. On ne lui avait point laissé ignorer qu'il était le fils du comte Hugues de Neustrie, mais il ne s'en était jamais inquiété, se trouvant bien de cette existence aventureuse de fortune volée, de terres achetées à la pointe de l'épée, dans laquelle il brillait et se signalait comme un Normand de pur sang.

Mais à ce moment, un domestique du comte Hugues avait jeté son nom tandis qu'il expirait, et la voix du sang s'était éveillée dans le jeune sauvage. Se penchant sur ce corps inanimé, il avait reconnu ses traits dans ceux du comte Hugues, comme s'il se fût contemplé dans un miroir. Son parricide lui était alors apparu dans toute son horreur, et le rocher, théâtre du combat, avait retenti de ses exclamations de désespoir.

Rulfe demeura dans les murailles de l'Oratoire, dont tous les siens étaient chassés par les armes des défenseurs de ces lieux qui les poursuivaient encore sur le rivage. Sans s'inquiéter de rester seul au milieu des moines ennemis, il leur fit comprendre qu'il voulait que son père fût inhumé sur le haut du mont, dans l'enceinte de l'asile religieux. Les moines ayant répondu que le sol formé de rocher ne s'ouvrait pas à volonté, Rulfe tira sa formidable épée avec un regard si expressif que les chanoines n'eurent d'autre parti à prendre qu'à creuser le granit jusqu'à ce que le corps du comte y fût déposé.

Ensuite, le chef des barbares leur expliqua qu'en pénitence de son crime il voulait prendre l'habit religieux dans leur couvent. Les pauvres gens, épouvantés de garder un tel compagnon parmi eux, lui objectèrent que pour devenir moine, il fallait au moins être chrétien; à cette raison très-décisive ils joignirent toutes celles qu'ils purent imaginer. Mais le terrible pénitent ne voulut rien entendre; à chaque objection il répondit par ce geste de tirer l'épée qui mettait aussitôt les moines à la raison. Il se fit raser la tête, endossa l'habit religieux, prit tout l'appareil du couvent, si ce n'est que ne voulant pas entendre parler de quitter sa bonne lame, il la plaça par dessus le froc, de l'autre côté de son rosaire[1].

Pendant près d'une année l'Oratoire garda dans son sein cet étrange frère, qui, outre la rudesse et la bizarrerie de ses manières, portait toujours sur le front le sombre nuage qu'y avait répandu la mort de son père.

Mais au bout de ce temps, le monastère vit renaître un jour de craintes terribles: du haut de leur rocher les moines découvrirent l'étendard des Normands qui ramenait une bande de ces barbares sous leurs murailles. A cette vue tout frémit. Rulfe, lui, au lieu de trembler, s'enflamme de colère; il revoyait ceux qui l'en enlevant à sa famille, en l'armant contre sa province natale, l'avaient conduit au parricide. En même temps que leur aspect l'irritait à l'excès, il se promettait pourtant un sauvage bonheur à en tirer vengeance.

Les murailles gardaient encore tant bien que mal l'enceinte du monastère, une seule entrée, flanquée d'un roc assez aigu, y donnait accès.

Rulfe s'arma de pied en cap et alla se poser sur ce rocher.

Là, frappant de son épée à deux mains, sans cesse ni merci, il renversa les premiers qui se présentèrent, puis ceux qui suivirent : comme si ce jeune combattant eût été la fatalité vivante, qui eût défendu à jamais aux Normands de revenir souiller la terre de ce mont. Rulfe ne s'arrêta que lorsque les morts tombés à ses pieds lui formaient un rempart qui empêchait aux autres assaillants d'approcher.

Le sang barbare, parlant toujours le premier dans ces enfants du nord, ils avaient commencé par se battre; ensuite, lorsqu'il fallut baisser les armes, ils songèrent à s'expliquer. L'un d'eux, prenant un porte-voix, fit entendre à Rulfe et aux moines rangés sur l'esplanade, qu'ils ne venaient point en ennemis mais en ambassadeurs, ayant de grandes nouvelles à leur apporter.

A ces mots, Rulfe sachant que la parole des Normands était sacrée, dit aux pères du couvent qu'on pouvait les laisser entrer sans avoir à redouter d'eux la moindre violence.

Les ambassadeurs furent introduits dans l'intérieur du monastère; et, en effet, les événements

[1] Chroniques de Normandie.

L'âne de Beauvoir dépécé par le loup.

dont ils opportaient le récit étaient aussi grands qu'extraordinaires.

Charles IV, roi de France, voyant que rien ne pouvait arrêter les invasions désastreuses des Normands sous un chef doué de tant de courage et de génie guerrier, avait pris le parti de donner à Rollon les terres qu'il volait. Il avait donc offert au superbe Danois toute cette côte de la mer, si souvent par lui soumise et désolée; et, pour consolider le traité, il accordait encore à son nouvel allié la princesse Giselle, sa fille, en mariage.

L'archevêque de Rouen, ville dans laquelle Rollon régnait, avait été choisi pour la négociation de ce traité, bien facile à consentir pour le chef Normand. Il avait en même temps persuadé à l'illustre infidèle de se faire baptiser. Ainsi, Rollon, le chef barbare, ayant pour parrain le duc Robert, et voulant donner le nom de sa peuplade à la province qu'on lui concédait, était devenu *Robert Ier, duc de Normandie*, et gendre du roi de France.

La première préoccupation du nouveau chrétien était, selon l'usage du temps, de doter, restaurer ou enrichir les monastères. Il envoyait donc des délégués au mont Saint-Michel, annoncer aux chanoines desservants de ses autels, qu'en réparation des maux qu'ils avaient eu à subir par sa faute, il relèverait les murs de leur couvent et les remplirait de ses largesses.

Ce fut ainsi que se termina l'une des époques désastreuses pour la fondation religieuse du mont Saint-Michel; et de ce moment commencèrent pour elle ces libéralités des princes, qui, venant sans cesse couler des trônes dans son sanctuaire, en firent un des monastères les plus riches et les plus célèbres du monde chrétien.

Suivant ses promesses, Robert Ier fit relever les murailles de l'église et des bâtiments réguliers, on agrandit ces derniers de nouvelles cellules, de salles plus spacieuses, toute l'enceinte fut fortifiée, et l'abondance régna dans l'intérieur.

Le duc de Normandie, homme très-supérieur pour son temps, était guidé dans toutes les largesses qu'il répandit dans les maisons religieuses de son apanage, par une pensée plus haute encore que la ferveur de sa conversion nouvelle : il voyait que, dans l'état actuel de ces contrées, toute lumière descendait réellement des monastères sur un peuple encore à demi barbare, et il espérait, par l'influence de ces studieux serviteurs de l'Église, hâter la civilisation dans ses états.

Cependant les chanoines du mont Saint-Michel, qui, ainsi que nous l'avons dit, n'avaient rien du savoir et des aptitudes sérieuses qui se montraient déjà dans un grand nombre de communautés, achevèrent de se corrompre dans la plénitude du bien-être. Un demi-siècle après leur réinstallation, on trouve un arrêté qui les chasse de leur église collégiale, pour cause de perversité et déréglement de mœurs.

Mais d'autres religieux ne tardent pas à les remplacer; en 966, un couvent de moines bénédictins est fondé au mont Saint-Michel.

Dès lors, on voit régner dans ce lieu un de ces abbés seigneurs et despotes, qui ont la double puissance de la crosse et du glaive. Les bâtiments s'étendent de nouveau, se fortifient davantage: l'édifice prend le double caractère de couvent et de forteresse.

Et c'est alors, qu'en signe de la haute et basse justice de l'abbé, on creuse dans le roc les premiers cachots, pour y jeter ceux que condamnera sa souveraine autorité.

Pèlerinage de Louis VI, roi de France, et de Henri I^er, roi d'Angleterre, au Mont Saint-Michel.

On ne sait rien des premiers captifs qui périrent dans ces gouffres, de faim, de misère, ou sous les fers de la torture : mais des ossements trouvés dans des cavités murées plus tard, et qui dataient des x^e et xi^e siècles, prouvent que des cachots, *in-pace* et *oubliettes* existaient dès cette époque au mont Saint-Michel.

Le monastère vécut en paix sous la protection des ducs de Normandie jusqu'au règne de Guillaume-le-Conquérant.

A cette époque se présenta l'élection d'un abbé, et Guillaume nomma à cette place le moine Roger, son chapelain.

Les religieux firent dire au duc que, dans leur ordre, le supérieur étant électif, ils ne pouvaient le recevoir ainsi tout consacré de sa main.

Mais Guillaume qui avait fait la conquête de l'Angleterre en un mois, avec si peu de titres pour en revendiquer l'héritage et si peu de force pour s'en saisir, qui avait su soutirer des sommes énormes aux Normands en leur donnant hypothèque sur ses conquêtes futures, qui avait pu attirer les fils même de son mortel ennemi, le duc de Bretagne, dans son entreprise ; Guillaume enfin qui avait gagné le pape au point de lui faire excommunier ceux qui ne servaient pas sa cause, n'était pas homme à reculer devant le refus de quelques moines. Il envoya Roger au mont Saint-Michel, avec une escorte d'hommes d'armes assez forte pour qu'elle pût faire respecter sa venue.

Au moment où son protégé gravissait l'âpre montée du roc, le chapitre des bénédictins était assemblée et délibérait chaleureusement sur ce qu'il y avait à faire en si grave occurence. L'entrée de Roger mit fin au conseil.

Dans les premiers moments, la fermeté du nouvel abbé, ses manières nobles et généreuses, les prodigalités que sa fortune lui permettait de répandre dans le couvent, surent calmer l'irritation des moines. Mais après les désirs assouvis, l'orgueil se réveilla en eux ; ils songèrent à la violation de leurs droits, maudissant celui qui s'en était rendu coupable, et conspirèrent contre lui dans des assemblées secrètes.

Un jour l'abbé arriva au milieu du conciliabule.

« Frères, dit-il, nous aimons choses droites et mises au grand jour, et ne pouvons souffrir les déguisements, complots et perfidies. Songez, je vous prie, que lorsqu'on a fait comme moi la campagne de l'Angleterre aux côtés de notre seigneur duc Guillaume, on ne saurait s'émouvoir des tracasseries de quelques gens malintentionnés. Je veux faire de votre abbaye une vraie merveille, et de vous tous les serviteurs les plus heureux que notre seigneur Dieu puisse avoir sur la terre. Mais je veux en chacun de vous du bon vouloir, et beaucoup de vous en manquent. Que ces derniers s'amendent donc promptement, s'ils ne veulent m'obliger à leur montrer d'une sévère façon que je suis leur maître [1]. »

Il paraît que ce discours, ayant touché quelques-uns des dissidents, n'eut pas cependant un complet succès, car, peu de temps après, on voit l'abbé, selon qu'il l'avait promis, jeter un certain nombre de ses moines dans les cachots du Moutier, et en envoyer d'autres en correction dans des couvents de Normandie.

## IV.

### LES ROIS AU MONT SAINT-MICHEL.

A l'abbé Royer, qui avait été ainsi arbitrairement imposé par Guillaume-le-Conquérant, succédèrent les deux hommes les plus célèbres de ceux qui tinrent le sceptre pastoral à l'abbaye des bénédictins. Ce furent Roger II et Robert de Thorigny.

Dans un goût éclairé pour le luxe et les grandeurs, ils créèrent dans le monastère les chefs-d'œuvre de l'art architectural qui s'y trouvent encore. Ils firent construire ces vastes salles, solides autant que majestueuses, qui conservent la force, les proportions colossales des siècles rudes et guerriers, et empruntent déjà l'imagination, le goût, l'élégance d'un autre âge. La salle construite pour la réception des chevaliers eut des voûtes aériennes, des piliers élancés avec audace et couronnés d'ornements merveilleux. Ce cadre, tout de grandeur et de richesse, devait laisser un superbe souvenir de ceux qui l'avaient occupé lorsqu'ils auraient déjà depuis longtemps disparu de ce monde.

L'église, le réfectoire, la salle du chapitre, reçurent cette vaste étendue et cette beauté de décors qui mit Saint-Michel au rang des premiers monastères de France.

L'un de ces abbés, Robert de Thorigny, joignit aux titres que lui donnaient les embellissements de l'abbaye ceux d'un grand savoir, d'une haute intelligence qui le firent appeler souvent au conseil des papes et des rois.

Et son règne cependant est le plus horrible qui ait passé sur ce mont funèbre.

Ce fut lui qui fit creuser ces affreux cachots de la dimension d'une tombe, ces oubliettes dans lesquelles l'eau de la mer passait pour entraîner les corps.

Jusque-là il n'y avait eu dans le couvent forteresse que des cellules où on arrivait par des galeries souterraines, Robert de Thorigny fit pratiquer dans le roc des cachots écrasés sous leurs voûtes, où le prisonnier torturé n'avait que la place de son corps, des tombeaux noirs, humides, où il ne manquait que l'insensibilité de la mort, qui eût été un bienfait.

On ouvrit en même temps les *oubliettes*, dont le nom indique la destination cruelle ; les malheureux qu'on y jetait étaient *oubliés*, ainsi ils mouraient de faim ; l'eau de l'Océan qui filtrait dans le souterrain emportait peu à peu leurs dépouilles et ils ne restait plus d'eux la moindre trace.

Pendant cette époque le monastère du mont Saint-Michel devint donc un des plus splendides édifices du monde et une des prisons les plus épouvantables.

Ce fut le temps aussi où les princes commencèrent à visiter ce monastère d'une célébrité naissante; le XII$^{e}$ siècle fut même la période qui amena le plus grand nombre de ces illustres étrangers à l'abbaye.

En 1116, les rois de France et d'Angleterre vinrent y signer un traité de paix. C'était sous le règne de Roger II, et au moment où se trouvaient presque achevés les embellissements de l'édifice, comme s'il eût revêtu toute sa pompe pour honorer la présence des deux puissants monarques.

Treize ans auparavant, le Samedi-Saint, au moment où les religieux sortaient de l'office du matin, la voûte de l'église s'était écroulée, entraînant avec elle une partie du bâtiment voisin.

Cinq ans plus tard, le Vendredi-Saint, pendant matines, la foudre avait mis le feu à cette même basilique, et l'incendie se répandant à l'entour y avait causé de grands ravages. Il paraissait que le Seigneur voulait ajouter à cette semaine de contrition de plus frappantes pénitences. Quoi qu'il en fût, le dernier incendie avait été marqué par un miracle : au milieu des cendres de l'église, où tout était en poussière, on avait retrouvé une petite statue en bois peint de la Vierge Marie, dans toute sa pureté et sa fraîcheur.

Mais le dégât avait été si grand qu'il ne semblait pouvoir être de longtemps réparé : cependant, au bout de peu d'années, l'abbé Roger, grâce à son zèle et à tout l'argent dont il disposait, avait mis à la place des murailles renversées par la flamme de nouvelles constructions plus solides et plus belles ; il y avait joint les bâtiments qui forment encore la partie septentrionale de l'édifice, les réfectoires, dortoirs, les vastes écuries. Et par ses soins, la salle des chevaliers, qui attendait depuis longtemps des artistes dignes d'orner de leurs sculptures des proportions grandioses, venait d'être terminée et parée de toute sa magnificence.

Le monastère était dans cet état florissant, lorsqu'au mois de juin de l'année 1116 les deux plus grands souverains d'Europe y arrivèrent.

Les vassaux, bourgeois et paysans des environs, étaient accourus sous les murs de l'abbaye pour y voir entrer Leurs Altesses, et se tenaient si serrés sur le rocher de granit que celui-ci semblait une montagne de têtes. Toute cette foule, ouverte seulement dans un large espace pour le passage des monarques, agitait des étendards aux couleurs de France et d'Angleterre, en criant aux deux princes *vivat!* et surtout *largesses!* La haie des petits marchands du mont, vendant chapelets bénis et reliques, bordait le passage, et ils criaient aussi leur marchandise, car nulle part en ce temps-là on n'oubliait de rendre la dévotion lucrative.

Les deux princes gravirent le mont au milieu de cette multitude, suivis d'une nombreuse escorte, que les costumes du temps, réhaussés de panaches, chargés d'or et de pierreries, rendaient plus resplendissante. Louis VI n'était entouré que de ses chevaliers français; mais la suite d'Henri I$^{er}$, qui emmenait avec lui les princes et princesses de sa famille, défila plus longtemps sous les regards de la foule éblouie de sa magnificence.

Arrivés dans l'enceinte du monastère, conduits par l'abbé qui était allé les recevoir avec la bannière en tête et la procession des moines à sa suite, les deux rois trouvèrent la même affluence autour d'eux : mais là c'étaient des hauts seigneurs, des prélats illustres, parmi lesquels on remarquait l'archevêque de Cantorbéry, qui étaient venus leur offrir leurs hommages.

Les princes furent d'abord introduits au réfectoire où un splendide festin les attendait.

Louis VI dit *le Gros* avait alors trente-cinq ans. Malgré la forte corpulence à laquelle il devait son surnom, nul prince ne fut jamais plus alerte, plus remuant, plus prompt à porter le siége, à ouvrir la bataille, à lutter partout contre les grands vassaux ennemis de la couronne, avec un entrain, une activité qui l'avaient fait appeler *le batailleur*.

Accompagné partout de son fidèle Robert de Flandre, qui était en ce moment assis à sa droite, et d'autres braves chevaliers, il avait comprimé pour longtemps la révolte des seigneurs de Rochefort, de Corbeil, de Crécy, de Chevreuse; et plus que tout autre prince, il sut faire rentrer dans le devoir ces grands suzerains, dangereux rivaux de l'autorité souveraine, toujours rêvant à l'abaisser ou à la prendre pour eux. Comme Eudes de Corbeil, qui disait à sa femme au moment du combat : « Comtesse, donnez-moi mon épée ; c'est un comte qui la reçoit, c'est au côté du roi de France que vous la reverrez. » Louis, dès l'âge de vingt ans, avait combattu ces fiers sujets ; et dans l'année précédente il venait encore de remporter sur eux d'éclatantes victoires.

Dans les derniers temps, ces luttes coïncidaient avec de cruelles discordes de famille.

Louis, que dès l'âge de vingt ans son père, Philippe Ier, avait fait couronner et nommé son successeur[1], était tellement poursuivi par la haine de Bertrade, maitresse du roi régnant, et mère de deux fils dont elle voulait élever l'aîné au trône, qu'il s'était réfugié à la cour de ce même Henri d'Angleterre contre lequel il venait maintenant de fournir une guerre de cinq ans. Il habitait depuis quelque temps cette cour, lorsque Henri reçut une lettre cachetée du propre sceau de Philippe, par laquelle il était prié de faire mourir son jeune hôte. Louis, qui reçut communication de cette lettre, partit bouillant de colère, et alla droit à son père.

—Je remets entre vos mains, dit-il, un fils que vous avez condamné sans l'entendre.

La lettre que le prince jeta sur une table, à l'appui de ses paroles, causa à Philippe autant d'indignation que de surprise, car elle lui était inconnue; et c'était Bertrade qui avait pris son sceau royal pour la parfaire.

Pendant la vie de Philippe cependant le calme parut se rétablir dans la maison souveraine; mais lorsque Louis monta sur le trône; Philippe, l'aîné des frères bâtards que Bertrade lui avait donnés, souleva contre lui les grands vassaux, auxquels il promit des merveilles s'ils voulaient l'aider à régner à la place du fils légitime, et lui suscita toutes ces longues querelles dont il venait enfin de sortir victorieux.

En même temps, Louis VI, soutenant lui-même les prétentions du jeune Guillaume, neveu de Henri, sur le duché de Normandie, s'était attiré avec le roi d'Angleterre cette guerre, mêlée d'aventures et de grands dangers pour lui, dont l'un a laissé son souvenir dans un mot du prince. A la déroute d'Andelys, un soldat anglais ayant saisi la bride de son cheval, s'était écrié :

—Le roi est pris!

—Ne sais-tu pas qu'au jeu des échecs on ne prend jamais le roi? avait froidement répondu Louis en tuant le soldat d'un coup de hache.

De là, il se jeta dans la forêt des Andelys, où il erra toute la nuit, et où il était près de tomber de fatigue et de faim, lorsqu'une pauvre vieille bûcheronne le conduisit dans sa chaumière.

De cette défaite il s'était pourtant relevé assez puissant encore pour que le roi anglais eût désiré paix et alliance avec lui.

Henri Ier, son célèbre rival, assis en ce moment à la table des moines en face de lui, était moins calme et moins heureux avec une bien plus grande puissance. Il était arrivé à l'âge de cinquante ans dans une série continuelle de succès étonnants et de sombres tristesses, et son front pâle se courbait sous le poids des ennuis.

Troisième fils de Guillaume-le-Conquérant, Henri, à la mort du roi, vit son frère aîné investi de la couronne d'Angleterre, le second du duché de Normandie, tandis qu'il n'avait rien en partage qu'une ambition effrénée au fond de l'âme.

Mais son père, comme consolation, lui avait laissé ses trésors, et entre ses mains ce fut tout.

Avec ses richesses il acheta les grands d'Angleterre pour qu'il ne s'opposassent pas à ses desseins; puis il fit crever les yeux à son frère aîné et s'empara du trône d'Angleterre; ensuite il fit enfermer son second frère dans une tour, et prit le duché de Normandie. Tous ces coups d'État réussirent à souhait; il régna en paix et vit naître autour de lui, pour lui succéder dans sa puissance, une nombreuse famille.

Mais il lui fallait payer cher ces succès. Dans sa grandeur, la trahison, la haine étaient partout à ses côtés; il se sentait détesté et redouté de tout le monde, et il amassait dans son âme toute l'humiliation et la souffrance de cette antipathie universelle.

C'était Guillaume Cliton, fils de Robert, duc de Normandie, dépossédé et emprisonné par Henri, qui, en venant solliciter le roi de France de lui aider à reprendre les États de son père, avait allumé la guerre entre Louis et le roi d'Angleterre. Après de longues luttes qui ruinaient les provinces, le pape Calixte II était intervenu entre les deux souverains; un arrangement avait été conclu, par lequel Henri se désistait du duché de Normandie, mais pour le faire passer à son propre fils Guillaume. Louis et les seigneurs normands, soulevés contre l'usurpateur, s'étaient vus forcés de souscrire à ce terme moyen, et la cause de l'opprimé avait été abandonnée.

La situation des armées avait engagé les deux rois à choisir l'abbaye du mont Saint-Michel pour rédiger le traité de paix, et c'était cette grande affaire qu'ils venaient y conclure.

A cette table du couvent qui réunissait les premières puissances du monde, auprès des souverains, des hauts prélats, tels que l'abbé Roger et l'archevêque de Cantorbéry, des seigneurs tels que Roland, grand chancelier, et le comte de Flandre, on voyait les jeunes princes d'Angleterre, enfants d'Henri Ier, Guillaume, son fils aîné, auquel il venait de céder la Normandie, Robert, le plus jeune, quatre fils bâtards, quatre filles naturelles; c'est-à-dire la jeunesse la plus brillante, et en même temps la plus folle, la plus licencieuse du monde[1].

Le repas eut lieu avec tout le cérémonial accoutumé. Le grand sénéchal du roi de France était assis derrière son maître, sur un siége drapé de velours; à chaque service, il se levait, ôtait son manteau, et prenait des mains du second sénéchal les plats qu'il posait sur la table.

Le dîner fini, le sénéchal descendit; et, ayant été satisfait des mets présentés, comme il était d'usage, il fit cadeau de son cheval de guerre au frère cuisinier du couvent, et de son superbe manteau au frère cellerier[2].

La soirée fut remplie par la musique, le jeu et tous les divertissements que put permettre le respectable asile dans lequel on se trouvait.

Mais quand vint l'heure du coucher des monarques, ce fut un grand embarras pour leurs hôtes. Louis de France alla paisiblement s'étendre dans un des immenses lits de ce temps-là, que deux de ses chevaliers partagèrent avec lui. Pour Henri d'Angleterre, il n'en était pas de même : ce furent cinq chambres à coucher, toutes meublées à son usage, qu'il fallut lui préparer.

Ce prince, bourreau de sa famille, depuis qu'il avait fait crever les yeux de son frère aîné, éprouvait une terreur invincible des ténèbres qui semblaient faire surgir devant lui ce supplice d'une nuit éternelle qu'il avait infligé : il demandait sans cesse la prolongation de la lumière au ciel irrité, qui n'avait rien à lui répondre; la lampe de nuit, les flambeaux dont il avait essayé de s'entourer, n'étaient point parvenus à calmer son effroi, et les heures d'obscurité lui coûtaient cruellement à passer.

De plus, il sentait toujours autour de lui la haine présente et la vengeance menaçante. Dans ces derniers temps, un de ses grands officiers, que l'histoire désigne seulement comme *celui qu'il aimait le plus*, avait cherché à attenter à sa vie. Cet homme n'était plus : mais Henri croyait toujours voir son complot écrit sur le front de ses autres favoris. Sa boisson de nuit lui semblait empoisonnée; il croyait

1 Les rois de France faisaient souvent couronner, avant leur mort, celui de leurs fils qu'ils désignaient pour le trône; car ce droit alors n'appartenait pas exclusivement à l'aîné.

1 Chronicle Maurice, pag. 274.

2 Hugo de Cleris, pag. 332.

apercevoir des poignards derrière ses rideaux. Il lui fallait donc plusieurs chambres prêtes pour son coucher, afin qu'on ignorât celle dans laquelle il se trouvait; car il en changeait quatre ou cinq fois dans la nuit; et dans chacune d'elles il voulait qu'il y eût des hommes d'armes placés l'épée nue au chevet du lit[1].

« Exemple, que celui qui se fait trop craindre craint toujours, » dit au sujet de ce prince l'abbé Suger.

Le lendemain, en présence de toute l'illustre assistance, le traité de paix fut signé dans la belle salle des chevaliers, inaugurée par cette solennité. Les clauses de paix et d'alliance furent jurées. Le Christ d'or massif, sa croix d'émail enrichie de pierreries, le livre des saints Évangiles, dont les feuillets étaient des chefs-d'œuvre de peinture, et la couverture de vermeil, garnie de perles, d'émeraudes, de rubis, une merveille d'orfévrerie, reçurent les serments des deux monarques, qui n'en furent pas pour cela plus fidèlement gardés.

Le roi de France reprit aussitôt la route de ses États; peu de temps après Henri d'Angleterre se remit en mer.

Lorsque les vaisseaux qui emmenaient le prince et sa famille mirent à la voile, les religieux de l'abbaye se réunirent sur la plate-forme qui dominait l'Océan pour voir le majestueux départ de la flotte royale.

Le ciel de juin, d'un limpide azur nuancé d'or, et la mer qui répétait ses splendides couleurs, semblaient s'être parés de leurs charmes magiques pour le passage du puissant souverain. Un calme ineffable se joignait à cette magnificence, l'eau restait unie comme une glace, sous le souffle léger d'un vent pur qui rafraîchissait l'atmosphère sans l'agiter.

Un navire de toute richesse, placé en tête de la flotte et entouré de divers bâtiments, portait Henri I$^{er}$ seul avec ses grands officiers. La couronne royale, sur la bannière aux léopards, semblait briller d'un plus vif éclat que jamais, car le souverain vainqueur des Normands rebelles, glorieux de la paix qu'il venait de signer avec la France, portait, disent les historiens, *la palme dans une main et l'olive dans l'autre*[2].

Un second vaisseau, pavoisé de banderoles et ombragé d'une tente de soie, était orné en même temps de tant de verdure et de fleurs qu'il semblait emmener le doux climat du continent sur l'autre rive; une musique aérienne s'élevait de son bord et faisait glisser ses brillantes symphonies sur les eaux. C'était là où se trouvaient Guillaume, fils aîné de Henri, nouvellement investi du duché de Normandie, Richard, son frère, ses quatre autres frères bâtards, la belle comtesse de Perche et ses trois sœurs, filles naturelles du roi d'Angleterre; puis soixante personnes des premières maisons du royaume.

Cette jeune noblesse, livrée au luxe, au plaisir, cette cour où la galanterie était la vraie souveraine, commençait la traversée par les chants et les joies du festin. La musique voluptueuse portait l'ivresse dans les sens, les regards enflammés la répandaient de toute part, et les vins exquis qui coulaient à flots avaient peu à faire pour achever d'égarer toutes les têtes.

La belle embarcation, entourée de ses chaloupes, dont les voiles blanches voltigeant autour d'elle, lui faisaient un gracieux cortége, se balançait mollement sur les eaux avant de mettre au large; elle allait et venait sur l'azur de la mer, en se penchant et mirant dans le cristal limpide ses guirlandes et ses dorures. Elle se berçait longtemps sur ces flots onduleux, comme si une douce langueur, une heureuse mollesse lui eût fait retarder le moment du départ.

Puis, le navire royal s'étant avancé sur l'Océan, elle s'élança sur sa trace.

Là, soudain, elle heurta un récif, se brisa, s'abîma sous les flots.

Le pilote, les matelots, enivrés comme leurs maîtres, n'avaient rien vu, et tout s'engouffrait dans la mer où tournoyaient les débris du navire.

Le prince Guillaume cependant avait pu atteindre une chaloupe à la nage... il allait se sauver, gagner le bord... mais il aperçut la comtesse du Perche, celle de ses sœurs qu'il aimait le mieux, soulevant sa belle tête au-dessus des eaux, et luttant contre la mort. Il rama de son côté et parvint à la saisir, à la déposer dans la barque... Au même instant, d'autres naufragés s'attachèrent à l'esquif, qui, sous le poids, s'abîma dans la mer. Les malheureux n'avaient eu qu'un moment d'espoir trompé, et une mort plus lente.

Tout périt, jeunesse, beauté, grandeurs, fortune, plaisir, amour, brillants seigneurs, nobles dames, gais ménestrels, joyeux buveurs, les fleurs du matin, les antiques écussons du navire: la mer fit tout disparaître à jamais.

Henri I$^{er}$, du vaisseau qu'il montait, assista au naufrage de toute sa famille; il vit mourir son fils aîné, son héritier, il vit en une minute s'anéantir tout ce qui aurait pu perpétuer sa puissance. Exemplaire punition de ses crimes: il avait fait périr ses frères, la destinée lui ôtait tous ses enfants.

Il continua seul à voguer vers l'Angleterre, emportant dans son âme de la tristesse pour le reste de ses jours.

Les moines, qui du haut de leur donjon assistaient à ce solennel et terrible spectacle, virent longtemps encore les debris dorés du vaisseau flotter au léger souffle de la brise, sur l'azur des eaux, toujours calmes et limpides.

Les pères du couvent durent exprimer bien des réflexions sur la fragilité des grandeurs humaines. Mais à part eux, en rentrant dans leur abbaye, ils se sentaient sans doute bien fiers et bien heureux en songeant que dans leur puissance monacale, ils avaient tous les avantages d'une haute fortune sans être soumis à des revers, et que leur postérité recrutée dans la chrétienté, et non dans la famille, ne risquait pas d'être submergée contre un esquif.

C'était l'année des grandes solennités au monastère du mont Saint-Michel. Quelques mois après le passage des souverains, il y eut une cérémonie pour la consécration de la chapelle souterraine.

Hugues, archevêque de Tours, Victor, évêque d'Évreux, Richard, évêque de Coutance, et Robert, évêque d'Avranches, passèrent quatre journées à l'abbaye en retraite et en prières. Ensuite, l'archevêque bénit cet immense et majestueux souterrain, à la voûte profonde comme un ciel noir, que soutiennent un faisceau de gigantesques piliers.

On place au centre de ces pilastres un simple autel, sur lequel fut déposée la petite statue en bois de la vierge Marie, qui s'était miraculeusement conservée dans l'incendie. Une lampe perpétuelle fut suspendue au-dessus pour éclairer cette frêle et délicate figurine qui, au milieu de ces masses de pierres, semblait montrer sa force divine, bien au-dessus de toutes celles de la matière.

La chapelle consacrée se nomma *de Notre-Dame* ou *des cent cierges*, du nombre des flambeaux qui avaient figuré et devaient figurer toujours à l'avenir dans les grandes cérémonies de cette enceinte.

[1] Suger in vitâ Lud. Grossi, pag. 308.

[2] L'abbé Velly.

[1] Les matelots, excités par l'exemple, burent avec tant d'excès, que ne sachant plus ce qu'ils faisaient, ils allèrent briser leur bâtiment contre un rocher. » Orderic, pag. 338 et suivantes.

## V.

### INVASION POPULAIRE.

Dans cette période du XIIe siècle, on trouve un soulèvement populaire dirigé contre les murs de l'abbaye du mont Saint-Michel, et dont nous ferons mention, non à cause de son importance, mais parce qu'il fut le seul de ce genre auquel le monastère fut jamais en butte.

Le peuple des campagnes, plongé dans une misère dont l'état actuel de nos paysans ne peut donner une idée, était parfois arbitrairement dépouillé du peu qu'il lui restait pour sa subsistance par les exactions des seigneurs. De plus, cette année 1134 était marquée en Normandie d'une disette désastreuse; les grains manquaient, et, par un funeste hasard, la pêche n'avait jamais été si mauvaise. Il semblait que toutes les ressources de la vie fussent taries sur la terre et dans les eaux.

Cependant, le paysan, tremblant de crainte sous l'ombre que les créneaux du donjon seigneurial versaient sur lui, se tenait blotti dans le fond de ses champs, cherchant seulement à se soustraire au passage des hommes d'armes, qui faisaient pleuvoir sur lui des coups de bois de lance. Après avoir trompé sa faim avec quelques racines crues ou quelques poignées d'herbe, il s'asseyait sur la terre, son chapeau de jonc enfoncé sur les yeux, et s'enfermait morne et silencieux dans sa souffrance.

Si sa bouche n'exhalait aucune plainte, sa pensée n'en formulait pas davantage; brute, sauvage, ignorant de son propre sort, il subissait le servage comme le bœuf subit le joug sans le connaître. Il n'aurait pu se plaindre même à Dieu de ses maux, ne trouvant pas dans son esprit d'expressions pour en rendre compte.

Cependant, au milieu de cette atonie, qui était l'état des paysans par toute la France, il s'éveillait quelquefois des instincts de vengeance sauvage; à cette résignation inerte du peuple enchaîné succédaient des élans de cruauté féroce. L'année où Louis-le-Jeune monta sur le trône de son père fut troublée par ces émeutes populaires, qui éclatèrent en même temps sur plusieurs parties du territoire.

L'étincelle électrique se communiqua jusques aux côtes occidentales, où l'excès de la misère rendit le soulèvement plus terrible.

Les paysans, les pêcheurs du rivage, auxquels vinrent se joindre les plus pauvres habitants d'Avranches, se réunirent et se portèrent vers la petite ville du mont Saint-Michel, dans l'intention de la ravager et d'y mettre le feu. Projet stupide, qui ne tendait point à soulager leur détresse, mais à la faire subir aux autres.

Les gens de la ville étaient armés de bâtons, les paysans portaient leur fourche sur l'épaule, les bergers des branches d'arbres, les bûcherons leur hache, les pêcheurs leur aviron. Les femmes, plus exaspérées que tout autre, marchaient en tête, tenant leurs enfants dans leurs bras.

Des haillons, c'était la bannière symbolique de cette pauvre troupe; des vagissements d'enfants affamés, c'était son cri de guerre.

De gros chiens de basse-cour et de bergers formaient la brute arrière-garde.

Toute la bande s'en allait ainsi gémissant, jurant et hurlant sur la grève.

Arrivés aux portes de la petite ville, ils en forcèrent le passage par la force des masses. Cette cité, où des huttes de marchands de coques s'adossaient aux échoppes des ouvriers, était presque aussi pauvre que ceux qui venaient en faire la conquête. C'est à peine sans doute si les vainqueurs y trouvèrent à dîner avant d'y porter le sac et la flamme : mais ils accomplirent leur œuvre de destruction brutale, et les maisons furent réduites en cendre, tandis que les habitants épouvantés allaient chercher asile dans les bois qui couvraient encore une partie du rivage.

Le monastère, que la troupe d'insurgés considérait attentivement du bas du rocher, offrait une bien meilleure capture à leurs armes, et une invasion plus avantageuse pour le butin. Mais c'était un couvent, une maison du Seigneur, et en ce temps-là, vingt récits différents apprenaient tous les jours aux populations les malheurs épouvantables arrivés à ceux qui osaient toucher aux biens de l'église. Dans cette année même, le comte de Macon, pour avoir volé des vases sacrés, s'était vu enlever par un cavalier noir, qui l'avait emporté en chevauchant dans les airs, tandis que le malheureux seigneur appelait vainement ses chevaliers à son secours[1].

Les rustres restaient donc ébahis, les yeux ardemment fixés sur l'abbaye, mais les bras pendants, n'osant ni avancer ni retourner en arrière.

Cependant il y en avait parmi eux qui, à force de tribulations sur la terre, s'étaient révoltés contre le ciel. On avait vu depuis quelque temps beaucoup d'exemples de fidèles qui, après avoir longtemps *nourri un saint*[2] sans en rien obtenir de ce qu'il demandait, l'avait renversé et mis en pièces.

Un de ceux-là brandit la hache, en disant que, puisqu'ils devaient assurément être punis de leur rébellion, il valait autant que ce fût pour beaucoup que pour un peu, et il marcha droit au monastère. Son exemple entraîna tous les autres; et leur bande roula en tourbillon sombre, poudreux, jusque sous l'enclos de la maison religieuse. Les pieux, les maillets, les avirons, se mirent à battre contre le portail et le mur d'enceinte dans une infernale cadence; les cris violents des femmes échevelées, les vagissements des enfants, les hurlements des gros chiens, qui faisaient partie de l'armée, composaient comme une aigre musique guerrière, capable de porter les combattants aux derniers exploits. Et on voyait que la muraille, répandant déjà des flots de poussière, ne tiendrait pas longtemps contre leurs coups.

L'abbaye n'était pas encore pourvue de ces bastions, de ce nombreux arsenal, de ces ressources de guerre, grâce auxquelles elle put deux siècles plus tard se défendre si vaillamment contre les Anglais. Ses moines, avec la bonne volonté de faire résistance, étaient si faibles en hommes et si mal armés, qu'à la vue de l'invasion barbare, ils sortirent sans bruit par une poterne latérale, et furent se cacher dans les rochers, du côté du mont opposé à celui que le peuple occupait, et assez escarpé pour que la troupe ne vînt pas y passer.

Les insurgés entrèrent dans la place sur les décombres de la muraille éboulée; ils fondirent dans l'intérieur, se jetèrent sur les vivres, dévorèrent tout ce que contenaient les offices, burent le vin des celliers, puis ils ravagèrent les cellules des moines opulents, leurs couchettes, leurs prie-dieu, leurs livres saints; ils broyèrent tout cela sous leurs pieds et y mirent le feu; le bâton abbatial du père bénédictin fut trouvé et jeté dans le foyer. Tout brûla... mais de ces cendres, il devait renaître des souverainetés monacales qui vengeraient bien grandement sur la plèbe l'affront fait à leur faible devancière!

La foule rustique était ivre de sa victoire. Les plus enragés du nombre prirent de la paille roulée en torche, l'allumèrent au feu de joie, et, courant par toute la partie du monastère appelée *bâtiment régulier*, qui sert au logis des moines, ils portèrent la flamme dans le réfectoire, la salle de conseil, les cellules, où partout éclata et grossit rapidement l'incendie.

Le bâtiment, situé à la cime du rocher, jetait de partout des flammes, parmi lesquelles couraient des

[1] Pierre-le-Vénérable.

[2] Porter à la statue d'un saint des cierges et des offrandes.

figures noires, hideuses, en lambeaux, brandissant la torche fumeuse. Le diabolique tableau se réflétait dans la mer baignant le pied du mont. Et les religieux, retirés dans leurs creux de rocher, pouvaient voir leur saint asile livré à un pareil désastre[1].

La profanation s'était jusque-là arrêtée à la porte de l'église. Mais la multitude étourdie par le vin, les cris, le tapage, avait sans doute perdu tout sentiment de cette religion, qui formait alors son seul frein, sa seule raison, car un des bandits, plus furieux que les autres, porta sa torche contre le portique du saint lieu, et toute la masse hurlante applaudit à son sacrilége...

Cependant le brandon tomba tout à coup de la main de ce misérable. On venait d'entendre une détonation sourde, mais violente, semblable à un coup de tonnerre souterrain.

En même temps le sol trembla, et sembla dans son vacillement se retirer de dessous les pieds des hommes; les charpentes de l'édifice craquèrent; les flèches qui le surmontaient s'inclinèrent comme prêles à se heurter; les pics aigus des rochers prirent un mouvement semblable; et de tous ces sommets agités se détachaient des pierres qui roulaient avec des tourbillons de poussière et un bruit formidable.

Ce fut un tremblement de terre de la durée de quelques secondes. Mais les paysans insurgés, prêts à porter leur main dévastatrice jusqu'à l'autel, crurent y voir le courroux de Dieu soulevé par leur crime et prompt à les châtier; ils s'enfuirent avec des cris si étourdissants, et une course tellement égarée par la terreur, que dans leur descente du mont ils roulèrent les uns sur les autres, et arrivèrent demi-morts sur la grève.

C'est le seul tremblement de terre que, dans le cours des siècles, on ait eu à enregistrer dans les annales de ce mont Saint-Michel, soumis à tant d'autres catastrophes. Mais dans de telles circonstances, il servit à persuader mieux encore que : *Le Dieu des vengeances punit sans miséricorde ceux qui osent toucher aux biens de son Eglise*[2].

[1] « Cette bande de canaille, après avoir mis le feu dans la ville, vint brûler le monastère, dont tous les lieux réguliers, logement des religieux, furent incendiés. » MS. de Dom Huynes.

[2] Pierre-le-Vénérable.

## VI.

### LES PÈLERINAGES.

L'abbaye du mont Saint-Michel eut en tous temps le privilége d'attirer les pas des voyageurs; les fervents chrétiens des premiers âges y allaient en dévotion au pied des autels de l'archange; maintenant les artistes en tournée de merveilles vont chercher ces beautés de l'art gothique égarées sur ce rocher aride, sur cet âpre rivage ces chefs-d'œuvre de sculpture semés sur les souterrains d'une affreuse prison.

C'est vers le milieu du XII^e^ siècle, au retour de la seconde croisade, que, selon les historiens, remonte l'usage des pèlerinages au mont Saint-Michel qui, dans le cours des temps, restèrent en grande faveur et furent un des plus grands honneurs de ce lieu consacré.

L'exemple des croisades, de ces grands pèlerinages armés, accomplis par sept ou huit cent mille hommes, donnait le désir à ceux qui ne pouvaient passer les mers par pratique pieuse, d'accomplir au moins à l'intérieur quelque voyage de dévotion dans un lieu sanctifié. On doit penser que, outre la grande renommée *sancti Michaelis*, la situation de ses autels sur un rocher ardu, surmontant des grèves dangereuses, les faisait préférer, comme offrant des périls à subir, pour la plus grande gloire du Seigneur.

A cette époque, la poésie se répandait plus que jamais dans la religion; les grandes excursions d'Orient inspiraient aux chrétiens de revêtir d'images, de couleurs, de symboles, leurs croyances mystiques, de mêler les parfums aux prières, de chercher le charme idéal dans le salut de leur âme.

On sait que ces emblèmes, portés par les croisés, en laissant altérer leur premier caractère, devinrent un titre de gloire dans les familles, et furent l'origine des armoiries nobiliaires; la croix donnée par saint Bernard aux chevaliers se retrouve encore aujourd'hui dans l'écusson des plus anciennes familles. Et le lys même qui, pendant tant de siècles signala la bannière de France, a été cueilli par Louis-le-Jeune dans la plaine de Sarou.

Les mêmes formes se répandaient dans les pèlerinages intérieurs. C'était par bandes nombreuses, amenant des familles entières, vieillards, femmes, enfants, et portant force bannières, bijouterie, verroterie, que les pèlerins arrivaient au mont Saint-Michel.

Leur procession serpentait longtemps autour du mont avant d'y arriver. On la voyait suivre ces longues côtes aux mouvements majestueux, passer en barque de l'un à l'autre îlot, revenir par la colline plus douce de Beauvoir, semée de moulins et de maisonnettes, se détacher tour à tour sur tous les points de cet immense horizon de la mer et du ciel, où tout est grandiose, l'azur sombre et profond, les zones infinies de vapeur, les oiseaux qui passent par nuées entières de goëlands ou de courlieux.

C'est qu'avant de pénétrer au monastère les pèlerins avaient des stations à faire, des lieux sanctifiés à visiter; les environs de l'abbaye Saint-Michel étaient alors presque aussi célèbres qu'elle-même.

A une demi-lieue au nord-est, on trouvait d'abord le mont de Tombelène se dressant du sein de la mer. L'îlot était inhabité, mais il y avait une chapelle très-vénérée, à Sainte-Apoline, dans laquelle brûlait une lampe perpétuelle; puis, du côté du midi, à l'endroit où se creuse une grotte naturelle, trois cellules, dans lesquelles Bernard, treizième abbé du mont Saint-Michel, venait de prendre l'usage d'envoyer trois religieux en retraite pendant trois ans, après quoi ils étaient relevés par d'autres frères[1]. Institution qui tendait sans doute à représenter la Sainte-Trinité dans ce désert.

On rapportait dès lors de manières différentes les événements passés en ce lieu.

Selon la tradition adoptée par Dom Huynes, le nom de Tourbelène venait de *tombe Helène*, et il lui avait été donné ainsi : « Hoël, prince de Bretagne, avait une fille qui lui fut enlevée par un jeune Espagnol. Peu après, le ravisseur craignant d'être poursuivi pour son crime, fit monter la nuit dans une barque la jeune princesse et sa nourrice qui l'avait suivie, les déposa dans un îlot inhabité de l'Océan, et les y abandonna. La princesse mourut de chagrin, et fut enterrée par sa nourrice dans cette petite île, à laquelle elle laissa son nom. »

Mais une autre étymologie lui était aussi donnée.

« Une jeune fille du nom d'Hélène n'ayant pu suivre Montgommery, son amant, qui allait avec le duc Guillaume conquérir l'Angleterre, mourut de

[1] Cette austérité dura jusqu'au XVII^e^ siècle, interrompue seulement par les invasions étrangères. En 1252, les Anglais prirent des fortifications qu'on avait élevées à Tombelène, les augmentèrent d'un château, et les gardèrent jusqu'en 1449. Sous Lous XIV, l'île fut le siége d'un gouvernement; il y eut des constructions considérables et une garnison; mais cette espèce de lieu d'exil fut abandonné dix ans après. Il n'y a plus aujourd'hui que des ruines à Tombelène.

chagrin sur cette île où elle fut ensevelie. Les pêcheurs ont observé que chaque année, au jour et à l'heure où on dit que trépassa cette fille de châtelaine, quand elle eut perdu de vue dans la vapeur de l'Océan le vaisseau qui emportait sa vie, une colombe vient sur les genêts de Tombelène et ne s'envole que le lendemain au matin[1]. ».

Les pèlerins, tout en allant prier à l'autel de sainte Apolline, donnaient donc en même temps une pensée à ces autres saintes d'amour, célèbres par leur grande passion et leur constance.

Les voyageurs arrivaient de là au pied du mont Saint-Michel, à une toute petite chapelle rustique de la plus grande ancienneté. Elle est placée sur un quartier de rocher, élevé de douze pieds qu'on monte par un étroit escalier taillé dans le roc et continué par des marches superposées; l'humble chapelle n'a jamais ressemblé qu'à une cabane et elle est tombée de bonne heure en ruines, son clocher seul la signale au milieu des taillis épineux; mais dédiée à saint Aubert, fondateur du superbe monument qui la domine, elle fut toujours en vénération extrême.

Après cette station, les pèlerins se dirigeaient enfin vers les saintes hauteurs où réside l'archange.

Leur bande était nombreuse, comme nous l'avons dit, elle se formait parfois d'Allemands, d'Italiens, venant à pied du fond de leurs contrées, ordinairement de pieux personnages partis de quelques points de la France. Ces compagnies avaient leur bannière, leurs trompettes, leurs hérauts d'armes, leurs généraux, leurs capitaines; elles se composaient de nombreuses familles des classes les plus différentes, dont tous les membres étaient présents, depuis l'aïeul jusqu'à l'enfant à la mamelle; tous portaient des manteaux au collet garni de coquilles, ou des coquilles suspendues par un ruban rouge autour du cou.

La procession arrivait en chantant des psaumes jusqu'aux portes de la ville, là les hommes devaient être désarmés, *même du petit poignard* dont le manche portait le cachet : « Ce qui coûtait grandement, dit dom Huynes, aux chevaliers et surtout aux évêques. » Ensuite les pèlerins gravissaient la montagne aux mêmes sons des trompettes et des chants sacrés.

Sous la voûte profonde de l'abbaye toute la procession s'agenouillait, les plus fervents montaient même les degrés à genoux. Enfin, reçus dans le monastère, les pieux voyageurs étaient hébergés, confessés, sanctifiés, largement gratifiés de bénédictions et de médailles.

Au départ il existait pour les pèlerins une épreuve singulière par laquelle les Montois les forçaient de passer. Ils avaient dû d'abord acheter des marchands de la ville beaucoup de chapelets, d'images, d'écharpes et des couronnes de cuivre doré pour les principaux personnages de la bande, sous peine d'être mal venus; ensuite les habitants les obligeaient, avant de sortir, à *saillir le mont*, ce qui consistait à sauter les mains croisées sur la tête sur un bâton tenu à une certaine hauteur, ou, si on le préférait, à payer à la place une dispense.

Au refus d'un des pèlerins, les Montois montraient le poing; à la chute d'un des pieux voyageurs qui se cassait la tête en sautant sur le bâton, ses frères tiraient les armes pour sa défense. Ainsi le plus beau moment du pèlerinage se terminait souvent par des querelles sanglantes.

Dans le cours des âges plusieurs des rois de France eux-mêmes allèrent en dévotion au mont Saint-Michel.

L'un des premiers princes dont la venue est mentionnée dans les *Annales de l'abbaye*, est Philippe-le-Bel; non qu'il n'eût été précédé par d'autres souverains dans le célèbre monastère, mais sans doute à cause de la magnificence des dons qu'il y laissa.

Philippe-le-Bel, après le supplice des templiers, qui devait répandre la terreur si ce n'est le remords dans son âme, après les désordres de ses belles-filles Blanche et Marguerite de Bourgogne qui avaient amené des drames sanglants dans sa famille, Philippe-le-Bel, malade de soucis et de langueur, se rendit en pèlerinage aux autels de l'archange, pensant expier, en quelques moments de prières, les longues fautes de sa vie et celles de sa maison.

Ce prince arrivait seul avec son confesseur Guillaume Durantit, évêque de Mende, dans une magnifique litière, suivie d'une brillante et nombreuse escorte dont la fin se perdait dans la brume des grèves.

Quoique âgé de quarante-huit ans et au terme marqué pour sa vie, Philippe conservait encore cette beauté qui lui a fait donner son surnom dans l'histoire. Les charmes de la figure semblaient inhérents à sa famille, ses trois fils en étaient doués comme lui. Il avait tout fait pour rehausser ces dons de la nature d'un éclat de luxe et de richesse inconnu jusqu'à lui. Nul prince n'adora autant la fortune et ne déploya autant de génie à s'en procurer.

Le premier il pensa à refondre les monnaies, en les altérant, pour s'en approprier une partie, et il créa la dynastie des rois faux monnayeurs. Ayant vu par hasard le trésor des templiers lorsque, poursuivi par le peuple soulevé, il trouva asile dans la tour du Temple, il les fit tous mourir pour se saisir de leurs richesses. Son peuple, pressuré par lui, payait de plus toutes les fêtes de sa cour[1], sur les dépenses desquelles il trouvait moyen de gagner encore. Une croisade, artificieusement annoncée, lui avait permis de lever les décimes du clergé demeurées pour lui seul.

Trésors des grands, argent du peuple, biens d'église, il avait tout absorbé, tout était venu se fondre dans sa royale caisse.

Et maintenant, malade de corps et d'âme, triste jusqu'à la mort, en passant dans ces misérables campagnes, il disait à Guillaume Durantit : « Qu'il voudrait être un de ces Jacques Bonhomme récitant des patenôtres à l'ombre de son chaume. »

Nous ne parlerons pas de la réception splendide que les moines de l'abbaye firent à Philippe-le-Bel, elle fut empreinte de toutes les pompes qui se déployaient lorsque les éminences royales et monacales, ces deux grandes puissances des temps, se trouvaient réunies.

Outre les seigneurs des environs beaucoup de membres du clergé et de femmes de hautes classes avaient été conviés au mont Saint-Michel.

Il se trouvait là précisément pour accompagner le roi de France, Guillaume Durantit, qui, au saint synode dernier, avait présenté un mémoire virulent sur la réforme de l'Église, en ce qui touchait au luxe indécent de ses ministres. Et ce qu'on rapporte de cette réunion solennelle n'est pas fait pour démentir son blâme énergique. Les prélats y parurent avec de riches manteaux de velours bordés de fourrures et tombant jusqu'à terre, sous lesquels on voyait de grandes vestes magnifiquement brodées, un baudrier, une ceinture, des éperons d'or et des armes enrichies de pierreries; les simples prêtres étaient vêtus d'habits rayés mi-partie de deux couleurs, sur lesquels étaient brodées leurs armoiries, de chausses à crevés de satin et de souliers à la poulaine; de belles religieuses des couvents voisins étaient venues en robes de soie, rehaussées de dentelles précieuses, et, oubliant leurs voiles dans la

[1] M. de Marchangy.

[1] Lorsque Philippe-le-Bel arma ses fils chevaliers, la seule ville de Paris paya dix mille livres.

Les religieux de l'abaye regardent du haut de leur cloître le départ du roi d'Angleterre.

cellule, elles laissaient voir leur chevelure entremêlée de perles et de fleurs[1].

Tous ces usages mondains d'un clergé désordonné montraient bien la nécessité des réformes demandées par le digne évêque de Mende et la sagesse de ses réprimandes, qui n'en restèrent pas moins sans nul effet.

A ce pèlerinage Philippe-le-Bel, magnifique dans ses présents à l'abbaye, n'apportait pas moins de deux épines de la couronne du Seigneur et un morceau de sa vraie croix, enchâssés dans des reliquaires du poids de trois ou quatre cents onces d'or.

Il repartit après quelques jours passés dans les prières et dans les fêtes; la tristesse et la maladie du roi n'augmentèrent pas moins sans cesse. Peu de temps après il s'étendit sur son lit de mort, d'où il recommanda à ses fils le *désintéressement*, l'amour du peuple, le respect *des propriétés;* puis il se rendit au tribunal de Dieu pour le jour où le grand maître des templiers l'y avait cité du haut de son bûcher.

## VII.

### L'ABBAYE-FORTERESSE.

Au commencement du XIV^e siècle (1326) une nouvelle phase s'ouvrit pour l'abbaye des bénédictins et embrassa tout le reste de sa durée. Le roi Philippe de Valois, appréciant l'importance de sa position comme point de défense, y envoya un capitaine et une compagnie *à ses frais.* L'abbé renonça dès lors à son droit de *capitainerie*, tout en restant seigneur du lieu. Le vaste édifice enferma deux pouvoirs égaux, l'abbé et le gouverneur militaire; et c'est de ce moment que l'abbaye prit sa triple face de monastère, de prison d'État et de forteresse.

Le temps était venu, en effet, pour elle, d'armer ses murailles, car elle allait bientôt entrer dans son époque guerrière.

Les travaux opérés dans les bâtiments pendant ce siècle prirent aussi un caractère plus sévère; le temps des sculptures, des ornements, de la poésie architecturale était passé; on s'occupait des ouvrages d'utilité, de consolidation et de défense; au lieu de colonnes couronnées d'acanthe, on élevait des tours, des bastions, des remparts.

Pierre Leroy, l'un des abbés les plus éminents du mont Saint-Michel, était alors à la tête de la communauté; il dirigea ses travaux avec une grande habileté. Il fit élever cette porte d'entrée, voûtée et fortifiée, si sombre et si imposante, qu'on remarque encore aujourd'hui; il ajouta à l'édifice un grand nombre de tours situées au midi, qui furent plus particulièrement affectées aux prisonniers d'État, sous le nom du *Petit* et du *Grand-Exil*, et dont la plus importante se nomme encore *Périne* du nom de son fondateur.

En même temps, le nombre des prisonniers augmentant sans cesse, il fallut multiplier les lieux de réclusion. L'encombrement des malheureux enfermés dans les souterrains et la difficulté du service pour ceux qui étaient enterrés dans des basses fosses, au fond des puits, fit sentir la nécessité d'une autre situation pour les cachots; on en construisit d'abord au rez-de-chaussée, puis à l'étage supérieur.

La célébrité religieuse du mont Saint-Michel s'étendait aussi davantage; les pèlerins de toute l'Europe venaient en troupes innombrables demander

[1] Villani, t. IX.

Paris. — Imp. de BRY aîné, boulevart Montparnasse. 81

Le moine-cordelier et le duc François Ier de Bretagne.

à genoux l'entrée de sa basilique, les personnages de haut lieu tenaient à honneur de visiter ses autels.

La ville du mont Saint-Michel reçut aussi dans ce siècle l'une des femmes les plus illustres du temps.

Madame Tiphaine Raquenel, fille du vicomte de Bellière et femme de Bertrand Duguesclin, vint prendre asile sur ce rocher de l'Océan tandis que son maître et seigneur allait guerroyer en Espagne. Elle se fit bâtir *un beau logis dans le haut de la ville*, elle se livra à l'étude des astres, pour laquelle elle était parfaitement placée sur cette cime escarpée.

Le jour elle recevait beaucoup de visites de capitaines et de chevaliers qui venaient la saluer dans sa retraite et, ayant reçu de son mari 100,000 florins, généreusement octroyés pour ses plaisirs, elle les distribuait à ces guerriers, à la condition qu'ils iraient rejoindre Duguesclin pour le seconder dans la guerre d'Espagne.

Le reste du temps elle cultivait les sciences pour lesquelles elle déployait des facultés extraordinaires, surtout dans l'astrologie judiciaire. « Cette dame, dit Dom Huynes, bien éduquée en la philosophie et astronomie, s'exerçait continuellement sur ce roc à la contemplation des astres et ès calculs, à dresser des expériences. »

Elle y resta jusqu'à un âge très-avancé; son beau logis servit plus tard à un couvent de femmes et on en voit encore aujourd'hui les dernières traces des murailles enveloppées de lierre.

L'époque où l'abbaye-forteresse allait se signaler par ses faits d'armes comme par la puissance de ses autels et les doctes travaux de ses moines allait bientôt paraître; mais avant d'y arriver nous parlerons encore du pèlerinage que fit un des rois de France dans les plus douloureuses circonstances.

Tandis que le monastère du mont Saint-Michel, abrité sous les ailes de l'archange, reposait encore en paix dans sa prospérité, des désastres et des malheurs inouis venaient de se répandre sur la France.

Le royaume, divisé par les factions, n'avait ni roi, ni maître, et il était en même temps privé de la liberté de placer un prince à sa tête. Charles VI, malade et insensé, cachait sa honte dans les salles abandonnées de l'hôtel Saint-Paul; mort pour gouverner la France, il conservait encore assez d'existence pour qu'un autre ne pût la gouverner à sa place.

Le roi, dont on ne pouvait alors tirer ni grâce ni faveur, était entièrement délaissé par les hommes de cour; la solitude où il languissait à l'hôtel Saint-Paul augmentait la sombre tristesse de son humeur; le délabrement, la pauvreté du logis où il gisait hâtait les progrès du mal qui le dévorait.

Un soir qu'il venait d'être atteint d'un accès de fureur, le désordre répandu autour de lui ajoutait encore à l'aspect déplorable de sa demeure. Il occupait une salle basse dont les vieilles tapisseries se détachaient en lambeaux des murs humides, les fleurs de lys d'étain en étaient dédorées, les fenêtres treillissées de fil d'archal, avec des barreaux de fer et des vitres épaisses, toutes chargées d'images de saints, ne laissaient pas pénétrer la lumière; et, dans cet intérieur si misérable, on voyait des escabelles renversées, des lambeaux de vêtements arrachés, des cartes éparses à terre et des instruments de musique brisés.

Dans le morne silence qui succédait aux éclats du délire on entendait le mugissement du vent, le bruit sourd de la rivière frapper les tourelles, courir dans ces longs couloirs où n'était pas un seul soldat de garde auprès du roi de France.

Charles était assis près d'une table sur laquelle brûlait une lampe, sa barbe et ses longs cheveux blonds restaient en désordre, sa figure n'avait plus rien de la beauté régulière qui, si peu de temps avant, la faisait admirer, et se détachait dans une extrême pâleur sur son pourpoint de velours noir; ses bras naguère si forts qu'ils rompaient une barre de fer et lançaient le javelot mieux qu'aucun archer pendaient maintenant collés à ses côtés.

Près de lui et éclairée aussi à demi par la lueur fumeuse de la lampe, était Valentine de Milan, faisant à haute voix une lecture de piété.

Le roi, au milieu de cette folie où tout était haine dans son âme, détestait surtout ses parents les plus proches : le duc d'Orléans, le duc de Bourgogne; la reine, sa femme, lui était insupportable, et lorsque Isabeau de Bavière se présentait devant lui, il demandait à ses gens en la regardant :

« Quelle est cette femme? elle m'ennuie; s'il y a quelque moyen de me délivrer de cette importunité, qu'on l'emploie et qu'elle ne me persécute pas davantage[1]. »

Valentine, duchesse d'Orléans, était seule exceptée de cette aversion générale : Charles la reconnaissait toujours et l'appelait sa *très-chère sœur*. On sait que cette sympathie du pauvre fou fut imputée à crime à Valentine qu'on accusa d'avoir ensorcelé le roi, attendu que les Italiens et surtout les Lombards étaient très-familiers avec l'art des enchantements, et qu'après l'avoir éloignée de lui, on ne l'y laissa qu'à grand' peine revenir.

En ce moment la lecture faite par la jeune femme achevait de calmer l'irritation fiévreuse de Charles. Valentine avec le charme ravissant de sa figure et la douce harmonie de sa voix *ensorcelait* le roi pour lui rendre quelques instants de paix et de douceurs.

Peu à peu, la figure du malade se rasséréna entièrement, l'intelligence revint se peindre sur ses traits. Tandis que Valentine lisait une prière à l'archange saint Michel, Charles se leva subitement; il dit que l'ange était descendu sur sa tête, qu'il venait d'entendre son frôlement d'ailes. Puis au même instant, il sentit son esprit s'éclairer, le sang circuler dans ses veines, toutes les anciennes forces de son corps se ranimer.

A partir de ce moment, et pendant plusieurs jours, le retour à la vie et à la raison qui venait de s'opérer dans le roi ne s'altéra point, et il crut sa guérison complète.

Attribuant ce bienfait à l'intercession de saint Michel, le roi, pour lui en rendre grâces, entreprit un pieux voyage vers le mont éloigné où l'archange était vénéré.

Après quelques jours d'heureux trajet, Charles arriva aux portes de l'abbaye avec une simple escorte. Il était à cheval, vêtu par dessus ses armes d'un surtout de velours noir, nommé *Jacques*; un chaperon d'écarlate surmonté d'un chapel garni de perles couvrait sa tête. Derrière lui, venaient deux pages portant, l'un son casque, l'autre sa lance, puis un varlet tenant sur le poing son faucon; le chambellan Guillaume Mattel et un petit nombre d'hommes d'armes fermaient l'escorte.

Le roi montra toute sa lucidité d'esprit en répondant à la réception respectueuse que lui firent les moines.

Mais une grande cérémonie avait été préparée à l'église en l'honneur du monarque. Dès qu'il mit le pied sur le seuil de la basilique, les religieux rangés en procession, se présentèrent à lui. Ils portaient la bannière aux armes de France; et l'abbé placé à leur tête, dans le compliment qu'il adressa au souverain, prodigua les expressions de la flatterie et de l'admiration sur la grandeur du royaume qu'il était appelé à gouverner, et l'éclat merveilleux dont il devait le parer encore.

La folie de Charles VI, quoique en apparence dissipée, ou du moins suspendue, tenait encore intérieurement par le point le plus difficile à guérir. Le prince, dans sa démence, avait toujours nié qu'il fût le roi de France, il ne voulait pas souffrir qu'on lui en donnât le titre, et l'effaçait avec obstination dans toutes les inscriptions où il le voyait uni à son nom : le pauvre insensé montrant en cela beaucoup de raison; car c'est l'intelligence qui fait la vraie royauté, et on ne peut légitimement régner sans elle. Depuis les moments de lucidité auxquels Charles était revenu, on n'avait pu le conserver dans cet état favorable que grâce aux soins que son fidèle Mattel avait pris d'éloigner tous les signes de sa grandeur.

Ainsi à la fin du discours de l'abbé, Charles s'élança sur la bannière royale qu'on disait la sienne, il en rompit la hampe et la déchira en morceaux ; puis tirant ses armes, il courut sur l'abbé, sur les moines en les poursuivant l'épée nue. Le triste carnage de la forêt du Mans se serait peut-être renouvelé sur les dalles du saint lieu, si Guillaume n'avait eu la force de retenir son maître serré entre ses bras. La rage de Charles s'étant épuisée en efforts inutiles, il tomba évanoui.

L'esprit du roi était de nouveau égaré. Les moines courtisans avaient gâté tous les bienfaits de l'archange.

Au bout de quelques heures, on ramena à Paris dans une litière le malheureux Charles qui termina ainsi son triste pèlerinage.

## VIII.

### GUERRE CONTRE LES ANGLAIS.

Depuis l'invasion des Normands, le monastère fortifié du mont Saint-Michel n'avait eu à soutenir que des combats de peu d'importance et de durée contre les seigneurs des duchés limitrophes, lorsque les terribles luttes qui, pendant deux siècles, se succédèrent entre l'Angleterre et la France, enveloppèrent l'abbaye forteresse dans le tourbillon d'une guerre désastreuse et continuellement allumée sur les côtes occidentales.

En 1423, les Anglais étaient maîtres de toute la Normandie; ils avaient surtout de fortes troupes à Ardevon et à Tombelène, où ils s'étaient fortifiés et avaient élevé un château. Le mont Saint-Michel seul tenait encore pour le roi de France. La croix de son église le défendait mieux que n'aurait pu le faire aucun bastion, car les fervents Anglais, dans leurs guerres à outrance, redoutaient toujours d'attaquer les lieux saints.

Cependant les chances des combats devenant pour eux moins favorables, ils sentirent la nécessité de s'emparer de la place forte qui dominait la baie, pour qu'elle servît en cas de besoin à protéger leur retraite.

Des compagnies d'archers et d'arquebusiers, mettant des canots en mer, partirent de Tombelène, débarquèrent sur la grève, et roulèrent devant elles leur artillerie jusqu'au pied du rocher.

Le premier ennemi que les Anglais eurent à vaincre fut le chemin impraticable, dans ces parages où le sol se défendait de lui-même : les aspérités du mont, qu'ils tentaient d'escalader et de faire occuper par leurs canons, les rejetaient sur la grève broyés sous leurs machines de guerre.

Cependant, à force de travail et de courage, ils parvinrent à prendre une position convenable sous les murs de la citadelle.

Leur armée était alors formidable. L'abbaye, au contraire, n'avait pour défenseurs que des moines

[1] Chroniques de Saint-Denis.

et cent vingt gentilshommes que Louis Destouteville, alors gouverneur, avait réunis dans la place.

Mais ce peloton de troupe était pourvu d'une force qui ne se mesurait pas sur le nombre. Les moines d'alors, qui étaient du sang des chevaliers, frémissaient souvent d'ardeur belliqueuse sous le capuchon, et rêvaient de combats en disant leur rosaire; ainsi, lorsqu'une occasion légitime de se battre se présentait, ils devaient y déployer largement leur courage. Les gentilshommes réunis dans les remparts appartenaient à l'élite de la noblesse, et, étant venus de tous les points de la contrée chercher ce dernier centre de résistance, ils devaient aussi faire des efforts surhumains pour s'y maintenir.

La présence des moines à leur côté, quoique ceux-ci ne fussent alors qu'au nombre de trente-deux, prêtait encore une force morale à leur valeur. La petite troupe de l'abbaye, formée de religieux et de chevaliers, ressemblait à ces antiques et fortes épées, où la lame puissante est emmanchée dans la croix.

Aussi, quand l'assaut commença, quand les Anglais montèrent à l'escalade, on eût dit que les murailles étaient couvertes de combattants, au feu nourri de la mousqueterie, aux masses de pierres et autres projectiles qui pleuvaient de tous côtés. Les bénédictins, la robe relevée sous le bord de la cuirasse, et armés jusqu'aux dents, étaient aussi agiles qu'impétueux au combat. Les chevaliers se multipliaient, se montraient sur tous les points des remparts à la fois, et allaient jusque sur la brèche que venait de faire l'ennemi pour le précipiter au bas.

Cette défense rendait l'attaque plus furieuse; les assauts se renouvelaient sans cesse et duraient jour et nuit. On dit que pendant ces terribles combats les rochers des côtes répercutaient jusqu'à un lointain infini les détonations des armes, et que les brumes de l'atmosphère étaient épaissies de nuages de poudre, sillonnés de jets de feu.

Les bruits du vent et de la mer étaient dominés par les éclats de l'assaut qui remplissaient tout l'espace; cependant, au milieu de ce fracas même, on entendait, plus haut que tout le reste, retentir le cri de guerre. A l'accent terrible avec lequel on répétait sur les remparts *France et saint Denis*, et au-dessous, *saint Georges et l'Angleterre*, on eût dit que toute la colère des deux nations rivales était venue s'incarner dans ces combattants, et que la destinée allait prononcer entre elles dans ce combat singulier.

Avec l'aide de Dieu, la victoire resta au faible; l'abbaye triompha. Les Anglais, hachés de tous côtés, se retirèrent en petit nombre. Ils essayèrent encore de garder la baie, de cerner les murs, de prendre la citadelle par famine. Mais quand les ressources commençaient à manquer, de braves navires sortis du port de Saint-Malo vinrent brûler la flottille de l'ennemi, et jeter des hommes et des vivres dans la place.

Les Anglais désespérés, incendièrent eux-mêmes leurs bastilles d'Ardevon, et regagnèrent leurs vaisseaux. *Ce fut ainsi*, dit Dom Huynes, *que le projet de conquête s'en alla en fumée.*

La bannière de France, battue de tous côtés sur ce rivage par le vent de la guerre, n'avait pu trouver que le seul et dernier abri du mont Saint-Michel; mais elle y fut toujours conservée, pour pouvoir retourner, à la suite des temps, régner sur la contrée.

Après cet assaut, la guerre s'éloigna pour quelque temps du mont Saint-Michel.

Pour l'existence intérieure de l'abbaye de bénédictins, on ne connait guère pendant ces premiers âges que les principaux faits de l'histoire. Les abbés qui se succédèrent dans l'enceinte du monastère, n'ont guère laissé que leurs noms et leurs armoiries. Quant à la prison d'Etat, on sait seulement qu'elle fut constamment remplie, surtout de prisonniers de guerre, mais le passage de tous ceux qui périrent sous ses voûtes n'a laissé aucune trace. Les entrailles du mont sont un cimetière où pas une épitaphe ne reste inscrite, et dont les ossements, mêlés à la poussière, révèlent seuls l'antique usage.

L'événement que nous allons rapporter est le premier conservé dans les annales de l'abbaye.

En 1450, François Ier, duc de Bretagne, régnait sur l'Armorique en vaillant souverain, et dans des combats, où il payait toujours de sa personne, parvenait à garder ses Etats sains et saufs sous les continuelles attaques des Anglais.

Pendant ce temps-là, son frère, le comte Gilles, dans son château de Guildo, situé à l'embouchure de l'Arguenon, dans le site le plus pittoresque, ne songeait qu'à jouir des plaisirs de la table, de la chasse, de l'amour, et à fêter joyeusement la vie.

Cependant, en dépit de cet état de choses, les courtisans, toujours si bas, si perfides et si heureux calomniateurs, parvinrent à insinuer au duc François que son frère aspirait à s'emparer du pouvoir.

Le despotisme ombrageux du souverain aida aux instigations de ses familiers; le duc accueillit le soupçon dans son âme, et ordonna que son frère fût arrêté et mis à mort.

Les grands ne manquent jamais de bourreaux: il s'en trouva beaucoup auprès du duc, empressés de lui complaire. Les plus ardents à ce service, furent Jean de la Haise et Robert Roussel. Ils partirent pour le château de Guildo. Le frère de leur maître les accueillit avec grâce, leur donna à chacun un de ses chevaux, un de ses plus beaux habits, et organisa des chasses et des jeux en leur honneur.

Ce fut au milieu d'une de ces fêtes que les courtisans-assassins trouvèrent le moyen d'enlever le jeune comte. Ils le garrottèrent, le jetèrent sur un cheval, et l'emportèrent dans le château fortifié de Dinan, puis dans d'autres forteresses, et enfin dans le manoir de Touffon, où ils le jetèrent dans la pièce basse et grillée d'une tour.

— A quoi donc bouteront ces promenades? dit alors Jean de la Haise, est-ce là marmot à mener aux *cordelles?* et n'est-ce pas la volonté de notre sire le duc qu'il soit occis?

— Oui, répondit un des sicaires, mais il faut que quelqu'un de nous le frappe. Et qui le fera?

Tout le monde se tut.

— Et qui parle d'occire, dit Roussel, ne saurait-on mourir d'autre chose? de *victuaille* la vie est faite, et se défait quand elles lui manquent.

On admit volontiers cette proposition; il fut décidé qu'on laisserait le comte Gilles mourir de faim. Depuis ce moment ses bourreaux ne lui portèrent plus aucune nourriture.

Au bout de quelque temps, ils allèrent furtivement à la porte du prisonnier épier ses mouvements, pour savoir s'il respirait encore; ils entendirent du bruit dans la tour et attendirent.

Chaque jour, chaque heure, ils retournaient se coller contre la porte, espérant qu'un silence favorable leur apprendrait que les ordres de leur maître étaient remplis, et que son frère n'existait plus.

Mais chaque fois, malgré le temps qui s'écoulait, ils entendaient le prisonnier parler seul, marcher ou chanter des cantiques.

Voici ce qui était arrivé.

Vers le soir du second jour, une pauvre femme qui cueillait de l'herbe sur le bord des fossés du château, entendit des gémissements de l'autre côté. Elle hésita longtemps sans doute avant de descendre. Elle savait que la mort serait peut-être le prix de sa témérité, si elle osait approcher d'un des prisonniers de la redoutable forteresse; et le silence de la nuit lui laissait entendre le pas des hommes d'armes sur la plate-forme. Elle voyait, sous les faibles rayons du ciel, des lueurs bleuâtres jaillir des haches et des lances.

Cependant le mouvement du cœur l'emporta; elle se laissa glisser le long du glacis, et remonta de l'autre côté jusqu'à la première lucarne grillée de la tour.

Là, elle put se faire entendre du prisonnier, et apprit de lui l'horrible situation où il se trouvait, les souffrances que la faim commençait à lui faire endurer. Bravant tout pour le secourir, elle alla chez elle prendre des aliments, du pain et de l'eau, c'était tout ce qu'elle possédait, et revint les apporter au condamné, en les faisant passer par les barreaux de sa prison.

Chaque soir elle affronta ainsi les plus imminents dangers pour revenir apporter une journée d'existence de plus au pauvre prisonnier.

Quelle femme le jeune comte, dans sa vie de luxe et de plaisirs, avait-il pu autant aimer et attendre avec d'aussi ardents battements de cœur que cette pauvre paysanne parée de son sublime courage, et qui venait lui sauver la vie en exposant la sienne?

Cependant les bourreaux attendaient toujours que les chants de la tour eussent cessé, et se répétaient l'un à l'autre :

— Patience, la lampe qui va s'éteindre jette plus vive lumière.

Mais ils avaient beau patienter, les bruits de pas et les cantiques résonnaient toujours sous la voûte.

— Si le jeûne n'y peut, dit alors Robert Roussel, il faut prendre par le côté contraire et lui donner pâture à tuer Dieu ou Diable.

L'avis fut encore suivi; on prépara des mets, on les porta au captif, en s'excusant de l'avoir oublié les jours précédents; et le malheureux comte, après avoir souffert les douleurs de la faim, sentit bientôt les tortures non moins cruelles du poison.

Cependant la pauvre paysanne continuait à venir le soir le visiter.

— Bonne femme, lui dit le prisonnier, vous qui m'avez apporté le pain de la vie, vous pouvez faire bien plus encore et me donner l'éternité. Après avoir tué mon corps, ils veulent m'envoyer en enfer; mais Dieu ne le veut pas, puisqu'il vous conduit vers moi dans cette heure suprême. Faites diligence, et m'amenez un prêtre qui écoute mes fautes et me donne l'absolution.

La paysanne obéit; elle courut à un couvent de cordeliers qui était près de là, et en ramena un moine qui vint se placer, comme elle le faisait précédemment, contre le soupirail de la tour.

Le mourant s'accusa de ses fautes; mais surtout il maudit la cruauté de son frère, envers lequel il était innocent de tout complot et qui l'avait condamné avec tant de barbarie.

Le prêtre, à cette heure dernière, malgré le pardon qu'il ne peut obtenir de son âme, lui donna l'absolution; et le jeune comte, racheté de ses péchés tomba expirant sur la dalle.

Mais comme le cordelier allait se retirer, il se releva encore par un effort suprême, et étendant la main il dit d'un accent solennel :

— Mon père! citez-le à comparaître dans quarante jours devant le tribunal de notre Seigneur Dieu. C'est ma dernière volonté.

Et il expira.

C'était dans la nuit du 24 au 25 avril 1450. Peu d'heures après le duc François, qui était depuis plusieurs jours occupé à disputer la ville d'Avranches aux Anglais, et venait de remporter une éclatante victoire, pour surcroît de satisfaction apprit la mort de son frère.

Le 8 juin suivant un service funèbre fut célébré à l'abbaye du mont Saint-Michel, pour le repos de l'âme du comte Gilles de Bretagne.

Le duc François, avec la tranquillité d'âme des grands criminels, et l'étrange dévotion qui régnait alors, crut devoir assister à la cérémonie. Il s'y rendit entouré de ses plus nobles chevaliers et d'une brillante escorte. Les bénédictins déployèrent aussi pour ce grand deuil toutes les pompes qui venaient parfois rehausser la belle structure du palais monacal.

L'office terminé, le duc se rendit au trésor du monastère; il versa des poignées d'or dans le coffre des moines; puis il vint se mettre à la tête du cortége pour son départ du mont Saint-Michel.

Il franchit la rude descente du rocher sur son cheval bien dressé et richement caparaçonné. A sa droite était l'abbé des bénédictins, portant la crosse d'or ornée de pierreries; de l'autre côté, la bannière de l'abbaye, resplendissante de broderies et de dorures; derrière, venaient le groupe des chevaliers; puis la file des moines, imposante par l'uniformité de ses longues robes brunes aux capuchons baissés.

Au moment où le duc arrivait à la porte extérieure des fortifications, un moine cordelier sortit de derrière un pilastre, et saisissant la bride de son cheval, l'arrêta violemment.

Puis, jetant son capuchon en arrière pour ne pas cacher ses traits dans l'acte de noble courage qu'il allai remplir, il dit d'une voix ferme :

—Duc François, assassin et fratricide, après avoir menti aux hommes tu as aussi osé mentir à Dieu. C'est toi qui as traîtreusement fait mourir ton frère; et tu viens répandre de fausses larmes sur sa mort en face des autels. En retour de tant de forfaits, et au nom de ta victime je te cite à comparaître dans quarante jours au tribunal de Dieu.

Après ces mots, le cordelier s'éloigna d'une marche assurée, et la stupeur était si grande dans ce premier instant, que nul ne songea à le poursuivre.

Le duc François réunit tous ses efforts pour paraître au-dessus du crime dont on l'accusait, et pour ne montrer qu'une indignation froide contre l'insensé qui avait osé lui faire un tel outrage. Après quelques moments de réflexion, il revint tout-à-fait à lui-même, se crut assuré de l'impunité et ordonna qu'on cherchât de toute part le misérable calomniateur, et qu'on le lui amenât mort ou vif.

Mais toutes les recherches pour retrouver le frère cordelier furent vaines.

Cette circonstance parut surnaturelle, et commença à accuser le duc de Bretagne devant l'opinion publique.

Le haut seigneur était retourné à la tête de ses troupes à Tombelène, lorsque le 18 juillet, quarante jours après la sommation qu'il avait reçue au mont Saint-Michel, il succomba à une maladie dont il était atteint depuis peu, et que le trouble de son esprit vint rendre mortelle.

Sa mort révéla alors à toute la Bretagne la vérité de son attentat sur son frère, et la sainteté du cordelier qui lui avait fait entendre son arrêt suprême.

## IX.

### PREMIERS PRISONNIERS CÉLÈBRES.

Dès la seconde année de son règne, en 1462, Louis XI, conduit par la piété et la politique qu'il savait toujours allier ensemble, alla visiter l'abbaye-forteresse du mont Saint-Michel.

Son arrivée eut lieu sans pompe et presque sans escorte; on distinguait à peine sur la vaste étendue de sable la litière brune qui l'amenait. Avant le départ, on avait prévenu le prince du danger qu'offrait ce sol perfide, à quoi il s'était contenté de répondre :

A donc, nous en aurons plus de mérite auprès de monseigneur l'archange saint Michel, vainqueur de satan, l'un des grands protecteurs de notre royaume. Si n'aime pas la guerre, ne suis-je pas toujours prêt à la faire? Le danger est pour les faibles, et veux qu'on nous mette parmi les forts.

Il traversa donc les sables mouvants en disant son chapelet, et sans doute en rêvant aux intérêts d'État qui l'amenaient.

Le duc de Bretagne, l'un des grands vassaux les plus redoutables au monarque, prenait en ce moment une attitude menaçante envers la France; Louis XI voulait, en faisant alliance avec les moines du mont Saint-Michel, se procurer l'appui de leur forteresse sur les côtes occidentales, et disposer de la prison de l'abbaye pour y enfermer ses ennemis.

Les bénédictins avaient étalé toutes les splendeurs de leur communauté pour la réception du roi de France.

Louis XI n'avait alors que trente-neuf ans; il s'était peu fait connaître depuis son règne; et les moines croyaient trouver en lui le premier des chevaliers pour le luxe et l'élégance. Ils virent le monarque vêtu d'un pourpoint de laine brune, d'un manteau pareil, d'un mauvais feutre entouré de médailles de plomb, de ce costume sordide enfin dont le souvenir a été conservé jusqu'à nous.

Les goûts du roi se montrèrent aussi sévères que ses dehors; il donna peu de temps au festin qui lui était préparé, peu d'admiration aux belles parties de l'édifice qu'on s'empressait de lui montrer, et tint surtout à visiter la prison, avec tous ses monstrueux détails de cachots, in-pace et autres lieux de torture.

Il les contempla avec l'intérêt d'un homme si amateur de souterrains, chausses-trapes et basses-fosses, qu'il en faisait creuser jusque dans ses châteaux; il les approuva en certaines parties et conseilla des améliorations pour quelques autres.

« Tout cela est de pauvre apparence, disait l'abbé à ses moines : mais ne laissons pas s'il vous plaît de faire bon visage à monseigneur le roi; car il est homme de méditation, ne sachant point se montrer tout d'un coup, et il peut avoir à notre endroit quelques bonnes intentions qui ne tarderaient point à se manifester.

En effet, peu d'instants s'étaient écoulés après ces réflexions consolantes de l'abbé, lorsque Louis XI, près de s'éloigner du Mont-Saint-Michel, faisait ainsi ses adieux aux religieux :

—Ce que j'ai vu ici me semble en faire un lieu de sûreté; il ne faut pas qu'en rien la maison déchoie, mais au contraire qu'elle se fortifie davantage, comme bonne et valide prison. Vous m'en prêterez la clé pour ceux que je serai en nécessité d'y faire enfermer; et je vous en aurai reconnaissance. De même que monseigneur saint Michel est notre saint protecteur, voulons être le protecteur indigne des lieux mis sous son invocation. Ci donc, messire abbé, vous faisons don de six cents écus d'or, et vous prions de recevoir et garder en mémoire de nous une figure tout d'or fin de madame la Vierge, qui vous sera baillée incontinent, tout ainsi que cette chaîne d'or, qu'avons toujours portée en l'honneur de quelques bienheureux du ciel, nos soutiens.

Les moines jugèrent sans doute que, si l'habit du prince était pauvre, il portait très-riche doublure, et ils furent dès ce jour inféodés au roi de France.

Ce fut à partir de cette première visite de Louis XI au mont Saint-Michel que la forteresse prit réellement le rang de prison d'État. Le monarque y envoya de nombreuses victimes. Joignant le mystère à ses cruautés, il avait défendu qu'on tînt registre de ces prisonniers, et leurs noms sont restés inconnus. Mais l'augmentation des cachots qui date de cette époque, les divers instruments de torture qui s'y trouvaient encore trois siècles après, et sur quelques-uns desquels était gravée l'année de leur confection, et le nom des ouvriers employés à ces travaux par Louis XI, montrent suffisamment l'usage que le roi-bourreau fit de ce lieu et les affreux présents dont il le combla.

Le second voyage de Louis XI eut lieu à l'époque de la fondation par ce prince de l'Ordre de saint Michel, dont il voulut célébrer l'inauguration aux autels mêmes du saint sous la protection duquel il le plaçait.

L'Ordre de l'Étoile, de la création du roi Jean, quoique peu ancien, était tombé en discrédit par le grand nombre de gens, dont quelques-uns très-peu dignes, auquel il avait été concédé. Le roi de France en institua un nouveau sous l'invocation de saint Michel, qui ne dut jamais compter que trente-six chevaliers. Quinze d'entre eux, choisis parmi les princes du sang, les maréchaux de France et les seigneurs de la cour, furent nommés pour la création.

Par les statuts, ils s'engageaient à obéir au chef de l'Ordre qui devait toujours être le roi de France, à ne contracter aucune liaison entre eux ni avec l'étranger sans son aveu, à se soumettre sans réserve à la correction des confrères, à la dégradation et aux autres peines en cas de contravention à la règle.

On retrouve ici un des tours de politique de Louis XI, qui, par ces statuts, tenait entre ses mains, comme chevaliers de saint Michel, les seigneurs les plus redoutables à sa puissance.

Après la grande cérémonie qui eut lieu à ce sujet sur le rocher de la Normandie, le roi visita les nouvelles constructions de la forteresse.

A ce voyage, il avait mené avec lui *son compère* La Balue.

L'histoire a désigné ce personnage comme *le plus abominable des hommes.* Fils d'un meunier du Poitou [1], il travaillait de son état quand un religieux l'ayant rencontré par hasard, lui trouva de l'intelligence, lui donna des leçons de latin et le fit entrer dans les ordres. Là, il monta de grade en grade par la ruse, l'intrigue, la bassesse, la complaisance aux plus odieux services, jusqu'à devenir favori du roi de France, qui le fit évêque, puis cardinal.

Il avait surtout l'esprit très-guerroyeur; et au temps du siége de Paris, alors qu'il était évêque d'Évreux, on le voyait souvent passer la revue de la milice bourgeoise en rochet et en camail, monter la garde à la tête des hommes d'armes, sonner de la trompette, et manier la lance comme aucun homme de guerre.

A ce sujet le capitaine Dammartin dit un jour au roi :

— Sire, je vous supplie de m'envoyer à Évreux dire la sainte messe et conférer les ordres aux jeunes prêtres.

— Pourquoi? demanda Louis.

— C'est afin de remplir les fonctions d'évêque tandis que La Balue se charge ici des miennes, en passant la revue de nos gens d'armes.

Ce favori était donc aux côtés de son maître lorsque celui-ci examinait les cachots récemment construits au premier étage du donjon de Saint-Michel; et, comme l'abbé faisait observer à Louis XI la solide construction de ces cellules :

—C'est assez bien, dit le roi, mais voici La Balue qui a trouvé mieux que cela. Ce sont bonnes et solides cages de fer ou de solives bien ferrées, dans lesquelles les plus mutins sont vitement domptés, sans force de bras et sans qu'il soit pour eux besoin de gardiens particuliers. Nous en avons fait mettre en notre bastille de Paris, au donjon de Vincennes,

[1] Moréri.

en notre château d'Amboise, et il faut aussi que votre brave abbaye en soit pourvue sans plus attendre.

Ces cages étaient réellement de l'invention de La Balue, de cet homme que Louis XI avait l'habitude d'appeler *son bon diable d'évêque.*

Le roi fit en effet commencer avant son départ, et sous la direction du ministre de ses cruautés, la construction de cette machine, qui, bien qu'elle fût en bois, garda le nom de *cage de fer* à cause des énormes ferrures dont elle était garnie.

La cage fut montée dans une des cellules. Le fond en était élevé d'un pied au-dessus du sol; elle avait dix pieds de long sur huit de large; les solives en chêne qui la formaient laissaient entre elles trois pouces de distance; elles étaient bardées de fer en dedans et en dehors. De forts anneaux y étaient scellés, et servaient à soutenir les chaînes des prisonniers. On pouvait faire le tour de cette cage, placée au milieu du cabanon à distance des murailles.

Cette nouvelle machine de torture dont le roi avait doté l'abbaye devint d'un habituel usage. Et Louis XI la trouva occupée lorsqu'en 1472, il termina ses voyages au mont Saint-Michel par un simple et pieux pèlerinage.

On ignore le nom des malheureux enfermés pendant ce règne dans la cage de fer. Les prisonniers d'alors, entièrement séparés de leurs parents, de leurs amis, étaient retranchés du monde en tombant sous les murailles des forteresses : nul ne savait plus rien de leur existence et leur mort ne laissait point de trace. Mais les barreaux de la cage usés sous le poids des captifs montraient qu'elle avait constamment servi.

Le premier des prisonniers dont on ait conservé le nom est Noël Béda, syndic de la faculté de théologie.

Nous sommes ici en 1520. François I<sup>er</sup> venait d'avoir avec Henri VIII cette fameuse entrevue qui eut lieu en plaine campagne, entre Guines et Ardres, et dont les fêtes furent appelées *du champ du drap d'or.* Les deux cours y avaient fait assaut de magnificence; des seigneurs de France s'étaient ruinés [1] pour y paraître somptueusement vêtus et armés; les femmes avaient encore surpassé le luxe des chevaliers pour briller dans les bals et tournois. Pour François I<sup>er</sup>, il y avait largement dissipé les trésors de l'État.

Malgré toutes les avances à Henri VIII, le roi de France n'avait pu obtenir de lui que quelques vagues promesses de secours contre les hostilités de Charles-Quint; et la politique de la France avait échoué devant celle du monarque anglais.

A son retour de cette excursion, François I<sup>er</sup> entendit dire qu'un docteur de la Faculté de théologie attaquait hautement en chaire ses démarches envers le roi d'Angleterre et le résultat qu'elles avaient obtenu.

Dans les paroles rapportées au prince ce théologien, nommé Noël Béda, aurait déversé le blâme et le sarcasme contre ces gens *croyant toute science enfermée dans le fourreau de leur épée*, et aurait dit que si on était à la cour aussi lettré qu'on voulait le paraître, il était bien étrange que les choses du gouvernement allassent si mal, et qu'on se fût montré si magnifique au Champ du Drap d'Or, sans autre résultat que de se faire railler par le roi d'Angleterre.

Le prince crut à ces diatribes, vraies au fond, envenimées par ses courtisans; il jura de se venger de l'audacieux orateur.

Déjà la voix publique s'élevait de toute part contre un savant qui, dans ces temps d'ignorance, de brutal aveuglement, avait osé être novateur.

Noël Béda, né en Picardie, avait été principal du collége Montaigu à Paris, docteur en droit civil et en droit canon, et enfin élevé à la haute dignité de syndic de la Faculté de théologie [1].

Esprit indépendant et supérieur, il voulut opérer des réformes dans l'enseignement et en attaqua les abus les plus détestables. Il jugea aussi, et osa le dire hautement, qu'on donnait trop de temps à la langue grecque, regardée à tort comme la clé des sciences; il prouva que, pour être conséquent, les partisans du grec devraient apprendre toutes les langues qui l'avaient précédé, et il démontra qu'il ne leur resterait ensuite aucun temps pour étudier autre chose.

Tout ce qu'avançait le profond docteur était plein de sagesse et de raison; mais il avait contre lui *la routine*, ce monstre qui a tant fait de mal sur la terre et qu'on songe à peine à accuser, qui perpétue les plus affreux abus, repousse tout bienfait pour l'humanité, force les hommes à s'agenouiller devant ce qui existe, sans oser l'envisager et le juger, la routine qui a toujours enchaîné le monde, et qui le perd encore aujourd'hui.

Les adversaires de Béda n'avaient rien à lui répondre; mais ils l'accusaient de vouloir changer l'ordre établi, et rendaient son nom un objet d'épouvante et d'horreur.

Ainsi, lorsque François I<sup>er</sup> voulut se défaire de ce critique sévère, il trouva des juges tout prêts à le satisfaire.

Le roi, pour donner à sa vengeance une apparence de légalité, ordonna que Noël Béda fût jugé par le parlement. Ce tribunal condamna le célèbre syndic de la Faculté de théologie à faire amende honorable, pour faits d'outrages au roi et propagation d'erreurs dangereuses.

Le malheureux, nus pieds, une corde au cou, fut traîné d'église en église, où on le forçait à s'agenouiller et à demander pardon à Dieu.

Là, se terminait la peine prononcée par le parlement. Mais la haine de François I<sup>er</sup> n'était pas assouvie. De la dernière église où Béda était prosterné sur la dalle, entouré de tentures noires, de torches funèbres, de chants lugubres, il fut, par ordre du roi de France, jeté sur un chariot, envoyé au mont Saint-Michel, et enfermé dans la cage de fer.

Ainsi le premier condamné à ce supplice dont on garde le nom est un savant illustre, qui n'a d'autre tort que d'être trop grand, trop éclairé pour son siècle, et qui est livré à la plus horrible torture par François I<sup>er</sup>, *Père des Lettres.*

Pendant la longue captivité de Béda, le roi ne se repentit pas une fois de sa cruauté; au contraire, lorsque parfois on osait timidement lui représenter que la réputation du célèbre docteur était européenne, et qu'un si grand savoir devait peut-être obtenir merci devant lui, il répondait qu'il n'avait point entendu imposer silence à cet homme éloquent; que loin de là, il l'avait fait mettre dans *une chaire à claire-voie*, afin qu'il pût mieux se faire entendre.

Quoique Noël Béda fût très-jeune encore, ses forces ne purent résister au supplice qu'il endurait: dans la première année de sa captivité, il s'affaiblit rapidement, ses cheveux blanchirent, sa voix s'altéra, ses traits devinrent méconnaissables, et il toucha au dernier moment.

A cet instant suprême, une lueur de consolation lui fut rendue. Robert de Cénalis, évêque d'Avranches et son ami, apparut un jour dans sa prison, ayant, à force de démarches et de protections près de l'abbé, obtenu d'y pénétrer.

Il eut à peine la force de lui parler; mais Robert lui dit avec douceur :

[1] « Plusieurs d'entre eux, dit du Belloy, témoin oculaire, y portèrent leurs forêts, leurs prés et leurs moulins sur leurs épaules. »

[1] Moréri.

— Prenez courage, mon ami, mon frère; j'irai au roi, et je toucherai son cœur par le récit de vos souffrances.

— Ce n'est pas le courage qui me manque, répondit le prisonnier; de toutes sortes de forces, à ce que je puis dire, mon âme a été trempée; mais la nature a donné frêle enveloppe à cette âme, et c'est l'enveloppe qui succombe. Donc avant que vous alliez au roi, je requiers de vous l'absolution, de peur qu'au retour vous ne me trouviez plus.

Son ami satisfit à ce désir, et partit.

Noël Béda était mourant. Tout à coup dans ce corps agonisant surgit une nouvelle existence; le mouvement revint à ses membres ranimés, le sang circula dans ses veines, la force brilla dans son regard, vibra dans sa voix qui s'éleva pour prier Dieu et protester devant les hommes de son innocence.

Cependant, Robert de Cénalis était devant le roi qu'il implorait à genoux pour son ami, pour un savant illustre, l'honneur de son siècle, l'honneur de la France. Le *père des lettres* refusa tout pour lui, ne voulut pas diminuer un anneau de ses chaînes, une minute de ses tortures.

Pour tout changement à son sort, il défendit à Robert de Cénalis de jamais le revoir.

L'évêque d'Avranches en suppliant ainsi ce roi avait perdu la seule douceur qu'il pût porter au prisonnier; il fut contraint de retourner à son diocèse sans passer au mont Saint-Michel.

La résurrection de Béda avait été un véritable prodige. Ses belles facultés s'étaient ranimées avec tout son être, et étaient toujours également admirables. Parfois le captif se parlait à lui-même, soit que dans des instants de consolant délire il se crût encore au milieu de ses disciples, enthousiastes et frémissants d'admiration à sa voix, soit qu'il eût besoin de faire résonner encore cette parole qui avait eu tant de puissance dans les chaires des écoles, dans les chaires des temples. Son éloquence n'avait rien perdu de son attrait; et captivait encore les gardiens de la prison, les archers, les moines, qui s'assemblaient dans le couloir de la cellule, et se pressaient contre la porte pour l'entendre.

Ce ne fut qu'après douze années de cette captivité que Noël Béda expira.

Parmi les prisonniers connus du mont Saint-Michel, celui qui succède au grand théologien est un jeune homme, un artiste, dont la captivité fut aussi mouvementée que celle des autres condamnés était cruellement monotone.

Son sort se lie à une nouvelle phase de la bastille occidentale.

Sous ce même règne de François I^er^, Guillaume de Lamps, trente-quatrième abbé du couvent des bénédictins du mont Saint-Michel, fit pratiquer de nouvelles cellules immédiatement au-dessous du logis abbatial. Chaque supérieur de la communauté avait mis à honneur d'ajouter quelque mesure utile à la prison d'État, qui était pour le couvent une source de largesses continuelles de la part des rois; Guillaume de Lamps plaça les prisonniers sous ses pieds.

En même temps, on réparait les anciennes sculptures, et on ajoutait quelques ornements aux belles salles du chapitre, et à celles *des gardes* et *des chevaliers*.

Ce devaient être les dernières additions en tout genre faites à l'abbaye; et dès lors l'édifice qui a pour piédestal le rocher de l'Océan, fut à peu près tel qu'on le voit encore aujourd'hui.

Pendant qu'on travaillait aux sculptures, un prisonnier s'introduisit un jour furtivement dans la salle des chevaliers.

C'était un jeune homme, du nom de Gauthier. On ne sait pas positivement quelles fautes avaient conduit ce détenu au mont Saint-Michel, mais les chroniques les désignent comme de *légers griefs*. Grâce à quelques services qu'il avait pu rendre aux gardiens, on le laissait parfois aller et venir dans l'intérieur de l'abbaye.

La vue des ciseaux de sculpteurs, posés sur les dalles, ranima sans doute en lui le souvenir d'occupations passées, car il prit l'un de ces instruments, et termina l'ornement d'une corniche d'une manière digne de tout éloge.

Un moine de goût qui passait là le surprit dans ce travail, et admira son ouvrage. L'intérêt du couvent fit ce que jamais l'humanité n'aurait pu faire.

« Mon ami, lui dit le bénédictin, il appert de celui de nos frères qui vous entend en confession que vous êtes fervent catholique, et ne seriez pas éloigné de redevenir homme de bien.

— Révérend père, répondit l'artiste, par la grâce de Dieu homme de bien n'ai jamais cessé d'être, car on ne saurait déchoir de cette précieuse qualité pour avoir fait en marbre l'image de monsieur le roi d'Angleterre, Henri huitième, et ne sais d'autre grief qu'on me puisse imputer.

— Bien, dit le moine, nous vous ferions volontiers allégeance d'un peu de vos peines en échange de quelques travaux, dans lesquels nous voyons que vous excellez.

— Quoi qu'il vous plaise décider, dit Gauthier en s'inclinant, ne suis et ne serai que le très-obéissant serviteur de votre révérence.

— Par ainsi, prononça le bénédictin, vous requérons de faire ici monstre de votre art, tant en l'église qu'en notre logis abbatial, où votre ciseau a si large champ à parer, et vous aurez dès lors toute liberté dans l'étendue des bâtiments, nous fiant à votre parole pour n'en point dépasser les portes.

L'artiste engagea sa foi comme on le demandait et entra en possession de ses priviléges. Il quitta sa cellule pour tout le cours de la journée, qu'il employait à tailler la pierre et le marbre, en bas-reliefs, en arabesques, et n'eut plus pour prison que la vaste enceinte des murailles.

Gauthier eut dû se trouver bien heureux comparativement aux autres détenus : mais il était peut-être autant qu'eux tous accablé de sa captivité et amoureux de l'espace et de l'air libre.

La vue continuelle de l'horizon qui se découvrait pour lui de toutes les parties élevées de l'abbaye entretenait cette passion dans son âme. Appuyé des heures entières sur le parapet des hautes galeries, il embrassait du regard l'étendue des eaux où les barques pouvaient glisser jusqu'à un lointain infini, les plaines sans bornes, les aspérités de rivage qui s'élevaient jusqu'aux nues; et tous ces champs de liberté avaient pour lui des séductions enivrantes, un charme irrésistible.

Il combattait pourtant cet entraînement funeste, sachant trop qu'une tentative d'évasion avait pour lui mille chances d'un cachot éternel, contre quelques-unes à peine de succès. Quand les sombres brouillards lui cachaient la perspective, il parvenait — l'amour de la sculpture aidant — à se résigner à son sort : mais quand l'horizon se découvrait et se teignait de la moindre nuance d'opale, il était attiré au dehors par un magnétisme de toute-puissance.

Un jour qu'il faisait un magnifique soleil, si rare sur ces plages, Gauthier fut perdu.

C'était la plus grande solennité de l'année, la fête patronale de saint Michel. Les moines fatigués des chants d'église qui avaient rempli la journée, et charmés des douceurs du festin qui leur succédaient, n'avaient plus aucune pensée que pour le repos et le bien-être.

Le jeune prisonnier profita de cette mollesse, qui avait gagné jusqu'aux derniers gardiens de l'abbaye, et il en franchit les murailles.

Une fois au dehors, il pensa moins à fuir qu'à

Mort de Gauthier.

jour de sa douce liberté; il errait pendant tout le jour sur les côtes escarpées et les rochers, et revenait le soir recevoir l'hospitalité dans quelques cabanes de pêcheurs. Sa fuite audacieuse ne fut pas accomplie en vain : pendant quelques jours au moins, il goûta tout le bonheur dont son âme était avide.

Mais ceux chez qui il prenait asile étaient sujets de l'abbaye; l'un d'eux, dans la terreur qu'inspirait une juridiction terrible, livra le fugitif.

Gauthier fut jeté dans l'épouvantable basse-fosse où il devait passer le reste de sa vie.

L'artiste vit les années s'écouler dans ce tombeau. La maladie venait presque toujours joindre ses souffrances à celles des chaînes pour les malheureux gisants dans ces souterrains, comprimés par la voûte, toujours assis ou couchés sur le roc mouillé, ne respirant qu'à peine un air infecté. Gauthier devint paralysé de tous ses membres, et sentit la mort s'avancer.

Il demanda alors un confesseur qui lui fut accordé. En présence du révérend père, il manifesta un désir extrême d'entendre encore une fois la sainte messe, dont il était depuis si longtemps privé; ajoutant que, pendant les longs jours de sa captivité, les pieuses cérémonies du culte lui avaient toujours semblé le bien le plus grand et le plus regrettable de ceux de ce monde. Le jour de Paques approchait; il supplia son confesseur d'obtenir pour lui la grâce d'assister à l'office de cette très-sainte fête.

Les sentiments religieux de Gauthier étaient connus, on céda à son désir.

Le jour de Paques se leva. Un beau soleil dorait le rivage et faisait étinceler les vitraux de la majestueuse basilique. Gauthier, soutenu par des frères convers et son gardien, arriva jusque dans l'église, où ses douleurs rhumatismales le retinrent défaillant et affaissé sur la dalle.

Il pria saintement, mais la messe étant terminée, il releva la tête, et son regard se tourna encore une fois vers le grand jour.

Alors il fut ranimé par la vue de ce soleil qu'il adorait; une vigueur subite et extraordinaire se répandit en lui, il se leva, s'élança vers le portail, puis jusque sur la plate-forme qui dominait le rivage. Il était suivi par les gardiens et les moines qui couraient sur sa trace, et dont la main était près de le saisir.

Arrivé sur la plate-forme, le parapet retient ses pas : mais il a encore la force de surmonter cet obstacle. Il se précipite de ce sommet dans l'espace.

Il a senti encore une fois le grand air; il a vu l'étendue du ciel... et ce ciel est celui du printemps! Ensuite, il tombe de deux cents pieds de hauteur, et son corps est broyé sur les rochers.

Depuis ce jour, la plate-forte qu'on appelait Beauregard, prit le nom de *Saut-Gauthier*, qu'elle porte encore.

## X.

### COMMENCEMENT DES GUERRES RELIGIEUSES.

Le XVI^e siècle où s'établit en France la réforme de l'Église et où les dissentions théologiques mirent toutes les provinces en armes, fut l'époque guerrière que nous avons annoncée pour l'abbaye-forteresse.

Après les terribles combats soutenus contre les Anglais, le monastère demeura plus de cent ans sans être troublé dans son calme religieux. C'était aussi

Les moines sous la ligue.

l'époque où la communauté du mont Saint-Michel possédait le plus de priviléges et de richesses.

La vie des bénédictins était partagée entre le repos contemplatif et les doctes études qui honorèrent leur corps. La cloche qui les appelait avec une exactitude invariable de l'église aux cellules et de celles-ci au réfectoire, leur mesurait des heures de travail intellectuel que rien ne pouvait venir interrompre, leur assurait le temps et la solitude, ces deux sources d'où seules peuvent découler les œuvres profondes et accomplies. Puis, sur le rocher de l'Océan, au milieu du désert des flots, la grandeur et l'uniformité de la perspective devaient ajouter encore en eux à la puissance de la méditation, à l'étendue de la pensée.

Dans leur seconde attribution de gardiens d'une prison d'État, les moines, avec un service sévèrement réglé, des forces imposantes, avaient de larges rétributions à recevoir des princes et peu de temps et de soins à donner aux captifs.

Les serviteurs de Dieu, les alliés des rois, les seigneurs des populations régnèrent donc paisiblement dans leur orgueil et leur puissance.

Mais dès l'année 1577, lorsque les armées des catholiques et des calvinistes se livraient des combats incessants dans toutes les provinces occidentales de la France, les moines bénédictins, seigneurs de l'abbaye du mont Saint-Michel, *se mirent en ligue*, eux et leurs vassaux, pour assurer l'appui de leur place forte au parti catholique le plus exalté, dont le roi Henri III venait de se déclarer le chef. Ils arborèrent la bannière du lys sur la tour avancée de leurs bastions, et jurèrent de la défendre.

Toutefois, l'abbé commendataire habitant loin de son couvent, et le capitaine Balernay qui gouvernait la citadelle ayant une très-faible garnison, les religieux avaient plus de bonne volonté et de zèle à mettre au service du souverain que de puissance.

On attendait l'ennemi tous les jours, pensant que le grand nombre de prisonniers de guerre calvinistes que les chefs catholiques avaient envoyés dans les prisons de l'abbaye engagerait leurs co-religionnaires à venir attaquer la place pour les délivrer.

Depuis les jours de la Saint-Barthélemy, les huguenots avaient été en effet entassés dans ces souterrains; et, dans les luttes armées qui suivirent, les prisonniers de guerre étaient venus se joindre à ces victimes de l'arbitraire. Le règlement de la prison d'État avait alors subi de sévères réformes.

Après l'évasion du malheureux Gauthier, qui prit la fuite vers le tombeau, et celle de trois gentilshommes écossais [1] dont on ne put jamais retrouver les traces, les captifs avaient déjà été soumis à une réclusion plus absolue; les rares sorties qu'on leur accordait autrefois étaient interdites sur quelque motif qu'elles pussent s'appuyer.

Ces mesures rigoureuses étaient également appliquées aux prisonniers de guerre, mais en même temps on ménageait précieusement leur vie et même leur santé; on leur ménageait les fers meurtriers, les cachots d'une humidité mortelle, afin de les conserver en bon état et de pouvoir ainsi les échanger ou en obtenir une plus ou moins forte rançon. L'abbaye, dans aucun temps, n'avait abandonné cette spéculation, si ce n'était dans les attaques

[1] Ces gentilshommes, après avoir frappé le cardinal Davy dans son château de Saint-André, en Écosse, par suite d'outrages qu'ils avaient eu à subir du prélat, s'étaient réfugiés en France. Le roi les ayant fait enfermer au mont Saint-Michel, ils en sortirent sans que le moyen de leur fuite ait jamais été découvert.

sanglantes, où il n'y avait ni quartier ni merci, et où les moines et soldats rendaient à leurs captifs la mort qu'on donnait au-delà des remparts à ceux des leurs tombés aux mains de l'ennemi.

Cependant, malgré leurs prévisions, et malgré la bannière de la ligue qui provoquait de loin les armées calvinistes de passage dans la contrée, les moines du mont Saint-Michel furent assez longtemps sans voir attaquer leurs remparts ; pendant quelques mois leur intervention dut se borner à dire des prières et à faire des neuvaines pour le succès des armées du roi de France.

Nul n'avait plus de raison d'implorer le ciel que ces religieux, placés sur leur roc isolé, qui dominait des provinces livrées au carnage et à des désordres plus grands encore que ceux amenés par la guerre.

Le passage continuel des troupes portait partout ses désastres accoutumés ; les terres étaient foulées, les moissons arrachées, les maisons et les récoltes en feu. Les combats partiels, imprévus, aussitôt interrompus que commencés, étaient errants sur toute la contrée, et n'en laissaient aucune partie respirer. Le duc de Mayenne, le maréchal de Matignon pour le roi de France, Henri de Navarre et Chatillon pour les calvinistes, Damville, tantôt pour les uns tantôt pour les autres, avaient des rencontres incessantes qui n'aboutissaient à rien, qu'à briser beaucoup d'armures et laisser beaucoup d'hommes sur le terrain.

Les croyances religieuses continuaient pourtant à se manifester à coups d'épée, comme si un coup d'estoc ou de taille bien porté eût prouvé quelque chose en faveur du pape ou de Calvin.

Mais le monde moral se montrait encore plus bouleversé que le sol. A cette époque où la religion dirigeait tout, les dissensions survenues entre les lois divines répandaient force dérèglements dans les esprits ; la licence semblait s'être emparée du monde pendant le temps que les deux Églises se le disputaient.

La division des autorités favorisait tous les méfaits : chacun pouvait se soustraire à l'obéissance, commettre des fautes, des crimes à souhait, parce qu'il était sûr d'obtenir merci, et même parfois récompense, en passant d'un parti dans l'autre.

Voici un des nombreux exemples qui peignent cet état de choses :

« Le capitaine de Baleins commandait pour le roi de Navarre dans le château de Lectoure. Cet homme avait une sœur qui s'était laissée séduire par un officier de la garnison, elle comptait l'épouser; mais il se retira dans la ville et se maria à une autre.

« A cette nouvelle, la sœur désolée éclate en plaintes, et demande justice à son frère. Baleins lui impose silence, et continue à bien vivre avec l'officier qui avait été son ami.

« Un jour il l'invita à dîner dans le château. La compagnie était nombreuse, et le repas se passa sans rien annoncer de sinistre. Comme les conviés se retiraient, le gouverneur retint sous quelque prétexte l'ancien amant de sa sœur, le tira à part, le fit charger de chaînes. Puis, aussitôt, paraissent un greffier, des témoins et la demoiselle prête à déposer contre son infidèle. Baleins se place dans un fauteuil comme juge et interroge le malheureux. En vain celui-ci objecte au commandant que sa sœur l'a prévenu et qu'il ne lui a jamais fait aucune promesse, l'impitoyable Baleins le condamne à mort, fait écrire la sentence, et, descendant de son siége, le poignarde lui-même sur-le-champ.

« Il en fut quitte pour demander sa grâce au roi de Navarre, qui l'accorda dans la certitude que Baleins l'achèterait du parti contraire en livrant son château [1]. »

Les choses se passaient de même dans le parti catholique. On pouvait de toute part se porter aux plus coupables excès, ayant toujours un refuge assuré dans l'une ou l'autre église.

Les moines du mont Saint-Michel, connaissant cet état de troubles sanglants et de scandale continuel par les voyageurs qui venaient souvent prendre asile dans leur cloître, priaient à l'autel de l'archange pour qu'il voulût bien intervenir en faveur de ses fidèles, et du haut de leur rocher versaient force bénédictions sur les troupes qu'ils voyaient passer sur la grève, allant combattre pour le triomphe de la religion romaine. Il est inutile de dire que dans ces querelles théologiques, où la lance et le mousquet faisaient le prône, les religieux auraient bien voulu soutenir leur croyance d'une manière un peu plus active. En attendant que l'occasion s'en présentât, ils fourbissaient leurs armes et polissaient leurs cuirasses, tout en disant leur chapelet et en poursuivant la neuvaine.

Ils avaient terminé ces dernières et pieuses pratiques, lorsqu'à la tombée du jour du 22 juillet 1577 on vint dire au prieur qu'une bande assez nombreuse de pèlerins, arrêtés à la porte extérieure, demandait la faveur de prendre pour la nuit asile au monastère, et de pouvoir le lendemain faire une station à ses très-illustres autels.

Le prieur consentit naturellement à les recevoir. Il recommanda au soldat du poste qui lui était envoyé qu'on mît le plus grand soin à faire quitter aux étrangers toutes leurs armes à l'entrée des fortifications, ainsi que la règle l'exigeait, mais que du reste on abrégeât les formalités, parce que le temps était pluvieux, les chemins effondrés, et que les voyageurs avaient dû subir beaucoup de fatigue pour arriver.

Après cet ordre, le révérend père s'approcha machinalement de la fenêtre du vestibule où il se trouvait, et qui donnait du côté des terres.

Il vit les pèlerins arrêtés sous l'arcade de la grande porte flanquée de tours des remparts. La herse de fer se leva devant eux, et ils s'avancèrent vers le corps-de-garde.

—Leurs armes seront bientôt déposées, dit en se parlant à lui-même le prieur; de pauvres bâtons qui portent leur gourde et leur panetière, voilà tout ce qu'ils ont.

—Hum! les panetières sont vides depuis longtemps, les estomacs aussi... Et il faudra abondante chère pour les remplir! murmura une voix au fond du vestibule.

C'était celle du père cellerier qui vaquait aux affaires du souper.

—Les voici qui arrivent, continua sans prendre garde à cette observation le supérieur; mais ils montent les degrés bien lentement et en traînant fort de l'aile.

—Jésus Dieu! ils sont bien une trentaine! s'écria le second moine qui était venu tendre sa tête à la fenêtre derrière le prieur.

—Les pauvres gens, reprit celui-ci, il paraît qu'ils ont fait une rude marche; et qu'il est grand temps pour eux que la journée finisse.

—Oui, oui, ils sont bien las du corps et des jambes: mais vous verrez que quand il s'agira de faire aller les dents, ils n'éprouveront de ce côté ni faiblesse ni fatigue.

—Sans doute, plus ils ont perdu de forces, plus ils ont besoin de les réparer.

—Et cela se fera aux dépens de nos provisions.

—Allons, père, à la soupe, dit le prieur, vous avez toujours peur que la terre ne vous manque.

—La terre ne manque pas, mon très-cher père, mais les jambons diminuent considérablement; il reste à peine quelques morceaux de morue dans le sel; et les dernières tonnes de vin elles-mêmes commencent à sonner creux.

—Il y en a encore pour longtemps.

[1] Vie de Thou, t. II., pag. 55.

—Non, vraiment, avec le nombre infini de visites que nous recevons... les provisions n'y peuvent pas tenir... et je ne sais pourquoi, mais j'imagine que cette soirée va leur faire subir un formidable échec.

—Que voulez-vous, mon cher frère, la guerre est partout dans le temps où nous vivons : vos celliers sont menacés d'invasion et de ruine, et les plus nobles châteaux de la contrée peuvent en dire de même.

Les pèlerins entraient à l'abbaye ; le prieur alla les recevoir et les introduisit de suite dans le grand réfectoire.

Ces pauvres voyageurs y pénétrèrent d'un pas lent et éclopé; ils étaient crottés jusqu'à la ceinture ; leurs cheveux mouillés tombaient en mèches sur leurs collerettes, qui tombaient aplaties sur leurs manteaux ; leurs sandales à demi dépouillées de leurs liens étaient près de tomber par terre. Seulement, le ruban rouge, *symbole des feux du désir*, qui soutenait sur leur poitrine nombre de médailles et de coquilles, avait sans doute été garanti avec un soin extrême, car il se montrait dans toute sa fraîcheur, ce qui donna bonne opinion d'eux au prieur.

Ils étaient en effet au nombre de trente, tel que l'œil de l'inquiet cellerier l'avait aussitôt jugé ; mais dans cette salle si vaste, et paraissant plus grande encore dans le style roman pur de ses pilastres sans ornement, loin que cette troupe eût quelque chose d'imposant, elle se perdait presque entièrement et ne semblait tenir aucune place.

Le prieur fit approcher les étrangers de l'immense cheminée dans laquelle le feu s'entretenait en toute saison, au fond de cette baie brumeuse, et par un usage d'ailleurs assez répandu alors en France. On leur versa de plus du vin chaud pour leur aider à attendre l'heure du souper qui n'était pas éloignée.

Ils occupaient deux bancs placés en angle devant le foyer. Tandis que leurs vêtements humides fumaient à la chaleur de l'âtre, et que leurs visages se rassérénaient aux douceurs du repos, le prieur, allant et venant les mains derrière le dos, s'arrêtait parfois pour jeter un regard sur ces hôtes du monastère, dont l'air lui semblait celui de simples et dignes gens.

—Vous venez de loin, mes très-chers frères ? leur demanda-t-il.

—Nous étions réunis pour visiter les lieux saints du Midi, répondit l'un d'eux. Nous avons vu *Saint-Jean-de-la-Tour* en Béarn, *Saint-Étienne-des-Bois* en Provence, *Saint-Nicolas* en Gascogne, *Saint-Justin* en Guienne ; nous avons visité au retour *Saint-Jacques-le-Grand* en Poitou. Mais, après avoir achevé notre vœu, lorsque nous étions près de rentrer dans nos foyers, nous avons pensé que, si Dieu nous en donnait encore la force, ce serait grand honneur et bonheur pour nous de pouvoir contempler les autels du bienheureux archange saint Michel et baiser le pavé de son temple.

—Hum !... du Poitou jusqu'ici la route est grande.

—Le désir supplée à la force pour l'entreprendre, dit un des pieux voyageurs en s'inclinant.

—Surtout lorsque nous apprenions que le saint monastère du mont Saint-Michel s'était *mis en ligue*, ajouta un autre en s'inclinant davantage.

—Et vous avez fait cinquante lieues de ce pas-là ? dit le prieur.

—La distance ne serait rien encore, répondit un pèlerin ; mais on est obligé de la tripler par d'interminables détours pour éviter les détachements de l'armée de Matignon, le chef catholique, de celle de Chatillon, qui va contre lui pour les calvinistes, et dont les marches et contre-marches remplissent le pays de troupes... que les hommes de paix comme nous n'aiment guère à rencontrer.

—Et qu'ils ne rencontreraient pas pour rien ! dit en hochant la tête le prieur.

—On le sait trop !... ces maudits hérétiques ne respectent rien !.. nous avons certes bien peu de chose ; pourtant ils ne dédaigneraient pas de mettre la main à nos coquilles d'argent, non pour les vénérer, mais pour les vendre.

—Sans compter que les catholiques...

Le prieur s'interrompit en toussant, et reprit :

—Je ne les blâme pas, quand ils restent sans un denier comptant, ils sont bien obligés d'en emprunter dans la poche du passant.

—Seigneur, vous le savez ! dit un des béats pèlerins, il vaut encore mieux être dépouillés par un bon chrétien, qui fait saint usage de ses deniers, que de voir son argent servir aux œuvres de satan entre les mains des calvinistes.

—Je ne suis pas de votre avis, dit le bon prieur. Je pense d'abord que, volé par l'un ou par l'autre, le meilleur n'en vaut rien. Je juge en outre que dans les armées catholiques, s'il se trouve tant de pauvres diables cherchant aventure, c'est qu'on y dépense trop d'argent loin qu'il en manque. Nous avons là les jeunes ducs de Mayenne, de La Noue et autres, qui portent pour cent mille francs de perles et joyaux à leurs habits de guerre : ce qui donne la rage au moindre arquebusier de galonner sa casaque et son haut-de-chausses.

—Henri troisième, notre roi très-pieux, a aussi la bonté de se parer lui-même de semblables joyaux pour charmer les yeux de ses sujets.

—C'est sans doute pour les charmer mieux qu'il décolette sa robe et met des perles à son cou, lorsqu'il s'habille en femme.

—C'est naturel au seigneur roi de prendre ce costume, lorsque les femmes de sa cour s'habillent en hommes... vous savez, révérend père...

—Oui, oui, nous savons qu'on les nomme *verdelettes*, depuis un dîner donné par le roi à Mme Catherine de Médicis, où toutes les dames vêtues de vert, en habit d'hommes, firent le service... Hélas ! dans notre humble retraite, les voyageurs qui passent ne nous content que trop souvent de ces choses-là !

—Je comprends parfaitement vos sentiments, révérend père, dit celui des pèlerins qui presque seul soutenait l'entretien. Vous vénérez infiniment le roi notre seigneur, et vous jugez bien fait tout ce qu'il lui plaît de faire ; mais vous avez regret seulement que ces dissipations aient lieu quand la disette et la famine sa fille plongent le pays en si grande misère.

—C'est juger parfaitement ma pensée, dit le supérieur des bénédictins ; et je vous tiens, mon cher frère, pour un homme de très-grand bon sens, puisque vous savez en prêter si justement aux autres.

Tout en parlant ainsi, le prieur observait que les voyageurs, malgré le secours du vin chaud qu'ils avaient reçu en entrant, regardaient souvent vers la porte du réfectoire ; et il souriait avec bonhomie pensant qu'elle ne pouvait guère tarder de s'ouvrir pour amener le souper.

En attendant, le principal pèlerin reprit en s'adressant au père bénédictin :

—Nous avons vu avec joie, mon révérend père, que votre abbaye fortifiée était aussi bien pourvue en hommes d'armes qu'en dignes serviteurs du Christ.

—Comment en avez-vous jugé ? demanda le prieur.

—Il nous a semblé en arrivant voir grand nombre de troupes sur vos murailles.

—Au contraire, le sieur Baternay qui commande la place est un brave militaire, mais il a une très-faible garnison sous ses ordres.

—Alors, il y a d'autant plus de mérite de votre part d'avoir arboré la bannière de la Ligue.

—C'était notre devoir.

—Assurément. Une place forte dont les murs entourent ceux d'une église devait se joindre au parti qui, dans son zèle ardent, s'est levé de lui-même pour combattre à outrance l'hérésie.

—Non pas ; nous n'aimons pas qu'on veuille être plus chrétien que le roi très-chrétien , fils aîné de l'Église.

—Pourtant vous avez pris le drapeau de la Ligue.

—Depuis que le roi s'en est déclaré le chef, pas avant... Si nous avons dans notre faible jugement adressé quelque blâme à l'homme qui tient actuellement les destinées de la France, nous ne devons pas moins notre appui au souverain dont le trône est allié inséparable de l'autel.

—Malgré la déclaration récente d'Henri III, le duc de Guise tient à son droit et veut être le vrai chef de la Ligue.

—Pour devenir le chef de l'État.

—On le pense tout bas.

—Les associations secrètes ou ostensibles qu'il a formées montrent assez ce but ; et c'est un peu gâter son zèle religieux que d'y vouloir gagner le trône avant le ciel.

—Eh ! Seigneur, dans ces temps de troubles, où les souverains paraissent mal assis au pouvoir, tout le monde pense un peu, par amour du bien public, à ne pas laisser la place vide.

— C'est trop vrai !... surtout quand tant de prédictions... peut-être de signes célestes... annoncent que trois rois tomberont pour laisser régner celui qu'on n'attend pas.

—Et le prince de Navarre lui-même, qui connaît ses secrets desseins? pour quelle cause tient-il l'épée à la main ? est-il fervent calviniste ou prétendant au trône?...

—Oh ! pour ce qu'il veut ce sournois-là, le diable même n'en sait rien, et on dit que Dieu s'y trompe.

—Donc, il ne nous faut point chercher à le découvrir. Et ni pour lui ni pour les autres songer à nous mêler aux secrets des grands ! conclut l'humble pèlerin.

—C'est sagement parler, répondit le prieur ; et je trouve que, simples serviteurs de Dieu que nous sommes, nous avons déjà donné trop de nos pensées aux intérêts humains.

— La gloire seule de Dieu doit être comptée pour quelque chose sur la terre.

—*Amen*, mon très-cher frère.

Enfin, en ce moment, une cloche placée extérieurement à la porte du réfectoire s'ébranla ; le son se répandit dans l'étendue des couloirs, et aussitôt les bénédictins arrivèrent de tous côtés au réfectoire.

Les frères convers arrivèrent chargés d'énormes plats qu'ils déposèrent sur la table longue. Après le bénédicité, tout le monde prit place autour du souper. Le frère bénédictin, qui était de semaine, s'assit dans la chaire et prit la vie des saints qu'il plaça sur le pupitre ; les autres prirent leurs assiettes garnies de morceaux assez succulents ; le frère lut la vie du saint placé au calendrier le 22 juillet ; les autres officièrent à table.

La nuit était venue ; des flambeaux de cire placés dans des candélabres décrivaient un long ovale de lumière autour de l'ellipse formée par les religieux à table, et tiraient des lueurs de leurs larges crânes aux tons d'ivoire ; un profond silence régnait dans le réfectoire, où s'élevait seule la voix du lecteur, monotone et profonde.

Cependant les pèlerins mangeaient peu, soit par l'excès de la fatigue, soit par la timidité qu'ils éprouvaient devant ces hautes seigneuries monacales ; contre les prévisions du père cellerier, ils paraissaient avoir peine à absorber leur part du souper, et, outre la retenue et l'air de recueillement qu'exigeait d'eux la lecture à laquelle ils assistaient, ils avaient quelque chose de plus taciturne qu'en entrant et semblaient plus disposés à rester repliés en eux-mêmes.

Au dehors, le vent se taisait, la mer était basse ; c'était sans doute ce silence de la grève, joint au calme de l'intérieur, qui permettait de distinguer le moindre bruit étranger ; car un des moines, derrière lequel s'ouvrait une fenêtre, dit en prêtant l'oreille :

— Voilà encore des troupes qui passent... j'entends un bruit de pas nombreux sur le sable.

— Ah ! dit vivement le pèlerin qui se trouvait le plus près de lui, c'est étrange combien malgré la saison l'air de cette côte est glacé... je me sens tout transi !

— Fermez la croisée, dit le prieur à un jeune frère, en réponse à cette plainte de son hôte.

— Le frère s'avança, regarda un peu au dehors, et ajouta à l'observation qui venait d'être faite par un des moines :

— Oui, quelques troupes tournent en ce moment les murs d'enceinte ; on aperçoit des ombres noires qui glissent dans la nuit.

Puis il ferma les vantaux de l'ogive aux vitraux coloriés.

Ce peu de mots s'étaient dits rapidement et à voix basse pour qu'on ne cessât pas d'entendre la lecture. Ensuite le repas se termina dans le plus complet silence.

Après le souper, c'était l'heure de la récréation, mais comme la pluie continuait, les moines restèrent au réfectoire. Des parties d'échecs, de cartes, des conversations sur le bel art de la chasse, sur les nouvelles sculptures du monument, sur les diverses mélodies de la musique sacrée, occupèrent cette heure de repos, pendant laquelle les pèlerins restèrent silencieux, attentifs, n'osant plus sans doute prendre part à l'entretien des doctes bénédictins, qui n'avaient pas tous l'humeur facile et communicative du prieur.

A neuf heures sonnantes, la cloche, qui règle tout au monastère, appela les religieux dans les dortoirs.

Il y avait sur un buffet, près de la porte de sortie, un grand nombre de petites lampes allumées. Chacun des moines en prit une, les uns pour monter dans leur cellule, les autres pour conduire les hôtes du couvent dans leurs chambres.

Au moment où les religieux allaient sortir de la salle, ils s'arrêtèrent subitement. Quelques sons lugubres, isolés, venaient de tomber du beffroi, comme si la cloche d'alarme se fût ébranlée d'elle-même, puis aussitôt le bruit avait cessé.

Ils se regardaient avec surprise et allaient s'informer de ce qu'il pouvait être arrivé, lorsque des cris épouvantables retentirent dans la profondeur d'un couloir ; au même instant, comme s'il y eût eu de sinistres échos dans ces murs, des accents semblables s'élevèrent d'un côté opposé, au dehors de la salle, et paraissant encore mieux être des cris de mort.

Aussitôt, avant que les religieux eussent eu le temps de faire aucun mouvement, trois ou quatre des pèlerins, qu'on n'avait pas vu sortir à l'extrémité ténébreuse de la salle, rentrèrent, tenant des poignards teints de sang à la main.

Les moines poussèrent des cris d'horreur en se rejetant en arrière.

—Misérables, qui donc êtes-vous ! s'écrièrent-ils.

— Des soldats calvinistes, qui viennent prendre votre abbaye pour le duc de Châtillon.

Tandis que l'un d'eux répondait ainsi, tous les autres tirèrent leurs épées, et leur manteau entr'ouvert, laissa voir leur ceinture bien garnie de poignards et de pistolets.

En même temps, le chef des calvinistes continuait :

— Ah ! vous croyez que nous adorons votre *ligue*... votre ligue d'assassins, votre roi Henri III !... Non, non, nous sommes de ceux à qui on a dit *mort ou messe*, et qui répondons : Pas de messe, et pour vous la mort !

Les moines fixaient un œil hagard, stupéfait sur les lames ensanglantées.

— Qu'avez-vous fait, juste ciel, et que prétendez-vous faire? s'écria le prieur en se mettant devant ses frères.

— Nous avons tué ceux des vôtres qui étaient dehors de cette enceinte, et pouvaient aller appeler la garnison... L'un d'eux, à la vue de nos armes, sonnait la cloche d'alarme, nous avons arrêté son bras... Les autres sont tombés comme lui; vous tomberez comme eux si vous ne vous rendez pas.

— Lâches! vous frappez des moines désarmés, et vous tremblez de voir venir des soldats.

— Non pas!... Nous ne sommes que trente, et nous allons mettre vos soldats à la raison : mais après vous, mes pères, on ne peut faire deux choses à la fois.

En même temps, le fer nu à la main, ils barraient le passage aux religieux.

— Ah! traîtres des traîtres! criaient les pères bénédictins, si nous avions seulement nos haches d'armes, nos bonnes épées, vous ne sortiriez pas d'ici vivants!

Et ce cri répété sortait avec des accents de rage de toutes les poitrines des moines.

— Des armes!... jour de Dieu!... des armes!

— Labally, finissons-en, le temps presse! dit un des soldats calvinistes à celui qui commandait l'expédition.

Rendez-vous, dit ce chef aux bénédictins, car il faut que vous soyez liés, baillonnés, et restiez enfermés dans cette salle jusqu'à l'arrivée de nos troupes dans la forteresse. Il le faut sur votre vie!

Le prieur avait jeté un regard ardent du côté du buffet; il s'élança, saisit un des couteaux de table qui s'y trouvaient; tous les moines l'imitèrent par un élan si prompt et si violent qu'on n'eut point le temps de les arrêter. Ils se mirent en rang, en brandissant leurs armes et s'écriant :

— Voilà comment nous savons nous rendre!

Le chef porta au prieur un violent coup d'épée qui fut repoussé par le couteau du moine, et ils continuèrent à lutter avec une impétuosité furieuse. Les autres religieux se défendaient de même, et ce fut bientôt une mêlée épouvantable.

Dans toute l'étendue de la salle, ce n'était plus que des tourbillons d'hommes emportés par la rage, se ruant les uns sur les autres, passant sous la lueur des flambeaux ou se perdant derrière les piliers, des lames ensanglantées brillant au milieu des plis flottants de ces amples vêtements de pèlerins et de moines, des lampes, des candelabres renversés par le choc et qui laissaient éteindre leur lumière en tombant, des accents de colère, des exclamations inarticulées, des jurements, qui grondaient comme un roulement de tonnerre sous la voûte.

Tout ce bruit de la lutte retentissait avec force dans la nuit; à chaque instant on croyait qu'un éclat de voix plus élevé allait appeler les soldats des postes sur le lieu du combat; mais les logements de la communauté étaient séparés par une suite de murailles du bâtiment occupé par la garnison, et nul cri humain n'avait puissance de percer ces maçonneries successives, chacune de vingt pieds.

Enfin, le courage, les efforts désespérés et la force physique elle-même cédant à la supériorité des armes, tous les moines furent tués ou renversés, terrassés, hors de combat.

Le prieur était mort; les soldats, repoussant du pied ce corps sans mouvement et ceux de ses frères qui étaient tombés avec lui, s'emparèrent de tous les autres religieux, et arrachant le gros cordon qui leur servait de ceinture pour en faire un lien, ils leur garrottèrent solidement les mains derrière le dos.

Ensuite ils les firent descendre dans le souterrain qui se trouvait au-dessous. Errant longtemps dans ces profondeurs ténébreuses, ils découvrirent enfin l'escalier creusé dans les entrailles du roc, et ils jetèrent tous les moines dans des cachots qu'ils refermèrent sur eux.

Cette première partie de l'expédition terminée, il paraît que les calvinistes parcoururent le monastère pour prendre, à la place de leurs épées qui venaient de s'ébrécher, les meilleures armes des moines, car on en retrouva plus tard sur eux.

Ils se dirigèrent ensuite dans l'ombre et sans bruit vers le grand bâtiment de la *Merveille*.

Les sentinelles sont aussitôt assaillies, égorgées, avant d'avoir le temps de faire feu. Les huguenots attaquent ensuite la garnison. Celle-ci est bien plus forte en hommes que la petite bande des assaillants, mais l'officier, les soldats de l'abbaye, surpris dans le sommeil, n'ayant pas le temps de prendre la moitié de leur équipement, après quelques moments de lutte corps à corps, où on ne peut se servir que d'armes blanches, sont tous tués ou désarmés, et les vainqueurs enferment ce qu'il en reste de vivants dans le souterrain des voûtes, au-dessus des pauvres moines.

— A nous la place! à nous! vive Henri de Navarre! s'écrient les calvinistes maîtres de la citadelle.

Laballly et ses hommes rentrent précipitamment au réfectoire; le chef court ouvrir cette même fenêtre par laquelle un des frères bénédictins, pendant le souper, avait cru voir des troupes défiler sous les murailles; il rallume cinq flambeaux et les place dans le cintre de l'ogive.

Puis ils attendent.

— Bien, dit Laballly, la troupe n'a plus qu'à venir s'installer ici... Le seigneur Dutouchet verra que nos habits de pèlerins ont gagné la bataille.

— Est-ce bien le signal? dit un autre. Oui, cinq flambeaux en croix placés à la fenêtre... Cette croix lumineuse lui apprendra la victoire; deux coups de feu nous répondront.

— Jour de Dieu! voilà un coup de main bien mené! dit le chef en caressant sa barbe. Nous n'avons eu que la peine de venir souper dans cette terrible abbaye du mont Saint-Michel pour la prendre... Et par occasion, nous avons forcé ce bon prieur à médire un peu du roi et de la Ligue, à force d'en chanter louange... Pauvre diable, mort là-dessus sans confession, lui voilà un fameux péché sur la conscience.

— La bonne prise, qu'un moutier château-fort.

— C'est faire deux fois la barbe à l'ennemi...Ah! messeigneurs les catholiques, vos chanteurs de messe et vos porte-mousquets sont pris dans leur caverne.

— Ah çà!... regardez donc bien, Laballly, le capitaine ne doit pas tarder à venir.

— Que veux-tu que je regarde? Une nuit d'enfer.

— Eh bien! écoutez.

— Mordieu! le bruit d'un pistolet se fait bien entendre sans qu'on prête l'oreille.

— Le capitaine a pourtant gravi le rocher... Ce diable de moine à l'oreille fine avait entendu le pas de nos hommes, et son cher frère...

— Que veux-tu, puisque le capitaine Dutouchet et ses braves arquebusiers ne sont pas ici, c'est qu'ils ne peuvent pas y être.

— Alors, attendons.

— Attendons... nous ne risquons rien à nous reposer un peu céans... les habitants du lieu ne nous troubleront pas!

Les calvinistes se jetèrent sur les bancs qui accompagnaient la grande table, dégrafèrent leurs armes, et posèrent la tête sur leurs bras croisés sur la table.

Le silence qui continuait à régner sur la grève était pourtant d'une impression pleine d'inquiétude. Le même calme morne et lugubre s'étendait dans le monastère. La lueur des flambeaux posés devant la fenêtre glissait horizontalement dans l'étendue de la salle; elle allait effleurer ici une dalle du pavé taché de sang, là, la tête pâle et chauve d'un moine tenant des yeux ouverts et fixes plus loin elle se brisait à une colonne, et laissait derrière un espace plein de ténèbres et des tristes soupirs du vent. Là étaient les morts, et, au-dessous, dans les souterrains, les vaincus réduits à la même immobilité, au même silence.

Les arquebusiers de la compagnie du capitaine Dutouchet, détachement de l'armée de Chatillon, attendirent ainsi d'heure en heure. Ils se mirent par moments à boire; ils voulurent essayer de dormir, car ils avaient réellement fait une longue route pour arriver au monastère, et se sentaient prodigieusement las; mais le vin pouvait à peine leur plaire, le sommeil ne venait pas.

A chaque instant ils tressaillaient sans savoir pourquoi; ils allaient aux fenêtres, mais ne voyaient rien que le point lumineux des rares fanaux qui se balançaient aux remparts... Cette nuit étrange était presque aussi pénible pour les vainqueurs que pour les vaincus.

Avant quatre heures du matin, en cette saison, le jour se leva. Les calvinistes, à demi assoupis, relevèrent la tête à cette blancheur de l'aube qui tombait sur leur paupière, et se rendirent sur une plate-forme pour inspecter les dehors de l'édifice. La crête du mont était couronnée de quelque lumière, mais ses pieds baignaient dans une vapeur grise et trouble.

Les soldats de Dutouchet, dont le regard interrogeait les grèves, n'y virent répandue que la solitude accoutumée; mais en ramenant les yeux sur la pente du mont déroulée à leurs pieds, ils aperçurent dans la brume des masses immobiles, ressemblant à des troupes campées sur le rempart. Des groupes d'hommes d'armes semblaient se montrer aussi sur les esplanades coupant de distance en distance la montée du château.

— Sang de Dieu! s'écria Labally, le capitaine est entré sans donner le signal; il occupe la ville et ne vient pas jusqu'à nous!

— Comment est-il arrivé sans nous avertir, ajouta un des siens, et sans coup férir avec les sentinelles des portes extérieures... Depuis l'heure où les lumières ont été placées aux fenêtres pour annoncer le succès, nous n'avons rien entendu!... Avec quel étrange silence est-il donc entré dans cette place ennemie!

— Je ne sais... ceci tient du prodige.

— Et sans que je puisse dire pourquoi, ce prodige m'épouvante.

— Il me semble aussi voir quelque chose du diable là-dessous... mais tête Dieu nous ne tarderons pas à le savoir!

Ils restèrent attentifs, le pied posé sur ce roc dont ils avaient fait la conquête; mais se sentant glacés d'un vague effroi dans leur position victorieuse.

Il n'y avait pourtant là rien de merveilleux, mais seulement l'un des mille hasards de la guerre.

Pendant cette nuit, voici ce qui s'était passé audehors de la forteresse.

Dutouchet, gentilhomme normand, servant avec une centaine d'arquebusiers à lui dans l'armée du duc de Chatillon, après avoir détaché trente des siens, qui étaient allés prendre l'abbaye par ruse, s'avançait avec le reste de sa troupe, à la nuit tombée vers les murs de la forteresse qu'il comptait occuper.

Arrivé à cent pas du mont, du côté du nord où sa base se hérisse de roches aiguës, il avait entendu un bruit profond sur la grève et aperçu la tête d'une colonne de troupes, que sa force assez imposante faisait distinguer dans les ombres.

A cet aspect inattendu de l'ennemi, le capitaine, n'emmenant avec lui que soixante et dix hommes, avec lesquels il ne pouvait penser à lutter contre un bataillon, avait jeté sa petite troupe dans l'escarpement des rochers, où il pensait la tenir cachée dans la nuit pendant le passage des catholiques.

De là il épiait leur marche avec une attention palpitante.

La troupe se dirigeait sans doute sur Avranches... elle allait passer à quelque distance sur la grève... mais non, elle s'approchait du mont Saint-Michel... elle tournait les murailles de la ville... elle s'arrêtait à la porte d'entrée!...

A ce moment, le capitaine calviniste vit que tout était perdu. Le commandant de la colonne n'eut qu'à se faire reconnaître pour pénétrer dans la ville vassale de l'abbaye qu'il allait occuper; et Dutouchet aperçut à la lueur des remparts les catholiques défiler sous le cintre de la porte fortifiée. Les attaquer était impossible, puisque, outre la supériorité très-grande du nombre, ils allaient au premier coup de mousquet avoir pour eux toutes les forces de la citadelle.

Il lui fallait se retirer en abandonnant ses trente braves dans le piége qu'ils avaient tendu et dans lequel ils allaient tomber!... Il ne se résolut à cette triste retraite que la mort dans l'âme, mais il l'effectua n'ayant point d'autre parti à prendre.

Le commandant des troupes du roi était le jeune Louis de Lamoricière, sieur de Viques, enseigne du maréchal de Matignon. A son arrivée au mont Saint-Michel, ne voulant pas déranger ses pieux alliés de l'abbaye pendant leur sommeil, il fit camper ses hommes pour le reste de la nuit dans la ville.

Au moment où le jour se levait, comme nous venons de le dire, les calvinistes maîtres du donjon observaient les dehors de la place. Ils reconnurent bientôt l'enseigne et les armes du détachement qui montait alors vers le château. Ils se virent aussitôt abandonnés, perdus. Furieux, désespérés, ils se rejetèrent instinctivement dans cette grande salle où ils étaient entrés la veille, si confiants en leur stratagème, et où ils allaient voir s'accomplir le triste dénoûment de leur pèlerinage!

Plus malheureux encore d'avoir échoué que de mourir, ils restaient immobiles, l'œil fixe, la main au poignard, et pâles comme les morts étendus autour d'eux.

Les soldats catholiques étaient entrés dans l'abbaye.. on entendait leurs pas dans les vestibules, dans les galeries... Ils arrivèrent dans le couloir qui précédait la grande salle du réfectoire...

Le jeune enseigne avait été averti par la solitude du monastère, par les cris sortis des lucarnes, des cachots, et le peu d'explications qu'on avait pu lui jeter à la hâte des événements de la nuit. Il venait d'abord s'emparer des ennemis.

Lamoricière entra, laissant ses hommes dans le couloir. Les calvinistes l'attendaient de pied ferme et le front haut; un regard puissant du jeune chef se porta sur eux comme demandant s'ils songeaient à se défendre; les vaincus ne baissèrent pas les yeux, mais ne firent aucun mouvement pour tirer les armes du fourreau.

Après ce muet et imposant dialogue, l'officier jugeant que les ennemis se rendaient, fit entrer ses gens, qui se jetèrent sur eux, les désarmèrent, les chargèrent de chaînes et les entraînèrent dans la galerie inférieure, d'où on allait les faire partir pour les envoyer en prisonniers de guerre au camp de Matignon.

Pendant cela, Lamoricière, suivi de quelques-uns des siens, courait dans les souterrains, dans les cachots, délivrer les soldats, les moines.

Ces derniers, bien heureux de voir se terminer si vite et d'une telle manière leur effrayante captivité, en remontant l'escalier des cachots passaient dans la galerie où étaient rangés les satanés pèlerins de la veille, qu'ils étaient fort fâchés d'avoir si bien hébergés.

Mais l'un des pères bénédictins, apercevant de là la bannière aux fleurs de lys placée sur la tour avancée, et que dans le tumulte de la nuit les vainqueurs d'un moment n'avaient eu ni le temps ni la pensée de faire ôter.

—C'est égal, dit-il en la montrant aux calvinistes, l'abbaye du mont Saint-Michel n'aura pas laissé tomber un instant la bannière du roi de France. Il nous en a coûté gros cette nuit pour l'avoir arborée; mais elle n'a pas bougé de la tour, et, sur notre âme, elle n'en bougera pas plus à l'avenir!

Peu de temps après ces événements, Louis de Lamoricière fut nommé par le roi Henri III gouverneur de la place du mont Saint-Michel à la place du sieur Baternay, en souvenir de son heureuse intervention dans la sainte citadelle[1].

## XI.

### SIÉGE DE L'ABBAYE PAR LES CALVINISTES.

Après la malheureuse tentative faite par les calvinistes pour envahir la place du mont Saint-Michel, les attaques contre cette citadelle monacale se succédèrent rapidement. Les troupes du prince de Navarre, qui avaient leurs coreligionnaires à venger et leurs nombreux prisonniers de guerre à délivrer, revenaient sans cesse heurter de leurs armes les vieilles murailles du monastère.

Mais la forteresse pendant la durée de ses luttes avait considérablement augmenté ses forces. Les moines tombés au champ d'honneur sous les coups de l'ennemi s'étaient aussitôt remplacés; à Louis de Lamoricière, qui avait longtemps vaillamment défendu la place, venait de succéder M. de Boissuzé, son égal en courage, et avec lui une nombreuse garnison remplissait les remparts.

Les moines ne pouvaient plus vivre que sur le pied de guerre; l'arsenal envahissait le paisible sanctuaire; le souffle des combats éteignait les cierges consacrés, les trépieds aux odorantes fumées; le bruit du fer étouffait les chants d'église; le couvent disparaissait dans la forteresse.

Du reste cette vie ne convenait guère moins à la communauté que la première.

Les religieux du XVIe siècle n'avaient pas encore perdu l'habitude de porter la cuirasse et la lance; ils se flattaient de défendre leurs autels aussi bien que de les servir; ils maniaient les affaires politiques aussi bien qu'aucun homme d'Etat, et vidaient la coupe au dessert aussi bien que les plus braves chevaliers. La présence de nombreux hommes d'armes ne faisait donc qu'augmenter la population du couvent sans la troubler. Moines et soldats fraternisaient de toute manière, et n'avaient guère des exercices différents. Les dévots guerriers de la Ligue disaient leur chapelet tous les jours, se confessaient beaucoup, chantaient des psaumes à pleine voix; en même temps, les bénédictins montaient la garde et faisaient le coup de feu sur la brèche.

On ne pouvait guère différencier qui avait juré de porter l'épée ou la croix et tous ensemble se réunissaient pour tenir haut la bannière de l'abbaye.

Le plus long siége de cette forteresse eut lieu en 1591.

Henri IV était aux portes de Paris; ses partisans triomphaient des Ligueurs presque sur tous les points du royaume. Sur les côtes occidentales, les calvinistes occupaient toutes les forteresses, Pontorson, Avranches étaient prises; le fort Saint-Michel seul tenait encore; mais il tenait avec une puissance irrésistible.

Nulle place en effet ne devait se défendre aussi vaillamment contre l'armée hérétique que cette citadelle monacale, qui avait pour première garnison des religieux, armés au nom de la loi politique et de la loi divine.

Aussi, on jugeait ses murailles tellement invincibles, que de toute part on s'y retranchait. On y apportait les trésors des églises voisines; des Ligueurs qui en abandonnant les autres places de la contrée avaient pu avoir la vie sauve venaient s'y renfermer; les riches habitants du pays y prenaient asile, en amenant des chariots pleins d'objets précieux et de denrées. On déposait surtout derrière ses murailles les chefs calvinistes, prisonniers de guerre, et d'une importante capture.

Mais la force de la place, les raisons qu'elle avait de se défendre jusqu'à la mort, étaient en même temps pour les calvinistes une source d'ardeur à s'en emparer.

Un corps d'armée commandé par le comte de Montgommery, et dans lequel se trouvaient Chasseguey et Sourdeval, capitaines renommés, vint mettre le siége devant ses murs, dans les premiers jours d'avril de cette année 1591.

Les troupes arrivèrent d'Avranches par le *Guel de l'Épine* et *Courtils*.

C'était à la marée basse et dans le milieu du jour: mais il n'y a pas de jour sur ces côtes quand le brouillard du printemps s'y déploie.

Un nuage humide, blanc comme le tourbillon de fumée d'une arme à feu, se répandait du ciel jusqu'au sol. Rien ne peut rendre son intensité. Les soldats avançaient sur ces grèves voilées en ignorant absolument où se dirigeaient leurs pas. Ils ne savaient s'ils ne marchaient point à la mer où ils seraient tout à coup englontis. On aurait pu voir ces longues lignes d'hommes d'armés, avançant pas à pas, cherchant partout quelque ruisseau ou filet d'eau dont le courant pût leur indiquer le côté de la plage qui penchait vers l'Océan, parfois se courbant jusqu'à terre, collant l'oreille au sol, pour percevoir le moindre murmure des flots de la mer qui pût les avertir de sa présence.

Ils mirent ainsi un jour entier à arriver.

Après ces premières difficultés du trajet, l'armée se trouvant à la base du colossal rocher, plaça son camp du côté du nord.

Vers le soir, les fanaux qui s'allumèrent sur les tours et les plates-formes dessinèrent au milieu des brumes les contours de l'édifice, qui apparaissaient par de vagues lueurs sur le fond de la nuit. Le bâtiment géant parut dressé sur son socle de granit; et son lugubre aspect frappa d'effroi, ou peut-être de tristes pressentiments, ces soldats aguerris.

Ce monastère, déjà revêtu dans leur esprit d'une puissance surnaturelle par les efforts inutiles qu'on avait tentés pour le prendre, se montrait encore à leurs yeux comme un fantôme enveloppé de pâles vapeurs, pour redoubler l'indicible épouvante que sa vue devait inspirer.

Dès le jour suivant, il fallut pourtant refouler toutes ces terreurs. Le son du cor retentit sur toute l'étendue de la grève occupée par les troupes de Montgommery; l'armée avança, poussant les machines de guerre devant elle, et vint se ranger sous les murs.

Dans la citadelle, les trompettes sonnèrent plus éclatantes encore en allant se répercuter à tous les angles des murailles et résonner sous les voûtes, et toutes les forces de la place apparurent sur les remparts.

Rien ne pouvait frapper les yeux d'un spectacle aussi imposant que la vue de ce monument barbare et majestueux, couvert de mousquets et de lances depuis les premiers remparts jusqu'aux galeries aériennes du clocher. Les pièces d'artillerie cernaient tous ses flancs sur les murailles avancées. Au-delà, on voyait des combattants de toute classe, en costumes divers, portant cuirasse, pourpoint bourgeois, frac de moine, coquilles de pèlerins, mais tous bien

[1] Les détails de cette attaque de l'abbaye sont rapportés dans le manuscrit de Dom Huynes.

Louis XI visitant les cages de fer.

armés en guerre. Au centre, et au-dessous du clocher que surmontait la figure de saint Michel-Archange, la bannière de l'abbaye se montrait sous les ailes de son céleste protecteur.

De la masse de pierre armée s'élançaient de toute part des tours, flèches, clochers, ayant aussi des lances à leur sommet, des mousquets à leurs créneaux, à leurs meurtrières, des canons à leurs pieds.

C'étaient d'abord la tour *du roi*, celle de *la reine*, mieux que tout autre armées pour l'attaque et la défense; *Stéphanie* et *Grabrielle*, deux sœurs chères aux moines pour la rude manière dont elles avaient déjà battu et renversé à leurs pieds les hérétiques; puis la tour *du lion*, celle *du guet* et bien d'autres encore, toutes prêtes à lancer le feu et la mort.

Les deux galeries *du tour des fous*, les plates-formes du *saut Gauthier* et de l'*esplanade*, étaient chargées de pierres et autres projectiles à lancer sur les assaillants.

Enfin, la forteresse des moines par tous ses aspects, par toutes ses pierres, ses armes, ses pavillons, semblait jurer mort et damnation aux satanés huguenots.

L'engagement fut terrible entre ces deux troupes si ardentes à se défendre. Le combat dura toute la journée, mêlé des éclats de la mousqueterie, du fracas des machines de guerre, du tonnerre, des mines qui faisaient sauter des pans de muraille.

Les assiégés entremêlaient tout ce bruit d'armes de sons de cloche, de chants d'église, et promenaient la procession sur les remparts en feu. Les soldats faisaient retentir ces cris de guerre qui les tenaient en haleine; les bourgeois élevaient une rumeur non moins haute en s'excitant les uns les autres, et en faisant ébouler des chariots de pierres, au pied des murailles.

Au-dessous de cette population militante, il en était une autre assistant au combat avec une immobilité de marbre, une morne insensibilité. Les prisonniers, scellés dans les entrailles du rocher, écoutaient avec indifférence le tumulte des remparts; se retournant péniblement sur la pierre de leur caillot, ils cherchaient pour toute victoire à soulever leurs fers, et à donner une autre position à leur corps endolori.

Dans le nombre cependant, il s'en trouvait pour qui les chances du siége avaient un intérêt plus fiévreux, plus violent que pour tous les combattants: C'étaient trois chefs calvinistes, enchaînés dans une cellule du premier étage. Ils entendaient que leurs frères d'armes étaient au dehors, attaquaient la forteresse: dans quelques heures, ils pouvaient être délivrés ou rejetés plus avant dans leur affreuse captivité!

A mesure que le fracas des murailles augmentait, ils comprenaient que les assiégeants chargeaient avec plus de violence et gagnaient du terrain; toute leur âme répondait à ce bruit; ils jetaient des cris d'espoir farouche; ils bondissaient dans leurs chaînes, comme pour s'élancer au-devant de la liberté qui allait venir.

Par instants, les béliers frappaient les murailles et les captifs avaient le bonheur de sentir cette masse de pierre trembler jusqu'à sa base comme si elle allait s'écrouler. Ensuite les cris de guerre des remparts, les détonations de l'artillerie montraient que la défense était aussi rude que l'attaque. C'était alors un tel mélange de cris lointains et rapprochés, un tel tourbillon du fracas de la guerre, qu'on ne pouvait plus distinguer qui avançait ou reculait dans la lutte terrible.

Les prisonniers auraient donné la moitié de leur vie pour pouvoir seulement aller coller leur tête à la

Paris. — Imp. de BRY aîné, boulevard Montparnasse, 51

Montgommery interroge les prisonniers catholiques.

grille du cachot, et apercevoir ce qui se passait!

Mais après de longues heures de combat, un coup de tonnerre retentit avec de si formidables éclats que la citadelle entière en fut ébranlée : c'était l'explosion d'une mine, dont la force avait brisé ces rochers que rien ne semblait pouvoir atteindre. En même temps, on sentait que les assiégeants pénétraient par cette brèche: le cœur des malheureux captifs le leur faisait comprendre, et les cris de rage qu'ils entendaient sous les voûtes de l'édifice, leur en donnaient l'assurance.

Bientôt après, des bruits de pas retentirent dans le couloir de leur cellule; tous trois pensaient que les protestants maîtres de la place venaient les délivrer; ils n'avaient pas la force de le dire, mais leurs visages étaient inondés de larmes de joie, et leurs bras chargés de chaînes se levaient vers le ciel en action de grâce.

La porte s'ouvrit violemment. Ils virent entrer un peloton des bourreaux de la prison et de leurs aides, les yeux ardents de fureur, les cheveux poudreux et hérissés autour de leurs bonnets de loutre, les bras nus et armés de haches.

Ces hommes plus furieux que leurs maîtres mêmes de la prise de l'abbaye qui semblait imminente, de la ruine de cette prison qui les faisait si riches et si puissants, voulaient au moins en massacrer les principales victimes, pour ne pas leur laisser revoir le jour.

Ils exhalèrent leurs imprécations de colère; ils brandirent leurs haches sur la tête des captifs, qui sentirent déjà le froid de la mort couler dans leurs veines, qui se virent près d'expirer à l'instant même de la délivrance...

Mais l'un des bourreaux retint subitement le bras de celui de ses compagnons qui allait frapper le premier. Le bruit avait tout à coup changé de caractère dans l'intérieur des murailles: c'était maintenant un flot de combattants courant du côté où la brèche était ouverte, des cris de triomphe annonçant que les protestants en étaient repoussés.

Les bourreaux s'élancèrent au dehors; et les prisonniers, qui avaient vu de si près en une minute la liberté, puis ensuite la mort, perdirent l'une et l'autre de ces délivrances.

Après le retour inespéré de fortune par lequel la garnison du fort avait repoussé l'ennemi tenant déjà le pied sur ses murailles, l'abbaye triompha de tous côtés, et la journée fut à elle.

Quand les assaillants furent repoussés du pied des remparts, les assiégés firent encore jouer les deux canons placés en dehors du mur d'enceinte, et qu'on appelait les *balayeurs de la Grève*. Les troupes calvinistes furent rejetées au loin par les décharges de ces pièces, et la plage reprit pour la nuit sa solitude accoutumée.

Les troupes de Montgommery se retiraient pourtant en ordre vers leurs camps.

Ces soldats, après une si rude journée, se croyaient près d'arriver vers les rochers où ils trouveraient au moins le repos de la nuit, lorsqu'ils sentirent tout à coup le sol manquer sous leurs pas.

En marchant, il leur semblait que la terre se mouvait et fléchissait sous eux. Ils cherchèrent à s'y attacher plus fortement, et le point d'appui vacilla et se retira davantage. A mesure que leurs pieds s'enfonçaient, leur corps était étreint d'un sable fin, humide, qui se pressait autour d'eux. Ils sentaient leur souffle s'éteindre, et voyaient la tombe qui allait se refermer sur eux.

Ceux de leurs compagnons qui accouraient à leurs cris partageaient leur sort.

Les soldats livrés à ces grèves inconnues étaient ensevelis dans des sables mouvants.

Après ce dernier sinistre, les corps de troupes se réunirent enfin dans le camp, Montgommery y vit son armée décimée par des pertes immenses, par la moisson que le feu de l'abbaye avait faite dans les rangs des calvinistes, et après laquelle étaient encore venus glaner les sables mortels de la grève.

Cependant le plus dangereux ennemi ne s'était pas montré encore. Il parut dans les heures de repos attristé qui succédaient au combat ou plutôt à la défaite. La mer fit retentir sa grande voix; elle jeta un grondement formidable à chaque roulement de la vague qui envahissait une zone de la grève de plus, et elle monta jusque dans le camp, où le sol disparut sous ses flots.

Dans ce poste terrible, tous les éléments étaient ennemis; le danger, la mort étaient partout; le feu des remparts, les airs changés en brouillard, la terre qui fuyait, l'eau qui montait, sévissaient avec violence, se réunissaient pour anéantir les adversaires de la forteresse.

Les troupes calvinistes furent forcées de camper pendant douze heures dans le peu de barques qu'elles purent trouver ou dans l'eau jusqu'aux genoux.

Les journées d'assaut qui suivirent ressemblèrent à la première. Parfois dans l'attaque, les excellentes machines de guerre que possédaient les protestants, et les mines qu'ils faisaient jouer, creusaient dans les murailles d'énormes trouées. Mais le général ne pouvait entièrement profiter de ces avantages, car il perdait beaucoup plus de monde que les catholiques retranchés derrière leurs remparts, et il manquait de force pour percer les barrières de soldats et de lances, qui venaient aussitôt remplacer le mur écroulé.

La citadelle, au contraire, ne manquait de rien. Les brèches de ses fortifications n'étaient pas plus tôt faites que relevées, les armes abondaient dans ses arsenaux, les défenseurs étaient approvisionnés de vivres pour un long siége.

Le désespoir accablait l'armée des calvinistes.

Il arrivait des nouvelles de succès des autres points où les soldats d'Henri IV combattaient la Ligue; la ville de Chartres, après une longue défense, venait d'être prise par le roi; d'autres places par leur reddition annonçaient la fin de la guerre civile; il ne leur était donné pour tâche, à eux, les plus vaillants des calvinistes, que d'enlever un couvent, et ils ne pouvaient y parvenir !

## XII.

### SIÉGE DE L'ABBAYE PAR LES CALVINISTES (SUITE).

Un soir Sourdeval osant exprimer ce qui était dans la pensée de tous, supplia le comte de Montgommery d'abandonner cette plage maudite; Chasseguey se joignit à son avis et à ses prières.

Le chef de l'expédition réfléchit un moment, et répondit en baissant la tête :

— Messires, vous demandez la retraite, et c'est chose, j'en conviens, qui peut se faire honorablement après si rude campagne, où nous avons versé le meilleur de notre sang, où nous avons combattu contre les hommes, les tempêtes, les sables et les eaux, et où nous nous retirons devant des forces qu'il semble impossible à la nature humaine de dompter.

— Que voulez-vous, reprit Sourdeval, nous combattons ici des moines; nos adversaires ont pour eux le *droit canon !*

— Et *ventre saint-gris*, comme dit notre maître, ils en usent largement, ajouta Chassegney.

— Je n'ai jamais vu de feu si bien nourri, et crois, Dieu me pardonne, que leurs pièces partent plutôt deux fois qu'une.

— C'est qu'ils n'ont là-haut qu'à les regarder pour y mettre le feu.

— Vraiment!

— C'est sûr, si, comme on a bon droit de le supposer, les frocs de moine servent de pardessus aux diables, un peu frilleux quand ils habitent sur terre.

— Alors nos balles ne peuvent en conscience aller trouver satan sous son capuchon, et nous ferons au mieux de quitter la partie.

Après ces mots de ses premiers officiers, Montgommery médita encore quelques instants en silence, puis il dit à ses conseillers :

— Je me rends, Messires, aux désirs que vous manifestez d'une retraite. Tout ce que je demande est de la différer encore de quelques jours, afin que je puisse essayer d'un expédient qui s'est conçu dans ma pensée. Si j'en crois les apparences, les ligueurs feront une sortie cette nuit. Restons seulement sur la défensive, puisque mieux agir nous est impossible; mais au lieu de laisser tuer les prisonniers comme de coutume, faites qu'ils me soient tour à tour amenés ici. A partir de l'aurore de demain, si dix jours se sont écoulés sans que nous soyons maîtres de la place, je vous engage ma parole de lever le camp sans plus attendre.

— Soit, on ne peut rien de plus juste, dirent les officiers.

— Mais je ne vous cache pas, mon cher comte, ajouta Chassegney, qu'en ma pensée nous partirons comme nous sommes venus.

— Ce ne sera pas moins une belle fête de déloger de céans, termina Sourdeval, car vivre toujours dans l'eau où le diable jusqu'au cou vous excède si fort, qu'il y a des moments où, sur ma foi, on donnerait son armure de Damas et son meilleur cheval de guerre pour un pied de bonne terre.

Peu d'instants après, on vit que le chef ne s'était pas trompé dans ses prévisions. Comme onze heures sonnaient au clocher de l'abbaye, des coups de feu partis des deux énormes tours qui encaissent la grande porte, annoncèrent une sortie des assiégés.

Rangés en bataille, ayant jusqu'à hauteur des genoux la nappe d'eau dans laquelle venait miroiter la lueur des mousquets, les protestants restèrent immobiles et en silence.

Les soldats de l'abbaye, tirant toujours, avancent sur ces masses sombres et indistinctes, qui alors se retirent lentement devant eux.

Dans cette marche où rien ne les arrête, les ligueurs pensent que tout va se rendre ou fuir devant eux.

Mais le son d'un cor retentit. Aussi rapide que le son, aussi prompt à s'étendre que lui, un cercle de feu enveloppe de toute part les ligueurs; il vient des troupes de Montgommery, qui ont laissé pénétrer l'ennemi dans leur sein pour l'y massacrer.

Les lances succèdent aux mousquets et des monceaux de catholiques sont percés de coups. Ceux qui se trouvent assez nombreux sur un point pour rompre le cercle qui les enferme, ne peuvent que fuir à grands pas et regagner l'abri de leurs murailles.

A l'instant même où les ennemis abandonnent la place, Montgommery fait un signal et le massacre cesse. Ceux des catholiques qui restent encore debout entre les lignes de protestants, ont la vie sauve et sont retenus prisonniers. Ils se trouvent au nombre de cinquante.

Le chef calviniste se retire dans une grande barque couverte qui lui sert de tente, et ordonne qu'on lui amène ces captifs tour à tour.

Là, debout devant son drapeau, le capitaine fait placer le prisonnier sous la lueur d'une torche attachée au pilier de la tente, il l'interroge et cherche à lire sur ses traits.

Il paraît qu'il fut d'abord peu satisfait de ses

épreuves, car quarante des soldats interrogés par lui furent aussitôt renvoyés sans qu'il suspendît sa recherche.

Enfin on lui amena un pauvre jeune arquebusier, sujet de l'abbaye, qui n'avait jamais connu que ses grèves sauvages et les murs de la forteresse dans laquelle il était venu se battre, mais chez qui un certain air d'intelligence se mêlait à l'extrême naïveté.

— Que faisais-tu dans la place du mont Saint-Michel? lui demanda le comte. Étais-tu seulement dans les compagnies de la garnison, ou occupé au service de la maison?

— L'un et l'autre, Monseigneur, répondit le jeune homme.

— Ah! enfin, voici ce qu'il me faut! dit à part le comte.

Puis, tout haut, il ajouta :

— Alors tu dois connaître toutes les parties des bâtiments et tous les détails de la vie journalière?

— Oh! voire[1], Monseigneur.

— Bien, tu vas m'expliquer une chose que je ne puis comprendre. Par quel moyen la garnison peut-elle se ravitailler, non de grains, elle n'en a pas besoin, ses greniers étant abondamment pourvus, mais de viande fraîche?

— Mais, c'est bien facile : par les *poulaines*.

— Qu'est-ce que cela?

— Deux paniers, grands chacun comme vous et moi, dont l'un monte quand l'autre descend, et qui vont sur la côte chercher des provisions, qu'on fait remonter dans la cour en tournant une manivelle.

— Et tu as quelquefois travaillé à cela?

— J'ai été, comme les autres, de service aux *poulaines*.

— Bien; et tu pourrais y être encore, si je te laissais la vie, la liberté, dit le comte en l'examinant.

— La vie, la liberté! répéta le jeune paysan, dont on voyait sous sa grosse casaque le cœur battre de joie.

— Et deux cents écus d'or, ajouta le chef calviniste.

— A moi! s'écria le pauvre paysan. Mais sa figure changea, et après avoir été ivre d'espoir, il commença à trembler, car cet or lui rappelait les pactes que Satan proposait parfois aux chrétiens.

— Après ceci, dit le comte en mettant les deux cents écus dans la main du Normand, je te donnerai encore de quoi devenir riche tout à coup, de quoi aller dans quelque bonne ville acheter droit de cité et maîtrise, si tu veux faire ce que je vais te commander.

Le prisonnier demeurait interdit et muet.

—Voici ce dont il s'agit, continua Montgommery : tu resteras parmi nous jusqu'à ce que la garnison fasse une nouvelle sortie, ce qui ne tardera pas sans doute. Pendant l'action tu te mêleras à tes camarades et tu rentreras avec eux dans la place, comme si tu t'étais évadé d'ici. Arrivé dans la forteresse, la première nuit que tu seras de service aux *poulaines*, tu me le feras connaître.... je ne sais encore de quelle manière....

— Mais, par exemple, en brûlant deux amorces à la meurtrière de la tour du Lion, qui est la plus proche, dit le Normand, que son esprit servait malgré lui.

— C'est cela! s'écria le comte. Je serai sous les murs. Et à l'aide de ces larges et forts paniers dont tu me parles, tu feras monter deux cents des nôtres dans la place.

— Sainte Vierge! dit en pâlissant le paysan, mais ce sera me *faire vôtre*, Monseigneur!

— Eh bien! dit le chef calviniste, me prends-tu pour Satan, que tu n'oses te livrer à moi?

Le silence du jeune homme laissa voir que pour lui un protestant et le diable étaient à peu près la même chose.

— Malheureux! tu ne sais pas, reprit le comte, que ce sont au contraire ces moines impies qui perdent ton âme, en te forçant à te battre contre le prince de Navarre, devenu légitime héritier du trône de France, et auquel tout loyal sujet doit sa vie.

— Dame.... nous autres.... nous ne comprenons rien à cela, Monseigneur.

— Alors je vais te dire une chose que tu comprendras, termina Montgommery. La tête tranchée par une hache d'arme, ou la vie, la fortune en ce monde et le paradis dans l'autre, car tu auras servi ton roi, vois ce que tu préfères.

Le choix n'était pas douteux; le prisonnier consentit à tout ce que le seigneur voulut.

Il demeura dans le camp des calvinistes; une nouvelle sortie eut bientôt lieu, et il parut profiter du tumulte pour rentrer dans la place avec les assiégés.

Mais à peine le jeune paysan eut-il touché le sol de l'abbaye, que tout fut bouleversé en lui. Les superstitions qui habitaient cette enceinte, et avec lesquelles il avait jusque-là vécu, le saisirent, le pénétrèrent par tous les pores, le brisèrent d'effroi. Il se crut perdu pour avoir songé à desservir monseigneur l'abbé; il songea aux épouvantables cachots qu'il avait parfois entrevus et dans lesquels sa faute découverte le ferait peut-être jeter; il eut peur des moines, il eut peur de Dieu et du diable.

Eperdu de remords et de terreur, craignant trop l'abbé pour songer à l'approcher avec une conscience aussi bourrelée, il courut chez le gouverneur. M. de Boissuzé était seul dans son cabinet. Le soldat se laissa tomber les deux genoux sur le pavé, pâle, les mains jointes et murmurant quelques paroles dans lesquelles il demandait grâce.

Le commandant de l'armée se hâta de le rassurer assez pour qu'il eût la force de parler, et obtint de lui le récit de tout ce qui s'était passé dans la tente du chef calviniste.

Stupéfait d'abord de l'audace de ces huguenots, le gouverneur cependant s'arrêta tout à coup au milieu des malédictions qu'il leur envoyait, se frappa le front, tressaillit de joie, et se tournant vers le soldat qu'il avait presque oublié là à genoux sur la pierre, lui ordonna d'abord de se relever et de prendre courage.

Ensuite il lui enjoignit de se trouver la nuit suivante de service aux *poulaines*, d'agir absolument comme s'il n'avait rien dit, et qu'il se crût encore engagé avec monseigneur de Montgommery. Il ajouta que loin d'être puni pour trahison comme il l'avait mérité, il serait, grâce à son repentir, non-seulement pardonné, mais récompensé.

Cependant le chef des calvinistes et les principaux membres de l'armée, auxquels il avait communiqué ses projets, attendaient avec anxiété le résultat de l'entreprise.

Comme chaque instant pouvait en amener l'exécution hardie, Montgommery demanda deux cents hommes de bonne volonté pour en affronter les dangers. Les plus braves, ceux qu'avaient consacrés vingt combats et autant de victoires, se présentèrent à lui. Il se mit à la tête de cette élite de l'armée, et alla se poster dans une partie des grèves, d'où on apercevait la tour du Lion qui signalait le point de l'entreprise entre toutes les masses de murailles.

Il y avait trêve cette nuit-là. Ainsi, dans le camp des protestants tout était obscur et silencieux; dans la forteresse on faisait les dernières rondes, après lesquelles tout le monde irait se livrer au sommeil.

Un épais brouillard de printemps régnait comme au premier jour de l'arrivée des calvinistes; la grève, la mer et le ciel n'avaient qu'une même teinte uniforme et livide; cependant la masse énorme de la citadelle, découpée en pics aigus, se dessinait

1 Vraiment oui.

dans cette immensité de brume, comme un rocher taillé par le hasard, par le temps et la foudre. Le vent, presque calme dans tout l'horizon, mugissait aux angles des murailles, aux aspérités du granit; la mer aussi grondait avec plus de force à la base rocailleuse de la montagne. A ces voix du désert qui saluaient sa grandeur, l'abbaye répondait par le son imposant de sa cloche, ainsi que le vent et la mer puissante et éternelle.

Les calvinistes qui attendaient avec une angoisse palpitante, virent peu à peu à la lueur des fanaux les compagnies se retirer des remparts, des plates-formes, les sentinelles s'enfoncer dans leurs guérites, tout se disposer pour la nuit.

Puis une ligne de lumières pâles, vacillantes dans la brume, glissant le long d'une galerie, leur montra les moines qui sortaient de l'église après l'heure de complies. La clarté se perdit sous la voûte, puis reparut en points isolés aux fenêtres des cellules, où chaque religieux se retirait; là, ces étincelles s'éteignirent peu à peu, et toute la forteresse fut plongée dans le repos et l'obscurité.

Quelques heures s'écoulèrent.

Les braves de l'armée protestante tremblaient d'impatience, mais aussi de froid et d'ennui. Ils pensaient avec tristesse qu'ils devraient peut-être passer ainsi bien des nuits avant que leur agent secret dans l'intérieur de la citadelle fût placé au poste où il pouvait les servir.

Mais tout à coup deux cartouches brûlées firent jaillir leur lueur à une meurtrière de la tour du Lion.

Les calvinistes bondirent de leur place. Dans leur joie, leur ardeur, il leur restait à peine assez de sang-froid pour se glisser jusqu'au pied des murailles sans éveiller le moindre bruit qui pût les trahir.

Montgommery posta les siens pour cette opération, de durée si courte mais si terrible, sous un énorme pic de la base du roc, qui répandait une ombre plus profonde autour d'eux.

Il ordonna à ses soldats de commencer l'attaque quand ils seraient là-haut réunis au nombre de cinquante.

Puis tout le monde attendit encore. Mais au bout de quelques minutes seulement, un des vastes paniers descendit.

Un soldat armé jusqu'aux dents y prit place. Le cœur de ses compagnons battait violemment, et leurs vœux le suivirent tandis que son ascension l'emportait au sommet de la balustrade.

Lorsqu'il arriva on n'entendit aucun bruit, ce qui fit penser aux calvinistes que toutes les précautions de leur agent avaient été bien prises, et que rien, avant le moment, ne troublerait la quiétude du monastère.

Quatre-vingts fois le panier redescendit et emporta un ennemi dans la place.

Montgommery, haletant, écoutait de tous ses sens, de toute son âme.

Ce n'était plus alors le silence qu'il lui fallait, mais les cris de rage, les gémissements d'agonie des sentinelles et des moines, surpris dans leur sommeil, et tombant égorgés sous le fer de ses gens. Cependant c'était toujours le même calme, la même nuit immobile sur ces hauteurs : et cette immobilité était pleine d'un mystère inquiétant.

Lorsqu'après quatre-vingts fois, le mouvement de la corde annonça de nouveau la descente du panier, le chef calviniste se plaça immédiatement sous la muraille, et, élevant un peu la voix, demanda au soldat catholique, qui devait être penché sur le parapet pour faire mouvoir la machine, ce qui se passait dans les murailles.

Le jeune soldat, dont il reconnut bien la voix, lui dit que tous ses gens étaient entrés dans la salle des gardes, conduits par deux de ses camarades, qu'il avait gagnés en partageant les largesses du comte, et que, de là, les calvinistes s'étaient répandus dans le monastère, où ils portaient la mort de tous côtés.

Montgommery objecta encore qu'il était étonnant qu'aucun bruit de l'intérieur ne vînt signaler un si complet succès.

A quoi son affidé répondit que les religieux et les soldats de la garnison, frappés dans leur premier sommeil, ne pouvaient jeter aucun cri, puisqu'ils ne se réveillaient que dans l'autre monde.

Le chef, au lieu d'être satisfait de ces explications, à mesure qu'elles lui étaient données, se sentait frissonner de crainte.

Agitant encore la corde pour attirer l'attention de son agent, il lui dit :

—Si tant de moines sont morts, jette-moi le cadavre de l'un d'eux; je veux le voir tomber à mes pieds. Avant rien autre, obéis.

Tout redevint immobile au sommet et au pied de la muraille. Les calvinistes qui n'étaient plus qu'au nombre de cent-vingt attendirent.

Ils comptaient les instants avec une angoisse dévorante, et à chaque minute ils étaient plus violemment saisis de surprise et d'effroi, en voyant qu'un ordre si simple tardait tant à s'accomplir.

Enfin, une lourde masse tomba en rendant un bruit sourd, et roula sur la grève. Les calvinistes se précipitèrent de ce côté. C'était bien un froc de bénédictin qu'ils voyaient. Ils le saisirent par son cordon, et le traînèrent sur le sable jusqu'à l'endroit où un fanal du rempart versait un peu de lumière.

Se penchant sur le cadavre, arrachant son capuchon, ils le regardèrent avec avidité. Mais la figure était tellement percée, hachée de coups de lance, qu'il était impossible d'en distinguer aucun trait.

Montgommery, l'esprit enfin frappé d'une terrible lumière, se recula de quelques pas en s'écriant :

—Oh! nous sommes trahis! perdus!

—Il faut le savoir, dirent les calvinistes, il faut que l'un de nous monte encore dans l'infernal moutier, et tache de venir apprendre aux autres ce qui s'y passe.

Le page du comte, un bel et noble enfant qui voyait les combats pour la première fois, s'avança les mains jointes en disant :

—Oh! par grâce, Monseigneur, permettez que ce soit moi!

—Toi, pauvre enfant!... Mais nous sommes tombés dans un piége, je le sens, et que deviendras-tu là-haut!

—J'arriverai l'épée à la main, et, au moindre signe de trahison, je jetterai le cri d'alarme.

—Puis tu seras massacré.

—Sans doute... Mais si je survis, j'aurai gagné mes éperons.

Les yeux du page brillaient de courage et d'ardeur; il s'élança vers le pied du mur, où le soldat de la citadelle, après avoir obtempéré aux désirs du comte, venait de redescendre le panier.

Le maître du jeune page le laissa monter.

Il fut élevé dans l'air et franchit le parapet.

Au même instant, on entendit sa voix fraîche et vibrante crier :

—Trahison!

Puis, à ce mot, succédèrent les cris déchirants que le malheureux enfant jetait sous le fer des bourreaux qui l'égorgeaient.

Une rage que rien ne peut peindre, un indicible désespoir éclatèrent parmi les protestants.

Voici ce qui s'était passé dans le monastère :

A l'arrivée de chaque calviniste dans l'intérieur des bâtiments, où tout était obscur et paraissait endormi, deux arquebusiers placés près de celui qui faisait mouvoir les poulaines, et paraissant comme lui servir les assiégeants dans leur invasion nocturne, se chargeaient de conduire l'ennemi dans la place. Ils emmenaient le protestant dans une première pièce, le faisaient boire, pour que dans le premier moment où sa voix eût pu encore être entendue du dehors, il ne conçût aucun soupçon. De là, ils le conduisaient dans la *salle des gardes* et fermaient la porte sur lui. Alors, il se voyait entre deux lignes de bourreaux armés de haches, et tombait massacré sous leurs coups. On repoussait hors du seuil le cadavre, dont bientôt un autre venait prendre la place.

Quatre-vingts protestants avaient été assassinés ainsi.

Le jeune page seulement, qui arrivait avec défiance, s'arrêta sur le seuil de la première pièce.

—Où sont nos hommes? demanda-t-il.

—Par ici, répondit un des soldats en indiquant la seconde porte qui conduisait à la salle des gardes. Venez.

—Non, dit le jeune homme, amenez-moi à l'instant quelques-uns d'entre eux; j'ai des ordres à leur transmettre.

Les soldats se turent. Mais celui qui par son repentir était revenu aux moines, passant derrière le page, tenta de le désarmer. Ce fut alors que l'héroïque enfant jeta d'une voix retentissante le mot de *trahison*, et mourut.

A ce terrible signal, Montgommery voulut entraîner ce qu'il restait de sa troupe d'élite loin des murs de l'abbaye. Mais la garnison, qui était sur pied, fit un feu terrible sur sa route; les pierres avec les balles massacrèrent les protestants; et ce fut à peine s'il en arriva quelques-uns au camp.

Le lendemain, les calvinistes levèrent le siége du mont Saint-Michel.

Une nouvelle attaque de cette place, qui fut faite en 1594, n'eut pas plus de succès que les premières.

Ce ne fut que quatre années après que la forteresse catholique se rendit à Henri IV, alors maître de toute la France.

## XIII.

### LE PRISONNIER DE LA CAGE DE FER.

Ce qui répand sur les murailles crénelées d'une prison d'Etat une ombre de tristesse si profonde, c'est qu'au service des maîtres de hasard qui régissent le monde, prodiguant ses rigueurs selon la politique et les mœurs du moment, elle étouffe sous des masses de pierre ceux dont les fautes seraient vertus le lendemain, et s'offre au regard comme un éternel monument de l'arbitraire.

Tandis que les autres geôles retiennent les malfaiteurs de profession, les bêtes féroces à figure humaine, dont on ne saurait trop bien se défaire, la prison d'Etat, lorsqu'on dévoile son intérieur, renferme quelquefois, et même trop souvent, ce qu'il y a de meilleur sur la terre. Dans ces murs, ce sont des hommes supérieurs, ayant combattu les superstitions, les abus, les injustices de leur temps, ayant eu pour leur malheur des lumières et du courage. Puis des victimes du caprice, tombées là pour avoir déplu à quelque puissant du jour, et dont l'innocence, mise en regard des peines qu'elles subissent, doit lui être si bien comptée. Ou bien des hommes d'esprit, des poëtes dont la légèreté fut trop hardie, qui souffrent la captivité pour quelques vers, pour une chanson..., pauvres oiseaux, enfermés non pas pour avoir jamais fait le mal, mais parce qu'ils sont tombés dans des filets.

Enfin, tous ces chers prisonniers, coupables de vertus ou coupables d'esprit, qu'on aime et qu'on admire plus que les gens de bien.

La prison du mont Saint-Michel fut toujours peuplée par ces détentions sans raison ni justice.

Après les guerres religieuses, vinrent les lettres de cachet.

Tant que durèrent les luttes entre les deux églises calviniste et catholique, il y eut dans la bastille monacale des hérétiques, qu'on pensait ne pouvoir mieux placer que dans les cachots d'un couvent d'après la nature de leur crime. On était alors persécuté pour un signe de croix ou un oremus. Dans la prison religieuse, en même temps qu'on détenait les protestants, on essayait de les convertir: les sermons et les tortures étaient mis en usage pour faire changer au prisonnier quelques mots dans ses prières. Un grand nombre périrent sous le fer du tourmentateur ou dans l'air empoisonné des cachots. Ceux qui survécurent, furent mis en liberté à l'avénement d'Henri IV, qui devait bien au moins le pardon aux huguenots!

Mais, dès le règne de Louis XIII, revint le pouvoir despotique, qui, par le moyen des *lettres de cachet*, satisfit pleinement les deux passions dont il est formé, l'égoïsme et la cruauté.

Richelieu, dans lequel ce pouvoir s'était incarné en France, signala plus que tout autre son passage au gouvernement, par les détentions et les exécutions sanglantes: mais il choisit pour le plus grand nombre de ses victimes des prisons plus rapprochées de lui, particulièrement la Bastille de Paris et les cachots qu'il avait fait creuser dans son propre château de Ruel.

Au contraire, pendant toute la durée du règne de Louis XIV, l'abbaye des côtes de Normandie eut le privilége de recevoir une grande partie des prisonniers d'Etat, dont le nombre fut immense.

Peu à peu le lieu de détention se remplit de malheureux frappés par le roi, ses ministres, ses maîtresses; les cachots souterrains, les puits n'avaient plus de place; les *in-pace* étaient tous occupés; à mesure que *les oubliettes* avaient livré à la mer le cadavre de l'une de leurs victimes, une autre revenait en prendre la place. De nouveaux captifs déposés par les chariots au seuil de la funèbre porte furent enfermés aux cachots du premier étage. Puis, le flot des condamnés montant toujours, il fallut les placer dans *le petit exil*, dans les tours et les clochers. Partout où l'abbaye avait quelques pieds d'espace fermés de verroux et de grilles, elle reçut un prisonnier.

Un jour enfin le gouverneur de la citadelle, M. de la Chatière, voyant venir au milieu de cet encombrement, deux nouveaux condamnés, les sieurs de Jougère et des Jaucheries, sur lesquels on le chargeait de veiller rigoureusement, fut obligé de convertir en prisons les salles servant dans l'édifice aux cours de théologie et de philosophie[1].

Chacun de ces prisonniers qui peuplaient les murailles depuis les basses-fosses jusqu'aux combles, rendait de fortes sommes à l'abbaye.

On voit que si Louis XIV prodiguait les trésors de l'Etat à ses voluptés sensuelles, il ne les dépensait pas moins largement aux jouissances de la haine.

Un de ses captifs du mont Saint-Michel est devenu célèbre par des tortures extraordinaires, même dans les annales de ce lieu de supplice.

Du temps où Louis XIV était dans toute sa splendeur, et où la flatterie remplissait d'encens continuel et de chants de louanges l'air qui l'entourait, une gazette de Francfort en Hollande portait sur ce prince les jugements les plus sévères. Le rédacteur de cette feuille, nommé Dubourg, appréciant nettement le caractère et les actes du roi de France, dévoilait avec hardiesse l'orgueil insensé et l'ambition avide dont son âme était exclusivement possédée. Il montrait ce prince jetant des millions à ses fastes

[1] Histoire manuscrite de Dom Huynes.

de Versailles, saturant d'or ses flatteurs et ses courtisanes, tandis que son peuple était plongé dans une misère si profonde qu'aucun siècle passé n'en avait jamais donné l'exemple. Il l'accusait de vouloir étendre cet odieux despotisme aux autres nations de l'Europe; et il menaçait de la justice de Dieu ce roi que de serviles sujets n'osaient pas même regarder et juger.

Louis XIV, s'il se fût senti au-dessus de ce blâme énergique, l'eût assurément dédaigné; ce qui prouvait bien l'équité des jugements rendus sur lui, était la colère qu'il en ressentait.

Il souffrait cruellement de songer que cet audacieux écrivain était hors de son territoire, et soustrait à sa vengeance.

Des émissaires chargés de ses instructions partirent pour la Hollande. Ils offrirent à Dubourg, de la part du roi de France, une pension dont lui-même fixerait le chiffre, et en retour de laquelle il s'engagerait seulement à garder sur ce prince et son gouvernement un immuable silence.

Le publiciste répondit, que d'abord il y avait déjà trop de sangsues nourries aux dépens du pauvre peuple de France pour qu'il vînt en augmenter le nombre. Qu'ensuite, il n'était aux yeux d'un écrivain consciencieux nulle somme assez forte pour payer le renoncement à la vérité.

Les agents de Louis insistèrent.

Dubourg les renvoya, en disant qu'à tous les méfaits reprochés hautement au roi de France, il aurait désormais à ajouter la basse intrigue dont il avait usé envers lui-même.

En effet, la *Gazette de Francfort* publia les propositions faites au journaliste par le prince et la réponse qu'elles avaient obtenue.

C'en était trop pour le grand roi : l'ardeur de la colère et de la haine lui inspira la pensée de se venger en dépit des lois et des obstacles qui lui dérobaient sa victime.

Il fit appeler le lieutenant de police d'Argenson.

—Monsieur, dit-il en montrant les numéros de la *Gazette de Francfort* réunis sur son bureau, voilà ce qu'on ose écrire contre moi.

—Sire, répondit le haut fonctionnaire intimidé, chacune de ces lignes est un crime.

—Chacune de ces lignes mérite la torture et la mort pour celui qui l'a tracée.

—Oui, sire.

—Cependant le libelliste infâme qui s'est rendu coupable de tous ces écrits, conserve encore la vie et la liberté.

—Il est malheureusement hors de notre juridiction, sire; les lois le défendent contre nous, les frontières nous en séparent.

—Il n'est plus ni inviolabilité de territoire, ni pays étranger, quand il s'agit de punir un tel misérable. C'était à vous d'y songer, monsieur le lieutenant de police, et il est peu à votre honneur que je sois forcé de le dire le premier.

—Votre Majesté admettra cependant que je ne peux faire l'impossible, objecta d'Argenson en tremblant davantage.

—Rien n'est impossible avec les ressources et les moyens dont vous disposez, dit le prince. Les lois ne s'opposent qu'aux actes ostensibles; la force ne repousse que la force ouverte et déclarée. Donc il ne s'agit point ici de faire la guerre ou la paix, d'avoir ses armées à conduire, mais de vous emparer habilement de l'étranger qui a osé m'insulter, sans braver les autorités de la Hollande, ni dire à la nation qu'on viole son territoire.

—Sire, je comprends maintenant votre désir, dit le valet du roi en s'inclinant; et si j'avais pu penser qu'il fût tel, je me serais hâté de le prévenir.

—Avec de l'argent, et vous en aurez autant que vous voudrez, avec les agents habiles auxquels vous commandez, vous devez parvenir à vous emparer d'un homme de bas étage, pauvre et sans appui, et à l'amener en France. Il faut qu'il soit à ma merci comme un de mes propres sujets.

—Il suffit. Et Votre Majesté n'aura bientôt plus, je l'espère, qu'à décider du sort du coupable, promit en se retirant le lieutenant de police.

Tout le génie, toutes les ressources d'esprit du chef de la ténébreuse officine furent mis en usage pour cette opération outre frontière. Il parvint enfin à concevoir son plan. Pour l'exécuter, il lui fallut des hommes lettrés, savants même, qui parlassent plusieurs langues et qui voulussent prendre un rôle dans la plus ignoble affaire de police secrète.

Pour la honte de ce siècle, il en trouva.

Ces hommes, dont on a toujours pu soustraire le nom, partirent pour Francfort et s'y établirent quelques jours.

Jamais trame ne fut mieux ourdie que celle dont ils se servirent pour s'emparer de Dubourg; jamais un homme ne tomba dans un piége d'une manière aussi irrésistible, sans que perspicacité ni sagesse de sa part pussent l'en préserver.

Les voyageurs français commencèrent à se lier avec les lettrés de Francfort; ils se firent dans la ville une certaine renommée d'érudition et de connaissances supérieures, particulièrement en matière archéologique. Ensuite ils obtinrent facilement d'être présentés chez Dubourg par les propres amis de celui-ci, avec lesquels ils avaient lié connaissance.

Dubourg, qui rédigeait à Francfort une feuille importante, vivait péniblement de son travail, mais au milieu des douceurs de la famille.

C'était un de ces caractères ardents et passionnés dans la vie publique, absolus dans leurs convictions, violents dans les luttes qu'elles soulèvent, doux et simples dans la vie privée, bons jusqu'à la faiblesse au foyer domestique.

Le journal de Dubourg était répandu et influent, plein d'idées avancées et de révélations hardies. Le publiciste avait ce bonheur de l'écrivain qui répand sur le papier de grandes et audacieuses pensées, qui sent la feuille frémir sous sa plume de feu, et sait qu'elle ira se répandre dans la foule pour faire aussi tressaillir son sein.

Puis il goûtait ensuite le bonheur plus doux d'épancher la tendresse de son âme près de sa jeune femme, de ses quatre beaux enfants, dont il était le soutien et l'idole.

Son modeste logis, dont la propreté hollandaise faisait tout le lustre, présentait cette distribution économique d'une grande pièce, qui sert à la fois aux soins du ménage, aux travaux journaliers et aux réunions de famille et d'amis.

Mais à côté, et comme le sanctuaire auprès des habitations vulgaires, était le cabinet de travail de Dubourg. On voyait là combien il était adoré chez lui; sa femme et ses enfants avaient trouvé moyen de placer dans cette pièce quelques œuvres d'art; on pouvait facilement juger qu'ils s'étaient privés de beaucoup de choses pour orner ces murailles dans lesquelles l'écrivain travaillait. Les fidèles avaient tout sacrifié à leur pieuse offrande.

Lorsque les envoyés secrets de Louis XIV arrivèrent Dubourg était assis au milieu de sa famille dont les occupations s'étaient suspendues pour accueillir sa venue; les livres et les ouvrages à l'aiguille roulaient par terre; les quatre enfants, dont les têtes blondes tenaient de celles des amours et de celles des anges, étaient groupés autour de lui, le plus grand debout, et à la hauteur de son bras qui l'enlaçait, les deux autres sur ses genoux, le dernier à ses pieds. La jeune femme, laissant son rouet immobile, les regardait.

Cette noble et douce figure de père de famille était là toute encadrée d'expressions de tendresse.

Les Français passèrent la soirée dans ce pieux

intérieur; ils respirèrent cet air d'ineffable vertu, et ils n'en furent pas purifiés! Le premier qui parla à Dubourg de la demande qu'ils avaient à lui adresser fut un monstre sans nom.

Ils dirent dans cet entretien avoir visité quelques antiquités celtiques dans la plaine occidentale de la ville, mais en ne pouvant les juger que d'une très-imparfaite manière. Ils ajoutèrent que si Dubourg voulait leur prêter le secours de ses lumières, ce leur serait une grande satisfaction de les revoir avec lui, en recevant de sa bouche des renseignements sur des points de leur origine et de leur destination qui leur étaient restés inconnus.

Dubourg se hâta de faire preuve de complaisance; et la promenade hors de la ville fut arrêtée pour le jour suivant.

Le lendemain, le journaliste et ceux qu'il conduisait restèrent longtemps sur le lieu de leurs explorations; il y avait des inscriptions à déchiffrer, des thèses à soutenir sur chaque pierre antique. C'était à la fin de l'automne; et tandis que les dissertations étaient longues, la journée était rapide. La nuit vint envahir la plaine; et les voyageurs français firent observer que, puisqu'il fallait regagner la ville dans l'obscurité, autant valait attendre un peu plus tard, et aller dans une hôtellerie qui s'élevait sur la route voisine prendre un repas dont le grand air avait donné grand besoin.

Un moment après on était à table.

Les quatre voyageurs français et Dubourg occupaient une pièce séparée; l'hôtellerie elle-même était isolée sur la route.

Au dessert, le journaliste sentit sa tête s'apesantir. Il attribua cette somnolence au vin, dont on a peu l'habitude en Hollande, puis au grand feu allumé pour sécher le brouillard, et qui, après le froid du dehors, engourdit les esprits.

Mais son accablement devint plus profond; peu à peu sa tête s'inclina contre le manteau de la vaste cheminée, et il tomba dans un sommeil pesant, étrange, où tout en lui devint insensible comme dans la léthargie.

Quand il s'éveilla, la première sensation qui le saisit fut le mouvement d'une voiture qui l'emportait avec rapidité. Il voulut se soulever; il se sentit fortement lié, baillonné, et étendu au fond d'un chariot, où des courroies le tenaient immobile.

Le saisissement, la terreur, l'étrangeté de la situation où il se trouvait, et qui dans la nuit avait quelque chose d'un cauchemar affreux, le jetèrent dans un désespoir plein de délire, que redoublait l'impossibilité de l'exhaler par aucun mouvement, par aucun cri.

La voiture roulait toujours et semblait l'emporter en enfer.

Mais il entendit parler de lui, et reconnut la voix des voyageurs français avec lesquels il avait passé la journée. Il ne comprit guère d'abord le sens de leurs paroles : l'un se félicitait du succès d'une entreprise; l'autre répondait qu'il s'y mêlait bien des craintes encore; un troisième parlait de récompenses royales et de fortune promptement amassée.

A la pensée éveillée en lui du roi de France, une subite et affreuse lumière éclaira l'esprit de Dubourg : il était enlevé par les agents de Louis XIV et allait être livré à son horrible vengeance.

Les tourments qu'il entrevoyait pour lui, le malheur de sa femme, de ses enfants adorés qu'il laissait sans ressources et sans appui, toutes ces pensées de désespoir fondirent à la fois dans son âme. Ses forces ne purent y résister, et il tomba évanoui.

Il fut rappelé à lui par de violentes douleurs; il sentit le sang inonder sa tête, qui à chaque cahot du rude chariot rebondissait sur les barres de bois sur lesquelles il était couché. Mais en même temps, des pensées plus lucides lui revinrent; il songea que des obstacles pouvaient s'opposer encore à la marche de ses ennemis; qu'à la moindre connaissance de son enlèvement, on viendrait à lui, qu'enfin il ne traverserait pas ainsi les terres de Hollande sans être secouru.

Tous ses efforts tendirent alors à détacher un de ses bras et le baillon qui lui fermait la bouche. Il y travailla longtemps avec le désespoir qui redoublait ses forces, avec la prudence qui lui faisait dissimuler autant que possible ses mouvements pour qu'on le crût encore endormi.

Arrivé à ses fins, il jeta tout à coup des cris retentissants, furieux.

Des pas, des bruits de voix qu'il entendait depuis quelques moments autour du chariot couvert, redoublaient son espoir en lui faisant connaître qu'il était dans un lieu habité.

En effet, des accents élevés, tels que la surprise en ferait sortir de la bouche des passants, répondirent à ses cris; les pas et les voix se multiplièrent autour de la voiture; et le rassemblement devint sans doute nombreux, car les chevaux qu'on excitait en vain, furent forcés de s'arrêter.

L'espoir fit bondir le cœur de Dubourg quand il entendit les clameurs d'une population demander ce qui se passait, et qui était enfermé là. Il redoubla ses cris de détresse; les voix du peuple devinrent aussi plus élevées et plus impérieuses; il sentit qu'on se pressait en foule vers le fatal chariot, d'où on venait le délivrer. Et des accents impérieux ne furent plus seulement d'espérance, mais de joie!...

Mais tout se tut subitement; un silence de mort succéda aux voix de ses défenseurs. Les chevaux repartirent au galop.

Le malheureux comprit tout : on venait de montrer un ordre du roi qui avait imposé silence.

Il était sur les terres de France!

Depuis cet instant, le supplice de Dubourg est impossible à rendre. Le chariot ne s'arrêta que dans des endroits déserts, où les infâmes agents du roi, à la fois traîtres et bourreaux, prodiguèrent les mauvais traitements à leur victime, et ne lui donnèrent qu'un peu d'eau et de pain pour se soutenir.

Le cinquième jour, au soir, le convoi arriva à Paris. Dubourg fut jeté dans un cachot de la Bastille.

Mais cette prison ne parut pas suffisante à la vengeance féroce de Louis XIV; celui d'entre les hommes qui fut jamais le plus saturé de flatteries, de basses adorations, voulut, pour qui avait osé le blâmer, le plus long et le plus affreux supplice inventé par la cruauté humaine.

Le roi envoya Dubourg au mont Saint-Michel, en écrivant de sa main la lettre de cachet qui l'y renfermait, et en donnant à son égard des instructions particulières.

Le lendemain de son arrivée le prisonnier repartit, et fit encore quatre-vingts lieues dans le rude chariot qui l'avait amené.

Il mit pied à terre devant cette porte profonde, creusée comme un souterrain sous ses deux lourdes tours, et ressentit le frisson d'effroi qui glace sur son seuil.

Au haut du grand escalier, il trouva l'abbé qui lisait la lettre de cachet. Le malheureux jetant alors un regard vers une salle d'attente dont la porte était ouverte, et où se montraient des siéges, demanda en grâce la faveur de s'asseoir un instant, en attendant que le lieu où on devait le déposer fût préparé.

L'abbé répondit qu'il n'avait pas une minute de retard à lui accorder, et que pour l'endroit où il devait habiter il était toujours prêt.

Dubourg descendit conduit par des gardes; on lui fit traverser des souterrains entièrement obscurs dans lesquels des moines portaient des torches devant

Dubourg et sa famille.

lui. Il arriva dans une prison assez spacieuse, et qui était en plus grande partie occupée par une vaste machine dont il ne connaissait pas l'usage, mais qu'il prit pour un instrument de torture, et devant lequel, malgré les gardes qui le tenaient, il recula épouvanté.

Le malheureux pourtant se flattait encore. C'était un instrument de torture en effet : mais la torture, au lieu de durer quelques instants, y était éternelle.

C'était la cage de fer.

Dubourg y fut enchaîné par tous les membres, puis elle se referma sur lui.

Depuis ce moment, le seul écrivain courageux de son temps fut réduit au silence, l'adulation s'éleva seule au pied du trône de Louis XIV, qui venait de se souiller d'un acte de cruauté épouvantable : on le proclama mille fois *le grand roi ;* et une nation moutonnière répète encore tous les jours et parlant du prince qui commit des actions semblables, et sous le règne duquel le peuple de France fut le plus misérable, Louis XIV, *le grand roi* !

A l'abbaye du mont Saint-Michel, malgré le rôle de geôlier que remplissaient les moines, il se trouvait souvent des religieux d'une âme douce et humaine. Du temps où Dubourg y était enfermé, le prieur, jeune bénédictin d'une véritable piété, mettait son premier et son plus cher devoir à visiter et consoler les prisonniers!

Il allait surtout près du captif de la cage de fer, qui était le plus malheureux de tous.

Mais lorsqu'il parlait à Dubourg de ses souffrances, cet homme au noble cœur répondait :

— Mes maux sont bien grands sans doute; mais ce n'est pas là pour moi ce qu'il y a de plus affreux; je consentirais à ce que ce cachot fût plus sombre et plus froid encore, à ce que ces chaînes pesantes brisassent mes membres, si je pouvais apprendre que ma femme bien-aimée et mes quatre pauvres petits enfants sont à l'abri de la misère.

Et des larmes coulaient de ses paupières.

Le prieur tâchait de lui persuader ce qu'il ne croyait pas lui-même, que le roi abrégerait la durée de sa peine, le rendrait à sa famille.

Le temps s'écoulait ainsi.

Un jour, le prieur entra dans le cachot. Son capuchon était renversé; et, à la lueur qui tombait de la meurtrière, on voyait un ineffable sourire resplendir sur son visage découvert.

— Mon fils, dit-il en s'appuyant contre les barreaux qui le séparaient de Dubourg, prenez courage; le plus cruel de vos maux a cessé... Oui, vous me l'avez dit bien souvent, la souffrance qui pesait le plus lourdement sur votre âme était l'abandon où vous laissiez votre femme, vos enfants, la misère qui devait les atteindre. Eh bien! ils sont maintenant instruits du mystère de votre enlèvement, et une petite somme qu'ils ont reçue assure pour quelque temps leur existence.

—Oh! merci! merci, mon Dieu! s'écria Dubourg. Et ses yeux brillèrent de joie comme s'il avait été sauvé.

Le religieux raconta alors ce qu'il avait fait pour son prisonnier, en cachant généreusement les dangers auxquels sa démarche l'exposait lui-même. Profitant du départ d'un voyageur, qui se rendait en Hollande, il avait écrit à madame Dubourg la lettre suivante :

« Vous ignorez sans doute, madame, le sort de votre mari, absent depuis bientôt deux ans; vous le croyez mort, et cependant il vit; il est prisonnier d'État au mont Saint-Michel, en Normandie. Sa santé

Mort de Dubourg.

n'est pas altérée, et il pense sans cesse à vous et à ses chers enfants.

« Je vous écris à sa place, parce qu'en sa qualité de détenu, il ne lui serait permis d'écrire à personne.

« Ne perdez pas courage, Madame ; espérons que la justice de Dieu vous rendra un jour celui que vous pleurez. En attendant, priez le ciel pour lui, et résignez-vous. »

Lorsqu'il eut rapporté la substance de cette lettre :

— Ce n'est pas tout, dit le bon religieux, qui ménageait les émotions au prisonnier, la personne que j'avais chargée de mon message m'a apporté une réponse.

— Est-il possible, mon père ! Oh ! soyez béni ! dit Dubourg en tendant à travers les barreaux ses mains chargées de chaînes.

Et ses mains frémissantes reçurent un papier, qu'il baisa vingt fois avant de l'ouvrir. Puis il lut ces mots :

« Un billet anonyme, mais que j'ai tout lieu de croire sincère, m'a enfin appris ton cruel destin, lorsque je ne te croyais plus de ce monde. Hélas! mon pauvre ami, te voilà donc dans les fers et à la disposition d'un despote plus dangereux que Néron. Que vas-tu devenir, que te réserve-t-on?... J'ignore le barbare, l'odieux moyen dont on s'est servi pour te conduire où tu es, et je frémis des violences qu'on a dû employer pour t'enlever à nous!

« Si seulement j'étais près de toi pour soulager tes maux, pour prendre soin de ta santé que sans doute le malheur ne tardera pas à délabrer ! Sans nos pauvres enfants, je me rendrais au mont Saint-Michel, dussé-je dans la misère qui m'accable faire la route en demandant l'aumône. Je me présenterais en pleurs, à genoux, suppliante à la porte de la prison, et l'on n'aurait pas le cœur assez dur pour m'en refuser l'entrée. Oui, je pénétrerais dans ton cachot; j'irais partager tes peines et ta captivité!... Mais je ne puis abandonner nos malheureux enfants, qui n'ont plus que moi pour soutien, que mon travail pour fortune[1]?... »

Ces lignes si tristes apportaient pourtant un torrent d'ineffable bonheur dans l'âme de Dubourg. Ces mots avaient été tracés par la femme qu'il adorait, par la mère de ses enfants ! Et cette femme savait maintenant où il était, et qu'il ne l'avait pas abandonnée volontairement ; ces pensées illuminaient de joie toute son âme.

Il pliait et redépliait le papier; il contemplait chaque mot, chaque caractère ; il riait et pleurait ; puis, il faisait lire et commenter au bon religieux lui-même chaque phrase de la lettre chérie. Ensuite, ils recommençaient tous deux à sourire et pleurer ensemble.

C'était fête dans le cachot.

Mais Dubourg s'arrêtant subitement dans ses transports, et fixant son regard exalté sur le religieux :

— Oh ! mon père, dit-il, quelle belle place votre âme aura dans le ciel !

Depuis ce jour, la vie du prisonnier fut changée. Comme tout est relatif, il était presque heureux après sa situation passée :

Il voulut vivre, il voulut s'occuper pour faire passer les heures, et ce qu'il y eut d'étrange, c'est qu'il y parvint.

Tout instrument de travail, tout ce qui eût pu les

[1] Il manque aux documents recueillis par les chroniqueurs et par l'historien Fulgence Girard la fin de la lettre de Mme Dubourg.

distraire un moment de leurs souffrances, était rigoureusement refusé aux prisonniers : c'eût été un moment retranché à leur martyre. Dubourg examina tous les clous qui fixaient les poutres de sa cage jusqu'à ce qu'il eût reconnu celui qui tenait le moins solidement. Il n'avait pour l'arracher que ses doigts, mais à force de temps et de patience, il parvint à s'en rendre maître.

Arrivé là, il passa sa main entre les poutrelles inférieures, et aiguisa le clou sur la dalle, jusqu'à le rendre tranchant, et en faire une espèce de ciseau.

Dès lors, avec cet instrument, il s'occupa à sculpter la partie intérieure des poutres de la cage, à y créer des arabesques, des figures d'hommes et d'oiseaux de toutes sortes [1]. Celui qui avait écrit des pages dont l'influence se faisait sentir à toute une nation, se trouvait bien heureux de pouvoir tailler un peu de bois.

Les sculptures du prisonnier furent une œuvre curieuse, si ce n'est habile, que les voyageurs remarquaient encore plus d'un siècle après, et dont on a conservé quelques fragments après la destruction de l'instrument de torture.

Trois années s'écoulèrent encore sans que les forces du prisonnier déclinassent sensiblement. Mais au bout de ce temps, ses vêtements qu'on ne renouvelait point, étant en lambeaux, et rien ne le garantissant plus de la rigueur du froid, des rhumatismes aigus vinrent envahir tous ses membres. Au milieu des atroces souffrances que lui causait cette maladie, et quand son corps endolori était encore appuyé sur des poutres anguleuses, ses fers lui occasionnaient des surcroîts de tortures, sous lesquelles il jetait des cris déchirants.

— Mon père, disait-il au bon prieur qui venait toujours le visiter; on ne peut craindre que, renfermé dans ces barreaux, puis dans la cellule, puis dans les murs de la forteresse, je parvienne à sortir d'ici; ordonnez donc, je vous le demande à genoux, qu'on m'ôte quelques-uns de ces anneaux qui m'entrent dans la chair.

— Hélas! mon ami, répondit le religieux, je porte des chaînes aussi!... celles du règlement... qui parfois, je vous l'assure, pèsent bien cruellement sur mon âme!

— Mais l'abbé est tout-puissant ici, reprit le prisonnier. Il n'aurait qu'un mot à dire pour qu'on m'épargnât des tortures inutiles... Est-ce qu'il le refuserait?

Le jeune religieux baissa les yeux.

—Mon Dieu! s'écria le malheureux captif, Louis XIV en serait-il donc moins puissant et moins heureux si on m'ôtait ces fers des bras, si on les élargissait un peu seulement!

Le prieur pencha tout-à-fait sa tête sur sa poitrine. Il n'osait répondre.

—Le roi veut qu'on souffre pour souffrir.

Les maux du prisonnier ne semblaient pouvoir être plus grands, cependant ils augmentèrent jusqu'à un point qui fait frémir l'humanité.

Le poids des fers semblait redoubler à mesure que le patient avait moins de force pour les supporter; les extrémités de son corps se couvrirent de plaies; et, comme il n'avait ni un peu d'eau, ni le moindre morceau de linge pour les laver, comme on refusait par système tout ce qui pouvait soulager, les vers se mirent dans ces chairs, comme dans celles d'un cadavre; ce furent pour le captif des tourments inouis.

Le malheureux n'était soustrait parfois à ses atroces souffrances que lorsque de longs évanouissements lui donnaient pour un moment l'insensibilité de la mort.

Le prieur, le voyant dans cet état, osa implorer l'abbé en sa faveur.

[1] Histoire de la captivité de Dubourg, par M. Verusmor.

— Nous sommes ici pour garder les prisonniers, et non pour les plaindre, répondit le chef du monastère.

Dubourg languit ainsi longtemps entre la vie et la mort.

Un dernier et plus horrible supplice lui était réservé.

La vermine et les animaux immondes pullulaient dans les bas-fonds de la prison; des rats, dont ce lieu était infesté, entrèrent dans la cage de fer et rongèrent les chairs du prisonnier, qui s'étaient déchirées et corrompues autour des anneaux des chaînes; leurs dents dévorantes broyaient ce corps vivant, et entraient jusqu'aux os qu'elles mettaient à découvert [1].

Le malheureux, surexcité par la rage autant que par la douleur, malgré la maladie qui paralysait tous ses membres, eût sans doute trouvé dans son désespoir la force de repousser ces hideuses bêtes : mais les chaînes retenaient ses bras dans certaines limites, il ne pouvait s'en servir, et il lui fallait se sentir dévoré sans rien faire pour s'en défendre.

Chaque nuit, ce martyre recommençait. Le prisonnier jetait des cris déchirants; puis il dressait la tête, et regardait, l'œil hagard, injecté de sang, si on viendrait à son secours.

La sentinelle marchait dans le couloir qui longeait la cellule : mais les gémissements, les cris des prisonniers, étaient inhérents à ces voûtes de prison comme le vent lugubre qui courait en mugissant sous les arceaux. Et le soldat ne dérangeait en rien le balancier de son pas monotone.

Au milieu de ces mille souffrances, du froid, de l'ombre, de la solitude, du poids des chaînes, des meurtrissures de la cage de fer, le martyr restait encore livré à ce dernier supplice d'être dévoré vivant. Tantôt en proie à des accès de douleur infernale, tantôt pleurant et demandant la mort.

Telle était la situation de ce prisonnier du mont Saint-Michel, de cet écrivain coupable seulement d'avoir dit la vérité.

Et si, de la vue de ce malheureux, le regard eût pu s'étendre jusqu'à celui qui l'avait condamné; si, à côté du tableau de la prison, on eût pu mettre celui du palais de Versailles, on eût vu, au même moment, Louis XIV sous de somptueux lambris, créés pour lui, assis à une table couverte de tout le luxe de l'univers, buvant des vins précieux dans des vases d'or, enivré des propos adulateurs de ses courtisans, des parfums plus doux que ceux des fleurs qui s'exhalaient des robes soyeuses de ses maîtresses, versant des trésors et des titres aux mains de quelques-uns de ses enfants adultérins, souriant de l'autre côté à la beauté qui portait un nouveau fruit de l'amour dans son sein, aspirant à la fois tout ce que la vie humaine et les grandeurs peuvent verser de charmes.

Puis, au-dessus de ces délices, pour que rien n'en troublât l'ivresse, la dévotion du temps bénissant par les mains d'un prêtre toutes ces royales voluptés.

Aux derniers moments de la vie de Dubourg, le prieur des bénédictins, l'ange de ce lieu de supplice, venait tous les jours visiter le prisonnier; bien que l'écrivain de Francfort fût protestant, le bon père trouvait moyen de se servir des motifs de religion pour le voir plus souvent.

—Mon père, lui dit un jour le martyr, je touche à ma fin, et grâce soit rendue à ce moment suprême, car j'espère qu'il me fera obtenir de vous la faveur que je vais vous demander. Il importe que ma femme et mes enfants soient instruits de ma mort; et ce me serait une consolation infinie qu'ils pussent recevoir de moi quelques mots d'adieu... Mon père, votre bonté céleste ira-t-elle jusqu'à vouloir bien les écrire pour moi!

[1] M. Verusmor.

Le prieur trembla sans doute à ces paroles, car les lois du monastère imposaient des peines terribles pour toute infraction au règlement concernant les prisonniers, et cette règle défendait expressément tout écrit de leur part, ou en leur nom. Cependant l'humanité admirable de ce religieux brava les punitions qui eussent pu perdre tout le reste de son existence, pour consoler l'âme de celui qui n'avait plus que quelques instants à vivre.

Le lendemain, il apporta caché sous sa robe ce qu'il fallait pour écrire, il écarta les gardiens sous prétexte de confession ; et il traça ces lignes que lui dictait Dubourg.

« Ma chère amie, mes chers enfants, je sens approcher ma dernière heure, et c'est dans une cage de fer, où depuis cinq ans je suis enfermé sans pouvoir me mouvoir, que je vous fais mes adieux. O mon amie, bientôt tu n'auras plus d'époux ! et vous, mes enfants, vous n'aurez plus de père ! Je vais donc cesser de souffrir!.. Qu'il est cruel de mourir loin de vous, tendres objets de mon affection et de vous savoir dans l'indigence.

« Hélas ! je ne vous verrai plus que dans l'éternité !

« Adieu, mon amie! adieu, mes enfants! adieu pour la dernière fois ! »

Dubourg reçut du prieur la promesse que cette lettre parviendrait à sa destination ; et sûr de la parole de cet homme de Dieu, il goûta un soulagement suprême avant de mourir.

Son agonie se prolongea plus longtemps qu'on n'aurait dû le penser: ce ne fut que dix-huit jours après sa conférence secrète avec le prieur qu'expira enfin *le prisonnier de la cage de fer*.

## XIV.

### LES LETTRES DE CACHET.

Le rocher du mont Saint-Michel étant situé à quatre-vingts lieues de Paris, loin du regard des principaux historiens, et sur une plage presque déserte, où de pauvres pêcheurs, ses seuls habitants, ne tenaient pas compte de ce qui se passait dans le formidable édifice, le nom et le nombre de ses prisonniers échappe souvent à la tradition et à l'histoire. Ainsi on ne sait combien de victimes souffrirent et moururent sous ses voûtes pendant les règnes de Louis XIV et de Louis XV, sous le régime des lettres de cachet.

Mais un document trop authentique, puisqu'il est gravé sur la pierre des cachots, prouve que ce nombre fut immense. Les escaliers, les parois des souterrains, des puits creusés dans le granit, se montrent au XVIIIe siècle *usés* par le passage des gardiens et l'habitation des prisonniers. Déjà en 1715, à la mort de Louis XIV, les constructions de la prison, minées, dégradées de toute part, menacent ruine.

De même que pendant des siècles l'Océan avait rongé les terres de son rivage, les flots de douleur incessamment soulevés dans cette enceinte dévoraient ses murailles.

Cet état de choses est attesté par un acte de l'époque. Les héritiers du baron Karq de Bebembourg, quarante-sixième abbé, versèrent aux agents de Charles Maurice de Broglie qui lui succéda en 1721, la somme de 20,000 livres pour indemnité des réparations à faire aux cachots du Mont-Saint-Michel, qui depuis plusieurs années déjà étaient délabrés et croulants.

L'abbé de Broglie lui-même céda à la masse conventuelle du monastère, la présentation aux cures des principales paroisses dépendantes de l'abbaye, pour subvenir aux frais d'entretien et de surveillance des prisonniers.

Les mœurs du cloître étaient alors bien changées. Ce n'étaient plus ces simples abbés, fiers de servir de geôliers aux rois, bornant toute leur ambition à faire augmenter le prix perçu sur leurs pensionnaires et à recevoir quelques aubaines aux visites des princes : les nobles et riches possesseurs du titre abbatial vivaient à la cour, et laissaient le gouvernement de la prison aux mains des moines subalternes

Le monastère était donc au XVIIIe siècle dirigé par un prieur et un sous-prieur.

Ce fut sous ce régime que commencèrent en 1721 les travaux de consolidation de l'édifice. La somme de vingt mille livres fut entièrement dépensée en réparations; et cette somme, à une telle époque, et dans une contrée où la main-d'œuvre était si bon marché, représente plus de cinquante mille francs de nos jours.

Les captifs, qui n'avaient pas une pointe d'acier à leur usage et restaient presque constamment enchaînés, n'avaient donc pu creuser et dégrader ainsi les murailles que par leur grand nombre et leur succession incessante dans les cachots.

Cette multitude de prisonniers s'explique du reste suffisamment par l'usage des lettres de cachet.

Un instant de caprice, une feuille de papier, une signature au bas enlevaient à un homme la liberté pour la vie.

L'abus avait multiplié ce moyen de détention à l'infini. Ce n'étaient plus seulement les rois, leurs ministres, leurs favoris qui délivraient des lettres de cachet, les prélats, les prêtres de cour pouvaient en signer. M. de Beaumont, archevêque de Paris, homme recommandable à beaucoup de titres, mais d'une intolérance extrême en matière religieuse, donnait au haut clergé l'exemple de soustraire à la société par un trait de plume ceux qui étaient accusés de manquer d'orthodoxie, au milieu des luttes incessantes que venaient de soulever les doctrines jansénistes et les écoles philosophiques.

Les causes légères et les effets épouvantables des lettres de cachet se montrent à leur dernier degré dans l'existence de deux frères qui en furent victimes. C'est pourquoi nous allons en retracer les principales circonstances, comme exemple de cette singulière justice.

Pierre Mariole et son frère Joseph, issus d'une honorable famille et jouissant d'une assez belle fortune, avaient toujours été tendrement unis. Pierre était architecte et possédait des connaissances étendues dans son art; Joseph avait une forte maison de commerce. Tous deux, après avoir jusque là vécu ensemble, se marièrent à l'approche de l'âge mûr.

Deux années après l'architecte fit un voyage à Rome et y séjourna huit mois, pour ajouter à ses études les dernières et excellentes leçons que pouvaient lui donner les monuments romains.

Dès son retour à Paris, il reprit sa vie habituelle, qui, grâce à l'amour de son art, et à la gaîté d'un caractère toujours jeune, épanoui et léger, se partageait entre les travaux sérieux et la fréquentation des cercles nombreux et animés.

Paris était alors fort calme dans son état physique, mais très-agité dans la sphère intellectuelle. L'esprit d'examen, le libre arbitre, ces génies militants incarnés dans les premiers écrivains, qui, en osant s'émanciper, prirent le titre de philosophes, soulevaient une terrible mêlée d'idées, de principes, de doctrines, et creusaient des brèches effrayantes dans les rangs du christianisme.

Puis, tandis que les incrédules reniaient tout dans l'Église, les croyants eux-mêmes se divisaient encore entre les sectes si longtemps opposées du jansénisme et du molinisme, et n'étaient pas moins fatals à la foi par les querelles soulevées entre eux, qui les dépréciaient les uns et les autres.

Ce tourbillon de pensées incessamment agitées se formulait dans les hautes sphères en écrits, discours et discussions philosophiques, dans les rangs inférieurs, en pamphlets, chansons, épigrammes, où la gaîté trouvait mieux encore son compte que la raison.

Le café Procope, dans la rue de l'ancienne comédie, était le lieu prédestiné où se réunissaient les sommités littéraires, scientifiques, et n'était pas moins renommé pour le bel esprit que pour les glaces qui s'y débitaient ensemble.

En regard de ce brillant cénacle, les philosophes plus modestes, bourgeois, artistes, commerçants, qui ne faisaient de l'incrédulité et de la satire que d'une manière accessoire, et après dîner, avaient établi leur cercle au café Gaillon, dans le quartier de ce nom, récemment percé.

Pierre Mariote, l'un des anciens habitués de l'établissement, dès le lendemain de son arrivée à Paris, alla y trouver ses amis.

On était surtout occupé en ce moment d'un épisode des guerres jansénistes.

Un endroit obscur de Paris, le petit cimetière de l'église Saint-Médard, avait acquis une étrange célébrité. C'était là que reposait le corps de François Pâris, fils d'un conseiller au parlement, entré dans les ordres, où il était toujours resté simple diacre par humilité, et pour se consacrer au service des pauvres, ainsi qu'il le fit jusqu'à la mort.

Les jansénistes avaient une dévotion particulière pour la tombe du lévite; les jeunes filles surtout, comme celles de Jérusalem, allaient pleurer la persécution de leur église sous les verts cyprès: l'Écriture eût dit en les voyant *des roses de Sion sous leurs gouttes de rosée*.

Mais le goût prosaïque, les tendances grotesques du temps, avaient gâté même ces larmes : elles étaient devenues des convulsions, des miracles, puis toutes les turpitudes que l'on sait, jusqu'à ce qu'enfin l'autorité eut fait fermer le cimetière [1].

Dans le café Gaillon on parlait beaucoup de cet événement; les flots d'argumentation théologique coulaient avec ceux du vin chaud ; et il résulta des couplets passablement hérétiques [2].

Pierre Mariote, en rentrant chez lui plus gai que de coutume, les yeux brillants, la perruque un peu dérangée, chantait les couplets; il les chantait encore en montant l'escalier, il les chantait en abordant sa femme, et les lui montra copiés de sa main pour la réjouir.

Mme Mariote était très-jolie. Son mari s'en montrait passablement épris ; cependant sa légèreté, sa bonne insouciance ne lui permettaient pas d'aller jusqu'à ce degré d'affection qui fait pénétrer et ressentir les peines de l'être aimé.

Depuis son retour, il ne s'apercevait donc point que Mme Mariote, toujours aussi charmante, était un peu pâle et abattue, et surtout silencieuse et préoccupée. Il ne remarqua pas davantage ce soir-là qu'elle goûtait peu le genre de divertissement qu'il lui apportait, et paraissait distraite ou ennuyée.

Bientôt, dans ce tête-à-tête, le silence descendit au foyer; la femme rêva, le mari s'assoupit.

Bien que la jeune femme tînt la tête penchée dans sa main, le sommeil était loin d'apesantir son esprit: au contraire, une vive expression d'inquiétude, des mouvements d'angoisse passaient sur ses traits et montraient l'agitation fiévreuse qui était en elle. Elle croisait parfois les mains sur son sein, et levait les yeux au ciel avec une vivacité pleine de douleur et d'effroi.

Dans un mouvement machinal, son regard tomba sur les couplets que son mari en s'endormant avait laissé glisser de sa main.

Sa figure devint soudain fixe, anxieuse, exaltée, comme si elle écoutait une voix secrète qui lui eût parlé; puis elle tressaillit, en réponse sans doute à la mystérieuse pensée qui lui était suggérée. Son visage n'était pas moins pâle depuis cet instant, mais ses yeux brillaient d'un éclat ardent.

A minuit, Mariote s'éveilla de son léger sommeil pour aller se mettre au lit. Dès qu'il ouvrit les yeux, sa femme jeta vivement le falbalas de sa robe sur les couplets restés à terre pour qu'il les oubliât. En effet, il se retira dans sa chambre sans y songer.

Le lendemain, l'architecte qui dans la matinée était tout à ses travaux, pensait encore moins à la chanson.

Mais sa femme, elle, tenait le papier caché dans son corsage, et, dès le point du jour, courait chez son confesseur.

Mme Mariote se présenta à l'ecclésiastique, près de qui elle avait ses entrées à toute heure, d'un air de tristesse profonde. Elle dit que sa position était cruelle, se trouvant partagée entre deux grands devoirs qui se combattaient en elle. D'un côté, la religion lui ordonnait d'aimer et de suivre son mari, de l'autre, son mari, qui se perdait, était prêt à l'éloigner de la religion sainte.

A cette ouverture, le prêtre lui fit mille questions. Elle expliqua que M. Mariote, homme de peu de foi, s'était d'abord séparé de la partie la plus saine de l'Église, et avait paru pencher vers le jansénisme ; que maintenant, non content d'abandonner l'orthodoxie, il osait fronder les molinistes et en médire, surtout dans cet affreux repaire connu sous le nom du café Gaillon.

Un nouvel interrogatoire de l'abbé suivit. Elle avoua avoir entre les mains une preuve de l'esprit infernal qui avait saisi son mari et allait sans doute le damner : mais elle ajouta qu'il n'était pas sans doute de son devoir de soumettre aux regards ce témoignage.

Ce furent de nouvelles instances de la part de celui qui dirigeait sa conscience, et peu à peu, naturellement, la chanson passa du corsage de la dame dans les mains du confesseur.

Celui-ci lut les vers en pâlissant de colère et rougissant tour à tour. Car dans ces querelles religieuses, les philosophes, les athées, étaient moins odieux aux fervents orthodoxes que leurs frères en religion, séparés d'eux par un schisme. Plus l'ennemi nous tient de près, plus l'hostilité est cruelle.

Comme l'abbé restait absorbé dans ses réflexions amères, sa jolie pénitente lui demanda le secours de ses lumières: elle avait grand besoin, disait-elle, d'être éclairée d'en haut pour conserver le respect dû à son mari, et se soutenir au bord de l'abîme d'hérésie, où une semblable union était peut-être trop près de l'entraîner.

—Attendez, répondit le directeur: il est possible, qu'avec l'aide du ciel, je puisse entièrement vous soustraire au danger, au lieu d'avoir seulement à vous conduire entre les écueils.

Puis il congédia Mme Mariote.

La jeune femme, après les dernières paroles de l'abbé, s'éloigna l'âme agitée de cette joie fiévreuse puisée dans un cruel succès, et presque aussi pénible que la douleur.

Pour le prêtre, dépositaire d'un écrit qui signalait un coupable de plus aux rigueurs de l'Église, il se rendit immédiatement chez l'archevêque, remit la pièce accusatrice entre ses mains, et ajouta qu'à la

[1] On écrivit alors ces vers sur la porte :

De par le roi défense à Dieu
De faire miracle en ce lieu.

[2] Voici le premier :

Beaumont le moliniste
A qui rien ne résiste,
Voudrait du paradis
Chasser maître Pâris.
Le diable son compère,
Qui l'aide en cette affaire,
S'est caché dans le bénitier
Pour faire un tour de son métier.

perversité dans laquelle il était tombé, l'architecte Pierre Mariote joindrait peut-être le crime d'entraîner sur cette pente fatale une pieuse femme à laquelle il était uni.

M. de Beaumont détestait surtout entre les ennemis de l'orthodoxie les auteurs et propagateurs d'écrits anarchiques, et il avait toujours un moyen prêt de les punir lorsqu'ils lui étaient dévoilés. Ce prélat s'était fait investir du droit de signer des lettres de cachet; et il en faisait un si grand usage qu'il les écrivait d'avance, n'ayant plus qu'un nom à y ajouter lorsqu'il voulait s'en servir. On sait qu'après la mort de cet archevêque, on trouva chez lui, à la levée des scellés, une foule de lettres de cachet toutes prêtes à être remplies [1].

D'après le caractère du prélat et la toute-puissance dont il jouissait, le sort du schismatique qu'on lui livrait fut bientôt arrêté.

La jeune Mme Mariote, qui depuis l'entrevue du matin avec son confesseur comptait les heures, les minutes, et se demandait si elle devrait passer bien des jours dans cette attente dévorante, n'eut pas longtemps à languir.

Dès le soir même, elle ne vit point rentrer son mari à l'heure accoutumée; le jour, la nuit suivante se passèrent sans qu'il reparût, et elle put se dire avec une certitude cruelle qu'elle avait triomphé.

La malheureuse femme, pendant le séjour de M. Mariote à Rome, était tombée dans une faute si grave que les suites allaient bientôt en devenir impossibles à cacher. Dans cette situation, la présence de son mari la perdait, et elle venait de concevoir et d'exécuter ce hardi moyen de s'en délivrer.

## XV.

### DES LETTRES DE CACHET (SUITE).

Pierre Mariote, disparu de Paris, fut abandonné même par la pensée de sa coupable femme; ses amis l'oublièrent; son frère seul lui restait.

Mais l'amour de ce frère pouvait combler tout le vide d'indifférence et d'oubli, dont les autres entouraient le nom de leur ancien ami. Joseph Mariote cherchait partout ce bon Pierre, le compagnon de toute sa vie, et dont l'humeur facile, enjouée, bien qu'il fût l'aîné, avait toujours eu le droit d'entretenir de distractions et de gaîté le doux commerce d'amitié fraternelle. Abandonnant sa maison de commerce à laquelle jusque-là il avait donné tant d'intérêt, il consacrait des journées entières à la recherche de Pierre.

Il s'informa d'abord de lui près de tous les membres de la Société de Gaillon sans en pouvoir rien apprendre. Il supposa que son frère avait pu périr en voyage, et fit des recherches dans tous les environs de Paris pour savoir si l'herbe de quelque cimetière n'y couvrirait point sa tombe. Il ourdit mille intrigues pour se lier avec les employés des prisons, et apprendre d'eux si parmi leurs détenus ils connaissaient le nom de son frère. Il eut le courage de pénétrer jusque dans les maisons d'aliénés, pour ne laisser aucune triste démarche à remplir.

Pendant sept mois, il poursuivit ces investigations incessantes et ne put rien éclaircir.

Au bout de ce temps, ce fut le hasard sur lequel il n'avait pas compté qui vint à son secours.

Il s'était trouvé à même de rendre un service d'argent au secrétaire particulier de l'abbé de Bernis, premier ministre, et celui-ci, en retour des obligations qu'il lui avait, voulut bien rompre un secret d'État en sa faveur.

La consignation de toutes les détentions arbitraires venait au bureau central du ministère; le secrétaire particulier d'ailleurs recevait souvent le rapport des agents subalternes; il put donc donner à Joseph Mariote tous les détails de l'arrestation de son frère.

Sept mois auparavant, Pierre Mariote sortait vers onze heures du soir, comme il l'avait fait la veille, du café Gaillon, et rentrait à son domicile.

Arrivé à la hauteur de la rue Saint-André-des-Arts, il avait été entouré de près et saisi par quatre hommes, qui, sans proférer une parole, l'avaient jeté dans une voiture de place, où ils étaient montés eux-mêmes, et qui avait aussitôt roulé vers la rue Saint-Antoine.

Le malheureux Mariote, après une nuit passée à la Bastille, avait été lié, bâillonné, comme il était d'usage, puis placé entre deux exempts dans une chaise de poste, qui l'avait conduit à grandes journées jusqu'à la prison d'État du mont Saint-Michel.

Il y était écroué en vertu d'une lettre de cachet de Mgr l'archevêque, et comme auteur de libelles séditieux.

Joseph fut stupéfait à ce récit. L'accusation de sédition contre son frère, si simple et si bon vivant, l'étourdissait; le nom du mont Saint-Michel, sur lequel planait une sombre épouvante, le faisait frissonner et pâlir. Cependant après réflexion, il fut plus heureux encore que terrifié de ce qu'il venait d'apprendre. Pierre ne pouvait être que victime d'une erreur : avec la protection du secrétaire du ministre, qui lui était maintenant assurée, il avait tout espoir de faire cesser bientôt cette horrible méprise.

L'employé supérieur assura Joseph Mariote de son zèle à le servir; et, pour preuve de ses dispositions excellentes, il s'engagea à lui procurer une permission du premier ministre pour voir son frère.

En effet, dès le lendemain, il lui remit cette autorisation, laquelle était revêtue de toutes les conditions qui la rendaient plus agréable. Joseph pouvait, pendant un séjour de quelques semaines qu'il lui était permis de faire dans la ville du mont Saint-Michel, voir chaque jour son frère. Il serait admis aussi à visiter une fois dans toute son étendue l'antique et monumentale abbaye.

Le secrétaire ajouta qu'au retour de Joseph, ils travailleraient de concert à faire rendre la liberté à Pierre Mariote; qu'il y avait beaucoup d'espoir de l'obtenir du ministre; et que sans doute le voyageur du mont Saint-Michel ne quitterait son frère au départ que pour le retrouver bientôt pour toujours.

Le bon Joseph, en possession de son laisser-passer, ne prit que le temps de rentrer chez lui avant de partir.

Il confia la direction de sa maison de commerce à sa femme. Déjà pendant les continuelles pérégrinations de Joseph, Mme Mariote, associée à ses intérêts, et douée d'une certaine entente des affaires, avait géré l'établissement d'une manière satisfaisante. Le négociant partit donc de chez lui confiant, rassuré sous tous les rapports, et le cœur plein d'espérance.

L'heure du départ du coche sonna bientôt après, et le frère du prisonnier roula sur la route du mont Saint-Michel.

Cependant, à cette heure où l'absence du maître de la maison devenait pour longtemps assurée, le premier soin de Mme Mariote ne fut point d'aller s'établir au comptoir. Elle courut à sa chambre, écrivit quelques lignes sur un papier parfumé, mit la lettre dans son sein, descendit à la caisse, remplit ses poches d'argent et sortit.

Elle jeta d'abord la lettre à la petite poste, nouvellement inventée, et dont sans doute le premier besoin s'était fait sentir dans les correspondances amoureuses. Ensuite, elle chemina de magasins en magasins jusqu'au soir.

[1] Histoire de la Vie privée de Louis XV.

Le lendemain dans la matinée, divers objets de toilette ajustés à son usage arrivèrent chez Mme Mariote. Un peu plus tard, elle se posa devant une glace, et se revêtit de tout cela.

Ses jupes étaient de fin linon, et elle avait une quantité de rosettes à ses manches et à son corsage, faute de joyaux que sa condition ne lui permettait guère de porter. La même tyrannie l'empêchait de se garnir agréablement la taille d'un panier; mais elle mit des bouffantes de si grandes dimensions que l'œil pouvait s'y tromper. Pour le rouge, elle ne s'en priva point, car ces couleurs pouvaient être données pour l'éclat de la nature. Au sommet de ses cheveux poudrés, et élevé d'un demi-pied, un chapeau rond, grand comme deux fois la main et tout hérissé de plumes roses, termina sa parure.

Ensuite, Mme Mariote s'étala sur un sofa, en développant ses falbalas dont la vaste ampleur faisait paraître gros comme le doigt son pied tendu sur un coussin de velours.

Une fois sous les armes, elle ne s'occupa plus que de la marche du temps; elle n'avait point perdu de vue la glace, où elle étudiait ses poses et son port de tête; mais sa plus grande attention était pour l'aiguille, qui marchait entre les rocailles de la pendule.

Mme Mariote, aussi jolie et plus jeune que sa belle-sœur, la femme de Pierre, n'était pas moins disposée à jouir de ses avantages.

Elle attendait M. de Lovendal, officier aux gardes françaises.

C'était pendant les longues absences de son mari qu'elle avait fait connaissance du brillant militaire, et s'était habituée à le voir en secret. Dans un rendez-vous donné la veille, elle avait fixé l'entrevue à ce soir-là, afin de se pourvoir de divers objets de toilette qu'elle enviait, et d'apparaître plus resplendissante que jamais.

Elle allait voir Lovendal! et le voir sans trouble ni inquiétude, sans redouter qu'un coup de sonnette ne vînt faire vibrer de crainte tout son être en annonçant le retour de son mari! car M. Mariote sortait beaucoup, mais il rentrait tous les soirs, ce qui ôtait bien des heures à l'amour pour les donner au souci.

Ce jour-là du moins, elle attendrait Lovendal avec autant de calme que de douceur.

Un tel bonheur était bien grand sans doute. Mais la jeune femme trouva qu'il durait trop longtemps. La douce attente se prolongeait indéfiniment; l'aiguille avait beau marcher, et renouveler son tour sur le cadran, c'était toujours l'attente, et rien de plus. La toilette exquise, la précieuse liberté de cette soirée menaçaient d'être tout-à-fait inutiles.

Enfin, au moment où Mme Mariote désespérait de le voir, le jeune officier arriva.

C'était un des plus beaux hommes dont l'uniforme de garde française eût jamais dessiné la taille dans l'habit blanc rehaussé de revers rouges, dont la blancheur de poudre, répandue sur la chevelure, eût jamais fait ressortir l'œil noir au regard vainqueur.

Mais ce soir-là, lorsque M. de Lovendal entra, l'air de sombre tristesse empreint sur ses traits était aussi extraordinaire que le retard qu'il avait mis à se rendre aux pieds de la jolie bourgeoise.

Avant qu'il eût parlé du sujet de ses peines, Mme Mariote le devina à peu près et en fut touchée. Toutefois elle dit en riant :

—Mon Dieu, ne prenez-vous point cet air malheureux pour vous faire plaindre, tandis que je devrais vous gronder de m'avoir fait atendre ?

—C'est pour quelque chose de plus sérieux, chère amie, répondit-il en s'étendant sur le sofa à ses côtés.

—Que vous est-il arrivé?

—Presque rien... un léger accident... mais qui me force à me brûler la cervelle.

—Tout de bon, cette fois?

—Tout de bon. Je viens de faire un déjeuner d'amis; j'ai joué; j'ai perdu deux cents louis sur parole. Les dettes de jeu sont sacrées; on n'a que vingt-quatre heures pour les payer; il m'est impossible de le faire dans ce délai; donc je suis déshonoré, donc il faut que je meure.

—Sans rémission ?... Et dans un tel état de conscience !

—Hélas! ma toute belle, en mourant, je ne vais pas au ciel... je le quitte!

—N'y aurait-il aucun moyen d'y rester?

—Un seul peut-être.

—Dites-le-moi.

—Oh! on n'a rien de caché pour ce qu'on aime... près de vous, mon âme s'épanche... les plus secrets aveux viennent de mon cœur à mes lèvres! j'avouerai donc que je comptais un peu sur vous pour me prêter cet argent.

— Deux cents louis!

—Vous m'avez annoncé hier le départ de votre mari; je croyais que son absence vous laissait maîtresse au logis, et que l'élan de votre cœur...

—Irait jusqu'à deux cents louis?

—Si vous avez la clef de la caisse.

—Les y prendre est facile... deux cents et quatre cents aussi... mais au retour de M. Mariote, que lui dire d'un déficit?... (ajouté à celui que j'ai déjà fait moi-même), ajouta tout bas la jeune femme en regardant ses dentelles.

—Ah! c'est ce retour qui nous perd! s'écria Lovendal en renversant la tête.

—Tous les deux? s'écria la jeune femme avec le même mouvement.

Et les légers flots de poudre de leurs chevelures se confondirent comme deux âmes tendres.

—S'il pouvait ne jamais revenir! reprit Lovendal.

—Oui, ne revenir jamais! dit-elle comme un doux écho.

—En ce cas, vous remettriez les deux cents louis?

—Sans doute, à l'instant même.

—Alors, morbleu, il est au mont Saint-Michel, il faut qu'il y reste.

—Oh!... ça me fait peur, ce que vous dites là.

—Peur, de quoi? Seriez-vous donc fâchée de rester seule et libre, à la tête d'une maison de commerce que vous dirigez avec un génie admirable pour une femme, de n'avoir plus pour loi que vos volontés suprêmes? de pouvoir donner le reste du temps à mon amour, qui sèmerait de roses sous vos pas?

—Mon Dieu, il ne s'agit pas de moi.

—De votre mari? mais il serait assurément très-heureux aussi de rester près de son frère, lorsque tous deux s'aiment si tendrement.

—Il est certain qu'ils s'aiment beaucoup.

—Ce bon M. Mariote serait désormais fixé près de son cher Pierre, vivant sous le même toit que lui, respirant le même air, le voyant tous les jours, partageant ses plaisirs et ses peines...

—Ses plaisirs, au mont Saint-Michel?

—Enfin ils vivraient ensemble... délivrés de tous soucis de fortune et d'affaires... n'ayant à s'occuper que des charmes de l'amitié... ils couleraient des jours filés d'or et de soie.

—Vous croyez?

—Je le crois.

—Il n'y faut plus penser puisque c'est impossible.

—Hum! hum! dit l'officier aux gardes françaises en se levant et parcourant la chambre à grands pas. Puis il revint s'asseoir près de la dame en ajoutant : Eh bien! donnez-moi la somme dont j'ai besoin, et, en retour, je vous engage ma parole que M. Mariote ne reviendra pas.

—J'ai toute confiance en vous, Lovendal, roucoula la jolie bourgeoise, cependant...

— Je vous jure, reprit l'officier, je vous jure, puisqu'il faut un serment, que si je le veux, je le peux, et que cela sera.

Elle prit son plus doux regard, son plus charmant sourire pour dire :

—Oh ! vous ne voudriez pas trahir votre foi envers moi !

Puis, prenant un bougeoir d'une main, et de l'autre la main de l'officier, elle le conduisit à la caisse, d'où les deux cents louis furent enlevés.

Lovendal, qui en réalité n'avait perdu au jeu qu'une partie de cette somme, fit bon usage du reste pour ses plaisirs. Il est juste de dire qu'il admit Mme Mariote à les partager. Ils passèrent ensemble les journées aux Porcherons, dans la *guinguette* renommée du gentil Ramponneau ; puis allèrent tous les soirs entendre Lekain, Clairon aux Français, le célèbre Carlin aux Italiens, ou les chanteurs de l'Opéra aux *concerts spirituels*, pour que la dévotion eût toujours sa part.

Au bout de trois semaines cependant, l'officier aux gardes françaises songea sérieusement à tenir sa parole à Mme Mariote.

Il alla visiter son grand-oncle le chanoine, qu'il négligeait depuis quelque temps.

Lovendal, qui revêtait assez bien sur ses traits l'expression qu'il lui plaisait, avait en entrant chez le prélat un air de profonde indignation.

Après avoir salué d'un front sombre, et jeté son tricorne sous son bras :

— Eh bien ! dit-il, les tyrans ne mettent plus de borne à la persécution : leurs fureurs sont égales à la sainte résignation que les fidèles serviteurs de Dieu apportent à les subir.

A ces mots, qui eussent dû faire tressaillir jusqu'aux entrailles l'ardent janséniste, le chanoine, sans lever les yeux, continua à tourner entre ses doigts sa tabatière d'or.

— Ce qui se passe est inouï, continuait Lovendal, tous les jours les saints lévites qui font la gloire du temple se voient fermer la chaire de vérité, priver de leurs grades dans l'Église ; heureux encore, lorsque pour ravir aux fidèles jusqu'à la vue de leur face vénérable, on ne les ensevelit point dans l'ombre de la Bastille.

— Sans doute, sans doute, dit tranquillement le chanoine.

— Et leurs pieux disciples partagent leurs tourments : emprisonnés, persécutés pendant la vie, ils meurent quelquefois sans sacrements faute de *billet de confession*, ou montrant ceux des prêtres jansénistes qu'on a l'indignité de refuser.

—Eh! oui.... on doit cela.

— O temps! o mœurs!.... les fils de Belzébuth gouvernent le monde. Tandis que les grands d'entre eux frappent tout ce qui leur résiste ouvertement d'exil ou de captivité, les petits vont encore sourdement épier, pourchasser, dénoncer les plus simples, les plus obscurs des fidèles, pour que rien n'échappe aux coups des tyrans !

— A la bonne heure.... mais qu'y faire?

Le chanoine ne sortait point de son calme morose. Son neveu avait beau enfoncer et retourner l'aiguillon, ni bonds violents, ni grondement de colère ne venaient y répondre. Lovendal eût pu longtemps encore exhaler ses soupirs béats, déclamer ses tirades théologiques sans obtenir plus de succès. Mais, heureusement, le hasard vint à son secours.

La vielle d'un Savoyard se fit entendre au parvis de Notre-Dame, sur lequel donnait la fenêtre ouverte du chanoine. Lovendal tira de sa poche une bourse bien garnie d'or, et en détacha une pièce de monnaie qu'il jeta à l'enfant.

A cette vue le chanoine fit un bond dans son fauteuil, et s'écria :

— Tu as de l'argent, toi!...

— A votre service, mon oncle, répondit l'officier en ouvrant la bourse toute grande. Si une poignée de louis pouvait vous être agréable?

— Merci, merci.... mais d'où te vient cela?

— Vos saintes exhortations n'ont pas été perdues, mon cher oncle, j'ai vécu sagement, j'ai fait des économies.... C'est l'effet de la grâce.... que les Molinistes comprennent si mal !

— Ah ! ça, mais tu ne venais donc pas pour me demander de l'argent?

— Je n'y pensais pas.

— Tu ne disais donc pas tout cela pour me flatter et me soutirer quelque cent francs ?

— Dieu m'en garde.

— Ah ! mon cher neveu ! mon ami ! la sainte cause de la religion te toucherait à ce point. Je ne m'y attendais vraiment guère.

— Mon Dieu.... c'est que j'ai eu sous les yeux des exemples effrayants de la perversité de ces Molinistes.

— Ils sont capables de tous les excès pour opprimer les saints confesseurs de la foi ! s'écria le vieux janséniste en laissant alors exhaler sa colère.

— Et pour mieux les découvrir, comme je vous le disais, mon cher oncle, les plus obscures, les plus inconnus de leur parti, vont dans la foule espionner les consciences. Il y a un nommé Joseph Mariote qui a déjà fait jeter un nombre considérable de nos malheureux coreligionnaires à la Bastille.... particulièrement de ceux qui étaient secrètement restés attachés au culte du bienheureux diacre Pâris.

— Et quel est cet homme, ce misérable?

— Oh ! il est malheureusement bien protégé en haut lieu.

—Enfin, que fait-il? où demeure-t-il?

—Il a une maison de commerce à Paris, dans la rue Saint-Denis, mais il est actuellement en Normandie.

— Ah ! il est bien protégé, dis-tu !... soutenu par l'archevêque sans doute.... Mais, vraiment, nous ne sommes pas là non plus sans avoir quelques amis puissants, et tant soit peu de faveur à la cour.... Notre roi, le très-pieux Louis XV, n'est pas aussi fervent moliniste que messieurs de son clergé, et on peut peut-être espérer de parvenir jusqu'à lui.... Où dis-tu qu'est maintenant ce dénonciateur?

— En Normandie pour affaires ; mais il a poussé jusqu'au mont Saint-Michel, où il fait un voyage de plaisir.

— Au mont Saint-Michel !... sur ma foi, il a bien choisi son gîte !... Mon neveu, tu vas me laisser dire mes offices, mais reviens dîner avec moi ; apporte-moi toutes les notes nécessaires sur cet honnête agent de police religieuse.... je me charge du reste.

Lovendal salua et se retira ; mais tandis que la portière retombait sur lui :

— Persévère dans ta bonne conduite, mon ami ; fais des économies, disait encore par précaution son grand oncle.

Plus de trois semaines s'étaient écoulées depuis le départ du négociant Mariote.

Pendant tout ce temps, grâce à la puissante recommandation de M. de Bernis, Joseph avait pu voir son cher prisonnier tous les jours.

Pierre avait dans la matinée une demi heure pour prendre l'air au Saut-Gauthier, et c'était en ce moment que son frère arrivait jusqu'à lui. En cet endroit le grand air, la liberté du regard qui parcourait un immense horizon, empêchaient de sentir autant le poids de la prison, allégeaient la tristesse de leur âme. L'espérance, qui vient si vite quand on a déjà atteint le moindre degré de bonheur, leur persuadait à tous deux que la captivité de Pierre ne pourrait longtemps durer, dès qu'on serait à même de réclamer contre son arbitraire. En tous cas, si elle se prolongeait, malgré toutes les démarches de Joseph, celui-ci aurait toujours le moyen de revenir souvent embrasser et consoler son frère.

Arrestation de Pierre Mariotte.

Après ces bienfaisants entretiens, l'aîné des frères Mariote rentrait dans son cachot, le plus jeune retournait dans la maison de pêcheurs qu'il habitait, attendre le lendemain.

Dans la préoccupation toute-puissante qui remplissait son cœur, Joseph avait entièrement oublié l'autorisation qui lui était donnée par la lettre du ministre de visiter l'intérieur de la célèbre abbaye. Le dernier jour de ceux qu'il devait passer au mont Saint-Michel, il s'en souvint; et, après avoir dit adieu à son frère, il demanda à parcourir l'édifice, moins peut-être par curiosité pour ses antiques merveilles, que pour être encore quelques heures dans les murs qu'habitait Pierre.

On promena le voyageur de Paris dans les immenses dédales du monument, tantôt s'ouvrant en magnifiques salles, toutes brillantes de marbre et enrichies de sculptures; tantôt tournant sous terre, fouillant les entrailles du roc, se prolongeant en interminables souterrains, grandioses comme celui des piliers ou horribles comme les mille fosses sépulcrales destinées aux victimes.

Après avoir ainsi voyagé des sommités des clochers aux fondements de l'édifice, Joseph Mariote revint gagner la principale porte. Il donna à ses guides la rétribution accoutumée, et se disposa à sortir.

Mais sur le seuil il trouva le prieur de l'abbaye.

Le moine lui demanda s'il n'était pas Joseph Mariote, négociant à Paris.

— Oui, dit-il, l'ordre du ministre que j'ai remis ici porte mon nom.

— Je le sais, reprit le prieur, et c'est seulement une formalité que je remplis; nous devons faire constater l'identité des prisonniers par eux-mêmes avant de les détenir.

— Que voulez-vous dire ! s'écria Mariote. Je suis entré ici comme visiteur, et à l'instant même je viens de parcourir les bâtiments.

— Sans doute, répondit le moine, nous vous avons laissé visiter les curiosités de l'abbaye pour obtempérer à l'ordre de monseigneur le ministre, qui est le premier en date, et nous vous retenons prisonnier sur le bon plaisir de notre très-honoré seigneur le roi de France, exprimé par une lettre de cachet.

Nulle force humaine ne pouvait résister à cette formidable autorité du cloître. Joseph Mariote fut jeté au fond d'un *in-pace*.

Il y vécut dix années entre la rage et le désespoir. Et pendant ces dix années, son frère qui avait mis tant d'espérances en lui, l'attendit en vain.

A la mort de l'archevêque de Paris, Christophe de Beaumont, de la part de qui était venu le plus grand nombre de lettres de cachet pour cause d'hérésie, Louis XV amnistia en masse tous ceux qui avaient été condamnés dans les luttes religieuses.

Un jour on ouvrit toutes les portes des cachots donnant dans le même couloir; Joseph et Pierre se rencontrèrent à côté l'un de l'autre. Les deux frères avaient été pendant ces dix ans séparés par un seul mur sans le savoir.

Leurs corps étaient effrayants de dépérissement et de maigreur; la nudité où les avaient laissés leurs vêtements usés était telle, qu'on fut obligé de jeter quelques lambeaux de laine sur eux pour qu'ils pussent sortir.

Ce fut ainsi qu'ils revinrent à Paris, et rentrèrent inopinément dans leur demeure.

Mais la maison de Pierre était habitée par les fruits de l'adultère; celle de Joseph était vide de fonds de commerce et de crédit.

Paris. — Imp. de BRY aîné, boulevart Montparnasse, 31

Le peintre Freneau et madame de Pompadour.

Ils abandonnèrent tous deux ces odieux foyers, que les vices du temps avaient rendus pires que leurs cachots. Usés par de mortelles épreuves, ils penchèrent bien vite vers le tombeau, et n'eurent pour passer ces tristes et derniers jours que l'amitié qui les avait déjà soutenus au commencement de la vie.

## XVI.

### UN POÈTE ET UN PEINTRE.

Sous le règne de Louis XV, où l'impudicité était sur le trône et allait jusque dans les plus bas lieux couvrir les ignobles turpitudes d'un pan du manteau royal, le plus grand crime devait être de montrer quelque sentiment d'honneur, quelque dégoût de la débauche. Aussi, à cette époque, les persécutions se dirigèrent-elles surtout contre ceux qui, en osant maudire ou railler le vice, blessaient directement les courtisanes auxquelles le roi avait donné le rang et la puissance.

Le jeune poète Desroches fut une de leurs premières victimes. Il cherchait la renommée dans la carrière des lettres, et l'eût peut-être attendue en vain avec la médiocrité de son talent, lorsque son malheur vint le rendre célèbre. Des vers publiés par lui attaquaient M^me de Pompadour, la première des misérables créatures intrônées par Louis XV.

Sa morale était pourtant encore bien facile : il ne demandait pas la vertu, mais un peu plus de dignité dans les amours illégitimes; il regrettait les favorites douées de quelque élévation d'âme, et disait dans ses plaintes :

> Belle Agnès, tu n'es plus ; ton altière tendresse
> Dédaignerait un roi flétri par la faiblesse.

M^me de Pompadour, cependant, ne put être profondément blessée d'un reproche dénué de justice; car le prince auquel elle avait affaire, incapable de prendre sous aucune influence le chemin de la gloire, ne cherchait que celui de sa petite maison de Versailles, dont des cerfs de marbre ornaient le portail; sa maîtresse en titre n'avait d'autre rôle à prendre que celui d'intendante de ses plaisirs. Aussi laissa-t-elle passer sans rien dire la plainte du poète.

Mais, à quelque temps de là, l'occasion d'un blâme énergique contre le roi se présenta pour la France.

Edouard d'Angleterre, petit-fils de Jacques II, après avoir vaillamment combattu pour reconquérir son royaume, était venu, après la défaite de Culloden, chercher l'hospitalité de la France. Toute la nation la lui accordait de grand cœur, mais le roi, lié par quelque raison d'Etat, la lui refusa. Le fugitif, n'ayant pas obtempéré assez vite à l'ordre de départ donné par le ministre, fut arrêté à la sortie du spectacle et jeté au donjon de Vincennes.

L'indignation de la France éclata à cet acte de déloyauté cruelle : comme toujours, la population prit parti pour le vaincu; des pamphlets protestèrent contre la dégradation du pouvoir, qui perdait jusqu'au moindre sentiment d'honneur dans la fange où il était tombé.

Parmi ces satires, une pièce de vers sans signature obtint une grande popularité, elle fut répandue partout, et tout le monde retint ces passages :

> O Louis, vos sujets de douleur abattus,
> Respectent Edouard captif et sans couronne ;
> Il est roi dans les fers, qu'êtes-vous sur le trône !
> . . . . . . .
> J'ai vu tomber le sceptre aux pieds de Pompadour,
> . . . . . . .

Et d'une femme impure indignement épris,
Il oublie en ses bras nos pleurs et nos mépris
. . . . . . .
Tout est vil en ces lieux, ministres et maîtresses.

Un exemplaire de cette pièce tomba sous les yeux de Mme de Pompadour, qui fit aussitôt mander le lieutenant de police, et lui reprocha dans les termes les plus violents que l'auteur de cette affreuse diatribe ne fût pas encore arrêté.

Le haut fonctionnaire ne se troubla pas devant la colère de cette femme, contre laquelle il possédait des armes puissantes, et se contenta de protester de tout son zèle pour son service. Ce calme redoubla l'irritation de la favorite; elle prit son front majestueux de souveraine pour faire plier devant elle le fonctionnaire. Après une scène très-vive, celui-ci fut entraîné à laisser échapper son secret.

— Vous vous plaignez à tort de ma surveillance, Madame, dit-il; car vous ne faites point un pas que je n'en sois instruit, et dans quelque *mystérieuse retraite* que vous puissiez vous trouver, vous n'aurez qu'un mot à dire pour me voir apparaître.

Ces mots bien accentués, et accompagnés d'un regard significatif, atterrèrent la marquise, qui vit cet homme, placé par ses fonctions si près du roi, instruit de ses intrigues secrètes. Elle ne put que balbutier avec une amertume profonde :

— Cela signifie, Monsieur, que vous osez intervertir votre ministère jusqu'à vous immiscer dans la vie intime d'une femme, et que vous faites épier mes démarches.

— Madame, dit M. d'Argenson, qui fit preuve de courtoisie en reprenant l'avantage; quand il s'agit de vous et de sa majesté, je n'épie pas, je veille.

Mais ce fut de ce moment que s'établit entre le lieutenant de police et la marquise de Pompadour une inimitié terrible, dont nous verrons plus tard l'une des tristes suites.

Les recherches de la police n'en furent pas moins actives pour découvrir le poète hostile à la cour. On poursuivit les libraires soupçonnés d'avoir répandu la satire; M. de Mairobert, qui en avait distribué quelques exemplaires, et M. de Ressegnier, qui passa un moment pour en être l'auteur, furent enfermés à la Bastille; beaucoup d'autres prévenus subirent des persécutions semblables.

Desroches, alors, soit par loyauté d'âme, soit par orgueil de poète, au bruit que faisaient ses vers, commit quelques indiscrétions tendant à laisser deviner que la satire était de lui; et, dès lors, il se vit toujours près de franchir les portes de la Bastille.

En effet, des exempts ne tardèrent pas à se présenter chez lui et à l'arrêter.

Le premier mouvement de Desroches fut de joie; sa vanité était satisfaite d'une détention dans ce donjon, séjour des beaux esprits du temps et de ceux qui se signalaient par leur indépendance. Voltaire y avait été enfermé deux fois, Feydau Dumesnic y était détenu en ce moment-là pour son mémoire sur le commerce des Indes, dans lequel il osait reprocher aux agioteurs la cherté des grains, qui amenait la famine en France. Le comte de Thélis, pour avoir voulu seulement sur ce sujet présenter un placet au roi, subissait la même peine. La Bastille était donc on ne peut mieux habitée.

Puis, son enceinte n'était pas partout un lieu de souffrance. Avec les seigneurs de la cour, le luxe et les plaisirs y pénétraient; et parfois, au-dessus des cachots d'un lugubre silence, on entendait résonner le bruit des vers et des rires, la joyeuse rumeur d'un brillant souper.

Le poète y songeait dans la voiture qui l'emmenait. Mais il se réveilla de ce rêve sur la route du mont Saint-Michel.

Mme de Pompadour, en apprenant l'arrestation de l'auteur bien reconnu de la satire, avait immédiatement sollicité pour qu'il fût roué vif et coupé par morceaux en place de Grève, comme coupable du crime de lèse-majesté, puisque le roi était attaqué aussi bien qu'elle dans ses vers. Mais on lui fit observer que, pour cela, il fallait un jugement, et qu'il était douteux que, même les juges les plus sévères, condamnassent un homme à la roue en réparation de quelques mauvais vers.

La favorite supplia alors le roi d'envoyer au moins le coupable aux galères.

— Marquise, avait répondu le prince, songez qu'on s'échappe aisément des galères; que d'ailleurs on peut y rimer encore, et jeter des vers au vent qui les emporte en tous lieux... mais soyez tranquille, j'enverrai le poète à nos bons pères bénédictins du mont Saint-Michel, qui sauront bien l'empêcher de chanter à l'avenir.

Ainsi, en arrivant, le malheureux Desroches fut jeté dans un de ces cachots en forme de puits, dans lesquels on arrivait verticalement par une échelle descendant à l'orifice de la voûte.

Il y passa trois années dans toutes les tortures de l'être enterré vivant, et livré à ce surcroît de douleur qui consiste en la privation entière de toute communication avec des semblables. Il faut avoir été enseveli loin du jour, dans ces creux de rocher, pour savoir combien est précieuse la vue, même de son geôlier, apparaissant une fois toutes les vingt-quatre heures pour apporter de l'eau et du pain. Et dans le fond de ces puits, où la nourriture arrivait par une corde, la solitude était éternelle, aucune voix humaine ne se faisait jamais entendre.

Un jour, le gardien, en descendant le panier de provisions dans l'in-pace, ne sentit pas le mouvement d'en bas, qui d'ordinaire y répondait; et, après avoir vainement secoué la corde pour signaler sa présence, il la retira toute chargée.

Il alla rendre compte de cette circonstance au prieur, et annoncer que le prisonnier de l'in-pace était mort ou mourant.

Le prieur en référa à l'abbé qui se trouvait momentanément au mont Saint-Michel. Le père de Broglie, beaucoup moins abbé qu'homme de cour, et peu fait à la garde des prisonniers, ordonna sans réflexions que celui-ci fût retiré de la basse-fosse, et que, dans le cas où il respirerait encore, on lui donnât tous les secours nécessaires.

Le pauvre jeune poète sortit de son sépulcre dans un état horrible. Cependant, quand il eut respiré l'air du dehors, quand il se trouva dépouillé des lambeaux de vêtements humides qui glaçaient son corps, étendu dans un lit, et réchauffé par des boissons fortifiantes, il revint peu à peu à la vie.

Au bout de quelques jours, la jeunesse aidant, il se rétablit entièrement.

Mais alors l'embarras de l'abbé de Broglie fut extrême. Les ordres de Louis XV au sujet du détenu Desroches étaient si formels, qu'on ne pouvait en le retenant au monastère apporter aucun adoucissement à son sort. Le père de Broglie ne pouvait non plus se résoudre, après l'avoir rappelé à la vie, à rejeter ce malheureux au supplice de sa basse-fosse, car alors, loin d'avoir été miséricordieux envers lui, il l'eût condamné à mourir deux fois de la même torture, et eût rendu ainsi son sort plus horrible que celui de toutes les autres victimes.

Heureusement, en ce moment-là, le duc de Broglie, frère de l'abbé, vint le visiter au mont Saint-Michel. Le duc était bien en cour, et lié d'amitié avec l'abbé de Bernis, premier ministre. On lui parla du pauvre poète ressuscité; il voulut le voir et s'intéressa à son sort. Le sauver paraissait impossible, car il eût fallu pour cela que Mme de Pompadour se départît un peu de sa vengeance, et nul n'osait y songer. Cependant le duc dit aussitôt qu'il s'en chargeait. En effet, il n'eut qu'à écrire à l'abbé de Bernis; et à l'arrivée de la réponse du ministre, on eut l'autorisation de laisser à Desroches l'abbaye entière pour prison.

Le moindre sentiment d'humanité n'eût jamais pu pénétrer dans l'âme de Mme de Pompadour, et demander grâce pour le prisonnier; le roi lui-même n'eût certainement pas osé présenter à ce sujet la moindre requête; mais l'abbé de Bernis était l'amant de la marquise.

Dans sa nouvelle condition de prisonnier, Desroches demeura encore cinq années au mont Saint-Michel; au bout de ce temps, il en sortit pour entrer chez le duc de Broglie, son protecteur, en qualité de secrétaire.

Une autre captivité, dont le souvenir est resté dans les annales de l'abbaye, se lie encore aux lettres de cachet, et à l'emploi qu'en fit cette favorite, qui répandit tant de honte et de malheur sur la France.

Sous son règne et celui de son royal amant, la misère était extrême dans Paris. Un odieux agiotage, qui laissait ce centre de population dépourvu de grains, est devenu célèbre sous le nom de *pacte de famine.* Ces spéculations ôtaient le pain de la capitale pour en faire de l'argent; le roi s'en mêlait, et il était même l'un des plus âpres au trafic, car, à la condition de laisser son peuple mourir de faim, il parvenait à donner de plus riches parures et de plus larges orgies à ses bacchantes.

Un homme de cœur, Prévost de Beaumont, avait conçu le hardi dessein de saisir les pièces relatives à cet odieux commerce, et de le dévoiler à la France entière. Mais la police, prévenue de ce complot, en avait jeté l'auteur à la Bastille[1], et tout était fini de ce côté. Parfois seulement, quand le roi, de ses boudoirs de Versailles, venait passer quelques jours à Paris, le peuple criait sous ses fenêtres : *du pain! du pain!* puis le vent emportait la plainte importune, et le silence revenait régner dans la ville des misères.

Dans cette situation, tout le monde souffrait du dénûment, et le peintre Frénau autant que tout autre. Ce jeune artiste, malgré un talent distingué et une réputation naissante, trouvait peu de travaux dans la gêne universelle, et se voyait arrivé au bout de toutes ses ressources.

Comme il était un soir dans sa chambre à songer avec terreur au lendemain, on eût dit qu'un de ces bons génies, cachés autrefois sous le manteau de la cheminée, n'attendit que les vœux de fortune formés par le jeune habitant de la mansarde pour les réaliser.

Celui-ci vit entrer chez lui un personnage vêtu en gentilhomme, qui se présenta comme l'agent d'un prince étranger, et dit à l'artiste que le souverain auquel il était attaché, entendant sans cesse parler de Mme de Pompadour, dont on s'occupait dans toute l'Europe, désirait avoir un portrait fait d'après nature de cette célèbre favorite.

Le jeune peintre s'inclina en souriant à la perspective d'une riche commande.

L'étranger ajouta que, sur la réputation que Frénau s'était faite à Paris, il venait directement à lui, que le travail dont il s'agissait demandant du temps et des démarches, il allait, si la proposition lui agréait, lui avancer vingt-cinq louis sur son ouvrage, et qu'il lui remettrait une somme semblable lorsqu'il livrerait le portrait.

Frénau fut charmé des conditions; il reçut l'or qu'on lui offrait, et, resté seul, ne songea plus qu'aux moyens de s'acquitter le mieux possible envers le prince qui avait mis confiance en son talent.

Dès le lendemain, il était posté dans les jardins de Versailles, cherchant à voir Mme de Pompadour à son passage, et à graver ses traits dans sa mémoire pour les reproduire sur l'ivoire. Il aperçut en effet la favorite, et se hâta de tracer une première esquisse de son visage. Tous les jours suivants, il habita les charmilles du parc royal, les bosquets de Trianon, sortant des épais ombrages à la venue des dames d'honneur qui annonçaient le passage de la sultane, s'avançant autant que possible sur son chemin, et attachant sur elle, pour saisir chaque ligne de sa figure, des regards si appliqués qu'il semblait y épancher toute son âme.

Mme de Pompadour remarqua bientôt ce jeune homme, grand, bien fait, beau de visage, qui se trouvait devant ses pas à la sortie d'une allée, et, lorsqu'elle avait tourné un rond-point, ou franchi un quinconce, s'y retrouvait encore; elle lui adressa des regards assez gracieux en retour de la persévérance qu'il mettait à la contempler.

Cette attention que lui donnait la marquise aida beaucoup le jeune peintre à s'emparer de ses traits; et, après ces nombreuses séances en plein air, le portrait se trouva presque parachevé.

Un jour que le peintre se promenait sur la terrasse du château, il fut abordé par un valet de pied, qui lui dit que Mme la marquise de Pompadour le priait de se rendre chez elle.

Bien que surpris de cet ordre, Frénau n'hésita pas à y obéir.

— Monsieur, lui dit la favorite en le voyant entrer dans son appartement, je vous rencontre si souvent sur mes pas, que ce ne peut être l'effet du hasard; je dois croire que vous cherchez à me voir; et comme l'on ne recherche guère notre approche que lorsqu'on a quelque grâce à nous demander, j'ai pensé que ma protection pouvait vous être utile, bien que vous n'osassiez peut-être l'implorer : c'est pourquoi je vous ai fait appeler.

Mme de Pompadour, en prononçant ces mots, semblait si gracieuse souveraine, que le peintre ne se troubla point, et répondit :

— Je mettrai d'abord, Madame, toute ma reconnaissance à vos pieds pour les bienveillantes intentions que vous daignez me manifester. J'avouerai ensuite que j'étais en effet attiré sur votre passage par le désir d'obtenir un bien du plus haut prix, et que je ne pouvais recevoir que de vous.

— Vous voyez que j'avais deviné, dit la marquise.

— Mais ce bien suprême, sans attendre que vous daignassiez me l'octroyer, je l'ai pris.

— Bon Dieu... Et qu'était-il?

— Votre image

— Comment cela?

— Cette beauté, que le ciel vous a si largement départie, vous appartient, Madame; mais vous ne pouvez empêcher qu'on en dérobe le reflet, et c'est ce que j'ai fait.

En même temps, il tira le portrait commencé de son sein, en ajoutant :

— Je suis peintre, Madame, et après avoir rempli mes yeux de votre image, je l'ai retracée de mémoire sur cet ivoire.

La marquise admira beaucoup la miniature, qui était en effet d'un très-beau travail, et passablement ressemblante pour avoir été faite de souvenir.

— Ce portrait est vraiment frappant, dit-elle à l'artiste avec une agréable surprise, et beaucoup mieux que tout ce qu'on a fait de moi jusqu'à présent.

— Il ressemble comme l'ombre à l'objet qui la projette, répondit-il, mais c'est encore assez pour qu'il paraisse ravissant.

— Il serait réellement dommage qu'une si belle peinture ne fût pas aussi bien terminée que possible... Je vous donnerai une ou deux séances.

— Quoi, Madame, vous seriez assez admirablement bonne pour m'accorder?...

— Une demi-heure de patience, mon Dieu oui...

[1] Il n'en sortit que vingt-deux ans après, pour mourir, au moment où il revoyait le jour, lorsque le peuple renversa la Bastille.

Ne vous ai-je pas fait venir pour vous être utile en ce qu'il me serait possible?

Le jeune homme s'inclina profondément, tandis que la marquise commandant du bout de son éventail, ajouta :

— Venez demain ici, et à cette même heure.

Frénau se retirait, lorsque Mme de Pompadour le rappela vivement, et dit en le regardant d'un air de sérieux examen :

— Mais, j'y pense, Monsieur, vous êtes peintre, vous désirez avoir mon portrait, et vous ne me dites point ce que vous comptez en faire.

L'artiste, qui avait été obligé de prendre un air d'enthousiasme passionné pour ses réponses précédentes, se trouvait trop avancé pour reculer; en toute circonstance d'ailleurs, une passion est beaucoup plus présentable à une jolie femme qu'une spéculation. Il dit donc d'une voix un peu tremblante :

Pardonnez, Madame, mais si je réponds à ce sujet, je tremble de perdre les bontés dont vous daignez m'honorer.

— Alors vos intentions me deviennent suspectes, et j'exige que vous me les fassiez connaître.

— Eh bien! Madame, ce portrait, je voulais le porter toujours avec moi, le contempler, en approcher mes lèvres... et, puisque je ne dois jamais posséder d'autre bonheur que votre image, je voulais du moins la conserver toute ma vie.

— Alors, Monsieur, cela devient très-hardi; et je ne puis guère maintenant vous accorder les séances promises.

— Ah! vous le voyez bien, je n'ai pu répondre avec franchise que pour mon malheur!

— Cependant, comme une parole donnée doit passer avant tout, se hâta d'interrompre la marquise, revenez toujours demain, et apportez vos couleurs.

L'artiste sortit cette fois ravi d'une entrevue aussi favorable qu'inattendue. Il avait facilement persuadé la belle favorite de sa passion pour elle; et il devrait à cet aveu, dont elle ne s'était point trop offensée, l'occasion de donner plus de perfection à son ouvrage. Et d'ailleurs, comme il y a toujours quelque chose de vrai dans un tel mensonge, adressé par un homme de vingt-cinq ans à une beauté ravissante, Frénau était aussi enchanté du tête-à-tête contemplatif que lui vaudraient les séances, que de l'utilité dont elle pourrait être pour sa peinture.

Le lendemain, son espoir fut réalisé. Le séduisant travail de l'artiste se prolongea longtemps; comme la marquise était obligée, tandis qu'elle posait, de regarder le peintre, et qu'il était très-agréable à voir, elle oublia l'heure aussi bien que lui, et la séance dura jusqu'au dîner. Les jours suivants il en fut de même. Enfin, la belle courtisane, regrettant de se séparer toujours du peintre, en ce moment fit servir son dîner dans un appartement retiré, et l'engagea à le prendre avec elle.

La liaison avait très-rapidement marché entre eux pendant ces heures de contemplation continuelle : aussi, le dîner fut celui des meilleurs jours d'une passion nouvelle. La marquise, dans ses atours, retirée dans un petit temple des amours, tout pomponné, fleuri et parfumé comme elle, offrait tout ce qui peut enivrer les sens de charme et de volupté. Frénau, avec ses yeux de peintre épris de la forme, et son cœur de vingt ans épris de tous les amours, ne désirait rien de plus que ce que la séduisante courtisane pouvait lui donner, et s'enivrait à longs traits de son bonheur.

La veille, le portrait s'était trouvé entièrement terminé, et Mme de Pompadour avait ordonné à Frénau de le lui laisser. Ce jour-là, dès qu'ils furent seuls, elle lui rendit la miniature dans un médaillon enrichi de diamants, en disant :

— J'ai voulu que cette image, à laquelle vous attachez tant de prix, vous fût donnée par moi pour qu'elle en eût plus encore.

Le jeune homme baisa mille fois la précieuse peinture et jura d'en faire l'idole de toute sa vie.

Aussitôt cette affaire terminée, Mme de Pompadour posa le pied sur une large rose, que d'admirables incrustations figuraient au milieu du parquet. A ce signal, la rose disparut, et il s'éleva à la place une table pour deux personnes, merveilleusement servie. Après le premier service, la table descendit une minute pour revenir chargée de nouveaux mets; ainsi de suite jusqu'au dessert, après lequel la rose reprit définitivement sa place[1].

Ainsi, ces hôtes du palais purent, sans que rien troublât leur heureuse solitude, épuiser toutes les voluptés, et, ainsi qu'il était d'usage alors, s'endormir ivres de champagne autant que d'amour. Le peintre put aussi voir son modèle de bien plus près qu'il n'avait dû l'espérer en venant sous les ombrages de Versailles saisir son fugitif aspect, et ce ne fut pas la faute de la marquise si sa beauté ne resta pas profondément gravée dans la mémoire de l'artiste.

Pour ne pas éveiller les soupçons, Frénau revint bientôt à Paris, mais en se ménageant toujours des entrevues avec la brillante favorite. Les vingt-cinq louis que le peintre avait reçus du gentilhomme étranger duraient toujours, et l'amant heureux n'avait d'autre préoccupation que celle de jouir de sa merveilleuse bonne fortune.

Les choses restèrent ainsi pendant le peu de temps nécessaire pour épuiser cette intrigue.

Au bout d'un mois à peu près, l'étranger que Frénau avait presque oublié, se présenta de nouveau dans sa mansarde.

Il venait évidemment réclamer l'ouvrage commandé, et sur lequel il avait déjà avancé une assez forte somme.

Le peintre d'abord étourdi à cette pensée, se frotta le front, et resta muet à la vue de son visiteur inconnu. Mais comme celui-ci réclamait d'un ton très-sérieux le portrait commandé, et qui assurément devait être achevé, Frénau, sans trop savoir ce qu'il faisait, alla prendre dans sa commode la précieuse peinture et la tendit à l'étranger.

—Ah! vous avez pris la peine de faire encadrer ce portrait, dit avec surprise et un malin sourire l'émissaire du souverain anonyme.

—Non, balbutia le peintre; je l'avais seulement placé dans ce médaillon, pour juger de l'effet qu'il ferait sous verre et avec une bordure.

—Eh bien! reprit l'étranger, ce médaillon se trouve si parfaitement juste à la miniature qu'on le dirait fait pour elle... Les brillants en sont fort beaux... Je pense que le prince, dont je remplis ici le message, serait charmé d'avoir le portrait tout encadré si vous consentez à me céder le médaillon.

Frénau restait muet.

—Voyons, reprit le gentilhomme, je m'y connais un peu; je vais compter les pierres et les estimer à peu près.

Il s'approcha de la lumière, examina les diamants un à un, les évalua à sa manière. Et le peintre laissa faire son calcul.

—Il y a là pour mille écus de pierreries, dit enfin l'étranger. Je vous dois le surplus du payement du portrait; si vous voulez, je vais vous remettre le tout ensemble, continua-t-il en tirant un portefeuille.

En ce moment, les vingt-cinq louis étaient entièrement taris dans la bourse du peintre; l'amour de la belle courtisane était encore mieux épuisé dans son cœur; il ouvrit la main aux billets de banque qui se présentaient à lui.

Le messager sortit en possession du précieux portrait.

1 Il reste encore, aux Trianons, des traces de ces *tables volantes*, établies en 17.., par le sieur Loriot.

Cet homme, qui n'était autre qu'un émissaire déguisé du lieutenant de police, courut rendre compte à son maître du succès de ses démarches.

Nous avons parlé de la haine existante entre M. d'Argenson, qui était jaloux du pouvoir de la favorite, et Mme de Pompadour, dont le lieutenant de police épiait et révélait les amoureuses intrigues; aversion enracinée, dont les premières expressions éclatèrent ouvertement entre eux à propos de l'affaire du poète Desroches.

Cette inimitié s'était compliquée d'une circonstance particulière: Mme de Pompadour avait fait exiler la comtesse d'Étrade, maîtresse de d'Argenson. On trouve les détails de cette intrigue dans un fragment des mémoires de Mme Du Hausset, femme de chambre de Mme de Pompadour, qu'il est nécessaire de rapporter ici pour montrer la bassesse de ces mœurs de la cour.

« Mme d'Étrade continua à vivre avec Madame (la marquise de Pompadour), qu'elle haïssait, comme si elle l'avait aimée tendrement. Elle était l'espionne de M. d'Argenson, et quand elle ne pouvait rien découvrir, elle inventait pour se faire valoir auprès de son amant. Cette madame d'Étrade n'avait eu d'existence que par les bontés de Madame, et toute laide qu'elle était, elle avait tâché de lui enlever le roi. Un jour qu'il s'était grisé à Choisy, il monta dans une grande et jolie barque, où Madame ne put l'accompagner, étant malade d'une indigestion, Mme d'Étrade saisit cette occasion, elle entra dans la barque avec le roi.....

.... Du reste, au retour, elle put raconter là-dessus tout ce qu'elle voulut, car le roi, dans l'état où il était, ne savait ni ce qu'il disait, ni ce qu'il faisait, et était bien incapable de se souvenir de rien.....

« Mme d'Étrade, qui devait tout ce qu'elle était à Madame, n'était occupée qu'à lui faire des tracasseries, dont elle était assez habile pour dérober les preuves, mais elle ne pouvait empêcher qu'on la soupçonnât. Sa liaison intime avec M. d'Argenson donnait de l'ombrage à Madame, et depuis quelque temps, elle était plus réservée avec elle; mais elle fit une chose qui irrita Madame et le roi, avec juste raison. Le roi, qui écrivait beaucoup, écrivit à Madame une assez longue lettre, où il lui parlait d'une assemblée de chambres au parlement, et il y avait joint une lettre de M. Benier. Madame était malade, et mit ces lettres sur une petite table près de son lit. M. de Gontant entra, et parla de fadaises comme à son ordinaire, Mme d'Amblimont vint aussi, et resta très-peu de temps.

« Comme j'allais reprendre une lecture qui avait été interrompue, Mme d'Étrade entra, et se mit auprès du lit de Madame, à qui elle parla quelque temps. Ensuite elle sortit, et Madame m'ayant fait appeler, me demanda l'heure qu'il était, et me dit: Le roi va bientôt venir, faites fermer ma porte. Je rentrai, et Madame me dit de lui donner la lettre du roi, qui était sur la table avec quelques papiers. Je les lui remis, et lui dit qu'il n'y avait rien autre chose. Elle fut fort inquiète, ne trouvant pas la lettre du roi; et après avoir compté les personnes qui étaient venues: Ce n'est point la petite comtesse, ni Gontant qui ont pris la lettre du roi, ce ne peut être que la comtesse d'Étrade, et cela est trop fort. Le roi vint; il se mit en colère, à ce que me dit Madame, et il exila deux jours après Mme d'Étrade, qui certainement avait pris la lettre, parce que l'écriture du roi lui avait inspiré de la curiosité.

« Cet événement fit beaucoup de peine à M. d'Argenson, qui était très-attaché à la comtesse d'Étrade, par l'amour de l'intrigue, à ce que disait Madame..... »

Ainsi, pour se venger de Mme de Pompadour qui lui avait enlevé sa maîtresse, le lieutenant de police voulut lui ôter son royal amant.

Il fit faire le portrait de la favorite de la manière mystérieuse qu'on a vue, et une fois en possession de ce précieux gage, il envoya un matin le médaillon au roi, accompagné d'une lettre anonyme, dans laquelle on faisait observer à sa majesté que ce portrait était trop ressemblant pour n'avoir pas été fait d'après nature, et trop richement encadré pour ne pas venir des mains mêmes de la marquise.

Le malheureux Louis XV se vit trahi, et courut éperdu chez sa maîtresse en titre.

Celle-ci sortait du bain, à ce que dit Mme Du Hausset, et fut tellement saisie à la vue de cette preuve accusatrice, que le roi lui présentait avec des paroles de reproche et de colère, qu'elle tomba étourdie de terreur et défaillante dans un fauteuil.

Cependant, le roi continuait ses impétueuses réprimandes, disant que ce n'était pas le moment de se trouver mal, mais d'écouter au moins en s'humiliant devant lui les justes expressions de l'indignation qu'elle avait méritée.

Mais dès que la marquise eut rappelé ses esprits, elle ramena un sourire sur ses lèvres, essuya son front humide de sueur, et dit d'une voix toute gracieuse:

— Pardon, cher sire, de cette faiblesse, que je montre devant vous... Mais j'ai été si saisie à la vue de ce médaillon... Je n'avais jamais rien tant regretté de ma vie, que lorsqu'il a été perdu.

—Perdu! Madame, s'écria Louis; je pense que vous saviez parfaitement où il était! et que vous le trouviez très-bien placé, au contraire!

—Quelle folie!

—Comment, des objets semblables courent le monde, et ce n'est pas votre faute peut-être!.. Vous ne savez ni où ils vont, ni d'où ils viennent!

—Je l'apprends en ce moment même, par la manière dont il vous est envoyé et la lettre qui l'accompagne.

—Que signifie ceci?

—Eh! oui... C'est la comtesse d'Étrade qui a pris ce portrait, comme elle avait déjà volé la lettre que vous me faisiez l'honneur de m'écrire, ainsi que vous en avez jugé vous-même. Ce portrait, que j'avais fait faire pour vous, cher sire, et que j'étais si heureuse de vous offrir, a disparu de ma toilette le jour même où Mme d'Étrade est venue en pleurant me faire ses adieux... Ah! je n'avais pu y croire!..

—En effet, c'est bien fort.

—Moins que de prendre votre lettre, et vous savez pourtant qu'elle l'a fait.

—Diriez-vous vrai?

— Voyez vous-même. Ce portrait a certainement été pris chez moi, et ce ne peut être par un voleur subalterne, puisque les diamants y sont restés. Il y a ici l'œuvre d'une méchanceté noire, et Mme d'Étrade s'y reconnaît de reste.

—Au fait, c'est vraisemblable.

—Mais, vous l'avez bien supposé à peu près!.. Votre colère était feinte, et vous ne pensiez pas un mot de ce que vous disiez... On possède la tendresse de Louis, et on irait chercher celle d'un autre!... Allons donc, vous le savez trop bien, sire, quand on est roi, c'est surtout sur le cœur des femmes qu'on règne sans partage.

Elle n'avait pas fini que le roi était à ses pieds, demandant pardon de ses outrages. L'orage avait passé terrible sur le front de Louis, mais laissant au moindre souffle dissiper ses nuages.

Le prince s'éloigna. Aussitôt tout changea sur les traits de la favorite; ses yeux lancèrent des flammes; ses dents se serrèrent; tout son être trembla de colère; elle bondit de son fauteuil, en jurant de ne pas venir y reprendre un moment de repos, avant qu'elle eût assuré sa vengeance contre ce peintre qui, après avoir été son amant, vendait son portrait comme un misérable artiste se défait d'une peinture.

Ainsi, M. d'Argenson avait été complétement vaincu par la courtisane; sans le savoir même, elle avait encore fait retomber l'intrigue ourdie contre elle par le lieutenant de police sur la maîtresse de celui-ci, et Mme d'Étrade était plus que jamais perdue dans l'esprit du roi. La marquise triomphait; le haut fonctionnaire, malgré tout, s'en tirait; tout le poids de ces basses intrigues allait retomber sur le pauvre peintre, coupable seulement de n'avoir donné à cette créature titrée que l'amour dédaigneux et passager qu'elle méritait.

Mme de Pompadour, forcée de garder le secret dans sa vengeance, ne pouvait user envers son oublieux amant que d'une lettre de cachet; mais elle chercha à rendre la captivité préparée pour lui aussi affreuse qu'elle le pourrait. L'âme de cette femme, à laquelle le roi donnait tout pouvoir, était profondément cruelle; les preuves de sa méchanceté avaient été si nombreuses, et sa réputation était si bien faite à ce sujet, qu'après l'attentat de Damien sur la vie du roi, l'archevêque de Paris disant dans son mandement, sans désigner personne: *La justice divine a laissé se produire un monstre qui déshonore le siècle et désole la nation*, tout le monde nomma la favorite, et non pas l'assassin. La sultane blessée choisit donc pour sa victime les cachots du mont Saint-Michel, en demandant un de ceux où la mort avait le plus de tortures.

Dès la nuit suivante, le peintre Frénau fut saisi dans son lit, lié de cordes, et emporté sur le rocher de l'Océan.

La chaleur était excessive; la soif, la faim, les rudes secousses du chariot, les liens qui serraient ses membres au point de les déchirer, avaient jeté le patient dans un tel état d'affaiblissement, qu'on fut obligé de le déposer dans une cellule avant de le descendre au cachot.

La transition était trop forte pour le malheureux. Ce jeune homme, la veille encore, épanoui de force et d'existence, doué de beauté, de talent, de tout ce qui rend heureux, même dans la pauvreté, ce brillant artiste qui, peu de jours avant, savourait au milieu de toutes les splendeurs du monde l'amour de la plus belle des courtisanes, qui s'énivrait de voluptés à la coupe même des rois, allait tout à coup habiter dans les chaînes, au milieu des reptiles, la nuit éternelle d'un creux de rocher.

Mais la Providence trompa la cruauté de la courtisane titrée: la gangrène se mit dans les plaies du pauvre malade, et il expira avant d'avoir pu quitter sa cellule, dix jours après son arrivée dans la prison d'État.

Nous n'avons plus qu'un mot à dire sur cette époque.

L'abbaye-forteresse reçut dans son enceinte des prisonniers grands seigneurs. C'était le temps où le rang, la naissance faisaient l'homme tout entier, où on mesurait toute estime, toute considération aux titres qui précédaient le nom et aux signes du blason, sans se douter que les dons du cœur et de l'intelligence, que le mérite personnel pût compter pour quelque chose. Ainsi, lorsque des hommes de haut lieu lui furent envoyés, l'abbaye ferma ses cachots, replia ses chaînes, et inclina sa bannière devant ces nouveaux hôtes, qu'elle devait mettre toute sorte de courtoisie à emprisonner.

On sait qu'à cette époque, le régent ayant rendu au parlement *le droit de remontrance*, les conflits ne cessaient guère entre ce corps et le clergé. L'hôpital général, ayant eu une supérieure à élire, M. de Beaumont, archevêque de Paris, avait nommé à cette place importante Mme Moysau, dont le choix ne convenait nullement à MM. les administrateurs. Cette nomination fut le prétexte qui souleva les hostilités entre des puissances rivales, toujours possédées du besoin de lutter et de s'entre-détruire.

Les administrateurs de l'hôpital eurent immédiatement pour auxiliaires les membres du parlement, cherchant toute occasion de s'opposer aux prétentions cléricales; M. de Beaumont avait pour lui sa violence, son entêtement personnel, et tout le despotisme du clergé. Il entra le premier en guerre en refusant les sacrements à ceux qui avaient soutenu dans leur autorité les membres de la grande chambre. Le célèbre Coffin, successeur de Rollin à l'Université de Paris, le duc d'Orléans, dit *le Dévot*, plusieurs autres personnages marquants, et enfin une religieuse moururent sans confession. Alors les querelles s'échauffèrent, s'exaltèrent, n'eurent plus de bornes.

Le roi laissait faire; il se reposait dans les bras de son fauteuil, et disait en roulant entre ses doigts sa tabatière d'or :

— Ces grandes robes et le clergé sont toujours à couteaux tirés. Je déteste de tout mon cœur ces magistrats pédants qui voudraient me mettre en tutelle; mais de l'autre côté, les évêques sont des cerveaux brûlés, qui ne cessent de troubler mon repos en cherchant partout querelle. Le régent a eu bien tort de rendre le droit de remontrance au parlement; si personne ne s'opposait au clergé, il ne pourrait pas faire du bruit tout seul; et puis ces membres de la chambre, à force de s'ingérer dans les affaires, finiront par prendre tout l'État, à moins que les évêques ne s'en débarrassent tout-à-fait pour rester les seuls maîtres, ce qui ne vaudrait pas beaucoup mieux... tout cela ira mal un jour... Après tout, les choses telles qu'elles sont dureront bien autant que moi!

Le roi était bien sûr de ce port dans lequel il irait s'abriter, et, lui parti de ce monde, peu lui importait le reste.

Cependant, à défaut de l'indolent monarque, les ministres s'en mêlèrent; et comme rien alors n'osait résister ouvertement au pouvoir spirituel, ce furent ses antagonistes qui succombèrent. On exila dans diverses villes les conseillers des chambres d'enquête et de requête; quatre magistrats des plus influents dans l'assemblée, furent frappés de peines plus sévères : M. de Bez-de-Lys fut déporté à Pierre-Encise, M. de Bézigny au château de Ham, M. du Mazy dans la forteresse des Iles-Sainte-Marguerite, enfin, l'abbé de Chauvelin fut enfermé au mont Saint-Michel.

Ce prisonnier dut toujours ignorer les horreurs du lieu où il se trouvait. L'abbé de Broglie vint en toute hâte de la cour dans son château de l'Océan pour l'y recevoir; il eut le plus bel appartement dans le logis abbatial; sa table fut somptueusement servie; la liberté même lui fut accordée, pourvu qu'elle ne dépassât pas le mur d'enceinte de la forteresse.

M. de Vavincourt, détenu à l'abbaye à la suite des troubles qui agitèrent les États de Bretagne, y reçut les mêmes égards.

Quand on voit ces moines serviteurs de Dieu, chargés d'exercer la justice sur les coupables, montrer tant de considération envers le rang et la noblesse, cela rappelle un mot de la maréchale de La Meilleraie.

Le prince Philippe, grand escroc et grand débauché, était mort subitement à Paris; on moralisait là-dessus en montrant beaucoup d'inquiétude sur le salut du prince :

— Croyez, dit la maréchale d'un air de réflexion profonde, qu'à des gens de cette qualité, Dieu y regarde bien à deux fois pour les damner.

## XVII.

### DÉCLIN DE L'ABBAYE.

Dès le commencement du règne de Louis XVI, l'aspect de la bastille monacale est déjà bien changé. La Révolution qui s'avance a envahi l'opinion, et règne dans les esprits avant de dominer le monde extérieur. Les premiers pouvoirs, atteints eux-mêmes des rayons de justice suprême qui se répandent sur la France, hésitent devant l'emploi d'un odieux arbitraire; les grands du royaume, sentant qu'ils auront bientôt à se défendre, renoncent à attaquer; leur domination impérieuse s'allanguit, leurs fibres de despotisme se détendent à l'approche de l'orage révolutionnaire; partout on renonce à faire de nouvelles victimes; les lettres de cachet, sans être abolies, deviennent tous les jours plus rares; l'abbaye du mont Saint-Michel, dans ces cachots que la foule des captifs faisait sans cesse multiplier, superposer les uns sur les autres, ne compte plus qu'une vingtaine de prisonniers.

Les rigueurs envers les détenus diminuent en même temps que leur nombre; les basses-fosses les plus profondes sont les premières fermées, et les habitants des cellules peuvent en sortir quelques heures de la journée pour parcourir les vastes dépendances de l'abbaye, qui doivent leur sembler tout un monde conquis.

Louis XI, qui avait trois siècles de pouvoir absolu devant lui, fit construire la cage de fer, fit forger des fers de torture; Louis XVI, qui n'a plus que quelques jours de royauté, laisse d'avance tomber en ruine ces instruments de répression cruelle.

Le couvent des Bénédictins suit la même gradation que la cour; les mêmes prévisions qui font sentir aux princes que leur temps est fini pénètrent dans le monastère isolé pour annoncer que les moines s'en vont. La communauté, qui se trouve réduite à une quinzaine de religieux, décrète cependant qu'elle ne recevra plus de novices, et attend que la mort éteigne son ordre antique.

Comme geôliers d'État, les pères du mont Saint-Michel sentent aussi que leur rôle devra bientôt cesser, et y mettent de la tiédeur comme à toute fonction qu'on est près d'abandonner.

Grâce à ce relâchement, les détenus jouissaient au milieu du jour d'une existence à peu près semblable à celle des moines; les portes s'ouvraient le matin devant eux; au lieu d'une affreuse cavité de rocher dont la voûte les tenait repliés sur eux-mêmes, ils voyaient le ciel, limpide ou nuageux, comme Dieu le faisait pour tous; ils avaient sur leur tête ces belles, ces majestueuses ogives de la salle des chevaliers, ou bien, devant leurs pas, ces longues rangées de merveilleuses colonnettes qui formaient un cloître délicieux. Ils assistaient aux offices; ils allaient à volonté se placer devant cet autel, dont l'or et les pierreries, rayonnant d'un éclat superbe, pouvaient remplacer le soleil sur ce mont nébuleux.

L'espoir était aussi entré dans l'âme des prisonniers; il leur arrivait quelque retentissement des bruits lointains du monde et ils pensaient voir finir leur captivité. Ils entendaient dire que le jeune roi, au lieu de ne consulter que *le bon plaisir*, avait choisi pour ministres Malesherbes, Turgot, de Miroménil, hommes d'une intégrité et d'une loyauté reconnues; ils pensaient qu'un peu de bonheur allait enfin descendre sur le peuple; et, pour eux, le bonheur s'appelait liberté.

Le nombre des détenus, très-réduit comme nous venons de le dire, vers 1776, ne s'élevait plus qu'à dix-huit. Mais parmi ceux-ci on voyait encore l'iniquité odieuse des lettres de cachet. Il y avait là, avec le comte d'Espartès, avec M. Duvoyant de Villeneuve, et autres, victimes fort innocentes des cruels caprices des gouvernants, un marquis de Renou, dont la conduite ignoble, les mœurs affreusement dépravées, avaient poussé le cynisme si loin, que, même dans ces temps de débauche régnante, on s'était cru forcé de le faire enfermer; un nommé d'Assonville, spadassin de profession, qui ne passait pas de jour sans mettre l'épée en main, et avec tant de bonheur qu'on l'avait mis sous les verroux, pour qu'il ne dépeuplât pas le genre humain; puis, un sieur de Saint-James, trésorier de la marine et de la maison de la reine, qui, à l'aide de nombreux faux en écriture publique, avait volé à l'État et dilapidé plus de quinze millions.

Ainsi, cette justice aveugle des lettres de cachet, dans ses errements stupides, imposait la captivité à des innocents, et en même temps, sauvait d'une peine plus grande ceux qui devaient y être soumis; la même détention punissait des hommes coupables tout au plus de légères fautes, et ceux qui avaient mérité les galères et pis encore.

La solitude se faisait toujours davantage au mont Saint-Michel: on ne voyait plus arriver sur les sables le fatal chariot amenant des condamnés, et la mort diminuait le peu qu'il restait, lorsque, le 16 avril 1776, il vint pour quelques-uns d'entr'eux une autre cause de délivrance.

Ce jour-là, les pères bénédictins, en sortant de vêpres, étaient réunis sur la plate-forme qui conduisait de l'église au principal corps-de-logis. M. de Montmorency, alors abbé du monastère, résidait à la cour; le couvent ne comptait que dom Ganat, prieur, dom Aurore, sous-prieur, une dizaine de religieux du chœur et de simples frères. Ces moines, arrêtés sur l'estrade, considéraient les effets d'un vent de nord-est, d'une violence inconnue même dans ce pays des tempêtes, et les mouvements impétueux de cette nature sauvage, dont la perspective se découvrait dans une immense étendue.

La mer en ce moment se retirait; mais une autre marée montante, suscitée par l'ouragan, la rejetait hors de son lit; des flots verdâtres venaient en cascade jaillissante gravir les escaliers du mont; plus loin le vent dans sa force soulevait des vagues énormes qu'il semblait lancer vers les cieux.

L'ébranlement général était si puissant qu'on croyait le sentir sous ses pieds jusqu'à la base du rocher; de formidables mugissements roulaient dans toute la ceinture de rempart, se mêlant au bruit des blocs de granit qui croulaient.

Cette partie du mont, où venait frapper la tempête, est la plus aride; sa surface jaune est gercée et ne laisse échapper de ses masses de pierre que des lianes desséchées, des lichens et des ronces, qui en ce moment déracinées s'élevaient en tourbillons dans la rafale. La ruine, qui alors avait déjà atteint une partie des remparts, rendait l'ébranlement de ses murailles plus sensible. La tour *Marilland*, la plus élevée, semblait sapée dans sa base et près de s'écrouler; *Gabrielle*, à demi renversée depuis longtemps, ne supportait plus qu'un moulin à vent, dont les ailes s'envolaient alors avec les broussailles de la montagne.

Ce qui attirait surtout l'attention des moines, dont le regard plongeait du haut de la plate-forme dans l'étendue, était la petite chapelle de Saint-Aubert, élevée autrefois au pied du mont au fondateur de l'oratoire de Saint-Michel; la mémoire du saint résidait dans ce petit temple rustique et fragile, sans cesse balancé par les eaux, et à chaque nouvel ouragan, on croyait le voir s'élever sur les vagues et se perdre dans la tempête.

Mais tandis qu'ils regardaient attentivement de ce côté, ils se virent tout à coup enveloppés d'une épaisse vapeur. Le brouillard, même des plus sombres, est trop commun au mont Saint-Michel pour qu'ils pussent s'en étonner; ce qu'il y avait de remarquable dans celui-ci, c'est qu'il venait seulement noircir le côté des bâtiments dans lequel ils se trouvaient.

Cette vapeur sortait avec intensité des entrailles du rocher, comme la fumée d'un volcan, et bientôt des gerbes d'étincelles s'y mêlaient.

Les religieux virent alors qu'un nouvel incendie se déclarait, et ils en avaient à peine conçu la pensée, que les cris *au feu!* poussés de tous les points du monastère, leur répondirent.

Le sinistre s'était d'abord montré dans la salle des gardes, sans doute refluant des conduits d e la vaste

Louis XV et madame de Pompadour.

cheminée; mais avec le vent du nord si violent qui régnait, dans ces bâtiments élevés et ouverts de tous côtés, il avait bientôt envahi toute la partie méridionale de l'édifice. Là, les colonnes de flammes s'étendaient sous les longues voûtes, s'attachaient aux énormes solives, aux portes massives, s'élargissaient dans les salles spacieuses; et partout l'incendie prenait les proportions colossales du monument dans lequel il se développait.

On s'aperçut bientôt que le feu, élancé de la salle des gardes dans le *souterrain des voûtes*, où il ne trouvait rien à dévorer, s'était étendu dans la galerie voisine qui mène aux cachots, aux cellules, aux caveaux sépulcrals des moines; et que les prisonniers allaient être étouffés dans ces affreux réduits.

Dom Ganat se hâta d'en faire ouvrir les portes; en même temps il doubla les postes des murailles, garnit de gardes toutes les issues, pour que dans le tumulte la forteresse ne fût pas moins assurée contre la fuite des prisonniers.

Aucun d'eux cependant n'y songeait. Il se passa alors une chose étrange: ces hommes, pour qui tout malheur arrivant à leur prison, à leurs geôliers, aurait dû être une joie, se mirent d'eux-mêmes, et avec une ardeur sans pareille, à éteindre le feu. L'instinct de l'humanité était si fort, qu'en se trouvant au large, au milieu du désastre, les prisonniers ne pensèrent ni à la fuite, ni à la vengeance, mais seulement à combattre l'ennemi commun: il n'y eut plus ni oppresseurs, ni victimes, mais seulement des hommes réunis dans un bâtiment qui brûlait.

La chaîne fut formée à la voûte ouverte sous la *tour de l'Est*; les habitants de la ville y travaillèrent à amener de l'eau d'une partie de la grève d'où la mer ne s'était pas encore retirée, tandis que, dans l'intérieur des bâtiments, tout le monde, moines et prisonniers, à coups de hache et de marteaux, détachait les tronçons de muraille embrasés de ceux qui ne brûlaient pas encore.

Le courage et la persévérance étaient extrêmes dans ce lieu où le fléau pouvait anéantir tant de richesses, des chefs-d'œuvre de l'art gothique amassés du fond des siècles, des ornements d'église qui faisaient l'admiration des étrangers, l'orgueil d'un des plus splendides monastères de France.

Et les prisonniers travaillaient toujours vaillamment à éteindre la flamme; le comte d'Esparte, M. de Villeneuve, l'officier Duvoyant comme les plus humbles détenus: même un pauvre fou, qui se trouvait en ce moment dans les chaînes de l'abbaye où il avait perdu la raison, sans trop savoir ce qui se passait, faisait comme les autres.

Ces hommes, loin de penser que tous les joyaux, l'or et les pierreries de ces somptueux autels, dans l'abbaye payée par les rois pour garder leurs prisonniers, avaient été achetés avec la vie, avec le sang, avec les tortures de ceux qui étaient enfermés là avant eux, de leurs aïeux en souffrances, travaillaient naïvement, généreusement sans doute à sauver ces richesses.

Bien mieux, ils auraient pu croire que le désastre allait peut-être frapper leurs geôliers, détruire leur prison, leur rendre la liberté!

Et tout cela était dominé par le danger commun qui relie si bien les hommes.

L'incendie fut terrible sur cette hauteur, enveloppée de tous les vents furieux. Le sommet du mont embrasé semblait un flambeau gigantesque, capable d'éclairer l'étendue de l'Océan. Celui qui eût pu observer le sinistre tableau, eût vu alors, sous le déchaînement de la rafale, le mélange le plus grandiose des éléments, et les colonnes de flamme de

Le jeune duc de Chartres brise le premier la cage de fer.

lumière le disputer dans l'espace aux tourbillons des vagues élancés dans les airs.

Enfin vers la tombée de la nuit on était parvenu à maîtriser l'incendie.

C'était l'heure où les prisonniers auraient dû être dans leur cellule; mais après ce qui s'était passé, tout le monde se demandait sans doute s'ils devaient y rentrer. Tant que le péril avait duré, le prieur qui les suivait du regard avait pu voir leur dévouement, leur énergie pour le salut de tous, et il eût été bien naturel de les laisser libres dans l'intérieur de l'abbaye qu'ils venaient de sauver, de traiter en égaux ceux qui en avaient donné l'exemple envers leurs geôliers.

Cependant la routine était si forte dans cette succession de moines gardiens de la forteresse, qu'aussitôt la dernière lueur de l'incendie expirée, les prisonniers furent réintégrés dans leurs cellules; ceux mêmes qui d'ordinaire y étaient enchaînés, n'obtinrent pas la moindre diminution dans le poids de leurs fers.

Mais les moines furent extrêmement surpris, dans ce moment où l'ordre éternel de la prison monacale se rétablissait, de voir que trois de leurs captifs leur manquaient. Pendant le désastre, ils avaient assurément travaillé comme les autres, car le prieur les avait vus au milieu des murailles en feu, et, du reste, toutes les issues de la citadelle étaient parfaitement gardées; mais après le moment de l'action, comptant peu sans doute sur la générosité des moines, ils s'étaient récompensés eux-mêmes et avaient pris la liberté.

On supposa d'abord qu'ils étaient morts victimes de leur dévouement; mais le lendemain, le théâtre de l'incendie déblayé ne laissa pas voir la moindre trace de corps humains dans ses décombres. Tandis qu'on les cherchait en vain de ce côté, des pêcheurs vinrent dire que la veille, pendant que l'ouragan balançait leur barque en mer, sans leur permettre d'aborder, ils avaient vu à la lueur des flammes de l'abbaye, des hommes descendre à l'aide de cordages le mur et le rocher escarpé de la forteresse. Les recherches ne furent pas moins vaines dans cet endroit; les cordages que personne n'eût pu enlever à la suite des prisonniers, ne s'y trouvaient point.

Pendant plusieurs jours, les grèves d'alentour, les côtes de Bretagne, de Normandie furent battues par les soldats de garde dans la forteresse, mais ces investigations ne firent rien découvrir. Les moines furent obligés de renoncer à savoir même par où et comment ils avaient perdu leurs prisonniers.

On ne songea point à réparer les désastres de ce dernier incendie dans cet état d'inertie qu'amenait chez les religieux le pressentiment que tout allait tomber, leur ordre aussi bien que les murs de son temple.

Quoi qu'il en eût été, la journée du 16 avril marquait comme la plus heureuse dans le souvenir des prisonniers: c'était le seul moment où ils avaient pu vivre de la vie commune, s'occuper, travailler; et, dans le supplice d'une éternelle oisiveté, la moindre des œuvres à accomplir semblerait une source de délices. L'année suivante, à la même époque, il y eut encore une autre fête, mais de nature différente pour les hôtes de la prison.

Vers la fin de l'hiver, le comte d'Artois, à l'exemple de ses prédécesseurs les princes très-chrétiens, vint faire au pèlerinage, aux autels de l'archange vainqueur du démon. Après s'être reposé dans l'abbaye, il demanda à en visiter les points les plus importants, particulièrement la cage de fer, qui, sans le mériter mieux que les cachots ténébreux et les épouvantables oubliettes, jouissait d'une plus grande célébrité.

Le temps avait tellement marché que le comte d'Artois, qui plus que tout autre devait toujours représenter l'ancien régime, ses fausses doctrines, ses abus infinis, fut épouvanté à la vue de l'instrument de torture: le passé reculait devant sa propre image.

Avant de quitter l'abbaye, le prince ordonna qu'on abattît cette infernale machine.

Peu de temps après son passage, vers le milieu d'avril, eut lieu la journée qui, ainsi que nous le disions, fut remplie d'une joie tout inattendue pour les prisonniers.

Par une de ces soirées où le retour du printemps, qui éclaire partout la nature, couvre le mont Saint-Michel d'ombres froides et lugubres, on vit toutes les fenêtres de l'antique monastère, les créneaux de ses tours, les parapets de ses remparts, s'illuminer tout à coup.

Le triste fanal qui servait d'ordinaire à faire paraître plus profondes les ténèbres du mont s'était changé en mille clartés, qui détachaient les délicates sculptures des ogives et faisaient étinceler les vitraux blasonnés. Ces lueurs, dont le brouillard empêchait le rayonnement, faisaient seulement paraître le gothique édifice comme semé de pâles diamants.

On l'avait ainsi éclairé pour guider les pas de voyageurs qui avançaient sur la grève. C'étaient les jeunes princes, fils du duc d'Orléans, qui venaient, conduits par M^me^ de Genlis leur gouvernante, visiter le mont Saint-Michel.

Des guides portant des flambeaux avaient été envoyés au devant d'eux; mais la marche de la comtesse et de ses élèves encore enfants était extrêmement difficile, sur ces sables tout humides de la mousse des flots, semés de creux profonds et de filets d'eau.

M^me^ de Genlis dit à ce sujet que ces trous ouverts dans le terrain étaient très-fréquents et signalés par des cris de leurs guides plus effrayants que les sables mouvants; qu'il fallait ainsi faire mille circuits; et qu'en se dirigeant vers le mont, qui semblait très-près, on marchait toujours sans l'atteindre.

« Les façades étaient illuminées, ajoute-t-elle, et on entendait un bruit lugubre de cloches sonnées en l'honneur des princes; cette triste mélodie ajoutait beaucoup à l'impression mélancolique que nous causaient tous ces objets nouveaux. C'est bien de ce château qu'on aurait pu dire qu'il est posé

> Sur un rocher désert, l'effroi de la nature,
> Dont l'aride sommet semble toucher aux cieux.

Les voyageurs arrivèrent accablés de fatigue, après les montées rapides et les interminables escaliers qu'ils leur fallut gravir. Le premier soin des religieux fut sans doute d'offrir à leurs nobles hôtes leurs respectueux hommages, un bon souper et un bon lit; cependant M^me^ de Genlis n'en parle pas, et sans songer qu'elle arrive au mont Saint-Michel au commencement de la nuit, elle fait le récit suivant de son entrée à l'abbaye.

« Après avoir traversé la ville, qui est très-petite et fort pauvre, nous trouvâmes des escaliers très-raides et très-hauts, tout couverts de mousse et de ronces: il fallut monter environ quatre cents marches. De temps en temps, on trouvait des repos, c'est-à-dire de petites esplanades remplies d'herbages et de ronces et allant toujours en montant... Enfin nous entrâmes dans une vaste église, dont le chœur est très-beau et d'une grande noblesse. Nous étions alors dans le couvent. Après avoir traversé l'église il fallut encore monter un escalier qui nous conduisit aux appartements, qui sont grands et propres. Au-dessus de ces logements il y avait encore quatre cents marches qui menaient à un belvédère placé au sommet de ce fort. L'air y est très-vif mais sain; on buvait de l'eau de citerne qui n'est pas mauvaise.

« L'hiver y est extrêmement rigoureux et commence en automne; il n'y fait jamais bien chaud. Quelques maisons de la ville ont de très-petits jardins et quelques habitants des vaches; mais les religieux étaient obligés de prendre ailleurs leurs provisions, même du pain, parce qu'à cause de la cherté du bois, ils n'en faisaient point au mont Saint-Michel; on le faisait venir de Pontorson. On n'a du poisson sur cette plage que très-rarement et par hasard; ainsi, au milieu de la mer, on est encore obligé de l'acheter. Les religieux avaient à une lieue et demie du fort une maison de campagne avec un superbe jardin qui les fournissait de légumes.

« Ils n'étaient plus alors que douze religieux et ne recevaient point de novices.

« Je questionnai les religieux sur la fameuse cage de fer: ils m'apprirent qu'elle n'était point de fer mais de bois, formée avec d'énormes bûches laissant entre elles des intervalles à jour. Il y avait environ quinze ans qu'on n'y avait mis de prisonniers à demeure, car on y en mettait assez souvent (*quand ils étaient méchants*, me dit-on), pour vingt-quatre heures ou deux jours, quoique ce lieu fût horriblement humide et malsain et qu'il y eût une autre prison aussi forte mais plus saine. Là-dessus je témoignai ma surprise. Le prieur me dit que son intention était de détruire un jour ce monument de cruauté.

« Alors le duc de Chartres [1] et Mademoiselle [2] se sont écriés qu'ils auraient une joie extrême de le voir détruire en leur présence. A ces mots le prieur nous dit qu'il était le maître de l'anéantir, parce que monseigneur le comte d'Artois, ayant passé quelque temps avant au mont Saint-Michel, en avait positivement ordonné la démolition. Le prieur ajouta que diverses raisons l'avaient forcé de différer, mais qu'il allait accorder aux princes cette satisfaction. »

M^me^ de Genlis ajoute qu'on procéda à cette opération. Ce fut là certainement le plus beau jour de fête pour les prisonniers du mont Saint-Michel et un moment de réparation pour l'humanité tout entière.

Les religieux et leurs hôtes descendirent dans les profondeurs du monument.

Le prieur qu'accompagnaient les jeunes princes marchait en avant, emmenant avec lui deux charpentiers et un suisse de l'abbaye; Mademoiselle s'appuyait sur le bras de sa gouvernante, dans ces sombres dédales au sol fangeux. Des moines ouvraient la marche en portant des torches; les pères bénédictins venaient ensuite, suivis des prisonniers avides d'assister au spectacle qui se préparait.

Le cortége traversa le *souterrain des voûtes*, dont les flambeaux faisaient à peine apercevoir les massifs piliers, les ogives surbaissées, plongeant dans des ténèbres éternelles.

Ce n'était plus l'un de ces funèbres convois où des moines emportaient sur une litière un malheureux brisé de tortures, déjà couvert de la pâleur de la mort, et qui allait être enseveli au fond d'un cachot pour y passer ses horribles et derniers moments d'existence: les personnes réunies là étaient recueillies devant la sombre majesté du lieu, atténuaient le bruit de leurs pas dans une sorte de terreur, et avançaient en silence; mais la satisfaction, la confiance de remplir une œuvre sainte animaient leurs traits; et pour la première fois ces voûtes voyaient passer des visages éclairés d'un sourire.

A la sortie de la vaste salle, on prit une allée souterraine, qui desservait aussi les trappes, les escaliers

[1] Depuis Louis-Philippe.

[2] Madame Adélaïde.

des *in-pace*, des *oubliettes*, et au bout de laquelle se trouvait le caveau de la cage de fer.

Devant cet instrument de torture, dont la vue donnait comme une sombre perspective de l'enfer, les étrangers restèrent un moment immobiles d'épouvante et dans cette stupeur qu'inspire toute monstruosité. L'histoire de ce lieu de supplices se retraçait à la pensée; on songeait au malheureux Noël Béda, victime de François I^er^, à Dubourg, plus malheureux encore, parce qu'il avait vécu plus longtemps dans ces tourments imposés par Louis XIV. Ceux des prisonniers qui avaient passé vingt-quatre heures dans cette cage, calculaient ce qu'une existence entière y enfermait de douleurs. Il semblait que tous les soupirs d'angoisse qui s'étaient exhalés dans ce caveau, chargeassent encore l'air pesant et glacé.

Sur l'ordre du prieur, les charpentiers allaient procéder à la démolition, lorsque le jeune duc de Chartres, dans un digne élan du cœur, s'écria qu'il voulait donner le premier coup. Il prit la hache d'un des ouvriers, et avec une force au-dessus de son âge, il enleva un morceau de l'infernale machine.

Puis les charpentiers frappèrent sur la porte, sur les barreaux qui tombèrent en lambeaux. Ce furent alors des applaudissements, des cris de joie retentissants. Les jeunes princes, les prisonniers riaient, se félicitaient comme à un heureux événement; les moines s'en mêlèrent; tout le monde fit entendre des accents joyeux, qui se confondaient avec le bruit des cognées. Et par un des étranges effets de la marche du temps, ces murailles retentirent d'acclamations heureuses.

La chute de cette machine tortionnaire était le symbole de la barbarie qui tombait en France; au fond de ces sombres murs avait lieu une manifestation imposante; l'affreuse charpente s'abattait au milieu des souterrains remplis de puits, d'*in-pace*, d'oubliettes et annonçait leur ruine; sa démolition préludait à celle de la Bastille de Paris et de bien d'autres. C'était l'exécration jetée sur la politique des rois tels que Louis XI, son fondateur, sur toute mesure de férocité empruntant le nom de justice. Le besoin de se repaître des souffrances de ses semblables, l'instinct sauvage, qui était resté dans le sang français sous les cuirasses d'argent de la féodalité et sous les habits dorés des dernières cours, allait s'éteindre dans l'âge qui s'avançait; et c'était un vice de moins pour l'humanité.

Il y avait le sentiment de cette révolution morale dans les applaudissements qui saluaient le bris de la cage de fer.

Un incident vint se mêler à cette scène d'émotions profondes.

Au milieu de la satisfaction que présentaient tous les visages, le duc de Chartres remarqua l'air triste et consterné du suisse de l'abbaye, qui retiré dans un coin obscur, semblait regretter amèrement la perte de l'instrument de supplice.

Le jeune prince regarda ce gardien d'un mauvais œil, et fit part de ce qu'il observait au prieur. Celui-ci répondit en souriant que le pauvre suisse regrettait en effet la cage, mais que c'était parce qu'il la faisait voir aux étrangers qui le récompensaient d'avoir satisfait leur curiosité.

Le duc de Chartres, soudain raccommodé avec ce brave homme, lui dit qu'au lieu de montrer la cage, il ferait voir la place qu'elle avait occupée. En tous cas, si les voyageurs devaient être un peu moins satisfait, il lui donna d'avance dix louis pour le dédommager.

Nous reproduirons encore quelques lignes de M^me^ de Genlis qui retracent la fin de son séjour au monastère.

« Après la messe, nous parcourûmes toute la maison. Nous vîmes une énorme roue, au moyen de laquelle avec des câbles on montait par une fenêtre les provisions pour le château. On attachait ces provisions sur la grève avec des câbles qui tiennent à cette grande roue, posée à l'intérieur du fort à une ouverture de fenêtre, et la roue en tournant hisse et enlève tout ce qui est attaché aux câbles [1]. De là, nous allâmes nous promener sur des terrasses sans parapets qui sont excessivement élevées [2].

Les anciens ducs de Normandie et d'autres princes firent des pèlerinages à ce mont, et des présents que nous vîmes dans les trésors de l'église. On y faisait encore des pèlerinages et on nous chargea de médailles et de petites coquilles d'argent, comme on en donne aux pèlerins.

Nous obtînmes pour plusieurs prisonniers une permission qu'ils désiraient ardemment, celle de nous suivre jusqu'au bas du château. Il y en avait un qui, prisonnier depuis quinze mois, n'avait pas eu jusqu'à ce jour la liberté de sortir de sa cellule. Lorsqu'il se trouva hors du couvent, sur la petite esplanade, et surtout lorsqu'il eut aperçu l'herbe qui couvre les marches de l'escalier, il éprouva un mouvement de joie et d'attendrissement impossible à dépeindre : il me donnait le bras, et à chaque pas que nous faisions, il s'écriait avec transport : O quel bonheur de marcher sur l'herbe [3] !

Je fus charmée d'avoir vu ce lieu si triste mais si singulier, ce château amphibie, rejeté tour à tour par la terre et par la mer; car ce mont est pendant une partie du jour une île isolée au milieu des flots, et pendant une autre partie, il se trouve posé sur une vaste étendue de sable aride. »

Le jeune prince qui descendait si paisiblement les degrés du mont pour continuer son voyage, devait y trouver bien des événements devant ses pas : le malheur, l'exil, puis le trône, les plus grands revers de fortune et son plus haut degré de prospérité, la vie de citoyen, puis celle de monarque, et l'exil à la fin de sa carrière comme au commencement.

Mais pendant sa vieillesse, retiré sur la terre étrangère, dans ce temps de recueillement, où il n'était plus ni le jeune prince voyageur ni le roi de France, en cherchant dans la foule de ses innombrables souvenirs, il devait se rappeler avec bien plus de bonheur le moment où, n'étant rien encore, il brisait dans un généreux entraînement la plus étroite et la plus dure des prisons, que celui où, élevé au rang de souverain, il était obligé de revenir à leurs rigueurs.

## XVIII.

### ABOLITION DE L'ORDRE RELIGIEUX.

Les symptômes de décadence qui se multipliaient depuis quelques années ne laissaient plus à la forteresse monacale qu'une ombre de sa puissance passée, lorsque la mémorable journée du 14 juillet 1789, en abattant les murs de la Bastille, renversa en même temps toutes les prisons d'État.

Une nombreuse délégation des citoyens d'Avranches vint annoncer aux pères bénédictins du mont Saint-Michel les événements accomplis, et leur enjoindre de rendre la liberté à leurs prisonniers.

On put juger alors du changement que le temps seul avait apporté dans le monument féodal. Cette abbaye autrefois, sans autre défense que les larges épées et les haches d'armes brandies par les moines, avait vingt fois repoussé les attaques des Anglais et couvert le rivage de leurs corps; au XVI^e^ siècle, quand

[1] *Les poulaines* par lesquelles étaient autrefois entrés les gens de Montgommery.

[2] Le *petit* et le *grand tour des fous*.

[3] M^me^ de Genlis ajoute dans une note, que, de retour à Paris, elle et le duc de Chartres firent des démarches en faveur de ce prisonnier, mais qui restèrent sans effet.

toute la contrée était au pouvoir des calvinistes, elle avait résisté seule à leurs fortes armées, faisant de son rocher un écueil où venait toujours se briser leur conquête; et, au moment où nous sommes arrivés, elle ouvrit humblement ses portes devant un groupe de citoyens désarmés.

Elle ne pouvait même avoir la pensée de la résistance. Depuis longtemps le capitaine du roi et la garnison s'étaient retirés; l'abbé était gouverneur de la place en même temps que chef spirituel, et n'habitait pas même au couvent; les religieux qui formaient la communauté n'avaient jamais tenu que le missel et le rosaire. Voilà ce que tant de puissance était devenue; la vieille abbaye guerrière n'était pas plus imprenable que la grotte d'un ermite.

Dom Ganat, qui était toujours à la tête de la communauté, reçut les habitants d'Avranches et remit entre leurs mains tous ses prisonniers.

Là, comme dans beaucoup de prisons d'État, la mesure qui en brisait les portes n'était qu'une grande manifestation politique. Le peuple souverain arrivait trop tard; il n'eut pas le bonheur de saisir au cœur la barbare justice des rois, et de lui arracher les nombreux martyrs qu'elle faisait expirer lentement dans les cachots.

Les prisonniers du mont Saint-Michel, comme nous l'avons dit, étaient alors en petit nombre et ne connaissaient pas ces horribles entrailles du rocher, dans lesquelles avaient été suppliciés leurs devanciers.

Ceux de ces détenus dont on a conservé les noms dans les registres de l'abbaye sont le comte d'Espartei, M. de Villeneuve, Luketz, Stapleton, Olgivie et le sieur Barreau, le pauvre fou dont nous avons parlé; les autres restent inconnus.

Bien peu de jours avant la délivrance, un officier suisse, nommé Swartz, saisi de ce mal de la prison qui fait tant de victimes, s'était brisé la tête contre les murailles.

Les délégués du peuple rendirent ces captifs au monde, et placèrent quelques-uns d'entre eux qui se trouvaient infirmes ou malades dans des maisons de santé.

Les douze moines restèrent seuls dans l'abbaye, ayant pour demeure une citadelle entière, ses bastions et ses tours, une vaste basilique, des salles construites pour les rois et la foule de leurs chevaliers, des souterrains sans borne, des galeries à perte de vue. Cette enceinte devint comme un désert de murailles, dans lequel les cénobites étaient retirés.

Pour la première fois ce fut réellement une communauté et des religieux qui l'habitèrent, les pères bénédictins, privés de tous rapports avec les rois et de toutes fontions sociales, se livrèrent à leurs doctes études, à leurs exercices de piété.

La solitude porte conseil : dans ces longues méditations où se passaient leurs journées, les bénédictins comprirent la marche du monde, et la phase dans laquelle ils se trouvaient. Ils rompirent avec les traditions d'autorité absolue, qu'eux et leurs princes avaient pratiquées, et reconnurent les droits des autres classes à prendre un rang social à compter dans l'humanité. Ils se convertirent, à ce qu'on peut croire du moins, aux grandes vérités que la Révolution venait de proclamer.

Un jour, dom Ganat, dom Aurore, munis d'une décision signée par le chapitre, se rendirent à la municipalité d'Avranches, et, au nom de la communauté, offrirent au conseil de cette ville tous les objets précieux, en or et en argent, qui se trouvaient dans les trésors de l'abbaye, et ne servaient pas aux cérémonies du culte, comme don patriotique, affecté au soulagement des pauvres de la contrée.

Le prieur et le sous-prieur furent accueillis par des acclamations de reconnaissance; tout le monde sentait, et eux aussi, sans doute, que jamais les richesses des religieux, serviteurs du Christ, n'auraient été aussi bien employées qu'à secourir les malheureux. Le jour fut fixé pour livrer ces trésors, qui bientôt fondus en espèces, seraient répartis entre les pauvres. Les habitants de la ville, les bénissant de leur bienfait, reconduisirent les moines sur la route du mont Saint-Michel.

Cependant le temps se passa, et on ne vit revenir ni les religieux, ni leurs précieux joyaux.

C'est que dans l'intervalle, M. de Montmorency était arrivé au monastère. L'abbé grand seigneur était plus difficile à convertir aux sentiments de fraternité que ses moines; à la cour on ne prend pas d'aussi bons conseils qu'au désert. M. de Montmorency gardait jusqu'au dernier moment l'orgueil de son ordre; il voulait conserver ces joyaux antiques, l'honneur, la fortune du cloître, et qu'on avait osé juger *inutiles*. Il fit une scène violente au prieur, disant que le trésor était un dépôt sacré, que l'abbé avait toujours reçu de son prédécesseur et qu'il devait remettre à son successeur, intact ou augmenté, mais jamais amoindri. Il défendit qu'on y touchât pour la moindre parcelle, ajoutant que celui qui oserait le faire se rendrait coupable de sacrilége.

Puis il repartit, confiant comme aux plus beaux temps d'autorité en son ordre suprême.

Pendant ce temps-là, les moines avaient aussi réfléchi. Les nouvelles du dehors étaient effrayantes; il se préparait à ce qu'on devait croire une abolition entière des ordres monastiques; les religieux se voyaient bannis de leur asile, et sans aucun moyen d'existence, avec leur unique aptitude à célébrer l'office. Les moines de Saint-Michel, qui n'étaient après tout, ni des hommes trop arriérés, ni des patriotes exaltés, bien que persuadés des droits de la Révolution à changer toutes choses, songeaient à se conserver les moyens de vivre dans ce changement qui allait les atteindre. Pour cela, le trésor de l'église qu'ils se partageraient en partant formait leurs seules ressources, et ils consentaient volontiers à le garder.

Ils étaient dans ces dispositions lorsque cent cinquante hommes de la garde civile d'Avranches vinrent à l'abbaye.

L'officier, reçu dans le logis abbatial, dit au prieur que les demandes de la municipalité d'Avranches étant restées sans réponse, il venait réclamer le don patriotique, librement offert par la communauté du mont Saint-Michel, et accepté par la ville pour ses pauvres.

Le prieur, après avoir fait part de la décision contraire, ajouta :

—Mes frères et moi nous avions été conduits par les meilleures intentions; mais des représentations faites par notre illustre abbé, il résulte que nous avons agi inconsidérement, et dépassé de beaucoup notre faible pouvoir, en disposant d'un trésor dont nous ne sommes que les dépositaires. Et liés par l'obéissance, il ne nous reste plus qu'à rétracter ce que nous avons fait de contraire aux intentions de notre supérieur.

—Pour les affaires intérieures du couvent, mon révérend père, elles ne nous regardent en rien, répondit l'officier. Le don a été fait officiellement, accepté de même, les pauvres l'attendent, et il ne reste plus guère à votre communauté qu'à remplir loyalement sa promesse. La municipalité d'Avranches pouvait en revendiquer l'exécution par voie judiciaire; mais cela eût entraîné des longueurs; c'est pourquoi nous n'avons pris d'autre temps et d'autres formalités que de franchir la petite route qui nous amenait ici.

—Eh! bien, Monsieur, je m'exposerai encore, quoiqu'il y ait bien peu d'espoir de ce côté, à faire part de cette nouvelle démarche à notre seigneur l'abbé.

—Cette correspondance entraînerait du temps. Je viens de dire que nos pauvres attendaient; et ceux qui ont faim et froid ne peuvent attendre longtemps.

—Alors, je vais faire assembler le chapitre, et ce

sera lui qui décidera de ce que nous pouvons faire.

—C'est encore une peine inutile; car, que le chapitre prononçât oui ou non, le résultat serait le même. Nous n'avons pas fait quatre lieues dans les sables pour n'obtenir qu'une délibération. Et, si je suis chargé, mon révérend père, de vous présenter la requête de la municipalité très-respectueusement, je ne l'ai pas moins fait accompagner de cent cinquante baïonnettes.

Après ces mots il n'y avait qu'à obéir.

Le prieur conduisit l'officier à la sacristie, où les moines s'assemblèrent; les membres de la garde civique, tous bien mal armés de fusils de chasse et de sabres de fer, mais forts d'audace et de résolution, vinrent rejoindre leur chef; et tous ensemble on fit l'inventaire du trésor du monastère, pour ne placer dans le don patriotique, selon les conditions voulues, que les objets inutiles à la célébration du culte.

Lorsqu'on vit s'ouvrir les vantaux des vastes armoires, les soldats citoyens restèrent éblouis à l'aspect de tant de richesses. Il y avait-là des vases, des candélabres d'argent et d'or, des ornements, des joyaux de tous les temps et de tous les pays. Les dons des ducs et barons, pieux pénitents et riches suzerains, des opulentes châtelaines, allaient en se perfectionnant toujours pour le travail et la matière jusqu'aux offrandes des rois, qui possédaient toute la France, et faisaient des présents aussi grands et aussi riches qu'elle.

On pouvait juger quelle avait été la munificence des souverains envers ces moines en songeant que toutes les sommes d'argent avaient été englouties dans la caisse conventuelle, qu'il ne restait plus là que les joyaux, et qu'ils représentaient encore de telles valeurs.

Outre les ornements d'autel, les objets de parure avaient été tellement prodigués aux religieux du mont Saint-Michel, que Guillaume Destouteville, frère du capitaine Louis Destouteville qui défendit si bien la forteresse contre les huguenots, et premier abbé commendataire des bénédictins, étant mort à Rome, et ayant été revêtu dans une chapelle ardente de tous ses bijoux et pierreries, les chanoines de Sainte-Marie-Majeure le dépouillèrent avant de le descendre au caveau, et l'inhumèrent dans un simple linceul.

Le choix des richesses fut rigoureusement fait. Les délégués de la municipalité laissèrent à la sacristie tout ce qui pouvait servir au luxe des offices divins, et emportèrent les objets affectés à la table ou à la parure.

Au nombre de ces derniers, se trouvaient les anneaux d'or, les agrafes de diamants donnés par Charles VI, par Charles VII, la chaine d'or que Louis XI détacha de son cou à sa première visite à l'abbaye pour l'offrir aux moines, dont il voulait s'attirer le cœur par sa grâce souveraine, pour les rendre l'instrument de sa tyrannie.

Les délégués d'Avranches se retirèrent du mont Saint-Michel en emportant pour le poids de cent cinquante marcs en objets d'or et d'argent.

Cette invasion du peuple, se montrant en maître dans la citadelle monacale, fut le signal de sa ruine complète. Quelques mois après il n'en restait plus que les murailles. Les ordres religieux étaient dissous et devaient disparaître du sol de la France; ainsi les pères bénédictins se partagèrent les richesses du couvent, et allèrent se perdre dans le monde, avec cette foule de moines noirs et blancs, qui sans cesser d'exister disparurent au regard, comme les oiseaux de nuit dont on n'aperçoit plus l'ombre au matin.

# XIX.

## LA MAISON DE DÉTENTION.

Après dix siècles d'existence, le célèbre édifice du mont Saint-Michel pour la première fois était vide. L'esprit nouveau qui régénérait la France eût pu s'en servir pour ses institutions, et donner un heureux emploi à ces vastes et solides constructions qui demandaient à être utilisées.

On eût pu en faire de nombreux ateliers pour les ouvriers inoccupés de la province, une maison de refuge pour les vieillards, et pour ce grand nombre de malheureux travailleurs blessés sur la brèche de la muraille qu'ils construisent, ou dans l'usine où leur vie se consacre à l'utilité commune. Le sentiment d'humanité était l'encens qui eût purifié ce lieu maudit; l'existence conservée aux pauvres, aux infirmes, eût été opposée, dans une réparation généreuse, aux soupirs de souffrance et d'agonie exhalés dans ces murs par les victimes de la barbarie.

Mais la Révolution semblait plutôt avoir mission de détruire que de vivifier; un de ses éléments était la vengeance; beaucoup de ceux qui avaient été persécutés sentaient le besoin de persécuter à leur tour. Les fils des anciens détenus de la citadelle pensaient à se servir de l'affreuse geôle contre leurs oppresseurs; le peuple, pendant des siècles vassal de l'abbaye, était bien aise, quand il en était maître, de lui faire retourner ses armes contre elle-même.

Ensuite, cet édifice du mont Saint-Michel, au front sourcilleux et voilé de nuages, semblait dès son origine marqué pour une mission sinistre. Avec ses souterrains ouverts dans le rocher, ses murs garnis de fers et favorables à la compression, il reçut toujours dans ses somptueuses salles ceux qui, armés de la puissance du moment, aimaient à se rendre cruels à leurs semblables.

Triste destinée, qui rend son aspect désolant par les traces de la présence continuelle des bourreaux autant que des victimes.

Les anciens l'avaient bien appelé *mons tumba*.

En 1793, ce furent les chefs révolutionnaires qui ramenèrent des prisonniers dans son enceinte.

Ceux qui s'étaient montrés les plus énergiques ennemis du despotisme clérical, tombèrent dans les excès qu'ils avaient condamnés: la loi de l'incrédulité fut aussi intolérante que celle de la foi; elle voulut contraindre les prêtres du clergé français à prêter un serment civique qui était la négation de tous les dogmes longtemps professés par eux.

Les deux tiers à peu près des ecclésiastiques se révoltèrent contre cette obligation tyrannique, et furent partout persécutés. Les prisons durent servir à leur usage. Ainsi, à cette époque, les verroux et les grilles du mont Saint-Michel, depuis près de quatre ans déserts, furent en toute hâte réparés, et on amena dans la forteresse trois cent cinquante prêtres non assermentés qui, bien innocents à leur tour, prirent place dans ces cellules qu'avaient occupées tant de victimes du clergé.

Ces derniers captifs furent moins étroitement enfermés, car, grâce au ciel, le temps n'était plus aux basses-fosses et aux *in pace*; ils restèrent dans les loges du petit exil, ils sortirent tous les jours sur les plates-formes, mais une autre souffrance leur était réservée. Une affreuse disette régnait alors en France. Quoiqu'on eût dû avant tout assurer l'existence des prisonniers, qui meurent de l'oubli, comme les oiseaux en cage, les pauvres prêtres eurent beaucoup à souffrir d'une nourriture mauvaise, insuffisante, et une mortalité terrible se déclara parmi eux.

Elle eut d'autant plus de force que les ecclésiastiques enfermés là étaient ceux, qu'à cause de leur grand âge ou de leurs infirmités, on n'avait pu déporter.

Il se fit encore sentir pour les prisonniers un autre genre de supplice. Les rats, de tout temps très-nombreux à l'abbaye, pendant quatre années de solitude, y avaient rendu leur population souveraine; et, le nombre en eux suppléant à la force, ils y restaient réellement maîtres.

Il y avait entre eux et les nouveaux habitants une guerre incessante. Quelques-uns des prisonniers, outre le contact de ces animaux immondes, avaient eu cruellement à souffrir de leurs morsures; depuis ce temps ils détruisaient autant qu'ils le pouvaient l'ennemi par le fer et le poison. De plus, dans les cellules où étaient plusieurs détenus, l'un d'eux veillait toujours comme dans une place assiégée, pour défendre ses compagnons d'attaques imprévues.

Les rats étaient ainsi repoussés lorsqu'ils s'en vengèrent d'une terrible manière.

La rigueur dont on usait envers les prêtres prisonniers avait été jusqu'à leur enlever leur bréviaire. Un d'eux, M. Bréard, d'Avranches, était pourtant parvenu à dérober aux recherches des geôliers ce livre précieux. C'était pour lui un trésor au partage duquel il appelait tous ses compagnons d'infortune ; et, comme les gardiens s'occupaient peu de leurs pensionnaires, qu'ils fussent sur les plates-formes ou dans leur chambre, l'unique exemplaire passait tour à tour aux mains de chacun d'eux, si bien qu'à la fin de la journée tous les prêtres avaient dit leur bréviaire.

Un jour, pour leur malheur, celui d'entre eux qui le tenait, s'endormit en le lisant à la tombée de la nuit, devant la fenêtre de sa tour. Quand il s'éveilla, il ne restait plus rien dans sa main; et les rats amassés à ses pieds achevaient de dévorer le livre saint, dont il ne restait que le fermoir.

Après avoir vu s'accomplir cet acte de voracité, le plus cruel de tous ceux qu'ils avaient eu à subir, les pauvres prêtres furent toujours privés de la douce et sainte consolation de leur bréviaire.

Dès que les agents de l'autorité révolutionnaire eurent pris poste dans l'ancienne abbaye, ils nommèrent par réaction le sol sur lequel elle s'appuyait le *mont Michel*; puis, choisissant celle des tours de l'édifice qui avait le plus bel air, ils l'appelèrent *la tour de la liberté*.

Le mont, placé sous cette invocation nouvelle, appela à lui les ennemis de la Révolution, et trouva dans sa moderne divinité peu de force pour le défendre.

La guerre civile avait éclaté dans la Bretagne, dans la Vendée. Un corps de cavalerie de l'armée royaliste passa sur les côtes où s'élève le sombre rocher, et après quelque résistance, réussit à s'en emparer. Pendant cet instant de passage au mont Saint-Michel, l'officier offrit à ce qui restait des pauvres prêtres prisonniers de leur rendre la liberté, et de les conduire dans les provinces qui tenaient encore pour l'ancien gouvernement français.

Tous refusèrent; soit qu'à cet âge ils fussent effrayés des chances de la guerre; soit que pour leur conscience timorée une fuite parût renfermer quelque aveu de culpabilité. Ils restèrent dans leur triste prison, dont ils devinrent alors les habitants volontaires.

L'abbaye languit quelque temps dans cette morne situation, avec ses bâtiments monastiques et ses fortifications à demi abandonnées, dont un pauvre geôlier était le seul gouverneur. Ce fut dans cet intervalle que moururent au mont Saint-Michel l'abbé Cousin, docteur en Sorbonne et auteur d'un ouvrage estimé sur l'histoire de l'Avranchin, puis dom Dufour, dernier professeur du monastère, et dom Curton, son dernier cellerier, qui étaient revenus y prendre asile.

L'empire vint rétablir les prisons d'Etat.

Un décret du 6 juin 1811, qui restaura ailleurs les anciens donjons, ne donna pourtant au mont Saint-Michel que le titre de maison centrale de détention et de correction, qu'elle porte encore aujourd'hui.

Pendant cette phase, la forteresse renferma en même temps des criminels et des prisonniers d'Etat. Le cachet que lui imprimaient les bandits retenus dans ces murs inspira ces lignes à un poète[1] :

> On dit que de ce mont l'archange tutélaire
> Laissa tomber ces mots du céleste séjour :
> « Mont que j'avais paré d'un rayon de ma gloire,
> « Sur ton sommet ingrat mon culte est de l'histoire ;
> « Adieu..... l'ange déchu sur toi règne à son tour. »

Les prisonniers d'Etat, séparés des autres pensionnaires, occupaient le grand et le petit exil, c'est-à-dire les parties inférieures et voûtées de l'ancien logis abbatial. Parmi eux on compta plusieurs officiers des armées françaises, entre autres le fils du général Cartaux, trois généraux russes, prisonniers de guerre, puis des chefs du parti royaliste, Chastenay, Lemoine et Laboullie.

Sous la Restauration, l'édifice du mont Saint-Michel prit encore une nouvelle face : s'il était dans sa destinée de se montrer toujours comme un des lieux les plus sinistres du monde, cette époque fut peut-être celle où il se revêtit des plus sombres horreurs.

Tout le passé reparaissait en France : le régime cruel des anciens temps revenait au mont Saint-Michel, et il y régnait seul, car le calme et la majesté du cloître n'étaient plus là pour voiler et tempérer son affreux aspect.

La terrible prison renaissait dans l'abbaye.

On voyait trôner dans les salles d'honneur les brutes et féroces gardiens, seuls maîtres de ce séjour; ils parcouraient hideux et sombres toutes les parties du monument, leur trousseau de clefs à la main. Les prisonniers ne recevaient plus dans leurs cachots la visite de quelques-uns de ces bons moines que renfermait parfois le monastère, tels que le sous-prieur dont la céleste bonté veillait près du malheureux Dubourg. La religion ne leur apportait plus quelques instants de relâche à leur souffrance ; ils étaient privés de cette unique source de consolation ; car, religieux ou incrédules, ces offices auxquels il leur était permis d'assister, ce confesseur qui venait d'entretenir avec eux, étaient toujours une immense douceur pour les prisonniers; si ce n'était Dieu, c'était toujours la vie humaine.

Ce fut surtout à cette époque que le mont Saint-Michel, en tout temps redouté en France au-dessus des autres lieux de détention, prit la réputation de la plus épouvantable prison.

Il y avait là tout l'arsenal des geôles; des fers de toutes les formes, de toutes les dimensions, applicables à toutes les parties du corps, avec vis, écroux, ressorts, mécanisme de toute sorte, pour que la chaîne qui retenait le captif fût en même temps une source de douleurs. Garrotté avec ces instruments, le corps bandé de fer, appliqué sur la peau nue, et pénétrant souvent dans les chairs, le patient était descendu dans le cachot, attaché à une chaîne scellée dans le mur, sans siége, sans paille, et ne recevant de nourriture que du pain de son et de l'eau.

Les gardiens étaient choisis parmi les animaux des geôles les plus féroces. Pour la plus légère faute, parfois pour des torts involontaires, ils ajoutaient les coups de fouet aux souffrances du cachot ; ils frappaient à tout propos les prisonniers de leurs trousseaux de clefs; ils les enfonçaient à coup de talons dans les profondeurs des escaliers quand ils ne descendaient pas assez vite.

Les détenus devaient par grâce se promener une heure par jour. Quand à demi-vêtus, tremblant de froid, ils reculaient à l'entrée de ces plates-formes, à l'air glacé, parfois envahies de torrents de pluie, ou

[1] J. Travers.

cherchaient un abri sous les créneaux de quelque bastion, les gardiens les lançaient avec violence au-dehors, et les accablaient de coups jusqu'à ce qu'ils y demeurassent.

On connaît ce fait de trois détenus de Poissy qui, devant être transférés au mont Saint-Michel, firent effraction à la porte du commis comptable, au tiroir de son bureau, prirent un cachet et un paquet de plumes, et laissèrent saisir sur eux ces objets. Ils durent après cela paraître devant la cour d'assises de Versailles ; et là, le Code en main, ils forcèrent pour ainsi dire leurs juges à les condamner aux galères, pour vol avec effraction, afin d'être soustraits ainsi à l'affreuse Bastille de Normandie[1].

Ce fut précisément à cette époque de rigueur excessive, sous la Restauration, que les prisonniers politiques prirent la place des prisonniers d'Etat au mont Saint-Michel. Plusieurs écrivains libéraux, et des inculpés de tout genre dans l'opposition faite à la maison des Bourbons, y furent enfermés.

Ces détentions amenèrent un singulier rapprochement.

Babœuf, le fils du célèbre conventionnel, était dans la Bastille de l'Océan. Sans partager entièrement les doctrines égalitaires de son père, qui le premier professa le communisme en France, Babœuf avait des idées très-prononcées sur les droits des hommes à devenir libres et égaux. Il donna toujours des preuves de cette énergie, de cette fermeté de caractère extrêmes qu'il avait montrées dès l'enfance.

Le jeune Emile Babœuf était âgé de douze ans lorsque son père, recueillant l'héritage des plus effrénés exagérateurs de la Révolution que l'échafaud venait d'emporter, prêchait avec un ardent fanatisme les doctrines des libertés publiques. Son journal intitulé *le Tribun du Peuple*, et un club fondé par lui sous le nom de *Société du Panthéon*, étaient particulièrement destinés à propager un système de *bonheur commun*, qu'il croyait devoir se fonder sur une civilisation nouvelle dans laquelle la terre, non partagée, appartiendrait également à tous les hommes.

Mêlé de bonne heure à cette existence orageuse, Emile suivait partout son père, se glissait avec lui dans la nuit, au sein des sombres retraites, des caveaux, dans lesquels les sociétaires se réunissaient depuis que le décret du Directoire les avait condamnés comme anarchistes à la peine de mort. Il écoutait, il recueillait tout avec une attention et une intelligence au-dessus de son âge; sa jeune âme s'enfiévrait au souffle des passions politiques ; son caractère d'ardent patriote se développait rapidement, et comme en serre chaude, au sein de ces bouillantes assemblées populaires.

Plus que tout autre, l'enfant applaudit lorsque la Société, pourchassée de toute part, insaisissable et toujours menaçante, jura de retourner contre lui-même l'arme du Directoire, et de frapper de mort ceux qui l'avaient condamnée.

Les conjurés avaient gagné à leur cause la légion de police dont le gouvernement les entourait, ils s'étaient arrêtés à un projet de soulèvement général du peuple, dont le signal serait donné par les leurs aux douze communes de Paris, et pour lequel ils s'étaient assuré le concours des troupes du camp de Grenelle, lorsque trahi par Grisel, capitaine d'une de ces compagnies, ils furent cernés et arrêtés la veille même du jour fixé pour l'attaque.

Le jeune Emile s'attacha encore aux pas de son père, envoyé avec les autres chefs des conjurés devant la haute cour de Vendôme ; il s'établit dans la ville et obtint de communiquer quelquefois avec le plus inculpé des prisonniers.

Il pouvait de plus le voir tous les jours à l'audience, où les conjurés entraient et sortaient en chantant *la Marseillaise*, et se faisaient suivre de leurs femmes et de leurs enfants.

Le retentissement du procès était immense. Pendant les débats même, il s'était manifesté à Paris un mouvement dans le même sens que celui imprimé par Babœuf, et où de nouveaux disciples semblaient vouloir soutenir après lui ses doctrines et poursuivre son but.

Le jour du jugement à Vendôme fut donc d'une grande solennité et attira une foule innombrable. Comme on avait entendu parler d'échafaud et de déportation, on ne prévoyait pas quelle peine frapperait les conjurés, et on attendait avec une anxiété palpitante d'entendre tomber les paroles qui disposeraient de leur destinée.

Babœuf et Darthé furent condamnés à mort, les six autres chefs à être déportés.

A l'instant même où l'arrêt fatal était porté, Emile s'élança du sein de la foule, écarta les gendarmes, arriva jusqu'à son père, et lui tendit un poignard, dont il se frappa au cœur d'une main si ferme qu'il tomba mort dans le prétoire.

L'enfant de douze ans, qui avait accompli cet acte de courage, en devenant homme, ne renia jamais les doctrines de sa première jeunesse. Aussi, après de longues persécutions subies sous l'Empire, il avait été envoyé par la Restauration au mont Saint-Michel.

En même temps que lui, s'y trouvait le pauvre Mathurin Bruno dont on connaît la vie. Elevé par des ouvriers sabotiers dans la pensée qu'il n'était point leur fils, mais celui de Louis XVI, enlevé du Temple, il avait promené de ville en ville cette singulière hypothèse, d'après laquelle il réclamait quelques-uns des bénéfices de sa naissance. Ecroué dans les prisons, tourmenté par les tribunaux, choyé par les dévotes, accablé de friandises par les vieilles dames, qui voyaient en lui leur prince légitime, il était enfin venu dans la Bastille de Normandie, où tout l'oubliait, l'ironie du monde et ses faveurs.

Ces deux prisonniers du même âge, Emile Babœuf et Mathurin Bruno, s'étaient liés ; l'un apôtre de l'égalité suprême, l'autre représentant du droit divin; mais réunis sous les verrous où il n'y a plus ni peuple ni souverain. Souvent ils mangeaient ensemble leurs maigres coquillages, assis contre le parapet du *Saut Gauthier*, et discouraient en bons camarades.

—Comment as-tu pu désirer le métier de roi, mon pauvre ami, disait Babœuf, quand tu aurais pu vivre si honnête et si heureux dans celui de sabotier ?

—Je ne méprise pas l'état de mes parents adoptifs, répondit Bruno, mais il doit y avoir aussi des agréments dans l'autre, puisqu'on a toujours dit *heureux comme un roi*, et qu'il faut en croire les dictons, qui sont le témoignage universel et la sagesse des nations.

—Regarde le monde, reprenait Emile en étendant la main vers l'espace des côtes hérissées, des masses de brumes, un Océan aride, de pauvres barques toujours prêtes à naufrager : il ne vaut pas la peine qu'on désire de le posséder.

—Quand on le voit du mont Saint-Michel.

—Ailleurs, il y a autant de brouillards dans les esprits, de glace dans les âmes qu'on en voit sur ce rivage ; le sol, pour le plus grand nombre, est aussi aride que ces grèves, l'existence aussi agitée, aussi incertaine que ces pauvres barques, jouets des flots.

—Parce que vous avez tout bouleversé, ton père et toi, par vos doctrines insensées.

—Etait-on mieux sous tes pères, à toi, les souverains absolus ?

—Tu veux que tous les hommes soient égaux en raison et en bonheur ; c'est impossible.

—Tu veux bien, toi, qu'ils te reconnaissent tous pour leur maître.

[1] Garnier-Pagès.

Les gardes nationaux d'Avranches viennent chercher les vases sacrés et autres objets de luxe.

—Cela du moins s'est vu autrefois, et se verrait encore, si on ne m'avait pas cru mort au Temple.

—Il n'y aurait plus autour de toi qu'une religion forcée et apparente pour la royauté, et tu ne serais aux Tuileries qu'un fantôme des anciens rois, comme ton oncle qui tient ta place... j'aimerais mieux le sort de ces pauvres marchands de coques, qui nous vendent nos coquillages; ils sont au moins sûrs d'être encore marchands de coques demain.

—Je n'ai jamais eu beaucoup d'ambition, tu le sais bien. Je demandais seulement qu'on voulût bien entendre mes raisons et juger tranquillement mon affaire, comme s'il s'agissait du plus simple bourgeois. J'ai bien prouvé que j'avais été au Temple, en donnant la description exacte de la tour dans laquelle j'étais enfermé; et si on veut la voir on jugera que je n'en ai pas imposé.

—Pauvre prince, tu ne connais pas mieux tes Etats! le Temple est renversé.

—Cela ne leur fait pas grand tort à mes Etats...; le Temple était un triste séjour que j'ai été fort heureux de quitter, lorsque, pendant que Simon était malade, des amis m'ont enlevé. C'est ce que je voulais être admis à prouver. Mais tous ces gens de justice, au lieu de m'aider à m'expliquer comme s'ils avaient voulu vraiment connaître la vérité, ne cherchaient qu'à me troubler et dénaturer le sens de mes paroles.

—Ils avaient tort; les princes ne sont pas maintenant si forts qu'un de plus soit à dédaigner.

—Le meilleur eût été assurément de m'entendre avec ma famille. Avec ma blouse et mes sabots, je ne pouvais me présenter aux Tuileries, ni même dans la maison de campagne de Versailles; je n'en ai jamais approché; mais j'ai fait demander à mon oncle Louis XVIII, à ma sœur la Dauphine, de me voir un moment, où ils voudraient. Il paraît que cela les a mis fort en colère. Ils pensaient sans doute que je prétendais prendre leur place, tandis qu'en conscience, je ne désirais que faire reconnaître ma naissance, et recevoir une pension qui me mît à même de ne pas faire déshonneur à la famille.

—Douze ou quinze cents francs de rente... pour tenir ton rang de prince.

—A peu près.

—Pauvre héritier du trône!... En attendant, tiens, prends ma place sous les créneaux de la tour... il pleut, et tu seras un peu abrité.

—Tu vois bien que nous faisons de la royauté.

—C'est singulier... mes coques ne valent rien.

—Prends la moitié des miennes.

—Tu vois bien que nous faisons de l'égalité.

C'était à peu près ainsi que commençaient et finissaient tous leurs entretiens.

Le pauvre artisan, qui avait apporté avec lui sur ce rocher sa naissance illusoire, sa grandeur chimérique, mourut sur la paille de la prison. Emile Babœuf en sortit quelques années après. En se rappelant la naïveté, la profonde ignorance de son compagnon d'infortune, il disait souvent que sans doute Mathurin Bruno n'était pas Louis XVII, mais qu'assurément il croyait l'être.

Pour lui, en reprenant dans le monde une existence obscure, il resta toujours fidèle à ses principes d'émancipation universelle, poursuivant ainsi un rêve qui fuyait toujours devant lui, comme devant Mathurin la couronne de France!

A cette même époque était au mont Saint-Michel un prisonnier dont la mémoire plus que celle de tout autre est restée parmi les habitants du mont.

C'était le conventionnel Lecarpentier.

Cet homme, d'un mérite rare, vivait dans une

Paris. — Imp. de LEY aîne, boulevart Montparnasse, 81.

Colombat et le squelette.

honnête et laborieuse obscurité lorsque le choix du peuple vint le porter à la Convention. Il fit partie de ceux qui prononcèrent le jugement de Louis XVI. Ensuite, appelé à diverses fonctions administratives, envoyé dans plusieurs provinces de la France, où il exerçait un pouvoir absolu, il porta partout des mœurs simples et sévères, une haute probité, un caractère intègre et religieux. Il rentra ensuite dans ses foyers, aussi pauvre qu'il en était parti, après avoir disposé de sommes énormes, et n'ayant rien gagné que l'estime de ceux dont il était connu.

A la Restauration, il fut exilé comme tous les membres de l'Assemblée qui avaient voté la mort du roi. Il choisit pour son séjour l'île de Gersey, d'où on aperçoit encore les côtes de France. Cet aspect lointain, loin de le consoler, en entretenant en lui l'amour de la patrie, augmentait ses regrets. Au bout de quatre années, Lecarpentier espérant qu'on l'aurait oublié, s'embarqua, et voulut gagner la petite maison où il était né pour y vivre en secret.

Mais dès son arrivée, il fut arrêté comme un malfaiteur en rupture de ban, et traduit devant la cour d'assises de la Manche, dans cette même contrée où l'estime publique l'avait autrefois nommé à la représentation.

Accusé avec la violence et l'âpreté que les procureurs de la royauté déployaient alors contre les prévenus politiques, le digne Lecarpentier fut défendu avec la même énergie, mais des inspirations plus nobles, par un jeune avocat, nommé Dudouyt, qui, sans craindre de compromettre son avenir par cette opposition au pouvoir, vint offrir à son vénérable concitoyen de défendre sa cause.

Mais, dans de telles circonstances, le procès était illusoire, et le jugement connu d'avance. Lecarpentier fut condamné à la déportation, dont le nom alors figurait dans les lois, mais dont la peine était toujours commuée en celle de détention perpétuelle; ainsi on l'envoya dans la vieille abbaye du mont Saint-Michel.

La résignation, cette vertu formée de fermeté et de douceur d'âme, ne se démentit pas en lui. Pendant neuf années, il vécut dans cette prison au milieu des voleurs, des faussaires, des assassins, retiré de leur contact à force de supériorité morale, et enfermé dans son noble caractère comme un sage dans sa retraite.

Peu après son arrivée, ses sentiments religieux lui attirèrent les sympathies de l'aumônier; le vieux conventionnel se trouva bientôt lié avec l'ecclésiastique; et souvent ce fut lui qui l'assista dans le service de la messe. Ce devait être un spectacle fait pour exciter le sourire et l'attendrissement, de voir ce vieillard, avec la terrible dénomination qui pesait sur lui, agenouillé en desservant au pied de l'autel.

Cette fonction lui suggéra l'idée de s'en donner une autre. Sa bonté attirait à lui les enfants de la maison; dès qu'il faisait un pas, ce petit monde l'entourait, non par intérêt, car il n'avait rien à donner, mais pour recevoir quelques caresses de l'homme doux et vénérable; il se voyait donc sans cesse au milieu de cette jeune génération. Alors, il se mit à enseigner à quelques enfants à lire, à écrire, puis le catéchisme. Le goût de ses leçons se répandit, et il devint le maître d'école de toute la geôle.

Quand à l'heure fixée, au milieu de la journée, la sonnette du père Lecarpentier résonnait, on voyait arriver de partout, grimpant les escaliers, courant sur les plates-formes, tous ces petits êtres, les seuls gais, insouciants et riants dans les lugubres murailles. La classe se tenait; les chants, les rires, les jeux, les éclats de voix argentines qu l'entremêlaient perçaient les barreaux, résonnaient sous les sombres voûtes. Et ce fut assurément au bon vieux conventionnel qu'on dut les seuls rayons de joie qui aient jamais pénétré dans l'affreuse citadelle.

Ces occupations, et un petit emploi que le directeur lui avait donné au greffe, rendaient la prison supportable au vieillard, qui y apportait le calme serein de son caractère.

Mais c'était encore pour lui trop de bonheur sur la terre.

« Les dénonciations de la haine, dit Fulgence Girard, l'arrachèrent en 1828, pour le peu de jours qu'il avait encore à souffrir, aux adoucissements que lui avait offerts cette humble position. L'ancien législateur, le citoyen dévoué, l'honnête homme, fut courbé sous le régime des voleurs.

» Ce redoublement de rigueur fut pour lui le coup suprême. Il ne devait pas voir la Révolution de 1830 ; ce n'était pas la main du peuple qui devait briser ses chaînes; c'était celle de la mort; il succomba le 7 janvier 1829.

» Sa tête, conservée à l'abbaye, présente un beau front et le développement phrénologique le plus régulier; cette enveloppe du principal siége de l'âme atteste bien l'harmonieux épanouissement du cerveau d'un sage. »

Mais les souvenirs du vénérable Lecarpentier sont restés ailleurs que dans ces froids débris : aujourd'hui, beaucoup de pauvres habitants du mont Saint-Michel, arrivés à l'âge mûr, en lisant l'Evangile au retour de la pêche, en tenant les comptes de leur petit commerce, en faisant eux-mêmes le catéchisme à leurs enfants, songent que c'est du bon conventionnel qu'ils tiennent leur humble science.

## XX.

### LES PRISONNIERS DE 1830.

Tous les régimes successifs envoyaient leurs vaincus au mont Saint-Michel, se débarrassaient de leurs contestations, de leurs querelles en jetant ceux qui les suscitaient dans cet abîme de murailles.

Tandis que tout change, se renouvelle ailleurs, qu'une éternelle mobilité alterne de jours de fêtes et d'espérance les temps de pénibles crises, mêle la vie humaine de douleurs et de joie, c'était toujours la tristesse et l'angoisse dans l'antique abbaye, où on ne savait que gémir, et qui était comme un temple à la souffrance perpétuelle.

La royauté de 1830 était venue. La destinée de la bastille occidentale est sans doute bien forte, car celui qui, étant duc de Chartres, avait témoigné tant d'horreur pour ses cachots, dès qu'il fut roi, les désigna pour enfermer ses adversaires.

Le républicanisme et le bonapartisme étaient devenus des crimes; la fidélité aux princes de droit divin, ce sentiment pour lequel naguère on n'avait pas assez de louanges, pas assez de décorations et de gratifications, méritait alors la prison. Tout ce qui n'appartenait pas à l'opinion mixte établie aux Tuileries devait être au Mont-Saint-Michel.

Les légitimistes arrivèrent les premiers. Parmi eux, on remarquait M. de Lahoussaye. C'était un blond et pâle jeune homme, né pour la vie la plus paisible. Il était au séminaire lorsqu'il apprit la chute du trône des Bourbons, et les efforts que la duchesse de Berry tentait encore en Vendée pour le relever. Il savait qu'on doit secours à ses alliés ; et comme le trône est l'allié de l'autel, il pensa devoir quitter le poste du sanctuaire pour celui du camp guerrier. S'évadant une nuit du séminaire, il choisit l'uniforme qui devait paraître le moins lourd en quittant la soutane, et il alla se ranger parmi les défenseurs du jeune prince.

Il se passa bien peu de temps avant qu'il fût vaincu, arrêté, jugé et enfermé au mont Saint-Michel.

A l'expiration de sa peine, il retourna aux ordres religieux. Il lui était facile de faire compter sa captivité pour des années de séminaire, d'autant mieux qu'en revenant de guerroyer dans les genets il avait repris tranquillement ses études scolastiques. Aussi, peu de temps après sa mise en liberté, il fut reçu prêtre.

Il y avait une certaine analogie entre lui et l'un de ses compagnons d'infortune, légitimiste aussi.

M. Chadeyston, ancien officier des troupes royalistes, était attiré vers le cloître, non par amour de Dieu, mais par haine des hommes. Profond misanthrope, il descendait pourtant par ses opinions de ces chevaliers français qui l'étaient si peu. Il combattit vaillamment pour la défense du prince légitime; ensuite, quand le sort de la guerre l'eut jeté au mont Saint-Michel, la prison fut un bienfait pour lui; son esprit sombre, exalté, y trouvait toute la solitude dont il était avide. A la fin de ses années de captivité, effrayé de rentrer dans un monde détesté, il entra dans le couvent des trappistes et y finit sa vie.

Les funestes journées de juin 1832 vinrent donner à la prison du mont Saint-Michel sa population républicaine.

Elle était formée de quelques-uns des débris du sanglant combat du cloître Saint-Méry désignés pour cette forteresse. C'étaient Colombat, Blondeau, Lepage, Jeanne, Prosper.

Ils vinrent habiter les tours situées du côté méridional de la monumentale prison.

En ce moment, la détention des prisonniers politique était peu rigoureuse. Après une révolution faite au nom des principes libéraux, l'opinion publique veillait sur eux. A la fin de 1831, le gouvernement avait songé à faire de quelqu'une des possessions éloignées de la France un lieu de déportation, particulièrement destiné aux vaincus des guerres civiles. Une vive opposition s'était élevée à la tribune nationale, et on avait ajourné ce dessein. Les prisonniers du pouvoir régnant, placés dans la catégorie des déportés, devaient donc subir leur peine dans une prison d'État. Celle du mont Saint-Michel avait une si terrible renommée, que les journaux de l'opposition, les orateurs de la gauche demandèrent à l'autorité compte de ce choix.

Le ministère, pour faire cesser ces réclamations, fut obligé d'écrire au directeur du mont Saint-Michel en lui enjoignant de séparer les détenus politiques des bandits enfermés dans la maison centrale, de leur donner un régime particulier et de réclamer de leur loyauté une lettre attestant que ces mesures étaient exécutées, et qu'ils ne subissaient pas dans cette bastille isolée, soustraite à tous les regards, une captivité trop humiliante et trop cruelle.

On se conforma à ces instructions, et légitimistes et républicains, signèrent une attestation des procédés convenables dont on usait envers eux.

Cet état de choses dura peu.

Mais pendant ces premiers temps, lorsqu'une espèce d'entente cordiale régnait entre l'administration et ses pensionnaires, il se présenta pour ces derniers une occasion de se montrer dignes des égards, qu'on avait pour eux.

Les prisonniers civils, voleurs, faussaires, meurtriers et autres, qui étaient en grand nombre au mont Saint-Michel, comme tous les habitants de ce séjour en prirent un dégoût extrême, et se décidèrent à en sortir.

La magnifique basilique de l'abbaye, si fière de ses admirables sculptures, et qui avait étalé tant de pompe religieuse quand des rois venaient s'agenouiller à ses autels, était alors convertie en ateliers où se tressaient des chapeaux de paille.

Les détenus civils étaient une partie de la journée occupés à ce travail; assis sur des escabeaux, entre des piles de chapeaux et d'énormes tas de paille.

Un d'eux y mit le feu.

En une minute la nef entière s'embrasa; il sortit par ses ogives des torrents de flammes. Ces tourbillons, chargés de brins de paille allumés et promenés par le vent, semblaient faits exprès pour semer l'incendie par tout l'édifice.

Les employés, les gardiens, les soldats du poste furent obligés de courir tous ensemble au secours des bâtiments.

C'était ce que les prisonniers de la maison centrale attendaient. S'étant glissés par les différentes issues de la nef, ils se tenaient réunis et serrés ensemble sur la plate-forme.

Quand on alla leur ordonner de rentrer dans des cellules éloignées du centre du feu, leurs figures sinistres, éclairées des rouges lueurs de l'incendie, prirent une expression d'arrogance féroce; ils injurièrent leurs gardiens, déclarèrent qu'ils étaient décidés à sortir; et, à l'instant, brandissant leurs robustes poings devant eux pour renverser tout ce qui s'opposerait à leur passage, ils s'élancèrent vers les différentes issues de la prison pour disséminer les gardiens armés qu'on leur opposerait, et avoir moins de forces à combattre.

Chacun d'eux, arrivé à l'une des premières portes, réunit tous ses efforts pour la franchir.

L'un saisit une sentinelle, la renversa, passa sur son corps, et avec la baïonnette du fusil qu'il lui avait arrachée, essayait de faire sauter la serrure. L'autre de ses bras nerveux avait déjà descellé un barreau de fer d'une fenêtre basse, et se disposait à la traverser. Un troisième abattait à grands coups de pierre une poterne par laquelle il prétendait descendre sur la grève. Plusieurs luttaient avec leurs gardiens.

Pendant ce temps-là le bâtiment brûlait toujours.

Les employés de la prison abandonnaient les secours portés contre le sinistre pour courir sur les traces des bandits prêts à fuir. Puis, rappelés par les cris de ceux qui étaient restés dans l'intérieur, ils lâchaient leurs rudes adversaires pour courir éteindre le feu. Tout le monde se précipitait à la fois; les têtes se perdaient; les cris d'alarme se mêlaient aux jurements, aux blasphèmes. C'était un tumulte tel que l'antique prison n'en avait jamais connu.

Tout cela cependant ne dura que quelques minutes.

Dès que les détenus politiques, la tête collée aux barreaux de leur cellule, virent la situation effrayante dans laquelle se trouvait l'autorité, ils allèrent se mettre à la disposition du directeur, et se chargèrent d'éteindre l'incendie tandis que tous les soldats de la garnison combattraient les tentatives d'évasion des bandits. Ils engagèrent leur parole d'honneur de ne pas chercher à sortir, quoi qu'il arrivât, pendant tout le temps que durerait le danger.

Il est inutile de dire que les combattants du cloître Saint-Méry, outre leur énergie de résolution, étaient armés d'une force physique peu commune. Plus adroits et plus intelligents aussi que les jeunes soldats des postes, ils organisèrent les pompes qui se trouvaient alors à l'abbaye, et les firent parvenir des profondes citernes creusées dans une partie du cloître jusqu'aux abords de la basilique enflammée.

Leur ardeur, leur courage, le besoin d'activité comprimé en eux depuis quelque temps et qui trouvait à se satisfaire, triomphèrent de tous les obstacles. En quelques moments ils se rendirent maîtres du feu, tandis que les forces de la maison, employées d'un autre côté, avaient fait rentrer dans le devoir les prisonniers révoltés.

Après les dernières flammes éteintes, ils remirent au directeur les clés qui leur avaient été confiées pour pénétrer dans les diverses parties des bâtiments, et rentrèrent dans leur cellule.

Pendant l'incendie et lorsqu'ils étaient prisonniers sur parole, ils n'avaient pas donné accès dans leur esprit à la moindre pensée de fuite. Mais ce temps passé, il ne leur était pas défendu d'y songer.

Cette préoccupation constante d'évasion est providentielle dans la prison, où elle offre le seul sujet possible aux projets d'avenir, sans lesquels l'homme ne peut vivre. L'histoire des captifs qui sont parvenus à franchir leurs murailles, sans cesse répétée dans les cellules, fait flotter sous les sombres voûtes, autour du triste poêle qui en réunit les habitants, ces rêves séduisants de l'imagination qui amènent à des retours sur soi-même.

Comme la trêve venait d'expirer, entre les détenus et l'autorité à laquelle ils voulaient se soustraire, et lorsque les sourds combats pouvaient recommencer, Colombat trouva dans la galerie qui conduisait de l'église à sa chambre un grand clou, en forme de ciseau, et long à peu près de dix pouces.

Ce vieux morceau de fer rouillé n'eût pas été ramassé pour en faire un outil par le plus pauvre ouvrier; un soldat, accoutumé à d'autres armes, l'eût repoussé du pied, mais pour un prisonnier le moindre objet à une indicible valeur.

Et nous allons voir ce que Colombat fit de son clou rouillé!

## XXI.

### VOYAGE A TRAVERS LES MURAILLES.

Colombat, fait prisonnier après les journées de juin 1832, était un jeune peintre plein de talent et d'avenir, qui avait abandonné sa précieuse carrière pour se livrer aux orages révolutionnaires à la suite desquels il était jeté sur le mont Saint-Michel. Il partageait une chambre basse du sombre édifice avec le jeune Lepage et Blondeau, ce dernier beaucoup plus âgé que ses deux compagnons d'infortune, mais lié avec eux de la plus étroite amitié.

Seul avec les deux prisonniers, Colombat se hâta de leur montrer sa trouvaille, qu'ils regardèrent d'abord avec une dédaigneuse indifférence.

—Veux-tu faire de ceci une lance pour attaquer en preux chevalier toute la garnison? dit Lepage en retournant entre ses doigts le vieux morceau de fer.

—Veux-tu en faire un levier pour renverser les murailles de la forteresse? dit Blondeau en prenant à son tour le gros clou.

—Il n'y a pas besoin de combattre la garnison si on peut sortir d'ici sans sa permission, répondit Colombat; il n'est pas nécessaire de renverser les murailles si on peut seulement s'y frayer une porte de sortie.

—Pauvre ami! reprit Blondeau, il te faudrait vingt-quatre heures pour enlever une de ces pierres d'assise, et comme il ne s'en passe pas six sans que l'un ou l'autre gardien vienne ici, tu serais assurément dérangé au commencement de ton ouvrage.

—Et quand tu parviendrais à t'ouvrir ici un beau portail de quatre pieds carrés, ajouta Lepage, comment arriverais-tu au chemin de ronde, qui est à cent trente pieds au-dessous de nous? sans compter que tu y arriverais bien en vain; car là, il te faudrait escalader les murailles à la barbe des sentinelles dont les fusils sont chargés, puis je ne sais combien d'autres remparts, bastions et fossés, pour n'aboutir après tout qu'au beau milieu de la ville du mont Saint-Michel, dont les habitants t'arrêteraient.

—Vous avez parfaitement raison, répondit Colombat; il n'est pas un de ces obstacles qui ne soit aussi infranchissable que vous le dites. Mais je me suis promis de me servir de ce clou, trouvé sur mon chemin pour essayer de conquérir la liberté; et je veux avant tout me tenir parole à moi-même.

Le jeune homme examina alors pour la première fois avec attention le logis où il se trouvait, pour savoir de quel côté il commencerait l'attaque des murailles. La chambre qu'occupaient les trois prisonniers était séparée du mur extérieur de la forteresse par un petit cabinet sombre, rempli d'objets de rebut. Ce cabinet ne recevait de jour que par la porte du mur de refend qui le séparait de la chambre, et restait toujours aussi obscur qu'encombré.

Sans avoir aucun projet arrêté, mais ne pouvant en aucune manière travailler dans la première pièce, où les gardiens entraient sans cesse et apercevaient de suite la dégradation causée par le clou, Colombat s'amusa à fouiller le sol du cabinet.

Il n'y avait là que des planches faciles à rompre; il enleva d'abord l'une d'elles de manière à la remettre à volonté; puis il creusa les matériaux qui se trouvaient au-dessous. C'était seulement de la terre rapportée et mêlée de graviers. Le clou en enlevait autant qu'on voulait; sous sa large pointe le sol se creusait à vue d'œil. Mais au bout d'un instant, il se trouva que l'instrument n'avait que trop bien travaillé; il avait enlevé un gros tas de terre et de plâtres, qu'on ne saurait comment faire disparaître.

Les trois amis, après avoir longtemps cherché un expédient, remplirent leurs poches de ces matériaux, et le lendemain, à l'heure de la promenade, ils les jetèrent par-dessus le parapet. Cette opération se continua les jours suivants; mais elle offrait souvent des difficultés sous les regards des gardiens, et Colombat était forcé de mener le travail bien lentement.

Dans ces circonstances, le captif dût plutôt chercher les moyens de faire disparaître la terre enlevée que de prolonger l'ouverture, qui se pratiquait avec facilité.

Il avait remarqué en marchant sur le plancher de la chambre qu'en certaines parties il rendait un son creux. Comme il ne venait jamais aucun bruit de cet endroit, on devait le supposer inhabité. Colombat pensa qu'en pratiquant une ouverture dans le mur qui séparait le trou ouvert par lui de cet espace inconnu, il pourrait y jeter les décombres, et qu'ainsi le travail en serait plus rapide et plus facile.

Ses efforts se tournèrent donc de ce côté; mais le mur de refend était plus solide qu'il ne l'avait imaginé; ensuite dans la profondeur où il était arrivé, il était plus difficile de travailler et même de se mouvoir.

Il lui fallut plusieurs jours pour pratiquer une ouverture suffisante.

Enfin il parvint à l'accomplir; le clou qui agissait toujours avec force ne trouva plus d'obstacle et tourna dans le vide. A cet instant même, une odeur fétide, insupportable, s'exhala de ce lieu inconnu. Le travailleur recula d'abord malgré lui; mais bientôt reprenant courage il approcha sa lumière de l'orifice. La flamme vacilla et s'abaissa sous l'air chargé de miasmes méphitiques, et les ténèbres de l'espace souterrain ne furent pas éclaircies de la moindre lueur.

Le captif vit qu'il faudrait descendre dans ce lieu pour en reconnaître l'intérieur et s'assurer que personne n'y entrait jamais. Il regagna donc sa chambre, et les jours suivants il se mit à fabriquer une corde, assez longue, assez solide, pour qu'elle pût le conduire dans la sombre profondeur. Quand ce travail, dans lequel ses amis l'aidèrent, fut terminé, il redescendit dans le conduit pratiqué par lui, qui le conduisit à l'entrée de l'espèce de caverne régnant au-dessous de sa chambre.

Au moment d'y pénétrer, l'odeur putride qui venait le saisir, les épaisses ténèbres qui s'étendaient devant lui, lui causèrent une impression indicible de répulsion et de vague terreur. Le captif, en exposant au dernier point sa vie pour recouvrer la liberté, a moins besoin de courage qu'il n'en fallut au jeune homme pour affronter ce repoussant abime.

Colombat attacha sa corde à un bâton qu'il mit en travers de l'ouverture faite dans le mur de refend; il fixa une chandelle allumée à son chapeau à la manière des mineurs, et descendit.

Ses pieds sentirent le sol; il lâcha la corde; il prit sa lumière et avança lentement. L'atmosphère infectée et ténébreuse étouffait tellement le luminaire que le voyageur de ces cavités ne distinguait rien que quelques pas en avant; il lui fallait une résolution extraordinaire pour faire un seul mouvement dans ce souterrain où pouvaient être percés des puits, des chausses-trapes, dans cet abîme cachant peut-être des abîmes plus profonds encore.

Mais un sujet d'épouvante plus grand lui était réservé. Dans le cercle de pâle blancheur que répandait sa lumière, un squelette se dressa tout-à-coup devant lui. Il frissonna et laissa échapper un cri d'effroi. Cependant, comme la stupeur le retenait immobile, il put voir que la funeste apparition qui, sous l'ondulation de la flamme, lui avait paru se soulever, demeurait fixée à sa place.

La première surprise de l'imagination dissipée, le jeune homme reconnut que ces ossements encore entiers étaient les restes d'un prisonnier qui était mort enchaîné à la muraille, et dont les fers, immuables comme la mort, retenaient encore presque debout les débris de la victime.

Il était facile alors à Colombat de reconnaître l'endroit où il était; il parcourait une de ces horribles *oubliettes* où on jetait les victimes livrées à une mort lente. Le sol qu'il aperçut était couvert de crânes, d'ossements, les uns encore blanchâtres, les autres noircis et tombant en poussière. Ainsi, on ne déblayait jamais ces caveaux; le prisonnier qui y arrivait vivant, en trouvant sous ses pieds ces débris humains, sentait ce qu'il allait devenir lui-même.

Le jeune homme reprit le passage par lequel il était descendu, et revint pâle d'épouvante auprès de ses compagnons.

La triste prison devint plus répulsive encore aux détenus lorsqu'ils surent que cette chambre où ils étaient enfermés touchait par le plancher à ces affreuses cavités. Un orifice avait dû exister autrefois à la voûte de l'*oubliette* pour y servir d'entrée; et c'était sans doute dans cette partie où la maçonnerie se trouvait moins épaisse que les planches de leur chambre rendaient un son creux. Ils seraient désormais condamnés à se sentir toujours, éveillés ou endormis, à quelques pas de ces hideuses dépouilles des morts.

Cependant, Colombat dans son excursion avait acquis la certitude de pouvoir jeter sans danger les décombres provenant de ses travaux de percement dans le caveau habité seulement par les squelettes humains; et il recommença à travailler sans relâche.

Pendant toutes les heures où il pouvait espérer de n'être pas surpris par les gardiens, le grand clou mis en œuvre par son bras vigoureux rongeait la maçonnerie d'abord dans des matériaux empreints d'une humidité visqueuse qui cédaient assez facilement, ensuite dans des pierres, qui, ayant subi une plus longue pression, devenaient plus dures à trouer, mais s'ouvraient cependant sous son infatigable ardeur.

Lorsque le jeune peintre, maintenant rude ouvrier, fut arrivé à une profondeur de quatre mètres, le clou commença à éprouver une résistance invincible. Il en conclut qu'il avait atteint le roc qui sert de base aux constructions de la forteresse, et que le moment était venu de pratiquer une ouverture au mur extérieur.

C'était là une des plus grandes difficultés de l'entreprise; car ces murailles, d'une extrême épaisseur, sont aussi d'une solidité puissante. Mais à mesure que les travaux avançaient, l'espérance du succès se faisait aussi mieux sentir, et elle amenait avec elle des forces nouvelles, un courage extraordinaire. Ainsi, après de longs efforts, le prisonnier descella une pierre énorme, puis une seconde; et alors un point de lumière pénétra tout à coup dans la fosse où il travaillait. Le clou, enfoncé dans un interstice laissé entre deux pierres, était arrivé à l'extérieur.

Il continua à dégrader la muraille en largeur, de manière à y former une ouverture où pût passer son corps, mais sans pousser plus loin dans la profondeur. A cet endroit, il laissa une mince étendue de pierre, pouvant être renversée en un moment, mais jusque-là conservant l'aspect du mur tout-à-fait intact au dehors.

Le passage était ouvert, il ne fallait plus que l'escalier pour en descendre.

Le prisonnier se mit donc à allonger la corde dont il s'était déjà servi, et à force de temps et de persévérance il la fit arriver à une dimension d'environ trente-cinq mètres. Après cela il avait épuisé toutes ses ressources, et force lui fut de la terminer là à tout hasard.

Après avoir fait tout ce qu'il était humainement possible, Colombat cacha la corde, mit tout en ordre dans le cabinet noir et attendit.

Il lui fallait une nuit favorable, une nuit sans lune, sombre, pluvieuse, et où la marée fût basse. Cette réunion de circonstances était difficile à obtenir, surtout au mois de juin où on se trouvait; et cependant à mesure que le temps s'écoulait, la fiévreuse impatience du prisonnier à recouvrer la liberté, à en tenter au moins l'entreprise, redoublait, lui brûlait le sang, le faisait délirer.

Il avait souvent proposé à ses deux compagnons de captivité de tenter avec lui les chances de délivrance; tous deux avaient refusé Ils ne connaissaient cependant aucune crainte, et eussent donné la moitié de leur vie pour être en liberté; mais ils jugeaient le moyen d'évasion impossible, et ne devant aboutir qu'à se faire envoyer une balle dans le corps, à se briser les os sur le rocher, où, dans le meilleur cas, à se faire jeter dans une cellule de correction, avec les fers aux mains et aux pieds. Il était donc décidé que Colombat partirait seul.

Vers le milieu de juin, où les préparatifs s'étaient terminés, la lune avait commencé à paraître; il fallait attendre qu'elle eût rendu la terre à l'obscurité des nuits; le jeune artiste qui n'avait jamais regardé le ciel avec une attention si palpitante, trouvait que les astres étaient bien lents à y tracer leur course.

Le 24 juin, la lune ne devait plus montrer vers la fin de la nuit qu'un étroit croissant; mais il avait été arrêté que Colombat attendrait sa disparition entière pour partir. Cependant la marée serait basse cette nuit-là; la pluie commençait; le temps couvert de tous côtés annonçait que cette pluie serait longue; et Blondeau remarquait que son jeune ami, plus pâle, plus agité que jamais, ne mangeait pas, se levait, marchait à chaque instant. et regardait au dehors avec des yeux remplis d'une exaltation ardente.

Vers dix heures, Lepage, comptant toujours qu'il n'arriverait rien avant le dernier quartier de lune fini, était allé se coucher et dormait profondément. Blondeau voulait veiller jusqu'à ce qu'il eût vu Colombat se mettre au lit; mais celui-ci restait immobile devant la table sur laquelle il était accoudé. Tous deux demeurèrent longtemps ainsi en silence.

Vers le milieu de la nuit, le vieillard vit Colombat tirer de la place où il reposait le paquet de cordes, dégager des objets qui la couvraient l'ouverture frayée par lui.

—C'est donc bien décidé! dit-il en tendant la main au jeune homme.

—Viens avec moi, répondit Colombat: il en est temps encore.

—Il s'agit de descendre au moins de cent trente pieds de hauteur pour arriver seulement au chemin de ronde, reprit Blondeau; il s'agit d'escalader ensuite d'autres murailles, et de courir comme le vent sur la grève. Et j'ai soixante ans! Les blessures du cloître Saint-Méry engourdissent mes membres et glacent mon sang bien plus encore que les années! Je serais souvent forcé de rester en arrière; tu ne voudrais pas m'abandonner, et ma présence te nuirait. Sans cela, j'aurais du plaisir à te dire: Je ne crois pas au succès de l'entreprise, mais je pars avec toi; nous serons sauvés ou nous mourrons ensemble.

—Digne ami!... c'est donc un adieu que je vais te dire.

—Si tu attendais encore... au moins la nuit prochaine.

—Je ne pourrais pas vivre jusque-là... Dès que la ronde de minuit sera passée, il faut que je parte.

—Minuit... c'est l'heure où la lune va se lever.

—Ecoute.

Un vent violent sifflait sous les arceaux de la vieille abbaye; la pluie fouettait ses murailles, et de hautes gargouilles tombaient en cascade sur les plombs du cloître, qui rendaient un clapotement sourd.

Ce temps affreux fit sourire les prisonniers.

—Mais es-tu bien sûr d'avoir pris toutes les précautions possibles? dit encore Blondeau. Voyons, espères-tu toi-même?

—Dans une entreprise semblable, répondit le jeune homme, il y a toujours une large part pour le hasard. Je suis sûr de trois choses comme les ayant parfaitement à mon service: c'est l'agilité, le sang-froid, le courage. Tout le reste m'est inconnu. Je ne sais pas où répond le passage ouvert dans le mur; il est possible que je vienne sauter à deux pas d'une sentinelle, ou que je lui tombe sur le dos. Je ne sais pas si les remparts sont possibles à escalader, ni si avant cela quelque habitant du Mont ou quelque pêcheur ne sera pas atteint d'un moment d'insomnie tout exprès pour m'apercevoir et me perdre.

—Mais ensuite, une fois sur la grève, n'auras-tu pas encore pour ennemis les sables mouvants, dans lesquels tu peux t'égarer?

—Pour cela, fiez-vous à la présence d'esprit et à l'instinct du fugitif qui cherche la liberté... Si je puis mettre le pied sur le rivage, j'aurai bientôt gagné la côte bretonne, où sont pour moi des amis sûrs et une retraite impénétrable.

Minuit sonna au fort airain du clocher.

Presqu'au même instant les pas pesants des soldats retentirent dans le chemin de ronde, puis allèrent en s'atténuant, et tout rentra dans le silence.

—Maintenant adieu! dit Colombat en serrant son vieux frère d'armes dans ses bras.

—Adieu, ami! et que Dieu te garde! dit Blondeau.

Et il s'assit en pleurant à la place que le jeune homme venait de quitter.

Colombat se glissa dans le passage souterrain qu'il avait pratiqué avec tant de peine. Le grand clou, son trésor et son unique secours, était toujours avec lui; il acheva de percer le peu qu'il restait encore du mur, sans laisser tomber aucun éclat de pierre au dehors, ce qui eût pu éveiller l'attention des sentinelles.

Cela fait, il plaça, comme lorsqu'il avait voulu descendre dans les oubliettes, le bâton en travers de l'ouverture du mur. La corde était attachée au milieu et tombant en dehors. Le fugitif, les mains garnies de gants de peau mouillée, se laissa glisser le long de ce soutien.

La descente s'opéra bien d'abord; quelques nœuds

placés de distance en distance permirent au jeune homme de faire de courtes haltes, et de prêter l'oreille au bruit de la nuit. Les rafales du vent d'ouest, le mugissement élevé des vagues grondaient toujours et remplissaient l'étendue; ce bruit eût pu couvrir bien plus que le faible frôlement du fugitif contre le mur, qui ne se faisait guère plus entendre que celui d'une aile d'oiseau... Mais tout à coup, le danger l'enveloppa d'une manière épouvantable. Il sentit que sa corde allait finir; il restait suspendu dans les airs, bien loin encore du sol. Et pour surcroît de terreur, à vingt pieds de lui résonnait le pas d'une sentinelle.

Colombat cependant ne s'était pas flatté en vain de trouver en lui sang-froid et courage. Il réunit toutes ses forces pour se cramponner à la corde et y attendre le moment favorable.

Heureusement, quelques secondes ne s'étaient pas écoulées lorsqu'une lueur, apparaissant dans le fond du chemin, annonça une ronde d'officiers qui se faisaient précéder d'une lanterne. Le factionnaire s'éloigna de la guérite, allant de quelques pas à la rencontre des chefs.

Le soldat cria : *Qui vive?*

Le temps que dura ce mot lancé, le bruit qu'il fit résonner, suffirent à l'agile jeune homme pour sauter à terre. Il se laissa tomber de vingt pieds de hauteur! Et sa chute ne le brisa pas, et il ne fut pas entendu!

Cependant, quoique meurtri du coup, il n'avait pas une seconde à perdre, car la ronde d'officiers arrivait à l'endroit où il se trouvait. Il savait que d'énormes anfractuosités s'ouvraient dans l'escarpement du rocher; cherchant rapidement de ses mains glissées contre les parois, il eut le bonheur de trouver une de ces cavités; il s'y blottit rapidement, et, grâce à l'épaisseur de la nuit, la ronde passa devant lui sans l'apercevoir.

Il fallait ensuite sortir au plus vite de ce chemin si dangereux, et pour cela escalader le mur d'enceinte. Colombat prit encore le bienheureux clou, il s'en fit un point d'appui en l'enfonçant entre les pierres et y attachant ses mains, tandis que ses pieds se posaient sur les aspérités formées par la dégradation de ces vieilles murailles. Arrivé au sommet, il se servit à peu près des mêmes moyens pour redescendre de l'autre côté, et se trouva dans un des petits jardins de la ville.

Là, les murs qui fermaient ces étroits enclos ajoutés les uns aux autres, n'étaient qu'un jeu auprès des obstacles que le fugitif avait surmontés; il bondit sur ces faibles barrières avec la légèreté d'un chevreau lancé sur les rochers.

Dans une des petites rues les plus désertes de la ville, il trouva la maison de Mme Lepage, qui habitait le mont Saint-Michel pour être près de son mari. Il est inutile de dire qu'il y fut reçu en ami bien cher. Il n'y resta cependant que le temps de changer de vêtements pour être moins facilement reconnu, de prendre avec lui une gourde de vin pour le reste du voyage, et se hâta de mettre à profit les dernières heures de la nuit.

Les dangers étaient bien loin pourtant d'avoir disparu. Colombat se trouvait encore sur la terre où s'étendait l'ombre de la formidable citadelle, à la portée de ses chaînes, au milieu de tous les hommes dont le devoir serait de l'arrêter.

Il gagna précipitamment les remparts. C'était là que la plus rude épreuve l'attendait. Sur ces remparts, du côté des grèves, sont des poutres, penchées en forme de grues et garnies de poulies et de cordes qui servent à hisser dans la ville toutes sortes de provisions, difficiles à y faire entrer par une autre voie. Colombat comptait descendre par l'un de ces câbles. En effet, il s'y suspendit et se laissa glisser.

Mais ce soutien, de même que la corde tissée par lui qui flottait encore à cette heure contre le mur de la prison, ne put le conduire jusqu'à terre. Les yeux du jeune homme, maintenant faits à l'obscurité, distinguaient les objets à la moindre lueur nocturne qui glissait entre les nuages. Il aperçut le sol à une distance effrayante au-dessous de lui, et ce n'était plus la terre détrempée par la pluie du chemin de ronde, mais les rudes galets du rivage!

Cependant, il fallait perdre le fruit de tant d'efforts, de courage, il fallait rentrer dans la prison ou risquer sa vie à cette place!

A cette pensée, il lâcha la corde et alla tomber sur les larges pierres.

La chute fut terrible; mais la Providence fit un miracle pour le pauvre fugitif: après avoir ainsi roulé sur le rivage, il s'y retrouva vivant.

L'espace libre s'ouvrait alors devant lui; il se releva pour gagner du terrain le plus rapidement possible, et, sans s'apercevoir de la fatigue, des meurtrissures accumulées dans le périlleux trajet, il se mit à courir sur la grève. Le succès l'enivrait; l'orgueil, la joie d'avoir accompli la meilleure partie de son audacieuse entreprise le trempait de forces nouvelles, faisaient couler du feu dans ses veines.

Pourtant, il aurait pu penser n'avoir quitté la prison que pour un abîme plus affreux encore. La pluie tombait lourde et serrée, et se mêlait de l'écume des vagues que la violence du vent apportait jusque-là; les ténèbres étaient compactes, remplies d'eau, uniformément noires de tous côtés; la marée, qui revenait à grands pas poussée par l'ouragan, jetait sur la grève des mugissements épouvantables; cette force menaçante semblait vouloir le repousser sous les murs de la prison; à droite, la plaine coupée de courants d'eau, de fondrières, avait des sables plus dangereux encore que ces gouffres, parce que les pieds y enfonçaient, y restaient enchaînés, pénétrant toujours plus avant dans cette tombe perfide. Et la nuit couvrait tous ces précipices des eaux et ceux des sables!

Mais Colombat avançait, les cheveux au vent, aspirant l'air à longs traits, le cœur palpitant d'espoir, il répétait :

— O mes forces, mon assurance, mon courage! mes bons compagnons de voyage, vous m'avez déjà aidé dans bien des dangers, vous m'arracherez encore de ce mauvais pas!

Et il plongeait dans les ténèbres, il bondissait sur les sables, les rochers, n'ayant rien pour le guider, si ce n'est qu'en prenant le rivage méridional de l'abbaye, et en allant le plus droit possible devant lui, il devait gagner la Bretagne. Il courait toujours plus rapidement, l'âme toujours plus enivrée de palpitant espoir.

Les sentiments du jeune peintre ne le trompèrent pas; il vit se lever le jour du 25 juin en liberté.

La Bretagne lui offrit un abri sûr, dans lequel il passa le temps nécessaire pour que les recherches actives dont il devait être l'objet dans les premiers moments de son évasion ne pussent l'atteindre. Ensuite, il eut encore le bonheur de trouver un bateau pêcheur qui le conduisit sans nouveaux dangers à l'île de Jersey. Une fois sur la terre d'Angleterre, il n'eut enfin plus rien à redouter du pouvoir qu'il avait si vaillamment combattu.

Jamais évasion plus audacieuse n'avait eu un plus complet succès. Il ne restait à Colombat qu'à s'établir dans l'île anglaise. Le jeune artiste avait fait de la poésie sur la toile, où autrefois s'exerçait son pinceau, puis dans le cloître Saint-Mery avec les majestueuses horreurs de la guerre, puis dans l'antique abbaye par sa fuite merveilleuse; mais alors, il n'y avait plus moyen de faire de la poésie pour s'établir et vivre.

Colombat éleva une petite hôtellerie qui s'agrandit peu à peu. Peut-être cette profession n'était-elle pas aussi en opposition avec sa nature qu'on pourrait le croire; peut-être l'ancien prisonnier du mont Saint-

Michel trouvait-il un charme particulier dans le mouvement de l'île, dans le passage continuel des voyageurs qui vont et viennent au gré de leur envie; c'était une constante image de la liberté toujours placée sous ses yeux.

Ce qui est plus certain, c'est que les compatriotes du réfugié français trouvèrent toujours dans sa maison une gratuite et cordiale hospitalité.

## XXII.

### LA PRISON CELLULAIRE.

Le 17 juillet 1839, à cinq heures du matin, deux voitures partaient de la prison municipale d'Avranches, escortées de la gendarmerie du lieu et roulaient vers la plage du mont Saint-Michel.

En même temps de grands préparatifs se faisaient dans l'antique forteresse. Cette masse de rochers, ancien séjour du despotisme féodal, semée de tant de fers, trouée de tant de cachots, usée par tant de générations de captifs, après avoir été fermée et abandonnée pendant la Révolution, allait voir renaître pour un temps sa terrible puissance répressive.

Dans les bâtiments du midi de nombreux ouvriers réparaient les lézardes faites aux murailles du XIVe siècle, renouvellaient ou affermissaient les barreaux de fer des lucarnes, tandis que les employés de la maison apportaient le mobilier de ses cellules.

Au sommet des constructions septentrionales, on rouvrait les portes des loges de correction situées sous les combles du côté de la mer; et dans les basses-fosses de l'édifice, les gardiens les plus experts visitaient les chaînes scellées aux murailles, les verroux, les serrures, afin que ces sombres profondeurs longtemps désertes se trouvassent en état d'être habitées de nouveau.

Dès le matin aussi la garnison se trouvait sous les armes.

A sept heures les voitures d'Avranches arrivèrent et déposèrent quatre prisonniers sur le seuil. Ils franchirent cette entrée, la plus sinistre de toutes celles des prisons d'Europe, d'un pas calme et ferme, ils traversèrent la salle des gardes où le poste était rangé sous les armes et gagnèrent les antiques constructions destinées à les recevoir.

Ces détenus étaient Armand Barbès, Martin Bernard, Delsade et Austen.

Nous ne parlerons de ces hommes, si connus dans les troubles civils, que comme prisonniers du mont Saint-Michel; l'histoire de la bastille occidentale est notre terrain, les détails qui concernent ses hôtes doivent être rapportés indépendamment des événements qui remplirent la carrière de ces habitants du Mont, avant et après leur séjour dans ce lieu.

A l'époque de leur arrivée tout était bien changé dans la prison d'État.

Après l'évasion de Colombat on avait cru nécessaire de resserrer la captivité des autres détenus. Depuis, de nouveaux soulèvements ayant éclaté à Paris, les mesures de répression envers les insurgés étaient devenues plus sévères; le monde alors laissait dans l'oubli ceux qui étaient séquestrés loin de lui, et l'autorité n'était plus gênée dans ses rigueurs.

Le directeur, l'aumônier et presque tout le personnel de la prison avait été renouvelé. A des hommes doués d'humanité avaient succédé MM. Theurrier, Lecourt et autres; sous le ministère de M. Thiers le régime cellulaire, l'isolement complet des détenus avait été appliqué à la prison d'État.

C'était à cette séquestration absolue qu'étaient condamnés Barbès, Bernard et leurs compagnons.

Pendant la route, quelles que fussent du reste leurs préoccupations, ils n'avaient été absorbés que par l'aspect étrange et grandiose du rivage.

« Nous étions en chemin depuis une demi-heure, dit Martin Bernard dans le récit de sa captivité; un soleil pâle et mélancolique commençait à projeter ses lueurs sur l'horizon, lorsqu'au détour d'un coteau qui masquait la perspective nous fûmes soudain frappés d'une gigantesque apparition. Le mont Saint-Michel s'offrait à nos regards.

« Pour moi, oubliant que j'étais enchaîné et qu'un avenir entier de captivité m'attendait derrière ces aériennes murailles, je ne fus accessible qu'à un seul sentiment, celui de l'admiration.

« Cette perspective nous fut bientôt enlevée par les accidents de terrain, pour nous être rendue pendant une grande partie de la route, mais surtout au hameau appelé *la Rive*, qui borde la grève. Là notre admiration ne fit que grandir, car c'est à partir de ce lieu seulement que le fantastique édifice qui couronne le rocher se dessine dans toute sa grandeur architecturale. »

Mais, lorsqu'après avoir passé par le greffe et subi toutes les formalités de l'écrou, les nouveaux venus furent conduits chacun séparément dans une cellule donnant sur la grève, la révélation de l'isolement dans lequel ils allaient vivre parvint à leur âme avec toutes ses tristesses.

En effet, ils ne se revirent plus et chacun d'eux ne put que longtemps après et avec beaucoup de peine connaître la situation du logement de ses amis.

Le règlement de la prison, d'une extrême rigidité, contenait entre autres les prescriptions suivantes :

« Interdiction aux détenus d'échanger un mot avec leur gardien en dehors des besoins du service.

« Défense à eux de parler haut ou de faire entendre le moindre chant.

« Leurs plus proches parents ne pourront pénétrer près d'eux sans une autorisation spéciale du ministre.

« Toutes les lettres reçues ou écrites par les détenus passeront sous les yeux du directeur.

« Il leur est interdit, dans les visites qu'ils recevront sous les yeux d'un gardien, de parler en aucune façon de l'administration de la maison et des mesures dont ils sont l'objet. »

Chaque jour un de leurs gardiens venait les prendre pour les mener à la promenade. Au-delà des corridors, des escaliers de granit, des voûtes sombres, ils arrivaient *au Cloître*, où, à travers ces légères et admirables colonnades dont nous avons parlé, la vue plongeait sur l'embouchure de la baie de Cancale, à la perspective immense, semée des voiles des bâtiments pêcheurs, des bandes d'oiseaux marins, des nuages changeants sous les jeux de la lumière.

Peu après le nombre des détenus politiques augmenta. Auguste Blanqui, Guillemain, Martin Noël, Dubourdieu, Rondil et autres, presque tous jeunes hommes de vingt à vingt-cinq ans, arrivèrent dans la forteresse.

En dépit de toutes les précautions dont ils étaient entourés, l'horreur de la solitude et l'amitié qui les attiraient les uns vers les autres inspirèrent aux détenus quelques moyens de correspondre.

Les premiers messagers furent les plats d'étain qui servaient à leur repas. Étant retournés, ils recevaient quelques mots gravés avec la pointe du couteau, et allaient au hasard trouver un autre prisonnier, auquel ils portaient les pensées et l'initiale de celui dont ils quittaient la cellule.

Plus tard la correspondance se régularisa.

Ayant reconnu qu'il se trouvait à vingt marches au-dessus de la cellule de Barbès, Martin Bernard, après avoir longtemps employé toutes les ressour-

Les détenus après 1830.

ces de son intelligence à se procurer la capture d'un bout de ficelle, attacha un soir un billet à ce précieux conducteur, et le fit descendre devant la lucarne garnie d'une double grille du cabanon inférieur. Le billet fut bientôt saisi, et le fil, qui redescendit le lendemain soir, ramena avec lui un nouveau billet qui cette fois voyageait de la lucarne basse à celle qui régnait au-dessus.

Ce moyen de correspondance une fois trouvé se propagea bientôt, grâce à la disposition des lieux, dans plusieurs autres cabanons; et les prisonniers placés si près les uns des autres purent enfin apprendre qu'ils existaient encore et avaient toujours en eux espoir et courage.

Une partie des cellules se dérobaient cependant par la situation de leur lucarne au passage des fils messagers. Mais un des détenus qui habitait ces dernières vit un jour un papier descendre par sa cheminée. Dans un indicible bonheur il se hâta de le lire, puis de mettre sa réponse à la place, et la lettre s'élança comme une flamme blanche par le sombre conduit.

Il y avait heureusement dans toutes les chambres de ces cheminées qui, ruinées, à demi démolies, communiquaient les unes dans les autres. Elles avaient d'abord favorisé l'échange de quelques paroles entre les détenus, qui se servaient de ces vieux trous enfumés comme de porte-voix, et maintenant elles se trouvaient affectées à la correspondance. Ainsi souvent de précieuses lettres allaient d'un prisonnier à l'autre, en dedans ou en dehors de la muraille; on nommait cela au mont Saint-Michel *les hirondelles*.

Ces pensées, ces expressions affectueuses émanées de l'âme des pauvres captifs, venaient bien, en effet, comme les oiseaux dont elles portaient le nom, d'un espace supérieur jusqu'au triste point du sol où les détenus étaient enchaînés.

Bientôt quelques-uns d'entre eux étendirent ces voies de communication. Ainsi Blanqui, parlant à un de ses amis du dehors d'un manuscrit de celui-ci qu'il avait fait parvenir à ses compagnons de captivité, écrivait :

« J'ai pu communiquer ton travail à Martin et à Barbès. Le tuyau de poêle de Martin aboutit dans ma cheminée, bien que ma chambre soit assez éloignée de la sienne; je me hisse dans ma cheminée comme les ramoneurs et je puis causer avec lui, le tuyau de poêle nous servant de cornet acoustique et de porte-voix. Je lui ai passé le mémoire par cette voie et il a pu, lui, par l'intermédiaire d'un autre camarade et des moyens semblables, le faire passer à Barbès. »

Il y avait donc dans l'intérieur de la prison tout un monde de relations à part et toute une petite société constituée, grâce à ces messages qui volaient par la fenêtre ou la cheminée.

Ces rapports qui venaient par instant réunir les prisonniers étaient d'une douceur impossible à exprimer et, pour nous, presque impossible à comprendre; d'abord parce que dans la vie commune on ne saurait se faire une idée des souffrances de l'éternelle solitude, ensuite parce qu'en prison on s'aime d'une amitié qui n'existe peut-être que là.

L'affection est alors la seule joie de ce monde où l'homme puisse encore atteindre. Elle repose, elle soulage le prisonnier des malédictions qu'il est sans cesse entraîné à donner à ses geôliers. Puis l'uniformité des existences en prison fait de votre voisin de captivité un autre vous-même; vous savez qu'il pense en même temps, à la même heure, aux mêmes choses que vous; vous savez qu'il a eu les

La femme du détenu Guilmain et le Pêcheur.

mêmes tribulations que vous dans la journée, et, comme vous, les attend encore pour le lendemain. C'est une communion éternelle dans la souffrance.

Il y avait aussi pour les prisonniers un autre moyen, non de rompre leur solitude, mais de la tromper. Dans leur pose habituelle, qui était de se tenir debout, le visage collé à la grille de la lucarne et les yeux errants sur la grève, par ce mouvement naturel qui nous fait chercher pour le regard le plus d'espace possible, ce qu'ils voyaient ordinairement étaient les oiseaux rasant de l'aile le sable de la plage ou s'ébattant sur les rochers. Ne pouvant aller les rejoindre ils tâchèrent de les appeler à eux. Quelques-uns des détenus purent se procurer des moineaux, les autres des pigeons, quelques-uns des poules. Ces petits êtres vivants venant manger les miettes de leur repas, figuraient dans leurs cellules des compagnons fidèles et affectueux. Martin Bernard, plus difficile sans doute pour ses relations, désira bien longtemps un écureuil qu'il ne put se procurer. Si les captifs appréciaient vivement l'amitié de ces petits animaux, étrangers comme eux à la forteresse, il est probable que le plus dépourvu d'entre eux ne chercha jamais à apprivoiser les rats qui se trouvaient en abondance sous sa main; ceux-ci avaient toujours habité en maîtres la prison et devaient inspirer une sorte de terreur comme les autorités du lieu.

Mais ces faibles distractions étaient impuissantes à combattre l'influence du régime cellulaire, où l'âme est à l'étroit comme le corps, et où les souffrances de l'une et de l'autre viennent se joindre pour apporter dans l'être des perturbations mortelles.

Staube était, au récit des gardiens, le plus calme, le plus résigné des prisonniers; et un jour on le trouva mort dans sa chambre, où il s'était frappé à l'aide d'un rasoir caché sur lui.

Austen, jeune Polonais, doué d'une beauté qui avait attiré sur lui l'attention à la Cour des Pairs, devint fou.

La compression eut sur les captifs des effets plus cruels encore.

La vie, au mont Saint-Michel, était d'une lugubre monotonie. Un éternel silence régnait dans cette immense enceinte de murailles, où les détenus n'échangeaient parfois que des paroles assez basses pour qu'aucun écho ne les répétât, où les gardiens, d'après le règlement, avaient pris l'habitude d'un mutisme complet avec les prisonniers. Aucun bruit du dehors ne venait non plus interrompre cette morne taciturnité: car les mugissements des eaux et des vents étaient si continuels, qu'ils semblaient l'état naturel de l'atmosphère. Les coups des heures qui tombaient du clocher ruiné, n'amenaient que le grincement de fer d'une clé dans une serrure, à la porte de celui des prisonniers qui sortait. Ces hommes, qui passaient seuls et en silence dans ce dédale de voûtes sombres, qui, épars dans ces murailles, se croisaient sans jamais se rencontrer, ressemblaient à des ombres errantes dans cet édifice des siècles passés. Et rien ne changeait dans cet ordre de la réclusion cellulaire; c'était la régularité dans la douleur, le calme dans l'abîme.

Le besoin d'activité, de mouvement, d'émotions, le besoin d'existence enfin, toujours refoulé dans de jeunes hommes ardents et vigoureux, s'amassa, s'enflamma dans leur sein, et éclata plusieurs fois en révolte terrible.

Des scènes affreuses ensanglantèrent les pierres du vieil édifice; le bruit des chaînes et des gémissements humains retentit sous les voûtes des cachots;

sur un point de la France, les horreurs des temps barbares reparurent. Martin Noël, Roudil, Barbès furent plusieurs fois près de la mort.

Nous sommes forcé de passer sous silence ces lugubres journées, qui laissèrent une haine à mort entre les détenus et quelques-uns de leurs gardiens, et nous rapporterons seulement un incident d'une nuance bien différente qui les suivit.

L'hiver était venu; la grève, plus désertė que jamais, n'offrait aux prisonniers que les sables couverts de brouillards, sans lointain et sans ciel. Cependant ils étaient forcés d'en considérer le tableau toute la journée. Il fumait horriblement dans les cellules, et ce n'était que le visage collé aux doubles grilles de la lucarne, que les habitants de ces réduits pouvaient obtenir un peu d'air respirable.

Roudil, malade encore d'un long séjour dans le cachot et des violences exercées sur lui par un de ses gardiens, était un jour à sa place habituelle, debout devant les barreaux de sa fenêtre.

C'était le 7 novembre; toute la rigueur de ce climat chargé des fléaux de l'hiver était déchaînée dans la baie de Cancale. Les vents du nord qui habitent ce bassin, retenus entre ses côtes de rochers, glaçaient les brumes de l'atmosphère sans en dissiper l'épaisseur. La mer, cachée sous un voile sombre, ne se révélait que par de sourds mugissements. La terre sablonneuse de la grève, cette terre frappée de mort, qui n'a jamais porté un brin d'herbe, soulevait ses zones d'une blancheur livide, comme celle d'un corps sans vie. L'œil se détournait sans cesse de chaque point de l'horizon, et rencontrait ailleurs un aspect aussi lugubre.

Deux voyageurs, un homme et une femme, revenant du village de Courtil, longeaient le rivage. L'obscurité qui les entourait ralentissait leur marche; ils faisaient quelques pas rapides, car ils avaient sujet de se hâter, sachant que la marée haute approchait; puis ils s'arrêtaient subitement, ne se reconnaissant plus dans ces ombres uniformes, où rien ne venait les guider.

Des hauteurs de l'édifice de Saint-Michel, l'étendue détachait encore les larges masses de l'Océan, des terres et des côtes rocailleuses; mais sur le sol, ce n'était de tous côtés qu'une atmosphère grise, également âpre, humide et remplie de longs et plaintifs murmures.

Tout à coup les voyageurs se trouvèrent enveloppés d'un de ces brouillards entièrement obscurs, qui descendent subitement sur ce rivage, sans qu'on voie venir ni se former leurs ombres épaisses; et ils demeurèrent complétement perdus dans ce sinistre désert. Au bout de quelques minutes, soit désir, soit terreur, ils crurent entendre des pas qui s'approchaient, des voix qui les appelaient; ils supposèrent qu'on venait à leur secours.

Ils se dirigèrent rapidement du côté d'où ces sons partaient; ils marchèrent en écoutant toujours, en se persuadant toujours davantage qu'ils n'étaient plus seuls dans cet affreux danger.

Mais le son changea: ce fut le bouillonnement de l'eau qui se fit distinctement entendre, le sifflement aigu que la lame jette sur le galet. La barre d'écume que l'Océan pousse devant lui en montant, apparut à quelque distance des voyageurs, au milieu des ombres. Ils reconnurent avec épouvante, qu'en se livrant à une trompeuse espérance, ils avaient marché du côté de la mer..., de la mer qui montait et allait les engloutir dans son flux.

C'est ainsi que, sur ces rives, les éléments qui prennent parfois des voix étranges, ont toujours fait croire à la présence d'êtres surnaturels et terribles.

En ce moment, Roudil, à la fenêtre de sa cellule, à travers la nappe d'air moins condensée des hauteurs, aperçut les deux voyageurs.

Il jeta un cri d'épouvante, et aussitôt le gardien de son corridor étant accouru, il lui dit en montrant la grève: — Là-bas! regardez... ils sont perdus!... perdus!... sauvez-les!...

Le gardien donna l'alarme; les soldats des postes avancés et quelques habitants de la ville coururent sur le rempart; ils poussèrent des cris prolongés et tirèrent des coups de fusil, qui indiquèrent aux deux voyageurs égarés dans les brumes la direction qu'ils devaient prendre pour échapper à la mer.

Quelques instants après, ils mettaient le pied dans la ville du mont Saint-Michel, au moment où la mer entourait son rocher.

Le gardien du corridor revint en riant aux éclats.

— Détenu, dit-il à Roudil, savez-vous bien qui vous avez si joliment sauvé de la mort, avec vos cris d'alarme?

— Parbleu oui, je le sais! répondit le jeune homme: c'est le gardien Lochet et sa femme.

Ce Lochet était celui des porte-clés dont les traitements grossiers et cruels avaient martyrisé le corps du prisonnier.

— Vous le saviez! répéta avec stupeur le gardien.

— Ne m'aviez-vous pas dit qu'il allait à Courtil? Et d'ailleurs, ne l'ai-je pas bien reconnu à sa grosse taille et à son habitude de porter le chapeau au bout du bâton?

— Et vous avez voulu le sauver! dit le gardien avec plus de stupéfaction.

— Par une bonne raison, répondit Roudil: dans la chance où ils se trouvaient, ce n'étaient plus Lochet et sa femme, c'étaient deux êtres humains qui allaient périr.

Cette action du jeune prisonnier a eu la récompense qu'elle méritait; elle est restée dans la mémoire des habitants du mont Saint-Michel.

## XXIII.

### LES AMIS DES PRISONNIERS.

Nous n'avons parlé que des tristesses, des longs ennuis des habitants de la prison cellulaire, nous dirons quelques mots des consolations qui leur étaient apportées, afin de rendre justice à ceux qui consacraient leur vie à les répandre.

Au premier rang est Fulgence Girard, jeune avocat, défenseur des accusés d'avril 1835, devant la Cour des pairs, et qui en ce moment-là résidait à Avranches où il rédigeait le journal de la localité.

Dès qu'il apprit l'arrivée au mont Saint-Michel de Barbès et de Bernard avec lesquels il était étroitement lié, sa première pensée fut de mettre à leur service ses soins, sa bourse, sa plume, son existence, tout ce dont il disposait.

Il se hâta d'écrire à la maison centrale pour obtenir une permission de voir les détenus politiques; elle lui fut positivement refusée; il ne prit pas moins aussitôt le chemin des grèves pour se rendre au mont Saint-Michel.

Tout son dessein était de se rapprocher des murs qu'occupaient ses amis; de se faire apercevoir d'eux s'il ne pouvait les voir.

Il renouvela ses apparitions sur le rocher; il inventa mille prétextes spécieux de voyage: c'était des archéologues ou des artistes qu'il menait explorer les pierres de l'édifice sculptées par l'art gothique, des étrangers auxquels il voulait faire admirer le site dans sa grandeur sauvage. Pour lui, il passait sans tourner la tête devant les tours où étaient ses amis. Cependant, seul un instant et plus libre, il gagnait le cimetière d'où on voyait les lucarnes *des exils*. Enfoncé dans les hautes herbes, se faisant un abri contre les regards étrangers de ces tiges enlacées qui croissaient à l'abandon sur les tombeaux, il contemplait à l'aise ces barreaux de fer rouillés, contre lesquels s'appuyait souvent le front des prisonniers, que leurs mains venaient enlacer, que leur souffle effleurait.

C'était bien peu que l'aspect de ces sombres murailles coupées çà et là par des grilles épaisses; mais il espérait que, du haut de leur tour, ses amis le voyaient, et dès lors ses regards, fixés seulement sur la pierre et le fer, peignaient toute l'inquiétude, toute la tendresse de son âme. C'était un langage plus touchant que celui même où se répand le charme de la voix; l'amitié s'y montrait triomphant de la distance, triomphant des verroux des grilles, triomphant du mont Saint-Michel!

Mais enfin, à l'aide d'un intermédiaire, un billet de Fulgence Girard put parvenir jusque dans la cellule de l'un des prisonniers qui, grâce aux petites postes établies par les fenêtres, le fit arriver jusqu'à Barbès, auquel il était adressé.

Cet intermédiaire était la femme du détenu Guilmain. La jeune femme ayant obtenu du ministre la permission de voir son mari une fois par semaine, était venue habiter la petite ville du Mont. A Paris, elle vivait de son travail; dans la pauvre bourgade il lui était bien plus difficile de subvenir à son existence; il lui fallait prolonger infiniment sa journée; et elle était en réalité captive comme son mari, enfermée dans sa petite chambre comme lui dans sa cellule, enchaînée à son ouvrage comme lui à ses murailles. Mais elle avait placé sa résidence devant la fenêtre; et de cette fenêtre on découvrait la lucarne de l'*exil* dans lequel était le cher prisonnier. Il n'y avait plus de détresse pour l'un ni pour l'autre; un regard, un signe échangé entre eux, leur apportait la fortune, le bonheur.

Cependant au bout de quelque temps le propriétaire de la maison qu'habitait Mme Guilmain la pria de se pourvoir ailleurs. Elle s'inquiéta peu d'abord de trouver un autre logis, car les habitants du Mont sont si pauvres, que tous brûlent de louer un coin de leur demeure. Mais après avoir accompli une longue tournée, se voyant partout les portes fermées, elle devina la vérité. Les malheureux ouvriers de la ville, par une terreur extrême de l'autorité, ne voulaient pas admettre chez eux une femme qui regardait un prisonnier par la fenêtre.

A cette pensée, elle s'assit sur une pierre du chemin et pleura. En perdant cette fenêtre tournée vers la muraille du donjon, il lui semblait être séparée de son mari une seconde fois!

Un vieux pêcheur passa devant elle et l'interrogea du regard.

Comme rien n'est si expansif que l'embarras de situation extrême, elle se décida à raconter ce qui lui arrivait à ce vieillard, auquel, en désespoir de cause, elle demandait encore, en joignant les mains, une chambre.

—Venez, ma brave dame, lui dit cet homme d'un accent de franche et rude bonté, j'ai votre affaire; et c'est précisément parce que tous les autres ont peur de vous que je veux mieux vous recevoir... Il ne sera pas dit, nom du diable! qu'une honnête femme comme vous, une *femme d'exemple*, quoi, n'aura pas trouvé sur notre rocher un gîte où se mettre... Tenez, je vais déménager cela dès demain... vous pourrez y venir quand vous voudrez, et de là vous regarderez votre mari tout à votre aise.

En effet, Mme Guilmain et le prisonnier purent encore passer de ces heures de contemplation muette qui changeaient pour eux l'intérieur de leur triste et morne réduit: un regard aimant est comme un rayon de soleil qui, si mince et si affaibli qu'il puisse arriver, dore toute la profondeur de l'antre.

Une autre personne, dont l'affection fut une source inépuisable de consolation pour les prisonniers, était la mère d'Auguste Blanqui; Fulgence Girard en parle ainsi:

« On ne saurait trop admirer le courage maternel dont Mme Blanqui donna les preuves les plus touchantes. Après soixante années d'une vie écoulée dans les habitudes luxueuses d'une position élevée, cette dame ne reculait pas devant des fatigues qui eussent arrêté les femmes de nos côtes dans la vigueur de la jeunesse. Non-seulement elle franchissait toutes les semaines à pied les deux lieues de grève, et une pareille distance dans les bas chemins boueux, effondrés qui s'étendent entre le mont Saint-Michel et Avranches, mais on la vit faire deux fois ce trajet en douze heures. »

Le dévouement de Mme Carle pour son frère Armand Barbès est trop connu pour que nous en parlions ici. «Mme Carle, dit le même historien que nous venons de citer est une de ces belles et chastes personnes dont la présence seule commande un sympathique respect. Les vertus et les attraits de la femme semblent si intimement unis en elle, que l'on dirait sa beauté l'épanouissement extérieur de son âme.»

Le frère de Dubourdieu, qui avait fait cent lieues pour le voir, et ne put pas même passer le seuil de la forteresse, alla s'établir à Avranches pour demeurer du moins près de lui.

Ainsi, la présence des prisonniers politiques au mont Saint-Michel venait faire reposer sur ce triste rocher, séjour des vautours et des hiboux, les plus purs dévouements, les plus saintes vertus.

Mais Fulgence Girard était le plus actif de ces êtres aimants et empressés; son affection n'était jamais oisive; il faisait le plus possible retentir le nom de ses amis dans la presse, afin de leur attirer les sympathies publiques, et de parvenir, s'il se pouvait, à faire adoucir leur captivité.

Il rédigeait un Mémoire dans lequel il en appelait à l'opinion de rigueurs trop grandes exercées par l'autorité du lieu, et que le monde extérieur ignorait.

C'étaient les feuilles de ce Mémoire qui, communiquées d'avance aux détenus, passaient de l'un à l'autre par les tuyaux de cheminées, et donnaient aux captifs de cet antre ténébreux la consolation de voir leur cause soutenue par une plume où la légalité de la plainte se revêtait de toute la chaleur, de toute l'animation d'un cœur ami.

Il est encore une habitante de ce Mont agreste qui assurément doit trouver place au nombre des *amis des prisonniers*.

A mesure que le temps s'écoulait, la situation des prisonniers devenait plus accablante; ils souffraient de maux physiques, cruels; ils sentaient leur intelligence s'éteindre dans une atonie invincible; le silence et la nuit de la prison gagnaient leur âme. La citadelle du mont Saint-Michel se montrait à leurs yeux plus affreuse que jamais; il leur semblait voir redoubler cet aspect infernal de chaos, de ténèbres, qui a fait dire à l'un des voyageurs de ce lieu terrible: « Qu'on erre dans son enceinte comme dans un mauvais rêve dont on ne se rappelle rien que son horreur. »

Et qui eût pu le croire, au milieu de cette lugubre vie de marasme, d'inertie ou d'épouvante, se déroulait un roman gracieux et pur, une liaison d'amour qui par instant faisait un séjour enchanté de ces grèves

Le jeune Elie, prisonnier de la tour Perrine, comme ils le faisaient tous dans leurs cellules pour se soustraire à la fumée de l'hiver, à la chaleur de l'été, à l'ennui de toutes les saisons, passait sa journée entière la tête pressée contre la grille de la lucarne: de même que les oiseaux enfermés ne cessent de se cramponner aux barreaux de leur cage.

Elie savait donc par cœur tous les points du rivage étendu devant lui; il en connaissait chaque pointe de rocher, chaque maigre broussaille, chaque pan de mur ruiné, sous les divers aspects qu'ils empruntaient de la brume ou de la lumière.

Parmi les objets qu'il voyait constamment sur la grève, était une petite Montoise[1], fille de pêcheur,

[1] On appelle Montois les habitants du mont Saint-Michel.

qui traversait les sables avec son père et l'accompagnait dans ses courses en mer.

La jeune pêcheuse était brune et maigre comme tous ces pauvres êtres que la nature met au monde sans qu'ils y trouvent de quoi pourvoir suffisamment à leur existence.

Mais ces traits étaient d'une pure et touchante beauté. Elle portait une jupe de mauvaise laine brune très-courte; sa devantière posée sur sa tête, retombait sur son buste frêle, et l'enveloppait jusqu'à la ceinture. Tout le haut de son corps était lourdement couvert de cette toile bleue, dans le besoin de se préserver d'un froid intense; mais ses jambes délicates et ses pieds étaient nus, parce que le travail, qui oblige sans cesse à avancer sur le sable jusque dans l'eau, l'exigeait ainsi. Sa figure, dans le voile grossier qui l'encadrait, avait le charme de ces temps antiques où la beauté, vierge de tout ornement, brillait par elle-même, sans recevoir l'alliance d'aucuns joyaux d'or ou tissu précieux.

Le prisonnier, pendant les longues heures qu'il demeurait collé à sa lucarne, exhalant contre ces barres de fer le souffle brûlant de sa poitrine pleine d'aspirations de liberté, de bonheur impossibles à réaliser, et recevant à la place un peu de l'air âpre et froid de la grève, le prisonnier attendait avec impatience le moment où il voyait passer la jeune Montoise avec son père, et qui formait le seul incident de sa journée.

Quand l'heure de la marée permettait de se mettre en mer, il voyait venir aux côtés du pêcheur la jeune fille portant un panier vide à son bras et une sabrette à sa ceinture. Il les regardait monter dans leur barque, où la pauvre enfant aidait à son père à ramer autant que son peu de force le lui permettait. Il suivait de l'œil cette forme touchante et gracieuse en forçant son regard jusqu'à la dernière extrémité. Mais elle s'effaçait peu à peu dans le lointain, puis disparaissait tout à fait sous la brume. Il lui semblait alors qu'elle s'était évanouie pour toujours dans la vapeur des mers, et il sentait un indicible serrement de cœur.

Mais à la fin du jour il voyait revenir les pêcheurs, la fille portant sa charge de poissons dans son panier passé au bras, et marchant, à ce qu'il paraissait, d'un pas plus ferme et plus content sur le sable du rivage. A cette vue, et sans qu'il sût pourquoi, sa paupière s'humectait d'une larme de joie.

La jeune fille avait aussi parfaitement remarqué le prisonnier. Si serrés que fussent les barreaux de la cellule, ils laissaient encore assez d'espace pour que des yeux de dix-huit ans pussent reconnaître au travers une figure jeune et agréable, et même l'expression de bonheur que sa vue faisait naître sur cette figure.

Ignorante de tout, comme on l'est dans la pauvreté, la petite Montoise n'avait pas une idée de ce que pouvait être un détenu politique; mais son instinct lui faisait bien comprendre que ce jeune homme, au front si calme, au regard si aimant, à la tristesse si douce, ne pouvait être un criminel. Elle sentait par la même compréhension naturelle que sa vue était la seule douceur de ce malheureux si étroitement enfermé, et elle l'aimait pour le bonheur qu'elle lui donnait.

Parfois, lorsque la pêche finissait de bonne heure, la jeune Montoise venait le soir sur les bords rocailleux situés immédiatement sous les murs du donjon. Dans cet endroit, des fruits sauvages se forment quelquefois dans les taillis, ou d'autres, un peu meilleurs, tombent des petits jardins par-dessus les murs d'enclos. Depuis qu'elle s'était aperçue de la consolation que donnait sa présence, de la joie peinte dans les regards qui tombaient sur elle, elle venait plus souvent dans le voisinage de la prison; c'était le surcroît de jouissance qu'elle accordait dans certaines journées.

Elle allait et venait sur les galets, dans les sentiers des rochers. Aucune parole ne pouvait être échangée entre elle et le prisonnier, qui de plus lui était étranger; et cependant elle trouvait moyen de lui parler. Elle chantait quelques-uns de ces airs de la vieille Armorique, si lents et si tristes dans leur harmonie toute primitive, qu'à les entendre on croirait que le monde soit réellement né pour souffrir, lorsque son chant naturel est une plainte.

Puis elle s'arrêtait en apercevant une figue tombée de quelque branche qui dépassait l'enclos; elle l'ouvrait, mordait dedans en levant son regard sur la grille de la tour *Perrine*; mais alors elle demeurait soudain immobile, peut-être pensant à toutes les privations, à toutes les misères que le prisonnier, outre la captivité, subissait dans sa prison... Ses yeux se remplissaient de larmes, et la figue tombait de sa main.

Le détenu Elie trouvait un bonheur que rien ne peut exprimer dans ces scènes intimes, pénétrantes, qui se passaient entre eux dans cette communication silencieuse, dans cette liaison étrange et mystérieuse. Tout lui faisait aimer la jeune pêcheuse : sa beauté touchante, son bon cœur qu'il était bien facile de deviner, sa pauvreté qui en faisait une sœur pour lui, ses chants mélancoliques, les plus doux à entendre pour le captif, car, au lieu de chercher en vain à le distraire, ils lui embellissaient la tristesse; tout lui faisait aimer chaque jour davantage l'enfant de ces grèves sauvages.

Car c'était bien de l'amour que le prisonnier sentait pour cette jeune fille inconnue, et de l'amour avec toute la force que lui donnait l'absence de tout autre intérêt dans la vie, la solitude éternelle, l'exaltation fébrile d'une étroite réclusion.

Aussi, un jour le détenu Elie ayant trouvé sa lucarne garnie d'une double grille qui l'empêchait de regarder sur la grève, on comprend quelle force et quelle rage il apporta à l'arracher. Il fut mis pour huit jours aux fers; mais il ne regretta pas les souffrances du cachot, car l'oubli ou la négligence ayant fait laisser sa cellule dans l'état où elle se trouvait, il resta en possession de la lucarne garnie seulement de grilles extérieures, qui lui permettaient d'apercevoir le rivage.

On ne sait ce qui se passa dans l'âme de la jeune Montoise pendant ces huit jours où elle ne vit plus rien derrière ces barreaux de fer si connus de ses regards; mais lorsque Elie revint se placer à ce bienheureux soupirail, il vit la douce figure encadrée dans sa draperie rustique plus pâle que jamais, et portant l'expression d'une longue et triste attente. Ainsi, une liaison réelle et profonde s'était établie à cette distance.

Le système cellulaire était cette fois bien trompé! Le détenu de la tour Perrine avait reçu en lui le sentiment qui rompt le mieux l'isolement. Ces barreaux, ces verroux et ces gardiens dans les couloirs, ces murs de cent cinquante pieds, et ces soldats au bas, ces remparts, ces canons, cette chaîne immense de l'Océan gardant toute la montagne, tout cela n'avait pu empêcher l'amour de pénétrer jusqu'à lui; l'image de la belle pêcheuse était toujours près de lui dans sa cellule.

## XXIV.

### ADIEUX AU MONT SAINT-MICHEL.

Pendant cela, les autres habitants de la Bastille remplissaient leurs longues journées par l'occupation ordinaire des prisonniers, c'est-à-dire par les projets d'évasion.

Armand Barbès était le plus aventureux; et une fois déjà tout semblait s'être préparé de soi-même pour sa fuite.

Ce détenu occupait alors une cellule située sur une galerie qui débouchait sur le chemin de ronde. Il ne s'agissait que de percer le plancher de la chambre, la voûte de la galerie, et on aurait franchi la première enceinte de la prison. Ce n'était pas là un bien grand travail pour l'activité qu'on déploie en pareille circonstance.

Quant aux outils nécessaires à l'opération, Armand n'eut pas besoin, comme les autres prisonniers, de consumer des années de sa vie à les chercher ou à les fabriquer; un ami les lui envoya tout prêts. Restaient les sentinelles de garde dans le chemin de ronde. Mais par un bonheur extrême, ces soldats étaient de jeunes volontaires parisiens, qui, en causant avec des amis du dehors, avaient laissé voir leurs opinions politiques très-favorables ; enfants de Paris, habitués autrefois des théâtres, des fêtes publiques, amoureux de la liberté et de la gloire des règnes passés, leur plus doux passe-temps, dans les longues nuits de garde, était de chanter des couplets de vaudeville à l'honneur, à l'indépendance française; et on avait acquis la certitude que ces chanteurs-là ne verraient rien, n'entendraient rien, lorsqu'un prisonnier du roi Louis-Philippe tenterait nuitamment de passer de son cachot sur la grève.

Armand se mit donc en devoir de percer le plancher, la voûte de la galerie, et l'ouvrage avança rapidement.

Pendant ce temps, il comptait faire part de l'expédition à des amis et les amener à la partager avec lui. Mais en ce moment-là les communications furent suspendues, les captifs resserrés dans leurs cellules. Le fugitif n'eut donc plus l'espérance de faire partager à aucun de ses compagnons sa bonne fortune. Il lui eût fallu recouvrer seul la liberté, Barbès resta en prison.

Le temps s'écoula. Un surcroît de grilles posées aux ouvertures des cabanons ramena enfin les prisonniers à la pensée de *fausser compagnie au mont Saint-Michel*, ainsi qu'ils le disaient.

Blanqui concerta avec un ami du dehors l'époque du départ, le point de la côte où on s'embarquerait, et pour lequel Granville fut désigné, enfin le choix d'un batelier qui pût emmener les voyageurs à Jersey après leur *prison buissonnière*.

Le correspondant des détenus pouvait pourvoir à tout; il s'engagea de plus à leur procurer une maison de campagne isolée, *un nid dans les feuilles*, où ils resteraient cachés quelques jours avant l'embarquement, pendant le temps des plus actives poursuites. Tout était prêt; il ne manquait plus que la clé des champs, cette clé que le captif cherche avec ardeur en creusant la terre de ses mains jusque dans les entrailles des plus formidables cachots.

Trois mois s'écoulèrent encore cependant sans que les moyens de sortie et la nuit convenable pour l'évasion pussent se présenter.

On était arrivé à la fin de janvier. Les promenades solitaires de Barbès dans le préau et sur la plate-forme du Saut-Gauthier lui avaient enfin procuré les notions stratégiques qui pouvaient servir de base aux projets de fuite. Il avait surtout remarqué la disposition des murs et des chemins de ronde.

Ces barrières, qui enveloppaient de tous côtés l'antique monument, cessaient sous le préau et la plate-forme, où la hauteur des murailles et l'escarpement du rocher venaient les rendre inutiles.

Il projeta de tenter le départ sur ce point. Dans les derniers jours de janvier, il associa à ses desseins Auguste Blanqui, Martin Bernard et Alexandre Thomas.

La première chose à faire était de pouvoir se réunir pour partir ensemble à une nuit donnée. A cet effet, les prisonniers songèrent à passer eux-mêmes par le chemin où leurs lettres avaient si souvent voyagé, c'est-à-dire à élargir les tuyaux de cheminées, de manière à ouvrir des galeries de communication dans l'épaisseur des murailles.

Aux alentours de la prison, les démarches se multipliaient; les amis du dehors accomplissaient chaque jour des merveilles d'invention pour faire passer aux détenus des pointes de fer, des limes, des forets, tout ce qui est nécessaire pour leurs travaux de démolition.

Ils exécutèrent de ces prodiges familiers aux prisonniers; au bout de peu de temps, leurs cellules furent mises en communication par des passages pratiqués dans l'intérieur de la maçonnerie, et par cela même invisibles à l'œil des gardiens. Ils firent ensuite des trous dans la porte de la chambre dans laquelle ils devaient se réunir, de façon à pouvoir agir sur les verroux, tandis qu'une clé fabriquée leur ouvrirait la serrure, et ils eurent ainsi tous les moyens d'en sortir.

Le couloir qui se trouvait derrière cette chambre conduisait au cabanon de Dubourdieu, dont la fenêtre donnait sur l'escalier du Saut-Gauthier. Une seconde clé fut forgée pour ouvrir cette cellule, et les barreaux de fer de la fenêtre furent sciés de manière à pouvoir les enlever à volonté.

L'ami des fugitifs était allé à Granville attendre leur arrivée et tout préparer pour leur passage.

Malheureusement on ne chantait plus les chants parisiens sous les murailles. Le vent de la nuit avait apporté quelques notes de ces refrains sonores aux oreilles du directeur, et les volontaires de Paris avaient été aussitôt envoyés dans l'armée d'Afrique.

Mais d'après le plan de départ, leur intervention n'était pas indispensable, et, tous les préparatifs terminés, il n'y eut plus qu'à attendre une nuit favorable. Elle parut se présenter le 10 février.

Le jour était déjà fini depuis longtemps et tout dormait dans la prison à dix heures du soir. A dix heures et quelques minutes, la ronde de nuit avait passé. Le temps était d'une complète obscurité. Les prisonniers, se servant des moyens qu'ils avaient préparés, se réunirent dans la chambre disposée à cet effet, et tous ensemble traversèrent celle de Dubourdieu pour se rendre sur la plate-forme.

Ils étaient au nombre de sept qui venaient d'arriver au Saut-Gauthier : Barbès, Blanqui, Bernard et Hubert, condamnés à perpétuité, Alexandre Thomas, Béraud et Dubourdieu dont la peine était près de finir.

Les quatre premiers devaient tenter l'évasion ; les autres attendraient dans la forteresse la fin de leur captivité ; mais ils conduisaient leurs amis jusqu'au seuil de la prison. Ils avaient travaillé avec ardeur aux ouvrages de démolition et d'effraction de portes et de fenêtres, comme s'il se fût agi de leur propre intérêt, et maintenant ils s'exposaient aux peines les plus cruelles en sortant à cette heure indue ; mais ils accompagnaient leurs amis au départ d'un tel voyage pour ne les quitter qu'au dernier moment, et honorer leur suprême courage.

La pluie, qui avait tombé avec force toute la journée, diminuait un peu ; mais le temps était couvert de ces ombres noires, épaisses qu'aiment tant les fugitifs. Le vent, dont le bruit favorable dominerait tous bruits causés par la fuite, grondait dans toute sa violence; l'élévation du rocher, les cent tours, flèches, clochers, dont le monument est hérissé et contre lesquels il venait se briser, augmentaient la force de ses chocs furieux, les éclats de ses continuels mugissements. On eût dit que ce souffle formidable allait renverser les murailles de la vieille abbaye, et ouvrir ainsi l'issue devant les pas des fugitifs.

Mais ceux-ci ne remarquaient pas même la force de l'ouragan ; ils étaient tout entiers à la pensée du départ. Ils sentaient sous leurs pieds, derrière eux, ces pierres maudites de la prison qui devaient les étouffer jusqu'à la mort, et, en avant, si près de là, l'espace libre qu'ils allaient peut-être atteindre! Ils voyaient cet horizon immense comme si le rideau en eût été levé; ils voyaient l'ami dévoué qui les attendait sur les hauteurs de Granville, la barque préparée pour eux sur les eaux qui en mouillaient le pied; et leur cœur battait avec violence.

Celui qui attend une fortune, suspendue pour lui à quelque hasard, celui qui va tenter une chance suprême pour saisir ou perdre une couronne, n'a pas encore des émotions aussi palpitantes que l'homme privé depuis longtemps de sa liberté, et qui la voit devant lui prête à lui être rendue.

C'était à cette place même du *Saut-Gauthier* qu'autrefois le malheureux sculpteur, n'ayant pas, comme les fugitifs de cette nuit, l'espoir de se sauver, s'était délivré de la prison en allant mourir sur les rochers du rivage, et en laissant son nom à l'escarpement terrible qu'il avait franchi.

Une longue corde fut passée sur le parapet de la plate-forme, et on la fit descendre jusqu'à ce qu'on crut sentir qu'elle touchait le sol.

Barbès, qui devait descendre le premier, embrassa ceux de ses amis qui restaient dans le donjon et leur dit adieu. Cette parole, en un tel moment, était pleine, plus que jamais, de son attendrissement extrême; et pourtant on désirait avec ardeur que ce fût bien réellement un adieu!

Le fugitif se laissa glisser les mains serrées à son fragile soutien. Rien d'inquiétant ne se faisait sentir dans toute l'étendue du monument, aucune ombre n'était aperçue sur la côte, aucune lumière aux lieux habités, partout la nuit et la solitude la plus profonde... On pouvait commencer à espérer.

Mais Béraud et Thomas, qui tenaient la corde de toutes leurs forces, sentirent un étrange mouvement s'y opérer; elle s'agitait et tournait entre leurs mains crispées.

En effet, en cet endroit, le rempart est couronné par une ligne de machicoulis, de sorte que le parapet avance en forte saillie sur la muraille. Ainsi le fugitif, au lieu de pouvoir suivre dans sa descente la ligne de pierre, à peu de distance du point de départ, se trouva suspendu dans le vide. Dans cette situation, il fut soumis à un mouvement de rotation, rapide, étourdissant. Luttant avec l'énergie du désespoir, il arriva jusqu'à l'escarpement du rocher, où la corde s'échappa de ses mains brûlantes, ensanglantée. Mais il n'avait pas eu le temps d'y poser solidement le pied; la pente même ne lui permettait pas de s'y soutenir...

Il chancela et tomba de saillie en saillie jusque dans l'affreuse profondeur.

Nous avons dit que le chemin de ronde s'arrêtait au commencement de ces murailles, si élevées qu'on avait jugé d'autres barrières inutiles. La dernière des sentinelles postées dans ce chemin était à peu de distance. Au bruit causé par la chute d'un corps, le soldat crie: *Qui vive!* les gardes, les geôliers accourent à ce mot d'alarme. Barbès au pied du rocher, ses compagnons sur le rempart, sont cernés, enveloppés de baïonnettes.

Il n'y a plus de fugitifs, mais de tristes prisonniers condamnés à perpétuité comme ils l'étaient la veille!

Il avait été impossible de prévoir un si déplorable dénoûment, aussi ne peut-on exprimer les profondes angoisses qui le suivirent. Toutes tentatives d'évasion furent désormais abandonnées; et la prison, où n'existait plus l'espérance d'en sortir, s'était bien réellement changée en tombeau.

Les dernières forces des détenus se brisèrent; plusieurs furent atteints de souffrances graves; Armand Barbès tomba dangereusement malade.

Seulement les tendres affections dont étaient entourés les détenus restaient toujours les mêmes, après les plus cruelles déceptions.

Fulgence Girard n'avait point abandonné le rocher de granit.

« Si cette noire Bastille, dit-il, dressait devant moi sa masse silencieuse, si ma voix ne pouvait parvenir dans ses cabanons, si celle de nos pauvres captifs ne pouvait percer les murailles, du moins j'avais l'espérance qu'ils m'avaient vu, qu'ils s'étaient dit: Voilà un cœur qui pense à nous, un œil qui veille sur notre prison.

Mme Carle, dans son amour de sœur, demeurait toujours autour de ces murailles, dans lesquelles elle ne pouvait plus pénétrer depuis la tentative de fuite. Elle demanda que ses enfants y fussent du moins admis; le directeur mit pour condition à son consentement que ce serait pendant l'absence de leurs parents.

M. et Mme Carle partirent aussitôt pour Avranches, et les deux petits enfants furent conduits auprès de Barbès; il jouit de la douceur d'embrasser ce neveu, cette nièce de quatre à cinq ans, jeunes êtres qui arrivaient seulement au monde, ne savaient rien, ne pouvaient échanger aucune pensée avec lui, et qui avaient déjà autant de puissance que les autres pour apporter la consolation et le bonheur.

Un autre incident vint aussi dorer d'une lueur de joie l'intérieur de la forteresse.

Les amours d'Elie et de la jeune pêcheuse, dont les communications avaient été resserrées, nous ne savons de quelle miraculeuse manière, furent consacrés par un mariage. Dans cette antique nef qui, huit siècles auparavant, avait vu au milieu de toute la pompe de l'abbaye l'union de Richard II, duc de Normandie et de Judith, princesse de Bretagne, entourés de la brillante noblesse de deux cours, on alluma encore une fois les cierges de la cérémonie nuptiale.

Ce n'était plus alors que de fugitives flammes blanches, sur un autel nu, dans des murs dépouillés, une assistance de malheureux prisonniers: mais l'amour, la plus belle et la plus rare des pompes du mariage, y présidait plus pur et plus profond qu'il ne le fut jamais.

Peu de temps après, la maladie d'Armand Barbès ayant fait d'effrayants progrès, son éloignement du mont Saint-Michel fut décidé. Malgré sa longue résistance, ses efforts suprêmes pour rester près de ses amis et mourir dans les murs où ils souffraient, il fut contraint de partir pour la prison de Nîmes.

Nouvelle et poignante douleur pour les prisonniers qui, les regards fixés sur la route, voyaient s'éloigner la voiture du malade auquel ils n'avaient pu même dire adieu, voyaient se briser par cette première séparation le seul bien qu'ils conservassent encore, la réunion dans les mêmes murailles.

Le départ d'autres détenus gravement malades aussi eut lieu dans la même année.

Enfin, l'Assemblée représentative, frappée des ravages causés dans cette prison d'État par le climat meurtrier et le système d'isolement, l'abolit par un décret. Le reste des détenus fut transféré dans des prisons moins cruelles. Le mont Saint-Michel demeura vide de condamnés politiques.

Nous aurions voulu terminer cette histoire de la monumentale prison par un dénoûment plus réel; il eût été mieux que le sombre édifice, frappé huit fois de la foudre dans le cours des siècles, fût tombé sous un coup de tonnerre plus puissant, fût renversé par un tremblement de terre, ou emporté par une tempête au fond de l'Océan.

Mais les murailles, dans leur antiquité, sont toujours aussi solides, les souterrains toujours ouverts, les cachots toujours béants, aucun éboulement de la ruine n'en a fermé l'entrée; les restes de l'église accompagnent encore ces lieux de souffrance; les fusils des soldats de garde résonnent encore sous les sombres voûtes; et, dans notre monde, les hommes ne sont ni plus sages, ni plus grands, ni meilleurs. On ne peut donc espérer de voir finir ici pour toujours l'histoire du mont Saint-Michel.

FIN DE L'HISTOIRE DU MONT SAINT-MICHEL.

# LE BOURGEOIS DE VITRÉ

PAR PAUL FÉVAL

## I.

C'était en 1805, à Vitré. Par une belle soirée du mois de juin, un vieillard, seul dans une étroite arrière-boutique, feuilletait un registre jauni par l'usage, et semblait profondément absorbé dans ses calculs. Un oblique rayon de soleil, perçant à grand' peine les losanges d'un verre épais et bleuâtre, reliées par de minces bandes de plomb, venait tomber sur une tenture aux nuances effacées, et mettait en lumière, chemin faisant, des myriades d'atomes dans l'atmosphère poudreuse de cette pièce. Là, tout était en harmonie; les meubles plus flétris que la tenture, et le vieillard plus encore que les meubles, empruntaient à ce rayon de pourpre, affaibli et décomposé au passage, une teinte violacée uniforme. On eût dit un vieux tableau de maitre, dont l'âge aurait pâli et délayé les couleurs.

Les membres du vieillard étaient d'une maigreur excessive. Ses vêtements, remarquables surtout par un défaut général d'ampleur, ressemblaient peu au costume de l'époque. C'était un pantalon descendant à mi-jambe seulement et fendu jusqu'au genou, une petite veste échancrée et un habit sans collet, rappelant, sauf les boutons de métal, le frac étriqué des élèves des lycées. En sautoir, par dessus l'habit un large ruban de moire soutenait une médaille d'or.

Son visage digne et sévère gardait la trace d'une de ces lentes souffrances, d'autant plus cruelles, qu'elles doivent demeurer cachées aux yeux de tous. Ses traits n'offraient rien de saillant, si ce n'est son regard, qui, morne d'ordinaire, brillait tout à coup d'un feu presque juvénile, quand la médaille dont nous venons de parler attirait de quelque manière son attention. C'était comme un regard de désespoir et de tendresse jeté à l'être aimé qui va nous quitter pour jamais.

Le vieillard avait nom M. Gérard de Pelhédou. Il était maître des bourgeois de Vitré, et tenait boutique d'armurier-coutelier. Son père, avant lui, avait exercé cette profession, son aïeul de même, et ainsi de suite jusqu'à l'indéfini. Nonobstant des titres de noblesse, en bonne et due forme, gisaient avec d'autres papiers de famille, dans la poussière de son comptoir à double fond; mais ces titres étaient inutiles et dédaignés par les Gérard depuis des siècles. Ils étaient *bourgeois de Vitré*, ce qui, en soi, comme nous pourrons le voir, vaut mieux que tous les titres du monde.

A mesure qu'il feuilletait son antique registre, le front de M. de Pelhédou se rembrunissait; des tressaillements colériques agitaient sa bouche et les rides de ses joues. Arrivé à la dernière page, il fit une addition en trois traits de plume, et, repoussant rudement son bureau, croisa les mains sur ses genoux;

—Plus rien, dit-il enfin d'une voix sourde. Deux cent mille francs! que sais-je? davantage peut-être. Tout, jusqu'au dernier écu de six livres, englouti dans ce gouffre; ah! Vincent, Vincent, sans mon titre de bourgeois de Vitré

La porte qui s'entr'ouvrit doucement l'interrompit.

—Puis-je entrer, mon père? dit une voix d'enfant.

Le vieillard sourit, et la porte, en s'ouvrant tout-à-fait, donna passage à une ravissante créature, blanche et blonde, mais dont le regard perçant et assuré sous ses longs cils noirs animait la suave physionomie.

—Que voulez-vous, Hélène? dit le bourgeois en déposant d'un air distrait un baiser sur le front de l'enfant. — C'est une lettre, mon père. Dame Goton prétend la remettre à vous seul, et comme vous ne permettez pas qu'on entre dans cette pièce.....—Eh Dieu! une fois n'est pas coutume, interrompit au dehors une voix nasillarde.

Et Goton ou Marguerite Leveau, vieille femme à la figure ingrate, au corps étique et desséché, passa le seuil. C'était la servante de la maison. A peine entrée, elle fouilla d'un regard avide les recoins les plus obscurs de la chambre.

—Ce n'est que cela? grommela-t-elle en *à-parte*.

—Sortez, s'écria l'armurier avec colère.—Bien, bien, maître, dit Goton Leveau. On n'est pas sans savoir que vous êtes mal poli avec le pauvre monde. J'en ai connu d'aussi grands que vous qui sont tombés, oui, et d'aussi nobles, et d'aussi riches. Moi qui parle, j'ai eu des bourgeois dans ma famille, plus d'un.

L'armurier se croisa les bras sur la poitrine avec résignation.

—Et maintenant, je sers les autres, dit encore Goton. Mais vous aurez beau faire, maître je ne vous manquerai point de respect. Tenez, voici une lettre du jeune monsieur.—De François? interrompit Hélène en s'approchant.

La vieille retira méchamment la lettre.

—Donnez, dit M. Gérard.—Ça pourrait bien être, dit Goton en répondant à Hélène; puis elle continua tranquillement : Je ne sais lire que dans le *moulé*, mais je reconnais bien. D'ailleurs le port est toujours le même. — Donnez, répéta l'armurier avec impatience et sortez.—Hélas! Dieu! soupira la vieille, c'est pourtant moi qu'on traite ainsi, moi qui ai eu des bourgeois dans ma famille. Maître, ça ne peut pas vous porter bonheur!

M. Gérard frappa du pied, et Goton Leveau, supposant qu'elle avait suffisamment éprouvé sa patience, sortit en murmurant quelque hargneuse menace. C'était la première fois qu'elle mettait le pied dans cette chambre, baptisée par elle le *sanctuaire*. De tout temps, cette exclusion l'avait vivement formalisée. A cause de cela et de plusieurs griefs de moindre importance, Goton Leveau haïssait M. Gérard autant que vieille servante peut détester son maître,

—C'est de lui, murmura Gérard en jetant un regard furtif sur la suscription de la lettre.—M'en ferez-vous lecture, mon père? demanda Hélène après quelques instants.

Le vieillard avait penché sa tête sur sa poitrine. A cette question d'Hélène, il se redressa en sursaut, comme s'il eût oublié sa présence.

—Allez, mon enfant, dit-il avec douceur. Cette lettre n'est point de votre mari.

La jeune femme soupira et obéit aussitôt. M. Gérard fit sauter le cachet de la lettre, et la parcourut rapidement.

—Encore dix mille francs! s'écria-t-il en froissant le papier avec rage. Il resta quelques minutes atterré; puis, reprenant la lettre, il la relut en détail, non sans la ponctuer d'exclamations de colère ou de découragement.

Le vieux Gérard, Hélène et la servante Gother.

Voici quel était le contenu :

« MONSIEUR MON CHER COUSIN,

« Votre dernière m'apprend la résolution où vous êtes de discontinuer les secours que vous me *devez*. Ceci vous regarde. De mon côté, rien ne m'empêche de retourner à Vitré pour reprendre mes anciennes *occupations*. Je sais qu'une telle démarche vous chagrinerait vivement, à cause de votre titre de bourgeois et de la tendresse que vous me portez; c'est pourquoi, monsieur mon cher parent, j'ai voulu vous prévenir.

« Voici ce qui me paraîtrait concilier nos intérêts mutuels. On dit qu'en Amérique un homme intelligent et résolu fait aisément fortune. Sans vanité, je suis cet homme-là. Envoyez-moi dix mille francs et je pars pour l'Amérique.

« J'ai l'honneur d'être, etc.

« VINCENT GÉRARD DE LA FOLIAYS. »

—Le misérable! pensa M. Gérard. La tendresse que je lui porte! Et je pourrais l'envoyer en Amérique! Un pays où je n'entendrais plus parler de lui! Et, pour cela, il suffirait de dix mille francs. Ah! dussé-je dépouiller Pelhédou de fond en comble...

Le vieillard n'acheva pas. Il s'était levé convulsivement à ces derniers mots et parcourait la chambre à pas rapides. Tout à coup il s'arrêta.

—Je suis maître des bourgeois de Vitré, dit-il avec orgueil. Sa résolution était prise.

Deux ans avant la scène que nous venons de rapporter, M. Gérard était le plus riche marchand de la ville. Honnête jusqu'à la rigidité, bon chrétien et entouré de l'estime générale, on était obligé, pour lui trouver un défaut, de reprocher à ses actes certains caractères de parcimonie. Encore avait-il donné une fois à cette accusation le démenti le plus éclatant. Ce fut à l'occasion du mariage de son fils avec une jeune orpheline élevée sous les yeux de Mme Gérard. François Gérard avait alors dix-huit ans; Hélène, sa fiancée, en comptait quinze à peine. La coutume des mariages précoces est répandue presque universellement dans ce pays où les hommes, constamment en évidence sous l'œil inquisiteur d'un public sans pitié, sont condamnés à ignorer les fautes et les joies de la jeunesse.

On devait se souvenir longtemps des magnificences étalées à Pelhédou dans cette circonstance solennelle. Le château, que vingt générations de Gérard s'étaient plu à orner avec amour, possédait de superbes tentures. Les Vitréens s'inclinèrent éblouis. Pendant deux jours entiers, le vin coula comme si c'eût été du cidre, le cidre comme si c'eût été de l'eau. Des tables étaient dressées, où le premier venu avait le droit de s'asseoir, et, chaque fois que les convives se renouvelaient, des nappes plus blanches que la neige étaient fastueusement étendues. A ce sujet, on avait entendu feu Mme Gérard dire avec une emphase bien naturelle: « Ce train-là durât-il quatre semaines, on n'aurait pas besoin de faire la lessive à Pelhédou;» ce qui supposait un luxe de lingerie tout-à-fait exorbitant.

Mais personne ne s'étonnait de tant de splendeurs. M. Gérard était maître des bourgeois; son fils épousait la fille unique d'un bourgeois; il fallait bien que ce fût quelque chose comme les noces d'un prince épousant une princesse.

M. Gérard, indépendamment de son orgueil paternel, avait ses raisons pour se montrer magnifique. Il est permis de croire que, spéculant sur la continuation d'un crédit dont les bases allaient

Paris. — Imp. de LRY ainé, boulevart Montparnasse 81.

Monsieur Gérard et l'usurier.

déjà s'affaiblissant, l'armurier sentait le besoin d'éblouir une fois pour toutes ses compatriotes. Pour la dépense comme pour le résultat, mieux vaut un festin royal que trois douzaines de dîners sans façon.

François était un honnête jeune homme, au cœur naturellement bon, mais desséché, applati quelque peu par l'étouffante pression de la tyrannie domestique. Pour Hélène, c'était la plus ravissante fille qu'on puisse imaginer. L'éducation de Vitré, minutieuse, inflexible, faite en un mot pour abrutir un esprit ordinaire, avait été, pour sa nature trop pétulante, un véritable bienfait. La tracassière surveillance de sa mère adoptive avait dompté son humeur sans entamer son caractère. Gaie, spirituelle, hardie, et n'ayant aucune inclination mauvaise qui pût la faire abuser de sa hardiesse, elle était incomparablement au-dessus de ses compagnes et savait se faire pardonner cette supériorité.

Avant son mariage, François servait de commis à son père, et s'initiait aux secrets du métier, tout en prenant une connaissance exacte des affaires de la maison. Durant la lune de miel, tout entier au bonheur, il négligea l'atelier. Lorsqu'il voulut y revenir, son père l'en éloigna sous différents prétextes, et finit par manifester le désir de le voir étudier le droit à Rennes.

Hélène et François s'aimaient. Hélène surtout, qui estimait son mari beaucoup au-dessus de sa valeur réelle, l'entourait d'une véritable adoration. Aussi fit-elle éclater son désespoir aux premiers mots de séparation; mais, accoutumée à obéir, elle se résigna. François, aussi, eut une velléité de chagrin; il n'était pas homme toutefois à se désoler beaucoup ni longtemps. En outre, sans se l'avouer peut-être, il était bien aise de voir si le monde s'étendait un peu au-delà de l'horizon vitréen.

Quant à M. Gérard, son mobile était sans doute bien puissant, car la rumeur que sa détermination souleva dans la ville le trouva inébranlable. C'était là, en effet, une chose bien étrange. Un bourgeois, un maître des bourgeois, envoyer son fils à Rennes, dans ce réceptacle de séductions inévitables et d'iniquités inconnues, dans cette terre hyperboréenne qui gisait à dix lieues au moins de Vitré! Une députation de bourgeois vint lui soumettre des rémontrances aigres-douces; tout fut inutile. Ces démonstrations le contrariaient vivement, car elles portaient atteinte à son autorité, fondée entièrement sur la confiance de ses collègues et de ses concitoyens; mais son fils était désormais de trop dans sa maison. M. Gérard se voyait dès lors rapidement conduit à sa ruine, et voulait la dérober à tous. François partit. A l'insu du public, à l'insu même de sa femme qui mourut sans se douter de la position du bourgeois, celui-ci épuisa ses dernières ressources. A l'époque où commence cette histoire, le crédit seul soutenait encore son commerce d'armurier-coutelier.

## II.

Vitré, vers le milieu du XVe siècle, était une jolie petite ville de huit à dix mille habitants, pittoresquement assise sur la croupe d'une abrupte colline. Le château-fort, au mystérieux aspect, tombait en ruines sous ses haillons de lierre. Mistress Anna Radcliff se fût pâmée d'aise à la vue des créneaux velus du vieux donjon. A l'instar de la mélancolique Anglaise, les hiboux affectionnaient vivement cette masse informe et noirâtre, penchée sur sa douve comme un vieillard sur son cercueil. De chaque côté des rues, des porches étroits et de bizarre architecture abritaient les marchands causant sur leurs portes avant le couvre-feu. Au midi de la ville, la Vilaine, coquette et gracieusement ondée, semblait protester, du fond de ses ombrages, contre le nom brutal infligé à sa modeste naïade.

Les Vitréens étaient d'honnêtes créatures, en arrière de quelque dix siècles, et, à cause de cela, incomparablement plus civilisés qu'on ne l'était alors. Leurs coutumes restaient, à peu de chose près, celles des anciens Rhedons, au temps de la domination romaine. Ils avaient peu ou point de communications avec leurs voisins. Fougères était pour eux le bout du monde, et Rennes une cité fabuleuse.

Un beau soir, dit une chronique locale, Vitré s'endormit, hommes, vieilles tours et hiboux, de ce sommeil magique qui est l'œuvre des génies. La Vilaine seule continua de couler, mais c'était pur somnambulisme. Cela dura quatre cents ans, plus ou moins. A la fin du dernier siècle, la bonne ville s'étira longuement, engourdie par ce somme exagéré; puis chacun, hiboux, vieilles tours et citoyens, reprit sa vie au point où il l'avait laissée, en l'an 1400 et tant.

Ce conte est vraisemblable comme une foule de romans historiques. En effet, on se demande sérieusement si Vitré n'est pas une pétrification du moyen-âge, une momie gothique, dans l'état de conservation le plus satisfaisant.

Aussi eussions-nous pu nous dispenser de mettre une date en tête de ce récit. A Vitré, les dates sont chose parfaitement oiseuse. Le drame qui se passait hier aurait pu se jouer, il y a cinq ou dix siècles, dans des conditions identiques. Les acteurs auraient eu mêmes mœurs et mêmes costumes; ils auraient parlé la même langue, habité les mêmes maisons, porté les mêmes titres. Là, rien ne change, les institutions pas plus que les hommes.

L'origine des *bourgeois* de Vitré se perd dans la nuit des temps. C'était primitivement un tribunal composé de cinq membres. Au commencement du XIVe siècle, l'agrandissement successif de la ville fit monter ce nombre jusqu'à dix. Le conseil se recrutait par élection dans tous les corps de métiers indifféremment; les gentilshommes ayant *pignon sur rue* pouvaient en faire partie. Anne de Bretagne, Louis XII, Charles IX, Henri III, Louis XIII et Louis XV, reconnurent successivement, par lettres-patentes, l'existence légale des bourgeois de Vitré.

Constitués en tribunal, au nombre de trois, ils connaissaient de toutes les affaires commerciales et municipales. Réunis en conseil, ils votaient les impôts communaux et tenaient le gouvernement effectif de la ville. Le président du conseil prenait le titre de maître-bourgeois ou maître des bourgeois; cette dignité était à vie. L'élection des membres du conseil se faisait avec une solennité singulière. Tout ce qui se rattachait aux corps des métiers, maîtres, compagnons, aspirants, avait voix délibérative. L'élu prêtait serment entre les mains du curé de Vitré, chanoine titulaire du diocèse de Rennes. Il communiait, s'il était en état de grâce, puis il était conduit triomphalement à la maison de ville. Le reste du jour se passait en fêtes. La marque distinctive était une médaille d'or; le maître-bourgeois la portait suspendue à un long ruban de moire.

L'empire moral des bourgeois allait bien au-delà de leurs attributions légalement reconnues. Aucune comparaison ne saurait donner une idée du respect dont les entourait la population. Un Vitréen de la vieille roche n'eût jamais parlé du maître-bourgeois que chapeau bas et la main sur le cœur. Aussi, les règlements intérieurs de ce vénérable corps étaient-ils d'une excessive sévérité. Pour être et rester bourgeois, il ne suffisait point d'être honnête homme, il fallait encore que tous les membres de la famille fussent sans reproche. Les cas de déchéance étaient innombrables et s'étendaient aux degrés les plus reculés de parenté. La moindre peccadille, minutieusement relatée sur les registres et qualifiée forfaiture, encourait cette peine principale. On citait avec un solennel effroi le seul cas d'expulsion qui eût jamais souillé l'histoire de ce sénat modèle. Sous la minorité de Louis XIV, Sébastien Morel, boulanger, fut mis hors le conseil, parce que son neveu, également boulanger, avait, en temps de disette, laccaparé des grains. On le laissa vivre en paix après la sentence; mais quand la honte et la douleur eurent mis fin à ses jours, sa maison fut démolie. Sur la place s'éleva un poteau de granit, signe néfaste, devant lequel un bourgeois ne passait point sans frissonner.

Comme on le voit par cet exemple de rigueur inouïe, la loi vitréenne ne transigeait pas. Un fils, un collatéral même pouvait faire peser sa faute sur la tête d'un père ou d'un parent.

Or, voici ce qui s'était passé dans la famille de M. Gérard :

Vincent Gérard de la Foliays, son cousin, était une manière de petit gentilhomme habitant une taupinière au milieu des taillis sur la route d'Ernée. Il blâmait fort son parent et ses ancêtres d'avoir dérogé à leur noble origine au point de se faire artisans, ce qui ne l'empêchait point de s'asseoir souvent et avec un plaisir toujours nouveau à la table de l'armurier. Sa cabane de la Foliays avait été de tout temps l'asile de mauvais sujets campagnards, sortes de brutes organisées spécialement pour boire et cuver leur cidre dans quelque fossé de bas chemin. Il se passait là d'ignobles débauches, et les convives, comme se plaisait à le répéter le maître du logis, étaient affranchis de toute étiquette. Les manants donnaient à cette consigne une portée que nous n'avons pas le courage d'expliquer.

Vincent, avec son chétif héritage, ne put résister longtemps à ce train de vie. Bientôt il assiégea la porte de son riche cousin et contracta envers lui nombre d'emprunts successifs. Mais le bourgeois n'était rien moins que prêteur de sa nature; le jour vint où sa bourse se ferma.

—Mon cousin de Pelhédou, dit le gentillâtre en se retirant, vous vous en repentirez!

M. Gérard haussa superbement les épaules et ne daigna pas même répondre à cette ridicule menace.

Vincent traîna pendant quelques mois une existence misérable, vendant un à un les pauvres meubles de sa maison; puis tout à coup on le vit reprendre ses habitudes; ses anciens amis furent de nouveau convoqués à La Foliays. Mais, cette fois, le régime avait changé; Vincent tenait table presque somptueuse, et, chez lui, maintenant, on s'enivrait avec du vin. Aussi, ceux qui étaient trop sensés pour croire qu'il eût découvert un trésor, pensèrent naturellement qu'il avait fait un pacte avec le diable.

Ceci avait lieu peu de temps avant le mariage de François.

Vers la même époque, la voiture de Rennes à Paris, portant la recette du département d'Ille-et-Vilaine, fut dévalisée coup sur coup à plusieurs reprises. Chaque fois ce vol fut commis aux portes de Vitré avec une audace surprenante. M. Gérard, en sa qualité de maître bourgeois, dirigeait la petite police soudoyée par la ville. Ses recherches, immédiatement commencées et poursuivies avec activité, furent couronnées d'un plein succès. Au bout d'une semaine, il savait le nom du bandit. Le soir même, on le vit monter dans une antique carriole attelée d'un petit cheval du pays, et prendre la route de la Foliays. Il faisait nuit quand il arriva en vue de la masure. A cent pas du seuil il entendait déjà les éclats d'une grossière et bruyante gaîté. Sur le point d'entrer dans la salle à manger, il s'arrêta; sa main fit involontairement un signe de croix, tant le sceau de la réprobation était énergiquement empreint sur le visage du maître et de ses convives.

Vincent n'était guère ivre qu'aux trois quarts. A la vue de son sévère parent, il sentit comme un frisson de peur ; ce fut l'affaire d'une seconde.

—Suivez-moi ! dit impérieusement le bourgeois.

Vincent imposa silence à ses amis, qui parlaient déjà d'assommer l'importun ; et, offrant à son cousin un verre plein jusqu'au bord, il proposa courtoisement sa santé.

M. Gérard repoussa le verre avec dégoût.

—Suivez-moi, Vincent, répéta-t-il plus doucement. Il s'agit d'affaire grave. Il s'agit...

Vincent l'interrompit par un irrévérentieux éclat de rire. Les convives, piqués d'émulation, poussèrent de véritables hurlements.

—De vie et de mort, continua le bourgeois en pressant avec force la main de son parent.

Celui-ci sembla réfléchir. Il y a des ivrognes prédestinés dont le cerveau s'emplit à mesure que se vident les bouteilles. Vincent avait deviné d'un coup d'œil le motif de cette visite extraordinaire; il arrangeait tranquillement sa partie.

—Ah çà ! messieurs mes bons amis, dit-il après un court silence, mon vénérable cousin que voilà désire me parler tête à tête... Il faut vous en aller.

Un murmure accueillit cette proposition inattendue. Vincent se leva et ouvrit les deux battants de la porte.

—Monsieur de La Foliays, dit le plus hardi des sauvages parasites en posant son chapeau de paysan sur l'oreille, je suis gentilhomme, et... — Chapeau bas ! s'écria Vincent; chapeau bas devant mon respectable parent, messieurs !

Et, d'un revers de main, il fit voler le couvre-chef du manant.

Alors tous se levèrent en tumulte ; il se serait passé quelque tragique aventure, si Vincent, grossissant sa voix, n'eût dit :

—Ma foi de Dieu ! drôles que vous êtes, le premier qui bouge est exclu pour jamais de ma table !

Il se fit aussitôt un silence absolu. Vincent, qui était bon prince, ajouta en les poussant vers la porte :

—Sans rancune, mes braves, et à demain.

Les manants défilèrent le chapeau à la main. On les entendit bientôt au dehors entonner à plein gosier un hymne bachique.

M. Gérard avait tourné le dos à cette scène ; Vincent s'approcha de lui, et passa doucement son bras sous le sien. Il y avait dans le regard du gentillâtre de l'audace et de l'ironie.—Malheureux ! commença le bourgeois en essayant de se dégager. — Trève, monsieur de Pelhédou, s'il vous plaît ! interrompit Vincent avec aplomb; je sais ce qui vous amène.

Le bourgeois le regarda stupéfait.

—Je sais qu'il est une chose au monde à laquelle vous sacrifieriez votre vie. C'est votre fortune, monsieur de Pelhédou.—Mais il ne s'agit pas..., voulut dire le bourgeois.—Si fait, interrompit encore Vincent. — Puis il ajouta en avançant cérémonieusement un siége : Je sais aussi... Veuillez donc vous asseoir... Je sais aussi qu'il est une autre chose que vous préférez même à votre fortune ; votre présence en est la preuve.

En toute autre circonstance, M. Gérard se serait vivement offensé de ce ton leste que prenait avec lui son cousin. Celui-ci, en effet, d'ordinaire gardait devant M. Gérard l'humble posture qui convient à l'obligé en face du protecteur ; mais ici le vieillard n'avait qu'une pensée, et cette pensée le rendait faible contre Vincent.

—Soyez franc, mon cher cousin, poursuivit ce dernier en se mettant de plus en plus à l'aise. S'il ne s'était agi que de me donner un bon conseil, auriez-vous pris la peine de visiter ma pauvre maison?—Vincent, dit le bourgeois d'un ton solennel, voulez-vous m'écouter?—Volontiers, mon cousin, volontiers; mais laissez-moi finir. Vous avez réfléchi, vous vous êtes dit : Nous sommes menacés tous les deux ; lui dans sa liberté, dans sa vie peut-être, qu'importe ? moi dans ce que j'ai de plus cher au monde; car cette chose que vous préférez même à votre fortune, c'est votre titre de bourgeois; et si je m'asseois sur la sellette des accusés, adieu maîtrise, bourgeoisie, médaille ! Tout cela n'est-il pas vrai, mon cousin de Pelhédou?

M. Gérard regardait avec effroi cet homme qui lui dérobait, comme en se jouant, sa pensée la plus intime. Jusque-là, il n'avait vu que forfanterie dans ses paroles; maintenant, il découvrait la cause de cette audace, et il tremblait. Vincent connaissait l'accusation qui pesait sur lui, et Vincent n'avait pas peur. Bien plus, il semblait vouloir exploiter cet attachement profond à son titre de bourgeois, que lui, M. Gérard, ne pouvait désavouer. Qu'allait-on lui proposer?

Vincent ne le laissa pas en suspens.

—Tout cela est vrai, continua-t-il; tout cela même est au-dessous du vrai. Si j'ai parlé de vie et de fortune, c'est que je n'ai point trouvé d'autre terme de comparaison. Pour rester bourgeois, mon cousin, vous renieriez Dieu, vous qui êtes dévot.—Assez! dit le vieillard avec impatience.—Soit. A quoi bon vous dire, en effet, que vous commettriez un crime au besoin? Vous savez cela mieux que moi.

—Il faut qu'il se sente bien fort, pensa le bourgeois avec terreur.

Et il ajouta tout haut :

—Où voulez-vous en venir? — A votre but, mon cousin de Pelhédou. Je suis bon parent, croyez-moi, et n'ai point oublié les petits services que vous avez pu me rendre à l'occasion. Vous êtes venu chez moi pour me faire un long discours, dont la conclusion eût été ceci : Votre crime est découvert, votre vie menacée ; partez.— Eh bien ? — Eh bien ! je suis de votre avis.

Ici Vincent prit un air grave.

—Je suis de votre avis, répéta-t-il ; mais je ne veux pas vous laisser le masque hypocrite dont vous vous êtes affublé au seuil de ma porte. Ce que vous faites est pour vous, non pour moi.

M. Gérard voulut se récrier.

—Vous plaît-il discuter ce point? dit Vincent avec froideur. D'abord, à cette heure même où nous sommes, vous n'êtes plus bourgeois que de fait. J'ai commis un vol, vous êtes mon parent ; de droit, vous êtes déchu. Ensuite... — Misérable ! s'écria le vieillard pâle de colère. — Vous voyez bien? Concluons. Dans notre intérêt commun, je pars; vous paierez mon voyage.—A cela ne tienne !—Dans notre intérêt commun, j'abandonne mon château, mes ressources... — Votre château! vos ressources ! dit amèrement le vieillard. — Oui, mon cousin, répéta Vincent avec emphase, mes ressources, mon château ! Pour *nous*, je me voue à l'exil. Donc, vous devez me soutenir.—Ah ! pour cela..., s'écria M. Gérard.—Et vous me soutiendrez.

M. Gérard réfléchit une minute.

—Réellement, je n'y puis consentir, dit-il avec hésitation.—Non ? Alors je me constitue demain prisonnier.

Le vieillard fit un bond sur son siége.

—Et après-demain, continua Vincent avec un calme imperturbable, il n'y aura plus que neuf bourgeois à Vitré.—Je consens, dit M. de Pelhédou

—A la bonne heure ! je ne vous dis pas merci, mon cousin; nous n'en sommes plus aux compliments. A propos, demain je prendrai cinq à six mille francs à votre caisse. — Cinq mille francs? — Cinq à six mille; plutôt six que cinq. C'est pour éviter les frais d'envoi. Plus je prendrai, moins souvent je vous importunerai. Et maintenant, mon cousin, vous ferai-je préparer un lit dans ma pauvre maison?

M. Gérard se leva. Il se croyait le jouet d'un rêve. Lui qui était venu la menace à la bouche, comptant imposer des lois, s'en retournait vaincu, dépouillé, sans pouvoir opposer la moindre résistance. Il remonta dans sa carriole sans prononcer un mot, et répondit par un triste signe de tête à l'adieu triomphant de Vincent.

—A demain, mon cousin de Pelhédou! lui cria de loin ce dernier. J'irai vous demander à dîner et recevoir vos vœux de bon voyage.

Vincent partit et choisit Rennes pour résidence. Dans les quelques mois qui s'écoulèrent entre ce départ et le mariage de François, le gentilhomme fit plusieurs demandes d'argent, toutes accompagnées de la même menace. M. Gérard ne refusa jamais.

Voilà pourquoi un maître des bourgeois avait envoyé son fils étudier le droit à Rennes. La fortune de l'armurier était immense pour Vitré. Outre les fonds employés à son commerce, il avait une réserve de deux cent mille francs dont il ne tirait aucun bénéfice, mais qu'il contemplait avec satisfaction. Ces demandes exagérées mirent rapidement le trouble dans ses affaires. Comme il ne pouvait avouer la cause de déficits aussi considérables sans rendre son sacrifice inutile, il aima mieux, au risque d'encourir le blâme de ses confrères, éloigner de lui son fils que d'avoir à éluder sans cesse ses questions.

## III.

Les environs de Vitré sont, pour les voleurs de grand chemin, un véritable pays de cocagne; taillis, ravins, fossés profonds, haies gigantesques, tout est réuni pour les défendre ou les cacher. Aussi la place est-elle fort courue. A défaut de bandes nombreuses et organisées qui disparaissent peu à peu, les brigands isolés y abondent. Le souvenir des attaques dirigées contre la voiture de Paris à Rennes, et dont l'auteur n'a jamais été connu, s'évanouit bientôt, étouffé par de nouvelles histoires du même genre.

M. Gérard, tranquille de ce côté, avait vu partir pour Rennes, l'un après l'autre, les sacs enflés de ses beaux écus de six livres. L'abandon était, il est vrai, volontaire; entre deux malheurs, sa ruine et sa déchéance, il choisissait le moins affreux; mais il songeait parfois avec un désespoir indicible que sa ruine elle-mêmene le sauverait pas. Alors il était prêt à tout abandonner; il prenait la route de la maison de ville, résolu à déposer entre les mains du conseil son titre et son pouvoir; puis il s'arrêtait. Après avoir été dictateur, pour ainsi dire, retomber au rang de citoyen! la force lui manquait.

Enfin, la crise lui parut imminente. Après la lettre de Vincent, il n'y avait plus à balancer. M. Gérard voulut tenter un dernier effort.

Hélène et Goton Leveau le virent avec surprise partir tous les soirs à la nuit tombante. Lui-même attelait son cheval; ce qu'il plaçait près de lui dans sa carriole, nul ne le savait. Hélène, par deux fois, lui avait demandé la permission de le suivre; le vieillard avait péremptoirement refusé.

—Hélas! Madame, disait Goton en levant les yeux au ciel; qui fait le bien ne se cache pas.

Et, malgré les sévères réprimandes de la jeune femme, Goton faisait mille suppositions bizarres, parlait de diable, de sabbat, et ne manquait pas de faire part au voisinage de ses soupçons sur le compte de maître Gérard.

C'était à Pelhédou que se rendait ainsi ce dernier. Pendant sept nuits, il fit ce voyage. La huitième, il prit la route de Fougères, et ramena un brocanteur escorté de charretiers et de domestiques; il lui fallait un étranger pour l'œuvre qu'il voulait accomplir.

Tandis qu'Hélène, étonnée de sa longue absence, comptait les heures et les minutes, le vieillard parcourait, avec le marchand, les salles de son château.

—Et combien voulez-vous de tout cela? lui disait l'usurier en fripant avec dédain ces tentures qui avaient fait l'admiration des ménagères vitréennes.

—Dix mille francs, répondait le vieillard.

Le marchand passait en haussant les épaules. Quand il eut tout vu, il offrit quatre mille francs.

M. Gérard poussa un profond soupir et ouvrit une porte basse communiquant avec son cabinet. L'usurier dut se croire dans un arsenal; M. Gérard avait employé huit jours à transporter son magasin de Vitré à Pelhédou; il n'avait plus dans sa boutique que les objets étalés en montre.

—Je donnerai huit mille francs du tout, dit l'usurier.

Les armes seules valaient plus du double de cette somme.

—Il me faut dix mille francs! répéta dolemment le malheureux bourgeois; et il soupira de nouveau en soulevant le couvercle d'un petit coffre à fermoirs de fer.

Là était son argenterie de famille; des plats, des soupières qui dataient des premiers Pelhédou.

—Vous n'avez pas autre chose? demanda l'impitoyable Juif.—Tout cela pour dix mille francs! murmurait le vieillard. — Pas de montre, pas de...? — Rien.

L'usurier porta la main au cordon de moire qui pendait au cou du vieillard.

—Qu'y a-t-il au bout de cela? dit-il.

M. Gérard devint pâle d'indignation.

—Arrière, Juif! s'écria-t-il fièrement. Mais, le souvenir de sa détresse lui revenant aussitôt, il ajouta: Tout cela pour dix mille francs! — Tout cela! répéta l'usurier en grimaçant un sourire de dédain; allons, je donnerai neuf mille cinq cents francs.—Dix mille. Qu'ai-je à faire de neuf mille cinq cents?—Dix mille, donc! payables à trois mois.

M. Gérard avait la fièvre; vingt fois par minute, il se sentait pris du désir de jeter cet homme à la porte.

—A l'instant! dit-il avec fatigue; et il s'assit sur le coffre qu'il avait bruyamment refermé.

Le Juif fit semblant de réfléchir:

—Deux affaires comme celle-là me mettraient sur la paille, dit-il enfin. N'importe, je vous achète le tout.

Il compta dix mille francs sur un coin de table, non sans batailler pour l'appoint des pièces de six livres. Ensuite, ses aides se mirent en devoir de dépouiller le château. Le soir, il n'y avait plus rien.

Après le départ de cette nuée de vautours, M. Gérard se promena longtemps dans ces salles vides et rendues immenses par leur nudité. Il faisait nuit déjà; la lune éclairait lugubrement cette scène; on eût dit l'ombre d'un des vieux maîtres de Pelhédou, gémissant sur la ruine de son orgueil.

Le vieillard, l'œil sec, la poitrine oppressée de sanglots, gagna péniblement le seuil. Là, il jeta un dernier regard sur la demeure de ses pères. A ce moment, un éclair de fierté illumina son visage.

—La pauvreté n'est pas un cas de déchéance, dit-il. Je mourrai bourgeois de Vitré. Qu'importe le reste?

Il remonta dans sa carriole. Le cheval, la bride sur le cou, marchait à son aise. M. Gérard était perdu dans ses réflexions. Tout-à-coup, sur son front brûlant, il sentit le contact d'un objet froid, et ces paroles retentirent à son oreille:

—Ta bourse!

A ce dernier malheur, le bourgeois retrouve l'énergie, et, pour ainsi dire, la force de sa jeunesse. L'assaillant était seul; il y eut une lutte longue, désespérée. Enfin, le vieillard, épuisé, lâcha prise et tomba sans mouvement au fond de sa carriole. Le lendemain, avant le jour, il revint à la vie. Son cheval l'avait conduit de lui-même à Vitré; il était devant la porte de sa maison. Mais, hélas! ces dix mille francs si chèrement achetés avaient disparu.

Au petit jour, Hélène entendit le cheval piétiner sous le porche. Elle descendit en hâte et trouva son père dans le plus triste état. Il avait reçu en se débattant plusieurs blessures. La fièvre faisait s'entrechoquer ses dents et trembler tous ses membres.

Ce fut matière à commérage pour Goton Leveau. Quand le bourgeois eut été transporté et couché dans son lit, la vieille s'empressa de faire le tour du quartier.

—Tout n'est pas gain dans le commerce avec Satan, disait-elle invariablement en terminant son récit, qui s'embellissait à chaque nouvelle édition. Le pauvre maître est bien coupable, mais, ciel de Dieu, qu'il est sévèrement puni!

Ceux qui écoutaient Goton Leveau ne savaient trop que penser. Le vieux respect dû à la bourgeoisie luttait avec désavantage contre ces accusations vagues, absurdes, mais incessamment répétées.

Hélène restait nuit et jour assise au chevet de son père. Elle reportait sur lui une part de son amour, rendu plus vif par l'absence de François. La jeune femme faisait trêve maintenant aux regrets de la séparation. Un souci plus réel, plus accablant, pesait sur son cœur. Parfois, durant ses longues heures de veille, elle se levait avec effroi et demeurait immobile, penchée sur le lit du vieillard. Celui-ci avait parlé dans son délire, et son secret s'était échappé, non pas le secret de sa ruine: il ne disait rien du passé; mais un projet, dont la première idée germait depuis longtemps et presque à son insu dans son cerveau, lui revenait avec la fièvre. Et c'était effrayant sans doute, car Hélène frissonnait à l'écouter.

Ce fut pendant cette maladie que le crédit politique de M. Gérard subit sa première atteinte. Les récits de Goton Leveau arrivèrent de porche en porche jusqu'à la maison de ville. Le conseil s'émut; une députation de trois bourgeois fut chargée de faire au maître d'humbles représentations, en lui demandant compte de ses absences nocturnes. M. Gérard était alors accablé par la souffrance; Hélène n'eut qu'un mot à dire pour éloigner les bourgeois.

Goton était allée se poster sur le seuil. Quand sortit la députation :

—Mes bons maîtres, dit-elle, le pauvre homme est bien malade; ayez pitié de lui, pour l'amour de Dieu! — Si nous interrogions cette femme? dit un des membres du conseil.

Mais il y avait une dignité grande et véritable dans cette antique institution des bourgeois de Vitré. Les deux autres répondirent :

—C'est une servante.—Et ils passèrent.

Cependant Vincent attendait avec impatience le résultat de sa lettre. Le gentillâtre avait mené tambour battant les écus de son cousin. Dès son arrivée à Rennes, il avait loué dans la rue Saint-Georges, au-dessus d'un tripot fameux à cette époque, un logement selon son cœur. La rue Saint-Georges était alors et est encore une sorte de long et sale lupanar; Vincent avait sous ses pieds un cabaret, sur sa tête un nid de filles de joie. Il était là dans son centre. Dès le matin il descendait pour jouer et boire; le soir on l'eût retrouvé buvant et jouant. Sans le jeu, Vincent eût été obligé de jeter ses louis par les fenêtres pour voir en deux ans, à Rennes, la fin des deux cent mille francs du bourgeois.

Un jour qu'il avait, par hasard, fait une excursion hors de la rue Saint-Georges, il rencontra François Gérard, son jeune cousin. Celui-ci était à Rennes depuis deux mois seulement. Il portait encore sur son visage la pudeur vitréenne, marchait à pas comptés et ne regardait guère autre chose que le bout de ses larges souliers apportés du pays. Vincent trouva qu'il serait charmant de convertir ce jeune quaker à sa manière de vivre. Par malheur la tâche n'était pas difficile. L'éducation de François, où il n'entrait que peu d'éléments intellectuels, se prêtait merveilleusement à cette existence brutale. Tandis qu'Hélène se souvenait et priait, François oubliait et faisait pis. Le remords venait, il est vrai, quelquefois, mais son cousin avait de souverains remèdes pour guérir ce mal passager.

Vincent se conduisait en généreux parent. Comme François n'avait qu'une pension assez modique, le gentilhomme lui prêtait sans compter. Il en était quitte pour demander un millier d'écus de plus, de temps à autre, à cette perle des cousins, le bon M. de Pelhédou. Mais les envois de l'armurier devinrent graduellement plus rares, et cessèrent enfin tout-à-fait comme nous l'avons dit. François dut s'exécuter à son tour. On savait la fortune de son père; il lui fut facile de contracter de petits emprunts. Ce faible crédit une fois éteint, les deux cousins restèrent en face de leurs dettes et du stérile souvenir de leurs orgies passées.

Telle était leur situation durant la maladie de M. Gérard. François ignorait complétement les rapports de son père avec Vincent. Il n'avait même pas songé à deviner la source de l'opulence passagère de ce dernier.

Un matin, Vincent entra chez François. Il était en costume de voyage.

—As-tu des commissions pour Vitré? dit-il en riant.—Tu pars? demanda François avec surprise. —Oui, je vais faire un tour... presser des fermiers en retard... régler un compte, enfin.—Et moi? dit François effrayé de se trouver seul vis-à-vis de ses créanciers.—Toi, qui t'empêche de faire de même?

François baissa la tête en silence. Son père lui avait défendu de quitter Rennes, et il n'en était point venu encore à braver un ordre de son père. Il s'assit à une table et écrivit rapidement quelques mots qu'il remit à Vincent.

—Tu donneras ceci à mon père, dit-il, et tu tâcheras d'arranger la chose.

M. Gérard entrait à peine en convalescence, lorsqu'on lui annonça la visite de son parent, M. Vincent Gérard de La Foliays. Ce fut pour lui un coup de foudre. Hélène vit le trouble de son père. Rapprochant ce trouble des paroles échappées au vieillard dans son délire, elle voulut empêcher l'entrevue et ordonna de refuser la porte. Mais Goton obéissait quand il lui plaisait; bientôt on entendit du vacarme au dehors, et des talons de bottes résonnèrent dans la chambre voisine. Hélène se précipita.

—Monsieur, s'écria-t-elle, vous ne pouvez pas... — Ma foi de Dieu! interrompit Vincent, c'est cette charmante petite cousine!

Et il lui passa cavalièrement la main sous le menton. Le gentilhomme s'était formé dans ses voyages.

Hélène se recula, offensée.

—Petite cousine, continua Vincent en joignant le geste à la parole, on m'a chargé de vous embrasser sur les deux joues... Hé! il ne faut pas vous fâcher. C'est ce cher François qui m'a chargé de cela, petite cousine.—Vous avez vu François? s'écria Hélène, qui se rapprocha vivement.—Sans doute, nous causerons de lui; mais j'ai un message...

Hélène était devenue rêveuse, depuis bien longtemps François ne lui écrivait plus. Que faisait-il à Rennes?

Peut-être pourra-t-il me dire s'il se souvient de moi, pensa-t-elle en baissant les yeux.

Vincent profita du moment et entra dans la chambre du maître-bourgeois. Hélène ne put que le suivre. M. Gérard s'était dressé sur son séant à la vue de Vincent. Il était d'une pâleur livide. Ses blessures et sa maladie l'avaient vieilli de dix ans. D'un geste il ordonna à sa fille de sortir.

—Eh bien! cousin? commença gaillardement le gentilhomme.

M. Gérard l'arrêta en lui montrant la porte. Vincent comprit et tira le verrou.

—M. de La Foliays, dit alors le vieillard d'une voix creuse, vous êtes venu contempler votre ouvrage.

Vincent ne répondit pas d'abord. L'aspect de cet homme qui, penché sur sa tombe, lui reprochait sa mort, le déconcerta. Il tira machinalement la lettre de François et la posa sur la table de nuit.

—Lui aussi! s'écria douloureusement M. Gérard après avoir parcouru la lettre. Vincent, vous êtes le mauvais génie de ma maison!

Celui-ci baissait la tête avec embarras. Un instant il fut tenté de battre en retraite, mais le silence qui suivit lui donna le temps de se reconnaître. Ayant perdu plutôt que mangé les sommes envoyées par son cousin, il n'en savait pas le compte. Pourtant la fortune de ce dernier n'était pas de celles qui se dissipent en deux années : M. de Pelhédou devait être en état de faire un dernier effort.

—Mon cousin, reprit Vincent, je n'ai rien proposé que de raisonnable. — Vous m'avez ruiné, Vincent, dit le vieillard. Je vous demande pitié pour mon honneur! — Son honneur! pensa le gentilhomme. Sa médaille, je pense! Toujours son idée fixe! A moins qu'il n'y ait des bourgeois dans l'autre monde, il s'ennuiera déplorablement pendant l'éternité.

Puis, la discussion lui rendant une partie de son impertinence, il poursuivit en se jetant dans une bergère.

—Monsieur de Pelhédou, nous aurions dû songer plus tôt à ce voyage d'Amérique peut-être; mieux vaut tard que jamais... Vrai, mon cousin, si je fais fortune, je veux vous rendre ce que vous m'avez... avancé.

Le bourgeois le regardait d'un œil morne.

– Je suis ruiné, dit-il.—A d'autres! mon cousin. Ce qui vous reste m'épargnerait une traversée d'outre-mer. Voyons! comptez-moi ces dix mille francs. —Je suis ruiné... ruiné! répétait la voix monotone du vieillard. —Il faut frapper le grand coup, pensa Vincent.—Mon cousin de Pelhédou, ajouta-t-il tout haut, vous me navrez, sur ma parole! moi qui avais fait serment de devenir honnête homme, je vais me voir contraint de recommencer...—Quoi? demanda vivement le bourgeois.—Hé! ce que vous savez bien. —Vous le feriez!—Oui, sur ma foi de Dieu! cousin de Pelhédou.

Le vieillard tira lentement ses jambes décharnées de son lit. Ainsi debout et demi-nu, il ressemblait plutôt à un spectre qu'à un homme. Chancelant et s'appuyant aux meubles, il gagna une armoire engarde-robe située à l'extrémité de la chambre, et se mit en devoir de s'habiller.

Vincent le regardait faire avec stupéfaction.

—Veuillez vous remettre au lit, monsieur de Pelhédou, dit-il enfin. Au nom de Dieu!...—Chut! dit le vieillard en étendant la main.

Quand il eut passé avec effort son étroit pantalon, il atteignit un flacon posé sur le rayon supérieur de l'armoire et but quelques gorgées. Après quoi il se redressa et fit un tour de chambre à pas plus fermes.

—Vincent, dit-il en serrant fortement le bras de celui-ci, n'avez-vous pas dit que vous recommenceriez?—Je pense que je l'ai dit, balbutia le campagnard. Cependant.... — Ne vous rétractez pas! Ce soir, il part de Vitré une voiture... — Monsieur de Pelhédou! disait Vincent qui craignait un piége.— Avez vous peur? continua le vieillard. Il n'y a pour gendarmes à Vitré que des recrues. Je sais cela, moi qui suis...

Il s'interrompit, et son regard, qui tout à l'heure brillait d'un feu extraordinaire, se baissa terne et glacé. Vincent respira; mais l'armurier reprit bientôt à voix basse et d'un ton plus calme :

Écoutez! la voiture vient de Rennes et s'est arrêtée, je ne sais pourquoi, à Vitré. Elle porte la recette de tout le département. C'est un hasard unique, Vincent! 80,000 francs en écus de six livres!—Hum! fit le gentilhomme, c'est peu portatif.— Et 50,000 francs en or, continua M. Gérard. — 50,000 francs! répéta Vincent. En or!

Le vieillard suivait d'un œil avide l'effet de sa tentation. Vincent, la respiration haletante, les mains fortement serrées, baissait la tête et semblait combattu.

—Si vous avez peur, dit le bourgeois, j'irai avec vous.—Vous! s'écria Vincent reculant de surprise.

Le vieillard sourit imperceptiblement.

—Nous partagerons, dit-il; et, reprenant son ton lamentable, il ajouta : « Je suis ruiné, Vincent, ruiné!

Ce dernier l'observait avec inquiétude. La pensée lui était venue que le transport seul pouvait le faire parler ainsi; mais M. Gérard était debout à côté de lui, droit et ferme. La fièvre semblait s'être évanouie comme par enchantement.

—Soit! dit alors Vincent. Cousin, nous irons ensemble. A quelle heure?— Dès qu'il fera nuit, ma voiture vous attendra sous le château. — J'y serai. A ce soir donc!

Vincent serra la main de son nouveau camarade, et sortit en chantonnant un refrain rennais. En traversant l'antichambre, il crut entrevoir Hélène qui disparaissait par la porte opposée.

## IV.

Ceci s'était passé dans la matinée. M. Gérard, après le départ de Vincent, tomba dans un profond abattement. Il se coucha, dormit tout le jour d'un sommeil de plomb, et s'éveilla en sursaut pour regarder précipitamment à sa montre. On était alors à la fin de juin; les soirées étaient longues. Le bourgeois, galvanisé par son inquiétude, reprit vie et ne put garder le lit plus longtemps. Dès sept heures, il ordonna d'atteler.

Jusque-là, Hélène n'avait rien dit. Quand Goton Leveau eut quitté la maison pour exécuter cet ordre étrange, la jeune femme se jeta aux genoux du bourgeois :

—Mon père, dit-elle, au nom du ciel, ne faites pas cela!

M. Gérard la regarda d'un œil étonné.

—J'étais là, reprit Hélène en montrant la porte. J'ai tout entendu. — Tout? répéta le vieillard qui repassa le seuil aussitôt.

Il ferma la porte et ajouta :

—Et qu'avez-vous entendu, Hélène?—Il m'a semblé... ô mon père! Restez, pour que je voie que je me suis trompée. — Répondez! dit sévèrement M. Gérard.—J'ai entendu. C'est une affreuse méprise peut-être. Vous allez sur la route attendre une voiture... la nuit... et vous avez parlé de 80,000 francs.

Le bourgeois sourit avec calme.

—Enfant, dit-il. Et vous avez conclu?... C'est là une leçon sévère, Hélène. A l'avenir, modérez, croyez-moi, la curiosité de votre sexe. —Hélas! mon père, reprit la jeune femme, il y a encore autre chose. Pendant votre maladie...

Elle allait parler sans doute de ces paroles mystérieuses qui revenaient si souvent à sa mémoire. Une honte respectueuse la retint.

—Ecoutez, Hélène, dit le bourgeois en s'enveloppant dans son petit manteau pour sortir; je devrais par mon silence punir votre indiscrétion; mais j'ai pitié de vos folles inquiétudes. Il s'agit d'un dépôt de 80,000 francs à moi confié par mon cousin de La Foliays, et laissé à Pelhédou. Nous allons le chercher ensemble. De là nous regagnerons la route, afin d'attendre la voiture. Vincent part ce soir pour un grand voyage.

Hélène n'eut rien à répondre, mais elle n'était point persuadée.

—Et maintenant, ma fille, continua le bourgeois,

vous allez fermer la maison. Je serai de retour demain dans la matinée.

Ayant atteint le porche en parlant ainsi, il déposa un baiser sur le front d'Hélène, et monta dans la carriole.

Vincent l'attendait au rendez-vous. M. Gérard céda les rênes, et la petite voiture descendit au grand trot la route de Brest. Une fois les dernières maisons dépassées, ils prirent un chemin de traverse, tournèrent la ville et se dirigèrent vers Pelhédou. Le château était distant d'une grande lieue. Pendant toute la route, les deux complices gardèrent le silence. Vincent songeait, pour se donner du cœur, que toute trahison était impossible; à quoi bon tendre un piége à l'homme qu'on a sauvé naguère au prix de sa fortune entière? les lois vitréennes n'avaient point changé; sa prise serait le signal de la déchéance du maître-bourgeois. Et pourtant il tremblait, le hardi hobereau; chaque buisson, projetant son ombre sur le grand chemin, lui semblait un émissaire du conseil. M. Gérard, au contraire, restait impassible sur son banc. Son visage était empreint d'une détermination calme et réfléchie.

Il descendit le premier dans la cour de Pelhédou, et, mettant le chapeau à la main, il dit avec une solennelle courtoisie :

—Soyez le bien venu dans la maison de nos ancêtres communs, Vincent Gérard.

Celui-ci entra la tête basse. Le calme du vieillard lui était son impertinence; avec son impertinence s'évanouissait son audace accoutumée. M. Gérard alluma un flambeau. Vincent regarda autour de lui avec surprise. Tentures, meubles, tapis, ces magnificences qu'il avait admirées et enviées autrefois, tout avait disparu. Partout le vide, partout la nudité. Le bourgeois semblait ne pas prendre garde à l'étonnement de son cousin.

—Vincent Gérard, dit-il en passant le seuil de l'antichambre, voici la salle à manger. La table peut donner place à soixante-dix convives. J'espère que nous y viderons ensemble plus d'un verre avant notre mort.

Vincent ouvrit de grands yeux, cherchant la table et ne trouvant que le sol humide.

Le vieillard ne prenait pas garde. A mesure qu'il avançait dans le château, sa politesse devenait plus minutieuse, sa parole plus solennelle. Il décrivait et montrait du doigt les meubles absents avec une sorte d'ostentation lugubre.

—Voici maintenant le salon d'honneur, reprit-il. Les meubles furent achetés par Jean de Pelhédou, bourgeois de Vitré, votre bis-aïeul et le mien.

Et il levait le flambeau pour mieux éclairer les splendeurs de cette pièce dont il ne restait que les quatre murs.

—Les tentures, continua-t-il, furent l'œuvre de Renée Bortin, femme Gérard, deuxième épouse de Jean de Pelhédou. On en trouverait difficilement de plus belles. C'est l'avis des connaisseurs.

Vincent se sentait frissonner. Son esprit n'était pas de trempe à braver la mystérieuse tristesse de cette scène. Il tâcha de se persuader que le vieillard était fou. Ce dernier poursuivit avec une lenteur glaciale en faisant le tour du salon :

—Ces portraits sont ceux de nos pères; aucun d'eux n'a forfait à l'honneur; dites comme moi : « Paix à leur mémoire! »—Paix à leur mémoire, répéta docilement le gentilhomme.

Et il s'inclina devant les cadres imaginaires.

—Pelhédou, reprit complaisamment le vieillard, n'a pas été meublé en un jour. Feu ma mère avait coutume de dire que les tentures seules valaient plus de vingt mille livres. C'était là une orgueilleuse pensée, et cependant elles ont leur prix. Voyez!

Ils s'étaient arrêtés dans une pièce carrée, autrefois seconde salle de réception. Les suppôts de l'usurier de Fougères, en arrachant brutalement la tapisserie, avaient écorché les murailles. La lumière tombait d'aplomb sur une longue crevasse déjà recouverte de toiles d'araignées.

—Voyez! répéta le vieillard avec emphase.

Vincent le suivait de pièce en pièce. Tous deux marchaient lentement et chapeau bas. M. Gérard ne faisait grâce ni d'un fauteuil ni d'un portrait.

—Mon cousin, dit enfin le gentilhomme, que cette promenade fantastique fatiguait outre-mesure, ne nous reposerons-nous pas?

Le vieillard désigna d'un geste plein d'orgueil une multitude de places vides.

—Dieu merci, dit-il, les siéges ne manquent point à Pelhédou; mais poursuivons, s'il vous plaît, nous nous arrêterons dans ma chambre à coucher que voici.

Ils étaient en effet dans cette pièce, dévastée comme les précédentes.

—C'est ici, dit le bourgeois avec un sourire de satisfaction profonde, c'est ici que je me repose de mes travaux, cousin. Ici, j'ai tout ce qu'il me faut sous la main. J'y viens quand je veux trouver le bonheur.

Le contraste était déchirant entre les paroles du bourgeois et la réalité.

—Par grâce, M. de Pelhédou, s'écria Vincent sérieusement ému, finissons!—Vous aurais-je offensé? demanda le vieillard avec simplicité.

Vincent se mordit convulsivement la lèvre. Il était à la torture.

—S'il en est ainsi, ajouta gravement M. Gérard, je vous prie de recevoir mes excuses, mon cousin de La Foliays.

Il se tut, et Vincent n'eut garde d'ajouter une parole. Depuis son entrée au château, le gentilhomme pouvait mesurer la profondeur de l'abîme où il avait poussé ce malheureux vieillard. Vincent était un vaurien, mais non pas tout-à-fait un méchant cœur. Il se repentait.

—Je lui donnerai les 50,000 francs, se disait-il, et je deviendrai ce que le diable voudra.

M. Gérard ouvrit une armoire enclavée dans le mur. Il en retira d'abord des bouteilles et des verres, puis deux fusils qu'il essuya soigneusement.

A la vue des bouteilles, Vincent, comme un coursier de bataille au son de la trompette, avait secoué toute tristesse. Il ouvrit la fenêtre, et se fit un siége du balcon.

M. Gérard s'était assis près de Vincent, et lui versait verre sur verre. Celui-ci, pour se remettre sans doute, avalait sans compter. Si les deux complices n'eussent pas été ainsi sérieusement occupés, l'un à verser, l'autre à boire, ils auraient pu remarquer une figure à demi cachée sous les lilas de la cour, et qui semblait les examiner curieusement.

Hélène n'avait pu maîtriser son inquiétude; prenant à pied la route directe de Pelhédou, elle était arrivée presque en même temps que la carriole. C'était chose hasardeuse qu'une course solitaire à travers les taillis, dans les environs de Vitré, les plus mal hantés qui soient en Bretagne, mais Hélène ne songeait point au danger. Il y avait dans cette jolie tête blonde aux contours enfantins une détermination virile. Elle soupçonnait un projet criminel, et la droiture de son cœur, augmentée encore par une éducation austère, lui commandait d'empêcher le crime; elle était venue pour cela. Si ses soupçons n'étaient pas fondés, elle resterait à l'écart, mais elle se jetterait entre le crime et son père, si, par malheur, elle avait deviné juste.

Le vin fit bientôt sur Vincent son effet accoutumé; l'audace et l'insolence lui revinrent à la fois. Choquant à chaque instant son verre plein contre le verre vide de M. Gérard, il osa bientôt railler ce qui l'épouvantait tout à l'heure.

Monsieur Gérard et Hélène.

—A la santé des meubles, tentures, tapis et autres fantômes de Pelhédou ! s'écria-t-il enfin en riant à gorge déployée.

Son ivresse naissante l'empêcha seule d'apercevoir l'éclair haineux qui brilla subitement dans l'œil du maître-bourgeois. Ce dernier fit sur lui-même un violent effort. Se versant pour la première fois pleine rasade, il s'inclina cérémonieusement et but.

—Pelhédou, dit alors Vincent avec effusion, si vous m'eussiez gardé rancune pour ces maudites vieilleries que je vous ai forcé de vendre, à ce qu'il paraît, ma foi de Dieu ! j'aurais été contrarié on ne peut plus; car vous êtes un vertueux cousin, Pelhédou !

Et tous deux se serrèrent cordialement la main.

—A l'œuvre, maintenant ! dit le vieillard.

Il y avait encore une demi-lieue de Pelhédou à la grande route; mais Vincent fouettait à tour de bras; le pauvre cheval galopait autant qu'il était en lui, et la carriole, menaçant ruine à chaque cahot, arriva en quelques minutes au lieu choisi.

C'était un de ces *bons endroits* si communs en Bretagne. La grande route passait, boueuse et défoncée, entre deux taillis impénétrables. En arrière, du côté de Vitré, une colline abrupte; en avant, une côte plus abrupte encore; entre les deux montées, un vallon juste assez large pour servir de lit à un mince filet d'eau. Dans ce ravin désert et profondément encaissé, tous les bruits devaient s'y perdre. Répercutés à l'infini, mais concentrés par les deux rampes *symétriques*, les cris de détresse s'en allaient tout *droit* au ciel. Aussi le pont de la Vresche faisait-il à lui seul tous les frais des lugubres récits des veillées vitréennes.

Quand arrivèrent les deux complices, un bruit lointain de chaînes et de roues annonçait l'approche de la voiture. Celle-ci, en effet, escortée de deux gendarmes, descendait la côte au galop. Vincent voulait se placer à la tête du pont, le vin de Pelhédou lui donnait une vaillance chevaleresque. M. Gérard, lui arrachant les rênes, fit rentrer la voiture dans le taillis. Tous deux alors sautèrent sur le fossé.

La lourde machine fit retentir les pavés du pont. Vincent s'était mis à l'affût derrière une souche; M. Gérard armait silencieusement son fusil. Tout à coup une idée vint à ce dernier; il toucha le bras de Vincent, qui déjà mettait en joue, et lui dit à voix basse :

— Combien me demande François?—Au diable ! grommela le gentilhomme en se dégageant brusquement, vous allez me faire manquer... — Combien ?... dites, dites ! répéta le vieillard.—Ma foi de Dieu ! je n'en sais rien... mille écus, je pense.—Merci.

Deux coups de feu partirent en même temps. Celui de Vincent, qui était un remarquable tireur, abattit le postillon. Celui de M. Gérard jeta Vincent mort à ses pieds.

En un instant la voiture fut vide, les voyageurs se dispersèrent. Les deux gendarmes d'escorte, recrues nouvelles, firent une décharge au hasard et tournèrent bride. M. Gérard alla ouvrir la caisse. Il prit mille écus, ni plus ni moins. François devait cette somme à Rennes, et les dettes non payées étaient un cas de déchéance. Jamais la pensée du maître-bourgeois n'était autre. Comme il retournait vers la carriole, il vit une forme blanche se dresser au-dessus du corps de Vincent, puis s'affaisser à la même place. En approchant, il trouva Hélène évanouie.

Monsieur Gérard reprend sa médaille.

La jeune femme était arrivée trop tard. Quand la carriole avait quitté Pelhédou, Hélène s'était hardiment élancée sur la saillie de l'arrière-train, et avait réussi à s'y cramponner. Mais la route était difficile; Vincent faisait galoper le cheval quand même. Dans l'un de ces cahots qui disloquaient la pauvre charrette, Hélène, lâchant prise, était tombée sur le chemin. Quand elle se releva, étourdie par sa chute, la carriole était hors de vue. La jeune femme, désolée, se mit à courir au hasard. Les coups de fusil la guidèrent; elle arriva sur le lieu de la scène pour heurter le cadavre de Vincent. Alors les paroles échappées au vieillard durant son délire résonnèrent aux oreilles d'Hélène. La menace était accomplie; François avait pour père un assassin.

M. Gérard traîna péniblement le corps de Vincent jusque sous la voiture, afin que son cousin, mort parmi les voyageurs, ne fût point considéré lui-même comme un assassin. Puis, sa force toute factice et résultat du désespoir commençant à l'abandonner, il plaça Hélène dans la carriole et se coucha près d'elle. Le cheval prit, suivant son habitude, le chemin de Vitré.

## V.

Le lendemain, la ville était en émoi. On racontait tout haut le vol de la nuit précédente; et tout bas, chose inouïe dans les fastes vitréens, on accusait un bourgeois de s'en être rendu coupable.

L'œuvre patiente de Goton Leveau avait enfin porté son fruit. Moitié par mauvais vouloir, moitié par intempérance de langue, imprudence et sottise, la vieille femme avait tant inventé, conjecturé, deviné, qu'elle avait fini par faire de M. Gérard un véritable machinateur de scélératesses. Que l'armurier fût ou non coupable, il était de la dignité du corps des bourgeois de mettre un terme au scandale public. En pleine assemblée, un membre demanda donc la mise en accusation immédiate de M. Gérard. Cette motion fut unanimement repoussée, mais le conseil décida qu'une députation serait envoyée au maître-bourgeois, afin qu'il eût à demander lui-même une enquête. C'était la même chose sous une autre forme; seulement, cette pudeur pleine d'égards doit nous donner une haute idée de la délicatesse vitréenne.

M. Gérard déposa sa médaille de maître entre les mains de la députation. Redevenu simple bourgeois par sa volonté, il voulut être jugé dès le lendemain. Hélène et Goton Leveau devaient être appelées en témoignage.

Le vieillard avait prévu tout cela; ses mesures étaient prises en conséquence. Après qu'il eut quitté le pont de la Vresche avec Hélène, cette dernière reprit lentement ses sens. Pendant toute la route il ne fut pas dit une parole; le père et la fille avaient pourtant la même pensée. Hélène prévoyait la mise en accusation de son père. Une présomption vague, suspendue par la maladie du vieillard, pesait toujours sur lui. L'événement de cette nuit allait donner aux soupçons une force nouvelle. Quel devait être son rôle à elle dans cette solennelle enquête où son témoignage serait invoqué le premier? Sa droiture presque puritaine se révoltait à l'idée d'un mensonge, dût son mensonge sauver l'honneur du père de François. Et pourtant ce nom plaidait bien éloquemment dans son cœur.

M. Gérard songeait aussi à son jugement. Il mettait en balance l'austère droiture d'Hélène avec son amour pour François, et il mesurait froidement le danger. Après tant de sacrifices accomplis dans un but unique, après un meurtre auquel ne l'avait point poussé la vengeance, mais ce qu'il regardait comme la plus absolue des nécessités, le vieillard allait se trouver en face d'une crise suprême. Hélène seule pouvait le sauver, en éclaircissant par son témoignage le voile qui couvrait sa vie depuis quelques semaines. Il n'était question, en effet, dans cette cause, ni de vol ni d'assassinat. Cette accusation était écartée d'avance par l'incompétence du conseil. Un bourgeois de Vitré était un homme public qui devait agir au grand jour; M. Gérard avait caché sa vie; il s'agissait d'expliquer une série d'actes en dehors des habitudes sénatoriales, actes pouvant donner matière à un soupçon de forfaiture. Une déchéance prononcée, les témoignages entendus pendant l'enquête pouvaient donner l'éveil et entraîner la mise en accusation de l'armurier devant les tribunaux ordinaires; mais ceci est en dehors de l'institution et de notre sujet.

A peine arrivé, après avoir subi les regards insolemment curieux de Goton, M. Gérard prit Hélène par la main et la fit entrer dans son sanctuaire. La jeune femme tomba sur un siége. Le bourgeois, qui avait eu le temps de méditer son rôle pendant la route, se plaça debout devant elle. Il resta ainsi quelques minutes, les bras croisés, absorbé en apparence par de douloureuses réflexions.

—Hélène, dit-il enfin, je suis un criminel!

Un sanglot convulsif souleva la poitrine de la jeune femme, qui joignit les mains en silence.

—Cet homme, continua le vieillard, m'avait fait tant de mal!

Et il raconta sa ruine, la dévastation de Pelhédou, qu'Hélène ignorait encore.—Tout cela n'était rien, reprit-il. Dieu m'est témoin qu'après avoir fait tout ce qu'il était en moi pour repousser cette déchéance, tache terrible à mon front de vieillard, ma fille! je l'eusse acceptée avec résignation, comme un châtiment du ciel pour mes fautes. Mais il fallait sauver François!

—François? s'écria Hélène avec surprise.—François, que cet homme a guidé depuis deux ans dans les sentiers du vice, ma pauvre enfant; François, qu'il allait achever de perdre!

Hélène eut un mouvement d'invincible dégoût. Elle crut que ce père accusait faussement son fils pour se disculper lui-même.

—C'était pour le sauver? dit-elle avec lenteur.

Le moment était décisif; M. Gérard se sentait là devant son véritable juge. Baissant les yeux sous le regard d'Hélène, qui semblait vouloir descendre jusqu'au fond de sa conscience, il répondit avec une feinte candeur:

—Et pour qui donc, ma fille?

Un sourire plein d'une douloureuse amertume erra sur les lèvres de la jeune femme.

—Monsieur, dit-elle, cet argent que vous avez pris, était-ce pour le sauver?

Le bourgeois souleva les trois sacs et les posa sur la table.

—Il y avait 50,000 francs en or dans la voiture, dit-il.

Et il tendit ouverte la lettre de François.

—Trois mille francs! s'écria Hélène avec agitation; il demande trois mille francs? et vous n'avez pris que cette somme... et il parle de fautes, de mauvais conseils... Oh! c'était donc pour lui!

Elle regardait la lettre d'un air égaré; un violent combat se livrait dans son cœur. Tout-à-coup elle se leva.

—Monsieur, dit-elle d'une voix basse, mais ferme, que faudra-t-il dire à vos juges?

Le vieillard n'était pas préparé. Son masque faillit tomber à cette brusque réussite.

—Il faudra dire... s'écria-t-il vivement; mais, se reprenant aussitôt, il ajouta: — Ma pauvre enfant, je ne comptais point vous parler de cela. Après la sentence du conseil, viendra sans doute celle des tribunaux, qui me délivrera d'une vie désormais bien amère; et pourtant.., je voudrais éviter à mon fils...

—Que faudra-t-il dire? demanda encore Hélène.

—Que vous m'avez suivi dans toutes mes excursions nocturnes, mon enfant. Ils vous croiront... Eh! qui soupçonnerait un père, gardé contre le mal par l'épouse de son fils?

Hélène s'inclina avec un morne respect et sortit.

Le vieillard, resté seul, s'agenouilla: Il mit la main sur son cœur comme pour en contenir les battements précipités.

—Mon Dieu! criait-il d'une voix étouffée, vous avez eu pitié de moi.

Bien que les formes et coutumes des bourgeois de Vitré, constitués en cour de justice pour juger un de leurs pairs, soient chose curieuse et bizarre, nous les passerons sous silence, pressé d'arriver à un dénoûment en partie prévu.

M. Gérard comparut le lendemain devant le conseil. L'immense majorité désirait le trouver innocent. L'institution, encore dans toute sa force, avait à redouter l'invasion des idées contemporaines; il fallait, pour qu'elle pût résister à ce choc, la conserver forte et pure de toute souillure.

Le vieillard répondit avec calme aux questions préliminaires; à celles qui entamèrent le fond il répondit avec une sorte de dédain.

Goton Leveau suivit dans sa déposition son naïf système de perfidie.

On fit venir Hélène; la jeune femme était pâle. Ce fut d'une voix brisée qu'elle répondit aux questions du bourgeois remplissant les fonctions de maître. Sa déposition fit courir un murmure de satisfaction parmi les membres du conseil. Elle déchargeait complétement M. Gérard de Pelhédou.

—Eh! Dieu! s'écria Goton, la jeune maîtresse en a menti, sauf respect! Le bourgeois partait seul, toujours seul, et dame Hélène a souvent passé les nuits à répandre des larmes en l'attendant.—Hélène de Pelhédou, demanda le président, avez-vous dit la vérité?

Hélène fit un signe de tête affirmatif.

—Vous êtes fille de bourgeois; jurez sur la mémoire de votre père.

Deux larmes jaillirent des yeux de la jeune femme, qui répondit pourtant d'une voix intelligible:

—Sur la mémoire de mon père, je le jure. —Béni Dieu! s'écria Goton, mentir par la mémoire de son père mort!—Messieurs mes frères, dit le président, Marguerite Leveau est servante; Hélène Gérard est dame et fille de bourgeois. Choisissez, et jugez dans vos consciences.

Tous les bourgeois, sans exception, se levèrent et déclarèrent M. Gérard non coupable. Les uns quittèrent leurs places pour venir le saluer, tandis que d'autres débarrassaient le fauteuil magistral du voile noir qui l'avait couvert durant la séance.

L'armurier, les écartant avec hauteur, alla prendre sa médaille d'or, déposée au pied d'un Christ qui s'élevait au-dessus de l'estrade.

De là, dominant ses collègues comme du haut d'une tribune:

—Je garde cet emblème, que le mauvais vouloir n'a pu m'ôter, dit-il, mais je ne m'asseoirai parmi vous que le jour où des excuses publiques me seront faites au nom de la ville de Vitré.

A ces mots il quitta le conseil à pas lents et la tête haute.

Hélène s'était retirée de suite après sa déposition. Quand M. Gérard arriva près de sa maison, il trouva la jeune femme sous le porche; elle tenait un paquet à la main.

—Où allez-vous, ma fille? dit-il avec surprise.—Je vais à Rennes rejoindre mon mari.

M. Gérard poussa un profond soupir.

—Hélène, dit-il, je suis vieux; restez, je vous en prie.—Je ne puis.—Vous ne pouvez! dit le vieillard à voix basse. Vous ne voulez pas demeurer sous mon toit parce que... Allez, ma fille; je n'ai pas le droit de vous retenir, et je vous donne ma bénédiction.

Involontairement, Hélène fit un pas en arrière.

—Oh! mon Dieu! s'écria M. Gérard avec angoisse.

Et il courba la tête sous ce suprême affront.

La jeune femme eut compassion. Elle prit la main du vieillard qu'elle baisa en disant :

—Je prierai pour vous, mon père.

Puis elle s'éloigna rapidement.

Une fois dans son sanctuaire, M. Gérard s'enferma suivant son habitude. Longtemps il resta comme accablé. Enfin, il dit d'une voix sourde :

—Fortune, famille... jusqu'au repos de ma conscience, j'ai tout perdu !

Alors il se dressa lentement de toute sa hauteur. Son œil brillait maintenant d'un enthousiasme extraordinaire.

—Mais tu me restes, toi ! s'écria-t-il.

Et il tira de son sein un objet qu'il porta passionnément à ses lèvres. C'était sa médaille de maître des bourgeois de Vitré.

Bien longtemps après, vers l'an 1825, une famille nombreuse débarquait à Lorient, de retour d'un voyage aux Indes. Le père était un homme de quarante ans; la femme à peu près du même âge, belle encore, portait sur sa physionomie le cachet d'une intelligence calme et pleine de fermeté.

C'était François Gérard de Pelhédou et sa femme Hélène. Cette dernière était arrivée à Rennes autrefois, comme elle était partie de Vitré, à pied, et son petit paquet à la main. Elle avait arraché François à la vie basse et misérable qu'il menait depuis le départ de Vincent, et tous deux, avec une faible somme, produit de la vente des modestes bijoux d'Hélène, étaient passés en Amérique. La jeune femme avait religieusement gardé le secret du bourgeois. En Amérique, son esprit hardi et fécond suppléa à l'insuffisance apathique du Vitréen. Ils revenaient en France avec une honnête fortune.

Dans l'intervalle, M. Gérard était mort bourgeois et maître-bourgeois. Hélène put consentir à revoir sa ville natale.

Pour Goton Leveau, tout nous porte à croire qu'elle vit encore. A part certains oiseaux de proie, c'est parmi les vieilles femmes inutiles et méchantes qu'on remarque les exemples les plus effrayants de longévité.

FIN DU BOURGEOIS DE VITRÉ.

# UNE PASSION

## PAR ÉLIE BERTHET

### I.

Au commencement de ce siècle, on voyait sur les bords de la Loire, à peu de distance d'Orléans, une petite maison de campagne, située dans une position pittoresque et délicieuse. Les voyageurs, en passant sur une grand'route voisine, s'arrêtaient avec complaisance pour admirer de loin cette habitation proprette et élégante, avec ses encoignures de briques rouges, sa vigne joyeuse s'étalant sur la façade comme un éventail de verdure, ses fenêtres encadrées de liserons pourpres, et ses deux girouettes jadis dorées qui la surmontaient d'une manière toute féodale. On eût dit d'une de ces retraites heureuses que rêve le sage, où le vieillard voudrait mourir.

Cependant, vers la fin de l'automne de 1804, si quelqu'un de ces passants enthousiastes eût suivi l'étroite avenue de cerisiers rabougris qui conduisait aux Herbages (ainsi s'appelait cette petite propriété), il eût bien vite reconnu combien les apparences sont trompeuses. Le toit était en mauvais état et ceux qu'il abritait devaient redouter les orages; les volets, autrefois peints en vert, tombaient en pièces Le jardin, attenant à la maison, était en friche, hérissé d'orties, de mercuriales, de chardons et d'autres plantes sauvages; sa haie d'aubépine, abandonnée à elle-même, projetait çà et là des branches parasites. Enfin on n'eût su s'il fallait attribuer ce désordre et cet état de dégradation à l'insouciance profonde ou à la misère du propriétaire; mais une large affiche intimement adhérente à la porte principale et qu'une main impatiente avait cherché à arracher dans un transport de colère, laissait lire en grosses lettres noires, sur un fond rouge, cette fatale inscription: A VENDRE PAR EXPROPRIATION FORCÉE.

Cette maison appartenait alors à un hobereau peu fortuné, le chevalier de Menneville, qui avait eu autrefois une modique charge dans les chasses de Louis XVI. Telle était son obscurité, son peu d'influence dans le pays qu'on n'avait pas même songé à l'inquiéter pendant la Terreur, à propos de son titre de noble dont il n'était pas moins fier. Le chevalier était un homme simple, bon, affable avec tout le monde; ce fut ce qui le sauva.

Les Herbages étaient d'un rapport très-modique; cependant le chevalier avait à pourvoir sa femme et sa fille Octavie; celle-ci, charmante enfant de seize ans, grandissait dans cette campagne solitaire comme une plante précieuse et ignorée. Sans faire une dépense qui aurait pu attirer l'attention sur lui, il avait voulu tenir un rang un peu plus élevé que les simples paysans des alentours; de plus, comme nous allons le voir, il avait une passion dominante, une sorte de monomanie qui absorbait son temps, ses pensées et son misérable revenu. Aussi, pendant plusieurs années, Menneville avait-il vendu séparément et par petits lots les terres labourables, les vignes, les prairies productives dépendantes de cette propriété; bientôt il ne lui resta plus que la petite maison que nous venons de décrire.

A quelque distance des Herbages se trouvait une autre habitation d'une apparence moins attrayante sans doute que celle du chevalier, mais dont l'aspect aurait plu davantage à un utilitaire de notre époque. C'était une ferme aux abords fétides et repoussants; mais ses vastes granges regorgeaient de foin, ses greniers de blé; de gras pâturages, des forêts, des champs fertiles en dépendaient. De magnifiques troupeaux rentraient le soir dans ses étables; tout y respirait l'abondance et la prospérité.

M. Simon, le propriétaire de cette habitation, avait reçu dans le pays le surnom tant soit peu trivial de *Rogne-Liard*, à cause de son avarice bien connue; c'était un ancien fermier qui avait su profiter des circonstances pour amasser une grande fortune. C'était lui qui avait acheté morceau à morceau les terres que Menneville avait été forcé de vendre; c'était lui qui avait prêté de l'argent sur hypothèque ; malgré tout cela telle avait été sa finesse, son apparente bonhomie que le chevalier s'était cru son obligé.

Aussi, Menneville avait-il cherché à oublier quelle était l'origine de la fortune de l'ancien fermier. Il avait reçu amicalement son voisin chez lui ; la famille du noble et celle du parvenu avaient paru un moment, malgré la différence des conditions, vivre dans une parfaite intimité.

Simon avait un fils unique, âgé alors de vingt ans, à qui il avait fait donner à Paris une éducation brillante; Charles, c'était le nom de ce fils, avait dignement répondu à l'attente de son père. Quand, après avoir terminé ses études, il revint à la ferme avec le titre d'avocat, il fut accueilli avec affection par le chevalier; Mme de Menneville se montra pleine de bienveillance pour ce jeune homme poli et aimable qui lui rappelait sa société d'autrefois, et Octavie, innocente enfant qui s'abandonnait naturellement à ses impressions, aima sans s'en douter d'abord le fils du fermier.

Charles aimait aussi Octavie, et la fortune immense dont il était l'héritier présomptif semblait devoir combler l'abîme qui existait entre elle et lui. Quand il parla à son père de cette passion naissante, le vieux Rogne-Liard se frotta les mains avec satisfaction comme s'il voyait enfin approcher la réalisation d'un rêve favori. Il sourit à son fils, endossa son habit des dimanches et se mit en route pour les Herbages, en disant gaîment :

—Attends-moi, mon garçon; notre voisin n'est pas un Turc, et malgré tous les *de* du monde, l'affaire sera bientôt bâclée. Il y a longtemps que j'y travaille !

Mais Simon avait compté sans son hôte ; le hobereau reçut très-mal la demande du fermier. Le fermier se fâcha; des mots piquants furent échangés; les deux voisins se séparèrent avec des menaces d'une part et des défis injurieux de l'autre.

Dès ce moment commença entre eux une de ces haines de campagnards si vives, si profondes, si envenimées. Simon réclama les sommes qui lui étaient dues; le chevalier ne pouvait payer; il y eut des exploits d'huissiers, des saisies, à la suite desquels cette redoutable affiche rouge dont nous venons de parler se trouva un beau matin collée à la porte de la maison.

Cependant, si l'on en croyait les rapports des paysans du voisinage, Charles et Octavie n'avaient pas cessé de s'aimer malgré l'inimitié mortelle de leurs parents.

Voilà donc où en étaient les choses au moment où commence cette histoire. Le chevalier et sa famille se trouvaient réduits à la dernière misère par suite des procès que leur avait suscités l'implacable fermier ; madame de Menneville, malade de chagrin, ne pouvait plus quitter le lit.

Mais quelle était la cause d'une ruine aussi complète ?

Par une belle matinée de septembre, Menneville, revêtu d'un vieil habit dont les nombreuses reprises attestaient plus de misère que de négligence, se promenait tristement dans son jardin. A l'extrémité de l'allée principale était une immense volière, divisée en un grand nombre de compartiments inégaux ; chacun d'eux était occupé par des oiseaux d'espèces différentes, dont plusieurs semblaient rares et curieuses.

Quand le chevalier s'approcha, la petite colonie sembla s'animer tout à coup.

Menneville regarda avec douleur les mangeoires vides ; deux grosses larmes coulèrent sur ses joues.

On devine à présent quelle était la passion ruineuse du pauvre campagnard !

—Rien, plus rien ! disait-il en se frappant le front; mon Dieu ! que l'indigence est une chose horrible !

Ramenant sous ses bras les basques râpées de son vieil habit, il se mit à ramasser autour de la volière ces grains que les oiseaux jettent à droite et à gauche en prenant leur nourriture; quand il en avait trouvé il s'empressait de les porter aux pauvres affamés ; mais c'était si peu!

Tout à coup il se leva; il venait de prendre un parti.

—Puisque je ne puis les nourrir, dit-il, je rendrai au moins la liberté à ceux qui trouveront leur vie dans la campagne... Les retenir plus longtemps captifs serait une barbarie inutile!

Il s'approcha de la partie de la volière où se trouvaient les oiseaux pêcheurs, auxquels il n'avait plus de petits poissons à donner; il ouvrit la porte avec une sorte de recueillement solennel et en détournant les yeux.

D'abord les pensionnaires semblaient douter de sa sincérité ; ils regardaient avec étonnement leur prison ouverte. Le premier qui profita de cette faveur fut un robuste héron ; il allongea hardiment son cou moucheté hors de la cage et s'élança d'un bond dans le jardin. Là il fit claquer son bec, hérissa ses plumes sous cet air libre, puis tout à coup, étendant ses ailes puissantes, il s'éleva rapidement jusqu'aux nuages; les oiseaux qui étaient dans le même compartiment de la cage s'élancèrent après lui. Pendant quelques minutes, le chevalier les suivit du regard dans les vastes plaines de l'air qu'ils parcouraient en poussant de rauques cris de joie.

Après ce sacrifice douloureux, Menneville s'avança lentement vers l'autre extrémité de la volière. Il s'arrêta devant un magnifique oiseau, de la grosseur d'un dindon, au plumage bleu ardoisé, dont la tête était surmontée d'une large huppe blanche. C'était le pigeon couronné des Indes, le plus rare et le plus précieux de tous ceux que possédait le chevalier. Pour le payer, il avait vendu jusqu'à ses bijoux de famille. Il le regarda plus longtemps que les autres; l'oiseau n'avait pas touché au morceau de pain grossier placé près de lui.

—Cette nourriture ne lui convient pas, murmura-t-il ; mon pigeon couronné va mourir de faim... O mon Dieu! que faire pour le sauver?

En ce moment, une voix plaintive se fit entendre dans le jardin. On appelait Menneville; mais absorbé dans sa douleur il ne répondait pas.

—Mon père ! mon père ! répéta la voix.

Une jeune fille pâle et défaillante s'approcha de la volière. C'était Octavie.

L'extérieur de la pauvre enfant attestait comme celui du chevalier un profond dénûment.

—Qu'y a-t-il donc? dit le chevalier sans cesser de regarder avec douleur le superbe oiseau des Indes.—Mon père, M. le curé est venu voir ma bonne maman, et il désire vous parler.—J'y vais, ma fille.

Et il ajouta, après quelques secondes :

—Regarde, Octavie, mon beau pigeon est malade !

—Maman est bien malade aussi, dit la jeune fille avec une tristesse angélique où il n'y avait pas même de reproche pour la folie de son père.—Il a faim ! reprit le chevalier.

Octavie tourna la tête sans répondre. Son père la comprit et la pressa dans ses bras en murmurant avec des sanglots étouffés :

—Et nous aussi, n'est-ce pas, ma fille !

## II.

Il entra dans une chambre dépouillée de meubles et sans rideaux; le curé, respectable vieillard en cheveux blancs, était assis sur une chaise à côté du lit de la malade. Madame de Menneville, pâle et amaigrie, répondait d'une voix faible aux consolations du pasteur.

—Soyez le bienvenu aux Herbages, monsieur le curé, dit le chevalier en affectant une gaîté qui n'était pas dans son cœur. Tant que je serai maître de ce petit domaine, et malheureusement, je ne le serai pas longtemps, il recevra avec respect les hommes de Dieu!—Vos ennemis sont bien punis de leur injustice, monsieur le chevalier, répondit le curé; je viens de la ferme... M. Simon a été pris d'un mal subit, et peut-être n'existe-t-il plus au moment où je vous parle...—Que Dieu ait pitié de lui!—Toute réconciliation est-elle donc impossible entre vous deux? Ne lui pardonnerez-vous pas à son lit de mort le mal qu'il vous a fait?—Avez-vous mission de tenter un rapprochement?—Eh bien! si je l'avais, monsieur le chevalier, seriez-vous inexorable?... Je connais l'indigne conduite de Simon envers vous, et pourtant je ne l'ai pas jugé indigne de pardon.—Que je pardonne à ce misérable! s'écria le chevalier avec une explosion de colère; pardonner à cet infâme usurier, qui m'a arraché pouce à pouce mon héritage, qui a réduit ma femme au désespoir, qui demain, aujourd'hui, dans quelques moments peut-être, va me chasser, ma famille et moi, de notre dernier abri! — Ne maudissez pas, s'écria le prêtre, je vous ai dit qu'il allait mourir! — Ah! il voulait unir son fils à ma fille, reprit Menneville en se promenant avec vivacité dans la chambre; lui, ce paysan, cet homme repoussant, enrichi par le vol et l'usure!... Ma fille, cette noble, cette pure enfant aurait porté le nom flétrissant de Rogne-Liard!

A ce mot, prononcé avec une ironie méprisante, Octavie, qui venait de rentrer, se cacha le visage.

—Mon ami, dit la malade doucement, ne confondez pas Charles avec son père : c'est un bon jeune homme, d'un caractère loyal et généreux.—Et qu'importe le fils de la vipère! interrompit impétueusement son mari. Qu'on ne m'en parle plus... — Est-ce là votre dernier mot? dit le curé avec tristesse. Ne ferez-vous donc aucune concession, aucun sacrifice, sinon à votre position personnelle, du moins à celle de Madame de Menneville, de votre fille? — Mon ami, si Octavie venait à nous perdre, dit la malade, que deviendrait-elle?—Si elle épousait le fils de cet homme, s'écria le chevalier, je sortirais du tombeau pour la maudire!

Octavie se jeta dans les bras de sa mère en poussant un cri d'effroi.

Menneville ajouta après un moment de silence :

—Est-ce là tout ce que vous aviez à m'apprendre?

—Monsieur, dit le curé en cherchant à imiter son ton froid et posé, j'ai encore une proposition à vous adresser... Un de mes amis de la ville, grand amateur d'oiseaux comme vous, m'a chargé de vous offrir cinq cents francs de votre pigeon couronné...

—Cinq cents francs! répéta le chevalier; il m'en a coûté plus de mille, et j'ai fait tout exprès le voyage de Paris pour me le procurer... Cinq cents francs! un oiseau unique en France, l'espèce la plus estimée, la plus recherchée de toute la famille des pigeons!—On ira à mille francs et plus haut si cela est nécessaire; mais cédez-moi cet oiseau, l'argent vous sera compté ce soir, quel que soit le prix.

Menneville hésita un moment.

—Non, je ne le puis, s'écria-t-il enfin avec un effort douloureux.—Quoi! vous refusez?—Mon beau pigeon couronné! dit le chevalier en se promenant d'un air égaré; oh! je ne veux pas le vendre! Madame, Octavie, pardonnez-moi... mais je ne puis vendre mon pigeon couronné!

Il se pencha sur le lit de sa femme et la pressa dans ses bras.

—Ayez pitié de lui, dit madame de Menneville au curé d'un ton suppliant, — Oh! oui, ayez pitié de moi, continua le chevalier, car ce goût funeste, après m'avoir réduit à la misère, est plus puissant encore que mon amour pour elles deux... Je les vois là mourantes, manquant de tout, et je ne puis adoucir leur infortune au prix que vous me demandez!—Eh bien! Monsieur, reprit le curé en se rapprochant de lui, si ce marché vous est trop pénible n'en parlons plus... mais alors acceptez comme prêt la somme que je vous propose... j'ai des amis riches... On ne vous gênera pas pour le paiement et peut-être...—Une aumône, dit le chevalier avec un accent de fierté blessée; oh! je travaillerai à la terre, s'il le faut; mais je n'accepterai jamais ce que je ne suis pas sûr de pouvoir rendre... Je suis gentilhomme!

Il y eut là un intervalle de silence.

—Notre chère malade, reprit enfin le curé d'une voix altérée, me permettra du moins de lui offrir quelques gâteaux légers... je les ai apportés de la ville à son intention?

Et il déposa deux biscuits sur un vieux guéridon qui était près du lit.

—Oh! pour cela, merci, dit le chevalier, dont les yeux brillèrent de plaisir.

Le prêtre, au moment de se retirer, adressait quelques paroles consolantes à M^me^ de Menneville. Tout à coup Octavie, qui s'était approchée de la fenêtre, poussa un cri de terreur.

—Qu'y a-t-il, ma fille? demanda la malade en tressaillant. — Maman, des hommes à figures sinistres s'avancent dans l'avenue; ils viennent ici, mon Dieu! que nous veulent-ils?

Le curé courut à la fenêtre.

—Ce sont des huissiers et des recors, s'écria-t-il. Sans doute la propriété est vendue... Ils viennent pour prendre possession ou pour saisir... M. le chevalier, je vous supplie...

Il regarda autour de lui, le chevalier n'était plus là; des deux biscuits offerts à la malade un seul se trouvait encore sur le guéridon.

—Mesdames, reprit le curé avec précipitation, sans s'arrêter à cette circonstance étrange, il faut que je parte sur-le-champ... Dites à M. le chevalier de retenir ces gens le plus longtemps possible aux Herbages... Surtout qu'il ne se porte à aucune violence... Moi, je vais trouver quelqu'un qui s'intéresse à vous... Peut-être quand je reviendrai les choses auront-elles changé de face!—M. le curé, s'écria Octavie, vous nous abandonnez dans ce terrible moment; qu'allons-nous devenir!—Il le faut, ma fille; ayez bonne espérance, je serai de retour dans une heure... puisse Dieu amollir les cœurs secs et impitoyables!

Peu d'instants après, le bon vieillard s'éloignait de la maison au grand trot de son cheval.

Octavie traversa le jardin et courut à la volière. Ses pressentiments ne l'avaient pas trompée : son père était là, debout, devant le beau pigeon couronné, auquel il avait apporté le biscuit dérobé à sa femme.

—Il est malade, Octavie, il ne mange pas; oh! s'il allait mourir!...

Des coups violents frappés à la porte ébranlèrent la maison.

—Qu'est-ce donc? demanda Menneville d'un air distrait.—Ce sont des gens de justice... Ils viennent nous chasser d'ici. De grâce chargez-vous de les recevoir. Moi, je retourne près de ma pauvre mère... ce dernier coup pourrait lui être fatal! Et elle s'enfuit.

## III.

Quand le chevalier ouvrit la porte, quatre à cinq hommes d'un aspect repoussant se précipitèrent brusquement dans sa demeure. Leur chef salua profondément.

—C'est à monsieur le chevalier de Menneville que j'ai l'honneur de parler? demanda-t-il d'un ton doucereux. — Oui, répondit le gentilhomme en toisant ce personnage avec dégoût.—Alors, Monsieur, reprit l'huissier en lui présentant un papier, j'ai le regret de vous signifier d'avoir à vider cette maison dans les vingt-quatre heures... elle vient d'être vendue aux enchères au sieur Simon, dit Rogne-Liard, pour le prix de... — Vendue! répéta Menneville en chancelant; vendue! la maison où je suis né...—Ce n'est pas tout; j'ai le regret d'annoncer à monsieur le chevalier, que moi, Anselme Rondeau, huissier-audiencier près le tribunal civil d'Orléans, je suis chargé de réclamer la somme portée aux pièces que voici, payable sur-le-champ entre mes mains, en francs et centimes, à la requête du même, à défaut de quoi je vais procéder immédiatement à la saisie des meubles appartenant à monsieur le chevalier...—Entrez, dit le malheureux propriétaire.—J'ai le regret...»

Menneville fit un geste menaçant, rempli de haine et de colère; l'huissier s'arrêta au milieu de sa formule ordinaire de politesse, et, ordonnant aux recors de le suivre, il accompagna le chevalier à la chambre où étaient la mère et la fille.

A la vue de cette sinistre compagnie, les pauvres créatures se jetèrent dans les bras l'une de l'autre en silence.

Menneville se laissa tomber sur un siége et se couvrit le visage de ses deux mains.

—J'ai le regret de vous déranger, Mesdames, dit l'huissier timidement, car il se souvenait de la manière peu encourageante avec laquelle Menneville l'avait reçu; mais, ajouta-t-il en promenant autour de lui un de ces regards qui valent un inventaire écrit et paraphé, nous ne vous importunerons pas longtemps.

Et il dit tout bas à l'un de ses recors:

—Il n'y aura pas même de quoi payer les frais!

—Le vieux Rogne-Liard a les reins bons, répliqua l'autre avec un sourire bête et méchant; allons toujours!

Un clerc s'assit devant le guéridon, étala son papier, et on commença la saisie des objets de ménage que la misère avait encore laissés à cette infortunée famille.

On eut bientôt fini. L'huissier jeta un coup d'œil de convoitise sur ce lit de douleur que la loi lui interdisait de prendre, puis il ouvrit une porte voisine donnant dans la petite chambre d'Octavie. L'enfant tressaillit en voyant ces hommes ignobles pénétrer dans ce sanctuaire virginal et porter leurs mains grossières sur ce qui lui appartenait.

—Ecrivez, reprit l'huissier en s'approchant du scribe; *item*, une robe blanche garnie de valenciennes...—La robe de première communion de ma fille, s'écria douloureusement Mme de Menneville, sa robe des jours de fête! ne la touchez pas, Messieurs, c'est une profanation!—Madame, répondit l'huissier avec sa politesse doucereuse, l'article 592 du code de procédure civile dit qu'on ne laissera au saisi que « les habits dont il est vêtu et couvert, » et j'ai le regret...—Monsieur le chevalier, s'écria la malade en retombant sur son lit, c'est à vous de défendre le chaste vêtement de votre fille chérie!

Le chevalier se redressa; une vive indignation brillait sur son visage. Puis tout-à-coup une pensée secrète sembla refouler cette colère, son bras déjà levé se baissa, sa bouche ouverte pour menacer se referma sans proférer une parole; sa tête retomba lentement sur son sein.

Quand tout fut inventorié dans les deux pièces, Rondeau promena encore autour de lui son regard de furet pour s'assurer qu'il n'avait rien oublié. Tout-à-coup il fit un saut de joie; un portrait en médaillon, enrichi de perles et de pierres fines, était suspendu à la cheminée. Mme de Menneville et Octavie poussèrent un sourd gémissement.

—*Item*, un portrait orné de pierreries... —Monsieur, monsieur! s'écria la malade, au nom du ciel, laissez-moi ce bijou! Ce portrait est celui de mon père, qui me l'a légué en mourant...

Rondeau, sans s'émouvoir, continua de dicter:

—Dix-huit perles, trois brillants d'un poids approximatif de... — Oh! monsieur, dit Octavie, presque aux genoux de l'huissier, je vous en supplie, n'enlevez pas à ma mère ce bijou qui lui est si cher!

—D'un poids approximatif de vingt grains, continua Rondeau, sans faire attention aux prières de la jeune fille; plus un rubis...—Mon Dieu! qui nous protégera! s'écria Octavie en levant les mains vers le ciel.

Son père bondit convulsivement sur son siége; une légère écume souillait les coins de sa bouche, ses dents étaient serrées; il se leva et s'empara du portrait:

—Ce qu'il vous faut à vous, dit-il à Rondeau, c'est l'or et les diamants, n'est-ce pas? Prenez le médaillon et laissez la peinture... — Non pas, non pas, répondit l'impitoyable vieillard; ce portrait m'a paru peint par un grand maître... Il a valeur intrinsèque que je ne puis abandonner.—Gardez donc tout, dit Menneville d'une voix étouffée en allant se rasseoir.

Les deux femmes, connaissant le caractère fier et irritable du chevalier, ne savaient que penser de cette morne apathie. Il y avait dans l'expression de ses traits un bizarre mélange de colère concentrée et de terreur profonde. Il observait les mouvements des gens de justice, il étudiait avec anxiété l'impassibilité de leurs visages; parfois seulement on voyait ses mains se crisper dans des transports terribles, mais silencieux.

Enfin, quand il ne resta plus rien dont l'huissier rapace pût faire sa proie, il se leva et dit flegmatiquement au scribe:

—Prenez votre plume et votre papier... Nous allons maintenant visiter les greniers, le jardin, et surtout la volière, où nous devons, m'a-t-on dit, trouver des oiseaux précieux...

Ce fut alors qu'on put comprendre la cause des angoisses du chevalier. A ce mot de volière, il s'élança vers la porte de la chambre comme pour empêcher de sortir les gens de justice.

—Mes oiseaux! s'écria-t-il d'une voix retentissante; ah! vous voulez encore mes oiseaux, misérables! On vous a signalé ma volière! infâmes brigands!—Monsieur le chevalier...—Ah! vous voulez mes oiseaux! répéta le gentilhomme hors de lui; mais savez-vous qu'ils font ma joie, ma consolation, qu'ils sont mes seules distractions, mes seuls plaisirs, que pour eux je suis exposé aux affreuses disgrâces qui m'accablent aujourd'hui?—Monsieur, reprit l'huissier en s'inclinant, je suis fâché d'agir si rigoureusement avec vous, mais les ordres exprès du créancier...—Ce n'est donc pas assez, s'écria le chevalier, que je vous aie laissé prendre tout ce qui reste dans cette maison; que je sois demeuré calme, impassible quand vous ravissiez le vêtement sacré de ma fille, le portrait si cher à ma femme mourante? Ce n'est donc pas assez que j'aie comprimé ma colère quand elles m'appelaient toutes les deux à leur secours?... Il vous faut encore mes oiseaux, mes chers oiseaux! Oh! non, vous ne me les enlèverez pas, tant que je serai vivant pour les défendre!—La résistance est inutile, Monsieur, reprit Rondeau en répétant ses salutations avec son imperturbable sang-froid; vous ne voudriez pas nous forcer à employer les moyens de rigueur! Je vous prie de réfléchir...—Réfléchir! quand vous me menacez de saisir ma volière... Oh! prenez-y garde! je périrai plutôt... je vous exterminerai tous...

Rondeau fit un signe. Deux recors vigoureux s'emparèrent de Menneville, le tinrent en respect pendant que les autres sortaient; puis ils le lâchèrent en ricanant, et coururent tous ensemble au jardin.

Le chevalier saisit une épée, suspendue à la muraille, la tira du fourreau et se prépara à les poursuivre. Octavie l'arrêta par ses vêtements et se traîna à ses genoux.

—Laissez-moi, Mademoiselle! dit-il d'un ton farouche.

Mme de Menneville tendit vers lui ses deux mains jointes, lui adressa les plus touchantes instances.

—Laissez-moi, mille démons!

Et il s'élança vers l'escalier.

On n'eût pu savoir à quels excès il se fût porté, si une autre voix ne s'était fait entendre derrière lui. Malgré son irritation, il tourna la tête; le vieux curé accourait de toute la vitesse de ses jambes appesanties par l'âge. En reconnaissant cet homme vénérable, revêtu d'un caractère sacré, il commença à rougir de son emportement et ralentit son pas.

—M. de Menneville, s'écria-t-il avec autorité, qu'allez-vous faire? Pourquoi cette épée nue? Malheureux, vous voulez répandre du sang!

Le chevalier ne répliqua pas un mot et se laissa désarmer sans résistance. Ses yeux se remplirent de larmes.

Le prêtre ajouta vivement:

—J'apporte de grandes nouvelles... Mais, je vous en supplie, soyez calme et laissez-moi faire...

Ils s'approchèrent de la volière; l'huissier dictait de sa voix monotone:

—*Item*, un oiseau qui a une collerette de plumes orangée, maillée de noir...—Mon faisan doré! murmura le chevalier en sanglottant.—Messieurs, dit le curé avec fermeté, il est inutile d'aller plus loin... Je vous invite à cesser sur-le-champ la saisie et à vider la maison au plus tôt.—Nous n'avons d'ordre à recevoir que de M. Simon dit Rogue-Liard, le poursuivant! répondit Rondeau. — M. Simon ne vous donnera plus d'ordre, maître Rondeau; il vient de mourir... Son fils et son héritier vous ordonne de laisser en paix ce brave gentilhomme. — Mais quelles preuves légales.—En voici une, dit le prêtre en lui présentant un papier.

Rondeau y jeta un coup d'œil et dit à ses acolytes:

—La besogne est finie, enfants; M. Charles Simon ne plaisante pas, et je tiens à conserver sa pratique...

Rondeau s'inclina jusqu'à terre, appela ses acolytes, et tous ensemble décampèrent lestement.

Aussitôt qu'ils furent partis, le chevalier s'approcha du curé:

—Mon ennemi n'existe donc plus? demanda-t-il. —Il vient d'expirer à l'instant en priant Dieu de lui pardonner ses torts envers vous. — Et son fils...—Son fils n'a pas de plus cher désir que de regagner votre affection!—Octavie, dit brusquement Menneville en se retournant vers sa fille, qui les écoutait avec une émotion inexprimable, tu oublies d'aller rassurer ta mère.

Elle soupira et s'élança vers la maison, légère comme une hirondelle.

—Ne conservez aucune inquiétude, Monsieur, reprit le curé: Charles Simon est propriétaire de cette maison depuis la vente de ce matin; il vous supplie de l'habiter comme auparavant; et, si vous le permettez, aussitôt qu'il aura rendu les derniers devoirs à son père, il viendra vous trouver pour arranger à l'amiable...—Et tout cela, parce qu'il aime ma fille et qu'il veut essayer de la générosité pour m'arracher mon consentement! s'écria Menneville! Monsieur le curé, je n'accepterai aucune grâce du fils comme du père... Cette maison est à lui, je vais faire mes préparatifs pour la quitter... Vous serez chargé de mes intérêts ici, et j'irai chercher quelque emploi modeste avec lequel je pourrai nourrir ma famille! —Toujours cette haine aveugle! — Ce matin, Monsieur le curé, vous m'avez proposé cinq cents francs de mon pigeon couronné..... J'ai refusé comme un insensé... Maintenant j'accepte. Faites-moi compter cet argent; il me servira pour quitter ce malheureux pays et commencer une nouvelle existence...—Mais, Monsieur, votre femme est dangereusement malade; des difficultés sans nombre...—Je ne veux pas être l'obligé de cette race de paysans et d'usuriers!

Ils étaient arrivés en face de la cage du pigeon couronné. Menneville poussa un cri.

—Qu'y a-t-il donc? demanda le prêtre.—Voyez.

Le magnifique oiseau était étendu sans mouvement au fond de la volière.

—Mort! s'écria le chevalier, mort de faim! mon orgueil, ma fortune, ma dernière ressource!

## IV.

Quinze jours s'étaient écoulés.

Un soleil doux jetait ses premiers rayons sur l'habitation des Herbages; c'était une de ces matinées fraîches, mais joyeuses, où la nature étale une fois encore les fleurs et la verdure que la gelée doit lui ravir le lendemain.

Il était de bonne heure, et cependant déjà les habitants de la petite maison étaient sur pied. Dans la chambre du chevalier on faisait des préparatifs de départ; quelques petits paquets étaient jetés çà et là sur le plancher. Mme de Menneville, tout habillée, était assise dans un fauteuil; mais on voyait à l'abattement répandu sur son visage, à la langueur de ses mouvements, que le principe de cette maladie qui l'avait tenue si longtemps alitée existait encore. Le chevalier était sombre et silencieux; Octavie pleurait.

Un cheval s'arrêta à la porte de la maison, et le curé ne tarda pas à paraître. Menneville lui tendit la main:

—Vous venez voir, dit-il avec un sourire mélancolique, le départ d'une pauvre famille, chassée de son toit héréditaire... Quel que soit notre malheur, vous n'entendrez aucun murmure!

—Vous le voyez, continua Menneville, nous n'emportons rien que nous n'ayons racheté avec la petite somme due à votre obligeance... Mon épée, mes titres de noblesse, la robe blanche de ma fille, un portrait de famille, voilà tout ce qui nous reste, tout ce qui nous appartient maintenant!—Monsieur le chevalier, dit le vieux prêtre d'une voix altérée, pourquoi votre fierté vous oblige-t-elle de refuser les services d'une personne...

Monsieur le curé, reprit celui-ci avec fermeté, le sort en est jeté: nous quittons les Herbages pour toujours... il ne nous reste plus qu'à dire adieu à ce modeste asile où nous avons passé des temps si heureux! — Ne voulez-vous pas, dit le curé en baissant les yeux avec embarras, revoir encore une fois votre petit jardin, votre volière, vos oiseaux? —Vous prévenez mes désirs, dit Menneville tristement; oui, je veux revoir encore ces pauvres bêtes... elles ne sont pas coupables si leur maître les a préférées au bonheur de sa famille!

La malade s'appuya d'un côté sur le bras de son mari, de l'autre sur l'épaule de sa fille; on descendit au jardin.

Il y avait quelque chose d'imposant et de religieux dans cette promenade dernière d'une pauvre famille obligée de quitter son modeste héritage. Il semblait que la nature se fît plus belle encore que d'ordinaire pour augmenter ses regrets. A mesure qu'on approchait de la volière, une vive anxiété se peignait sur le visage du curé et des deux dames. Le prêtre profita d'un moment où le chevalier, enfoncé dans ses tristes réflexions, était incapable de remarquer ce qui se passait autour de lui, pour montrer rapidement du doigt à Mme de Menneville un épais cabinet de verdure en murmurant:—Il est là!

Puis il s'approcha de Menneville.

— Voici le moment le plus cruel pour vous, lui dit-il; ces oiseaux qui vous étaient si chers...—Oh! je suis bien changé, répondit le pauvre campagnard avec abattement, mes malheurs m'ont fait faire de tristes retours sur ma conduite passée!—Nous allons voir, murmura le curé avec émotion.

Tout à coup Menneville, qui était un peu en avant du reste de la compagnie, parut frappé de la plus vive admiration. Un sentiment indéfinissable de joie

Monsieu Menneville donne la liberé à ses oiseaux.

et d'étonnement se peignit sur ses traits; il voulait parler, il ne prononçait que des paroles entrecoupées. Les dames et le bon curé s'arrêtèrent en silence; le moment de crise était arrivé.

Menneville croyait trouver sa volière désolée et presque vide comme il l'avait laissée la veille; ô prodige! la petite colonie était plus nombreuse, plus charmante que jamais. Elle était augmentée d'une foule d'espèces rares et curieuses que Menneville n'avait jamais possédées autrefois. Ces beaux hérons, ces bihoreaux, ces cormorans auxquels il avait rendu la liberté quelques jours auparavant, semblaient être revenus d'eux-mêmes à leur cage et se promenaient gravement derrière leur grillage de laiton. Mais ce qui frappa surtout le chevalier, ce fut de voir à la place d'honneur un pigeon couronné, plein de vie et d'animation, gonflant avec orgueil sa gorge d'azur, étalant en éventail les plumes blanches qui ornaient sa tête et faisant entendre un roucoulement majestueux.

Cet instinct de l'amateur que Menneville avait cru mort en lui-même se réveilla tout entier.

—Un pigeon couronné! s'écria-t-il. Celui que je possédais n'était donc pas unique en France?

Ce fut là sa première pensée.

—Qui est venu ici? reprit-il bientôt; que tout cela est beau, que tout cela est précieux! A qui appartiennent ces merveilles?—A vous, Monsieur le chevalier, dit une voix humble derrière lui.

Un jeune homme vêtu de noir sortit d'une charmille.

—M. Charles Simon! s'écria Menneville au comble de l'étonnement.—Oui, un fils qui vient vous conjurer de pardonner à la mémoire de son père!

Le chevalier restait muet. Le curé s'approcha à son tour.

—Monsieur le chevalier, dit-il, ne résistez pas aux prières de ce bon jeune homme... Il a toujours gémi de l'injustice dont vous avez été la victime; à votre insu, il vous a comblé de bienfaits... Vous êtes encore légalement le maître de cette habitation; M. Charles a anéanti l'acte de vente et la procédure... L'argent que je vous ai prêté, moi, pauvre prêtre vivant d'aumônes, venait de lui; pendant que vous le maudissiez, il veillait sur vous et sur votre famille! Quand je lui ai appris le désespoir que vous ressentiez de la perte de votre oiseau le plus cher, il est parti sur-le-champ pour Paris, il s'est procuré à tout prix le seul individu de cette espèce qu'on ait pu trouver... Dites, Monsieur, pour tant de soins, de zèle, de désintéressement, d'affection, ne lui direz-vous pas que vous pardonnez à son père... à lui? Charles, à genoux devant le gentilhomme, couvrait ses mains de larmes. Mme de Menneville et Octavie s'approchèrent timidement.

Le chevalier hésitait encore, l'orgueil se révoltait sourdement, mais un regard jeté sur le pigeon couronné fit pencher la balance.

—Je pardonne, dit-il enfin en pressant le jeune homme sur son cœur.

Puis il regarda Charles et sa fille qui baissaient les yeux.

—Non, je ne me laisserai pas vaincre en générosité, dit-il avec âme; M. Charles, embrassez votre femme!

Et pendant que les jeunes gens se livraient au plaisir de se revoir après une si longue absence, à l'espérance d'un bonheur prochain, il murmurait avec admiration :

—Le plus beau pigeon de la terre! et cette fois l'unique en France!

FIN DE UNE PASSION

Paris. — Imp. de DRY aîné, boulevart Montparnasse [illegible].

www.ingramcontent.com/pod-product-compliance
Lightning Source LLC
LaVergne TN
LVHW020032170826
845678LV00001B/221
* 9 7 8 2 3 2 9 7 2 9 9 8 5 *